蔡培火全集○家世生平與交友○政治關係—日本時代○政治關係—戰後○台灣語言相關資料○雜文及其他

【蔡培火全集 一】

家世生平與交友

主　編／張漢裕

出　版／財團法人吳三連臺灣史料基金會

思念阿爹／蔡淑皜

阿爹，你離開我們已經有十五年了。今夏淳彥與我去サンフランシスコ（舊金山）看二姊，有機會聽到一些從前的事，而使我想起您。

二姊說：「我小的時候，我們家裡常常很熱鬧，因有雙方的祖母與二個表弟（孤兒）都住在一起。阿爹叫祖母『阿娘』，叫外祖母『阿姆』。阿爹出外回來，一定與雙方祖母問好打招呼，很有禮貌」。也說：「在黃昏時把已洗澡好的姈仔和我，排在他的面前，他自己坐在小椅子，就教我們他自做的歌曲。他唱一句我們就跟著唱一句。雖然不懂詩意，但是看到他那充滿熱情而滿足的表情使我們一起高唱。」二姊還記起，那個時期大姊已先去東京留學，她每次寫一封信回來，阿爹一定馬上給她回信，作為她很好的筆友。可惜那些信，大姊也已去逝，我們都無法看到了。

阿娘去逝（一九三七）以後全家搬到東京。記得在柏木的那房子相當大，半夜上廁所時，你都陪我去。五個姊姊們是住在樓上，有時你就上樓看她們。她們為了要注意到你的腳步，就去買了一雙走路有聲音的拖鞋給你，免得你上來時都不知道。現在想起來，你在外雖那麼忙碌也一直都沒有忘掉我們。在柏木有一些時候，書德兄書文兄俊明兄都在我們家，晚上吃飯大家坐在長桌子兩邊，而阿爹坐在上座。我們都先坐下來然後才去請你來，先禱告後才開始吃。有一天書文兄說，今天培火丈，開始禱告一定會講這一句，後來你來了，坐下就開始禱告，果然你說出那一句，使我們五個小孩，八歲到十九歲的都忍不住笑出來，結果你很生氣，記得那晚大家空肚上床。

第二次大戰終戰的一、二年前，你為了中日和平謀事（這事我本人到最近讀父親的日記述才知道）要離開我們去上海，記得離開以前你常常與我們玩牌。有一天晚上天氣特別好，在高井戶的家前面，那時為備美軍空襲燈火管制暗黑黑的，可以看到滿天的星星，那時你教訴我們星星有不同光亮，有紅、有綠、有黃等顏色。

在那時候世界上誰知道有一天，原子彈投下來而致結束戰爭。你平安到滬後與反戰同志田川大吉郎先生，帶講和使命往重慶的途中得到了日本戰敗、二次世界大戰結束的消息。

戰爭結束次年，蒙上天保佑我們再有機會在台灣大家再回國。還不知世事的我，覺得時間過的很快，在你的旁邊過了自由快樂的少女時代。但到現在才知道當時對你來說是滿肚有苦說不出的黑暗時代，你為台灣要做的事往往未能實現。一九五六年我訂婚，沒幾天後，你送我一本食譜，說能夠做好菜給先生也是很重要。有時叫我給你按摩時，你也教我一些婚後的心得等。

淳彥出國得博士後，我們都搬到美國定居。你一共來看我們三次，記得第二次來時你已是八十八歲。有一週末晚上，你忽然問我，週末幾點鐘起床，你就說怕太早起床叫醒大家，今天一大早醒來在床上等你們好久，直到背開始痛才起來。這讓我不意中笑出來了。再過三年，你來時，告訴我：「我長壽，上帝一定是要我繼續為台灣做事」。我回答：「我想上帝要你長壽，也要你有機會享受」，聽了這些話，你講你覺得很開心安慰。當淳彥說要抽閒帶你去遊玩，問要到什麼地方，你回答說：「凡是能增加我的知識的地方，那裡都可以」。等了一會兒你說去訪問你的親家公好了。

旅程相當遠，我不會開車，一路都是淳彥開，快到才ハヨ，你也順口說辛苦，辛苦。那時，我還在上班，婉容在一家出版社做事，有一天你在家休息，傍晚我與婉容一道回家，我馬上去廚房準備晚飯，而婉容去在後園看書的祖父旁坐下也開始看書。不一會兒她就來到廚房，說要幫我忙，說：「阿公問我為什麼不去幫媽媽？」我回答，因為她常說不用，阿公就跟我說：「你媽媽是我的女兒，阿公會不甘心。……」

你說你喜歡我們住的環境，房子也不大也不小，說我有福氣。當我們勸你住下去，不要回台灣時，你說：「台灣有那麼多艱苦人，我應要回去與他們一起，不能放捧他們」，這樣你就回去了。使我記起你在七十七歲，頭次來美國時作的那一首歌：志向決定　目標分明　腳步輕鬆　行！行！行行。你這樣的離開我們了。

蔡培火的追求與失落／張炎憲

一、出版緣起

記得一九九六年年底，張清溪來電說，張漢裕想跟我見面。翌年初，張清溪、盧福地和我三人一同前往拜訪張漢裕。張漢裕提到其岳父蔡培火每有文稿，就會交由他保管，至今已累積不少文件，很想出版，也許這也是岳父冥冥之意。他認為蔡培火文稿的出版，可以讓世人重新了解蔡培火對台灣的付出，還給他應有的地位。

我聽了之後，非常感動。做為女婿，在岳父逝世十四年之後，想幫岳父出全集，留下歷史紀錄，此番心意，蔡培火如泉下有知，也會感到安慰。

張漢裕研究經濟史、經濟思想史，師承日本東京大學矢內原忠雄教授。矢內原教授在日治時代與蔡培火相知，支持蔡培火的運動和主張，蔡培火邀請過他來台訪問調查，返日後整理出版《帝國主義下的台灣》，論述台灣在日本帝國主義統治下邁向資本主義化的過程。三人之間具有師徒、朋友和岳婿的關係，都關心台灣，為台灣做出貢獻。

蔡培火與吳三連是同時代人，在一九二〇年代都扮演重要角色。數年來，吳三連台灣史料基金會致力於人物資料的收集工作，蔡培火全集得由基金會出版，具有重建台灣人物歷史的意義。張漢裕也希望能在同時代人又是好友的基金會出版。因此，就決定交由吳三連台灣史料基金會策劃出版。

二、蔡培火全集內容

全集分成七冊。

第一冊《家世生平與交友》，收集蔡培火的日記（一九二九～一九三六）及其懷念舊交知友的作品。日記常是無法公開的內心表白。蔡培火參與日治時代台灣人政治運動，與林獻堂、楊肇嘉、蔣渭水、林呈祿、羅萬俥、連溫卿、葉榮鐘、吳三連、謝春木等都有來往。在其日記中對事對人常有好惡記載，栩栩如生，批判分明。這不僅得以了解當時人的處事哲學和態度，更能得知政治運動的內幕，是研究近代史重要的史料。

第二冊《政治關係——日本時代（上）》收錄蔡培火在《台灣青年》、《台灣》、《台灣民報》的言論。《台灣青年》創刊時，蔡培火擔任發行人、主筆、主編及外交責任，雜誌採取和漢文兼登，所以他的文章有日文中文兩種版本。一九三七年，蔡培火《東亞之子如斯想》由岩波書店出版，被日本當局視為「反戰」、「通敵」作品，一九三八年一月被捕監禁於東京杉並警察署四十天。他在獄中作〈鐵窗吟懷〉，出獄後作〈地府行〉，這兩篇可看出當時他的心情。〈回憶日本時代民族運動〉是一九六五年台灣省文獻委員會舉辦的座談會記錄，據其談話內容，正可了解蔡培火在日治時代的重要作為。

第三冊《政治關係——日本時代（下）》收錄兩本蔡培火的重要作品《與日本國民書》和《東亞之子如斯想》。一九二八年，日本舉行第一次普選，蔡培火出版《與日本國民書》，說明台灣人受到日本人歧視，遭到不公平待遇，為提升台灣人的政治地位，應設置台灣議會，充分表達蔡培火的日本觀、政治理念、及台灣議會設置運動的本意。本書除收錄日文版本外，並收錄中文翻譯版。《東亞之子如斯想》則是在日本與中國戰爭日益激烈之際，蔡培火以日中親善橋樑的台灣人角色，期盼日中能夠和平相處，不要亂動干戈，維持東亞和平。

第四冊《政治關係——戰後》。一九四六年一月，蔡培火加入中國國民黨。一九四八年一月當選第一屆立法委員。一九五〇年被任命為行政院政務委員，一九六六年，被任命為總統府國策顧問，可說是最早被國民黨重用的台灣人。這本冊子所收錄的文章，看不到他戰前為台灣人權益奔走、批判日本殖民統治惡政的雄風。但在委屈之中，仍可看出他所堅持的民主政治、台灣自治和重用台灣人的主張。

第五冊《台灣語言相關資料（上）》收錄一九二五年蔡培火以羅馬拼音台灣白話字撰寫的《十項管見（CHAP-HANG KOAN-KIAN）》。他以現代文明觀點和基督的博愛精神，論述宗教觀、人生觀、語言觀、台灣人觀、女性觀和文明觀。儘管這些言論已時過境遷，但他關心台灣人處境和未來命運的心思，仍令人感動。董芳苑以優雅的台語譯成漢字，適當表達十項管見的內涵。

第六冊《台灣語言相關資料（下）》收錄一九二九年《白話字課本（PE-OE-JI KHO-PUN）》、一九三一年《新式台灣白話字課本》、一九七六年《國語閩南語對照初步會話》、及戰前戰後提倡台語的相關文章。台灣白話字的主張和推廣，是蔡培火終生無悔的堅持。戰前主張採用羅馬拼音的白話字，戰後採用國語（**中國話**）注音符號學習台語。此冊處處可見他的呼籲。

第七冊《雜文及其他》收錄戰前戰後蔡培火對宗教、文化、教育觀點的雜文。一九四一年出版《檄基督教之友》，希望日本的新教徒能夠秉持博愛精神，建設東亞和平，免受戰爭之禍，此與《東亞之子如斯想》前後呼應。蔡培火不僅是位政治運動者，也是位喜好音樂的人，作詞作曲，藉此抒懷感情，傳播思潮。本冊收錄作品二十五曲，為蔡培火的親手稿，但僅有詞譜，如要進一步了解，請參照其女婿賴淳彥著《蔡培火的詩曲及彼個時代》（**吳三連台灣史料基金會出版，一九九九年**）；賴書共收入三十曲，並有台語羅馬拼音及解說，是了解蔡培火作詞曲時代背景的好書。本冊另有附錄〈蔡培火年表〉，是陳俐甫根據張漢裕遺稿編製完成，藉此得了解其一生事蹟。

在資料內容上，第一冊的日記部份雖然只有八年，但是蔡培火卻使用三種不同的文字來記錄。一九二九年～一九三一年，蔡培火採用羅馬拼音台灣白話字，一九三一年蔡培火撰寫的《新式台灣白話字課本》出版後，他則使用這種自創的台灣白話字來記錄一九三二年、一九三三年以及一九三四年一月初的日記，一九三四年之後他又採用漢文撰寫。蔡培火在過世之前，這些非漢文記錄的日記內容經他的家人翻譯成中文，並重新謄寫，最後再經他過目。本全集所採用一九二九年~一九三四年初的日記內容所根據的就是後來被重新謄寫的這份資料，然因此份資料中仍有些語意不清或是文字誤謄的部份，故編者又依據日記原稿做些許確定與修正。

第五冊、第六冊的台灣語言資料中的專著，包括《十項管見（CHAP-HANG KOAN-KIAN）》、《白話字課本（PE-OE-JI KHO-PUN）》、《新式台灣白話字課本》、《國語閩南語對照初步會話》，本全集依據舊有出版品直接照相製版印刷，而非重新打字排版，讀者除可一睹原書的內容風貌外，也可在書中某些段落看到蔡培火的註解筆跡。

在編輯上，為便於讀者閱讀，本全集各篇章的大小標號、標點符號均依需求斟酌修改，而日文部份，則依據舊有印刷品重新打字排版，並以保留原有書寫形式為原則，但遇有明顯的漢字誤植之處，本書逕予修正。

三、台灣人追求民主自由的年代

二十世紀是台灣人追求民主自由的年代。

一八九五年日本佔有台灣之後，實行高壓殖民統治。台灣總督擁有行政、立法、司法的權力之外，甚至有軍事指揮權。台灣人民在日本佔領之初，倉促之間建立台灣民主國，抵抗日本，但不久即被擊潰。繼之而起的民軍反抗，時間雖歷經七年，卻已無法撼動日本統治。台灣人民終於被日本懾服。

進入一九二〇年代之後，台灣知識份子受到當時世界思潮影響，反思自己的處境，展開一連串抵抗日本的政治、社會運動。一九二一年，台灣文化協會成立，鼓吹台灣人的自覺和文化提升；同年，台灣議會設置請願展開連署與上京直接訴諸中央，要求設立台灣議會；一九二四年之後，農工運動逐漸蓬勃發展，抗議事件層出不窮；一九二七年，台灣民眾黨組黨，是台灣人第一個政黨，開啟政黨政治的先河，推動政治改造運動；一九二八年，台灣共產黨成立，主張無產階級革命，脫離日本，建立自主獨立的國家；一九三〇年，台灣地方自治聯盟成立，推動實施地方自治。在這些運動推波助瀾之下，文學、美術、戲劇都逐漸脫離傳統束縛，接受近代西方文化的洗禮，而有豐碩的成果。認同台灣，形塑台灣成為一九二〇年代之後的運動主流，新台灣逐漸破繭而出。

日本戰敗，國民黨接收台灣之後，台灣人迎接新時代來臨，期盼能夠脫離殖民統治，治理台灣，成為台灣的主人。但陳儀等接收人員不顧台灣人的期待，任用私人，導致特權橫行、貪污腐敗、物價飛漲、社會不安、人心浮動，終而引爆一九四七年二月的「二二八事件」。國民黨派兵鎮壓，台灣人被捕被殺者無法計數。經此浩劫，台灣人不敢再公開批評時政，只得壓抑委屈，苟且求安。國民黨亦藉此確立其統治權。一九四九年五月，國民黨政府頒佈戒嚴令，六月發佈懲治叛亂條例，年底撤退來台，翌年又頒佈戡亂時期檢肅匪諜條例，藉此逮捕共黨份子和政治異己，逐步建立國民黨和蔣家的威權統治。

在政治寒冬的肅殺氣氛下，反抗者不是受到逮捕拘禁，就是被監視跟蹤。一九六〇年，雷震欲組織「中國民主黨」，在組黨前夕，國民黨以知匪不報，逮捕雷震等人。組黨運動胎死腹中，國民黨的封殺政策奏效。一九七〇年代之後，台灣新生代崛起，展開戰後第二波民主運動。一九七五年，台灣知識菁英與民意代表聯合創刊《台灣政論》；一九七七年，地方五項公職選舉，黨外人士多人當選，省議會成為議政中心；一九七八年底因美國與中華民國斷交，國民黨宣佈延期選舉。一九七九年黨外全台大串連，形成「沒有黨名的黨」，引起國民黨的猜忌和鎮壓，終而引爆美麗島事件，國民黨藉機逮捕反抗者，結束一九七〇年代的民主運動；一九八〇年代，黨外再出發，嚴厲批判時政，激發台灣意識的茁壯發展；一九八六年民主進步黨組黨成立，國民黨只得宣佈解嚴，解除黨禁、報禁；一九九〇年代，動員戡亂時期體制瓦解，中央民意代表全面改選；一九九六年總統直接民選；二〇〇〇年國民黨在總統選舉中敗選，民進黨初次執政，實現政黨輪替，開啟民主政治的新紀元。

二十世紀台灣人在風起雲湧的民主運動中，從被統治被殖民逐漸找回自主和尊嚴，成為島嶼主人。如果以這樣的歷史發展，重新審視蔡培火一生事蹟，也許可以找到蔡培火的歷史定位。

四、台灣自治與議會請願

蔡培火在日記中再三提到設置台灣議會、《台灣新民報》日刊發刊和台灣白話字普及教育是他最大的願望。他對設置台灣議會的堅持，在《與日本國民書》中，清楚說道：

我們根據自治主義，主張急設台灣議會：：：如與諸君協同提攜，使我們能夠創造自己的生活，互相開拓進路是再好沒有。此即是在日本主權之下，施行台灣自治之謂。

台灣議會設置請願運動自一九二一年展開之後，至一九三四年共計提出十五次請願。蔡培火受到委託，帶著連署請願書前往東京，尋找議員支持，向日本國會提出。請願雖屢遭挫折，卻激起台灣人對議會民主的迴響和支持。一九二三年初，蔡培火等在東京申請成立「台灣議會期成同盟」，欲以組織的力量推動台灣議會設立，在東京獲准成立，台灣總督府卻勃然大怒，於同年十二月十六日，逮捕議會請願運動者。蔡培火被捕，被判四個月刑期。在獄中作「台灣自治歌」，最能表達他對台灣自治的觀點：

蓬萊美島真可愛，祖先基業在，田佃阮開樹阮種，勞苦代過代，著理解著理解，阮是開拓者，不是憨奴才，台灣全島快自治，公事阮掌是應該。

玉山崇高蓋扶桑，我們意氣昂，通身熱烈愛鄉血，豈怕強權旺，誰阻擋誰阻擋，齊起唱自治，同聲直標榜，百般義務咱都盡，自治權利應當享。

蔡培火時年三十四歲，充滿朝氣活力，縱使入獄受苦，還作歌明志，愛台灣之情溢於言表。自治顯然是他一生的最大追求。

因台灣人沒有國會議員，所以台灣議會請願需由日本國會議員代為提出，才能進入議程。蔡培火二十六歲（一九一五年）留學東京，受植村正久牧師的引導，受洗成為基督徒，與植村正久、矢內原忠雄熟識，並與田川大吉郎、清瀨一郎、渡邊暢、神田正雄等相交。赴日時，甚至借宿植村正久女兒家或矢內原忠雄家。以蔡培火圓熟的人際網絡，台灣議會請願才得以年年在日本國會提出，但也因台灣人沒有權利出任國會議員，不得不依賴日人提出，易落入仰人鼻息之譏；台灣人政治實力又不足，無法逼迫日本國會通過台灣議會設置的要求，因此年年都鎩羽而歸。

五、主張與路線

日記常是個人隱私或內在想法的記錄。蔡培火日記更顯出這樣的特質。蔡培火平日雖喜好談論，常有批評他人之語，但總會有所保留。日記中所記載的則是赤裸裸表達出他內心世界的感受和觀點。

一九二〇年代是台灣人反抗日本的壯闊年代。反抗運動產生之初，台灣人不分左右派，一致聯合抗日，但至一九二五年之後，社會主義思潮傳入台灣，農工運動興起，意識型態和路線爭議浮上台面，抗日運動乃漸形分裂。一九二七年一月，台灣文化協會由連溫卿等左派人士掌控，蔣渭水、蔡培火、林獻堂等人紛紛退出文協，另組台灣民眾黨。台灣民眾黨自一九二八年之後，又漸漸左傾，蔡培火等人因想法與蔣渭水等不同，乃漸行漸遠，一九三〇年又另組台灣地方自治聯盟。這些錯綜複雜的政治主張、路線爭議和人際關係，在蔡培火的日記中都有鮮明的記載。

蔡培火參加台灣地方自治聯盟之後，被台灣民眾黨除名，在一九三〇年十二月九日日記記載：

聽其自由就是了，人心如此紛亂，如此幼稚淺薄，台灣怎樣能進步呢？已然不能給大局搞好，叫我來作使大局更亂，我是斷斷不做，除去議會請願之外，暫且引責旁觀就是啦！

台灣文化協會於一九二七年分裂時，蔡培火與連溫卿、蔣渭水之間已有間隙，屢有批評之語。台灣民眾黨開除蔡培火，不過是路線爭議的結果。

台灣民眾黨與台灣地方自治聯盟之間的衝突，蔡培火在一九三一年一月三十日日記反駁謝春木的說法：

謝春木在《台灣人的要求》書中，批評蔡培火『幫助台灣地方自治聯盟成立，是極右傾，是沒有同情無產者，是資本家的爪牙』。這是亂講、武斷。

在二月九日的日記，批判蔣渭水、謝春木改變台灣民眾黨的運動方針，是排斥台灣地方自治聯盟和破壞台灣議會運動的團結：

在台灣民族運動的色彩若不夠鮮明，這個運動（指台灣議會請願）是絕不可能做興起。蔣渭水、謝春木計畫要變換台灣民眾黨立黨的方針，就是民族運動的方針，要其改變為階級運動，因此事先排斥台灣地方自治聯盟的成立，這次又用奸險手段破壞台灣議會運動的團結，說對於台灣的進步，此二人的流毒可說是最大。

又在二月十九日指責台灣民眾黨被迫解散，蔣渭水、謝春木也有責任：

台灣民眾黨於昨日十八日開總會的時候，被當局禁止結社，當然當局是真橫暴，然而蔣渭水、謝春木兩人的罪孽也頗大！

蔣渭水去世時，蔡培火在一九三一年八月五日的日記上批判蔣渭水：

他自十年前就與我共事，是做台灣議會運動、台灣文化協會、台灣民報、新台灣聯盟、台灣民黨、台灣民眾黨這些工作。他和我相同的點，第一是大家都意志堅強，第二大家都不顧自己的生活，孜孜做工。他和我不同的，第一他絕對不信神，致使他的私生活真亂。他對男女的貞操觀澈底地和我相反。第二他好新，他的思想不貫串，他做事是為著要發揮他自己，不是為著大局的好壞。第三他的見識淺薄，他看事不精，認人認不出，他善利用人，而少有誠意。

一九三二年五月二十五日蔡培火在日記上進一步說明他與蔣渭水不合的原因：

我以前跟蔣渭水君事事不合衝突，就是因為他做事全不想效果，他不管深淺緊慢，一味有事可鬧就好，我不能這樣，當趕緊收效果的我的確努力去獲，所以對事對人無不宛轉苦心，他們批評我這樣叫做善於妥協，為要達到目的手段上有所妥協，不得已時也是不做即是忠實，但是妥協了反失去目的，這樣的妥協是斷然不可。渭水喜歡出風神，當民眾黨成立時，為自己要做頭向總督府聲明取消民族運動，我澈底反對就是因為他跟人家妥協結果喪失目的，已然喪失目的，還有什麼效果可講。我與渭水不和大部分是關於效果的問題。

蔡培火主張民族運動，也就是不分階級，台灣人起來反抗日本的運動。蔣渭水則由民族運動轉為階級運動。蔡培火因與其理念不同，極力批判反對，另籌組台灣地方自治聯盟，鑄下被除名的結局，和兩者之間關係的惡化。

六、台灣民報

一九二〇年代初期，台灣人抗日運動的屬性上，台灣文化協會屬於文化啟蒙的運動，台灣議會設置請願運動屬於對外交涉的政治運動，《台灣青年》、《台灣》、《台灣民報》等刊物，則屬於輿論宣傳和文化論戰。蔡培火參與《台灣青年》等刊物的創刊。一九二七年七月十六日日記中記載：「一九二〇年七月十六日留日台灣學生在東京創刊《台灣青年》雜誌，林仲樹掌記帳，彭華英擔任發送，蔡培火負責編輯、校正、財政的工作。翌年十一月四日，蔡培火回台，社務交由林呈祿管理。」

蔡培火返台後，為鞏固財政基礎，一九二三年創設二萬五千元的股份公司，支持《台灣青年》雜誌的發行經費。後又爭取《台灣民報》回台發行，至一九二七年七月十六日終被獲准在台發刊。

一九二九年一月三十日，股份公司台灣新民報社成立，蔡培火又進一步爭取日刊新聞的發行，屢次向台灣總督府和日本中央官員遊說，至一九三二年一月九日，台灣總督府才准許，三日後木下信總務長官下台，也許是因支持日刊發行，被逼下台。蔡培火認為六年來的苦心終於實現，在一九三一年二月二十八日的日記中，自認對台灣民報貢獻極大。

蔡培火在日記中，雖然關心《台灣民報》的發行，但不滿林呈祿、羅萬俥的作風，常有不如辭退民報社務、專心致力白話字普及和設置台灣議會的記載。蔡培火在《台灣青年》創刊時，用力極深，之後與《台灣民報》的關係大多居於理念相同、朋友道義的情面上，扮演支援與合作的角色。

七、白話字的推廣

蔡培火一生最執著、不因政權變動而改變者，唯有白話字的推廣工作。

為了普及羅馬字，蔡培火遊說日方官員，希望白話字能列入教育體系。一九三一年三月三十日，他在日記中寫著伊澤多喜男的意見：「怎樣不用アイウエオ來寫台灣話，怎樣要用羅馬字？……又說我主張用台灣話教育台灣人他是不反對，但是如果一定要用羅馬字他就大大反對，因為用羅馬字會使國內的文字更加複雜，也會使大家更失去聯絡，如果用アイウエオ，台灣人每年受政府的教育不久全部會。所以用アイウエオ來寫台灣話，必定會使學的人加省費心。」統治者的日本人唯恐台語羅馬字拼音方式的出現，會妨礙日本國語的推廣，違反語言統一和國語至高無上的政策。

蔡培火在他十三、四歲時，兄長在台南讀書學得白話字，轉授給他，使他在學習上獲益頗多，因此終生致力於提倡白話字。一九二四年，同化會興起時，他即提議使用白話字，但不受重視。一九二五年，用羅馬拼音台灣白話字寫成《十項管見》，批判當時社會弊病，提出許多新見解。一九二九年三月，在台南開辦羅馬式白話字講習會，並用台語作「白話字歌」教學生們唱，歌詞分成三段：

世界風氣日日開，無分南北及東西，因何這個台灣島，舊相到今尚原在，怪、怪、怪，因何會按如，怪、怪、怪，咱著想看覓。

五穀無雨昧出芽，鳥隻發翅就會飛，人有頭腦最要緊，文明開化自然會，是、是、是，教養最要緊，是、是、是，咱久無讀冊。

漢文離咱已經久，和文大家尚未有，汝我若愛出頭天，白話字會著緊赴，行、行、行，勿得更延遷，行、行、行，努力來進取。

蔡培火認為學會白話字容易得到新知，知識水準提高之後，台灣人就能出頭天。第一期白話字講習會有所成果之後，第二期講習會預定繼續辦理，卻被日方勒令禁止。

日本統治時代，蔡培火無法有效推動台灣白話字。戰後，他也極力向政府和中國國民黨建議普及閩南語注音符號。他認為很多台灣人不懂中國話，如能配合教育部所推動的注音符號，用之於台語拼音方式，不只易於推行，台灣民眾也容易學習，而有助於政令宣導、官民溝通和新知普及。蔡培火於一九七〇年出版《國語閩南語對照辭典》、一九七七年出版《國語閩南語對照普通會話》等書，劍及履及、付之實踐的毅力於此可証。可惜，這套台語拼音違反當時國語普及的教育政策。國民黨要員並不重視，甚至有人認為會妨礙國語推行，不得讓台語拼音普及。

蔡培火欲依賴日本和國民黨政府推動台灣白話字的企圖，都因統治者尊崇國語（日本話、中國話），不顧台灣人的感情、不願台灣人使用台語的考慮下而失敗了。

八、脫離台灣人運動的主軸

一九三七年，蔡培火出版《東亞之子如斯想》，同年，舉家遷往東京，開設台灣料理店「味仙」，餬口度日。因《東亞之子如斯想》勸日本不要發動戰爭，引起日本政府的疑慮，一九三八年一月被拘留盤問四十天，才被釋放。後因戰爭日益緊迫，一九四三年一月，從長崎到上海，與田川大吉郎會商日華和議之道。一九四五年六月，與田川大吉郎密赴重慶，謀求和平停戰。赴重慶途中日本宣布無條件投降，乃折返南京，後得何應欽協助，乘軍機往重慶，謁見國民政府主席蔣介石。一九四六年一月，加入中國國民黨，被任命為台灣省黨部執行委員。同年七月，由上海返抵台灣。表態擁護國府接收台灣，支持三民主義，並且聲明：「我現在是中國國民黨黨員，但是我過去是台灣青年、台灣新民報、台灣議會、台灣文化協會、台灣民眾黨、台灣白話字會、美台團等首唱的一個人」，呼籲台灣人起來支持國民黨。（〈歸台述懷〉）

一九四六年參政員選舉，蔡培火敗選，曾批評有些當選人在日治時代是親日派，怎能代表台灣人，出席中央的會議（〈敗戰記〉）。二二八事件發生之後，蔡培火以省黨部執委的身份至台灣各地慰問，跑遍全台，舉辦演講座談五十回。他認為：「二二八事件已屬過去，而又是我們兄弟間自己的事，要來懷怨誰呢？不過以台治台這的確不是愛護國家的思想，至於打阿山，更加確實不是愛護民族的行為。」並未提及二二八事件中，台灣人大量被屠殺的事實，以及台灣人的改革主張和期待。

一九四八年蔡培火當選立委，一九四九年向陳誠省主席提出「治台管見」，說明很多台灣知識份子在二二八事件中失蹤，或被跟監，失去行動自由，以致產生政治冷漠感；主張立即實施縣市長民選，及二年後實行省長民選。一九五四年，蔡培火向中國國民黨中常委提出建議書，主張地方黨部應該由台灣民眾參與管理、軍隊需要台籍將官帶領、及早實行地方自治。

除了這些建議或意見之外，蔡培火仍然不忘白話字普及的鼓吹工作。此與日治時代的呼籲類似，拼音方式卻由羅馬字拼音法改為國語（中國話）台語拼音法。

戰後的蔡培火對國民黨政府的諸多政策採取配合態度。他曾經受國民黨委託，到日本勸林獻堂返台，但林獻堂以詩明志，見到河清、政治改善，才願返台。蔡培火與戰後民主運動幾乎沒有關連，遠離台灣人反抗國民黨、爭取民主獨立的主軸。一九七〇年代台灣新生代崛起，也沒有找過他商量討教的記載，他也沒涉入的傳聞。明哲保身也許是他戰後的處世哲學，卻失去戰前的意氣風發和理想浪漫。

九、還諸歷史原貌

蔡培火（一八八九～一九八三），一生跨越三個時代，出生於滿清統治末年，活躍於日本統治時代，沈潛於國民黨時代。這將近一百年的歷史，正是台灣遭逢巨變，處於殖民統治和威權統治的時期。台灣人為求獨立自主，備受壓制、抑鬱難伸，但也充滿活力、意氣發揚，展現台灣人意志與理想的時代。蔡培火生逢其時，展露鋒芒，在日治時代致力於台灣議會設置請願、台灣文化協會、台灣民眾黨、台灣地方自治聯盟等政治運動；協助發展台灣人的刊物報紙《台灣青年》、《台灣民報》、《台灣新民報》的編輯和規劃；提倡白話字普及教育，提升台灣人知識水準，期待能早日出頭天；運用委婉的外交手腕、能言善道的口才，結交日本政界和教育文化界人士，促進台日之間的了解和運動效果，並著書立說表達台灣人的心聲。台灣人的運動雖然沒有得到具體成果，但蔡培火溫和穩健、善與日本領導菁英來往，確實獲得了宣傳成果。《台灣民報》終能在台發行，《台灣新民報》獲准改為日刊，與他鍥而不捨的爭取有關。但也因他的個性和立場，使得他無法脱離林獻堂等地主、資產家的人際圈，超越自治主張，思考台灣的社會面向，注重農工權益，採取強硬路線對抗日本，而與蔣渭水、連溫卿等人的主張相異，相互之間的爭議也就無法避免，歷史定位也就各有不同。

戰後，蔡培火加入國民黨，成為國民黨籠絡台灣人的象徵，位高卻無權，無法舒展抱負。相對於日治時代，此時的蔡培火已失去光芒，失去替台灣人爭取權益時與日方爭得面紅耳赤的高昂鬥志。也許是大時代變動下，無可奈何的自我沈潛。

台灣人處於日治時代和國民黨時代的威權統治下，要生存得有尊嚴、有風骨，穩穩站住台灣人的立場、關心台灣、為台灣而努力，確實不是一件容易的事。蔡培火生存其間，其所作所為，正是檢驗他本人或是變局中台灣人氣骨與風格的最好素材。這次全集的出版，將會還給蔡培火更清楚的面貌，還給他應有的歷史評價，並填補一九二〇年代以後台灣人物資料的空白，擴充台灣歷史文化的研究視野。這是出版全集的期待，也是張漢裕生前欲出版其岳父文集的苦心。

最後，以蔡培火一九二九年，正當四十歲壯年的作品「咱台灣」作為結尾。歌頌台灣之美，期盼台灣能成為東方瑞士的深厚感情，不只是燃燒在蔡培火的心中，也代代傳承於台灣人的心坎裡。

台灣！台灣！咱台灣！海真闊，山真昂，大船小船的路關，遠來人客講汝粹，日月潭，阿里山，草木不時青跳跳，白鷺鷥過水田，水牛腳脊烏秋叫，太平洋上和平村，海真闊，山真昂。

美麗島是寶庫，金銀大樹滿山湖，挽茶囝仔唱山歌，雙冬稻割昧了，果子魚生較多土，當時明朝鄭國姓，愛救國，建帝都，開墾經營大計謀，上天特別相看顧，美麗島是寶庫。

蓬萊島，天真清，西近福建省，九州東北傍，山內兄弟尚細漢，燭仔火換電燈，大家心肝著和平，石頭拾倚來相拱，東洋瑞士穩當成，雲極白山極明，蓬萊島，天真清。

【蔡培火全集】總目錄

【蔡培火全集 一】

家世生平與交友

【蔡培火全集 二】

政治關係—日本時代（上）

【蔡培火全集 三】

政治關係—日本時代（下）

【蔡培火全集 四】

政治關係—戰後

【蔡培火全集　五】

台灣語言相關資料（上）

【蔡培火全集　六】

台灣語言相關資料（下）

【蔡培火全集　七】

雜文及其他

編輯手記

出版蔡培火全集令我感動的地方很多。張漢裕教授是蔡培火先生的女婿，張漢裕明知世人對蔡培火的評價不一，還願意提供文稿出版，充分顯示疼惜岳父聲譽，希望讓世人重新認識的苦心。

張漢裕是台灣大學經濟系名教授，治學嚴謹，認真執著，以致學生不敢親近。盧福地、張清溪已是五十歲以上的人，並負重望，見到老師仍然尊敬有加，為了完成老師的心願，不但自掏腰包，還奔波募款，獲得楊宗哲、陳朝亨等人或團體的捐助。這些人與蔡培火其實素昧平生，都因受到張漢裕心意的感動，自願幫忙。師生之情和朋友道義，盡在不言中。

我與張漢裕接觸，談不上深入了解，但從他一絲不苟的行事風格，體會出日本教育對他的影響，篤實、博學、認真和執著是他的風範。張清溪對我說過，張漢裕與我同是東京大學出身，也許較能投緣，才敢介紹我認識張漢裕，希望能接下出版蔡培火全集的責任。我認為這是緣份，也是對前輩的敬意，欣然接下這份工作。

當我閱讀蔡培火文稿時，心中起伏不斷，有時被他的人物品評吸引，有時感受到他的熱情，有時體會出他的困境，有時卻無法認同他的作法。他讓我再次回到一九二〇年代之後台灣人反抗運動的歷史脈絡，重新思考以前所沒想過的事情，以及做為台灣人應有的認知和風骨。

蔡培火全集得以出版，應該感謝蔡培火兒女的支持、賴淳彥教授提供相片、張漢裕師生的幫助、和國家文藝基金會的贊助。在整理過程中，最初由陳俐甫整理，後因出國而停頓，我從張漢裕手中接過文稿之後，初由高淑媛幫忙整理，一九九八年初她前往日本進修，楊雅慧繼之負責，其中數度更動分類與編排，都取得張漢裕的首肯，內容也比原有文稿增添不少。這套書能夠出版，要感謝的人還很多，無法一一列出。遺憾的是張漢裕未及親見，就先離開我們了，但他極力促成全集出版的心意，將永存世間，讓人懷念。我深盼蔡培火全集的出版，能撥開台灣人深層的內心世界，讓人更了解台灣人追求民主自由和獨立自主之路的艱辛歷程及其多重面相。

少年蔡培火與姪女琴，1900年代。（賴淳彥教授提供）

蔡培火的母親與兄弟。（賴淳彥教授提供）

蔡培火與台灣總督府國語學校師範部的同學合影，左三為蔡培火。
（張漢裕教授提供）

蔡培火、吳足夫婦新婚照。
（賴淳彥教授提供）

1907年，蔡培火與國語學校師範部的同學合影，中坐者為蔡培火。
（賴淳彥教授提供）

蔡培火妻子吳足（左）與她的母親及妹妹合影，攝於1912年。（賴淳彥教授提供）

1915年蔡培火（左二）與母親、妻女及不知名人士合影。左為妻子吳足與長女淑慧，中坐者為母親王謹。（賴淳彥教授提供）

就讀東京高等師範學校時的蔡培火。
（張漢裕教授提供）

蔡培火被免去台南第二公學校教職後，轉而赴日求學，圖為就讀日本東京高等師範學校理科第二部的蔡培火，攝於1916年。
（賴淳彥教授提供）

1918年就讀東京高等師範學校時與朋友合影，右立者為蔡培火。(賴淳彥教授提供)

1920年東京「新民會」成員合影，二排左二起林呈祿、黃呈聰、蔡惠如、林獻堂、莊太岳、蔡式穀，三排右三為王敏川，後排右起吳三連(右二)、蔡培火(右三)。(吳三連台灣史料基金會提供)

《台灣青年》在東京創立紀念照，左起蔣渭水、蔡培火、蔡式穀、陳逢源、林呈祿、黃呈聰、黃朝琴、蔡惠如。(賴淳彥教授提供)

「台灣文化協會」成員合影，前排坐者右起蔡培火、王敏川、黃呈聰、不詳、陳逢源。留影者尚有王受祿（二排右一）、黃朝琴（二排右五）、韓石泉（後排左一）。
（賴淳彥教授提供）

蔡培火攝於台灣文化協會本部前，為舉辦第一百廿六回文化演講。
（賴淳彥教授提供）

1924年10月18日，「治安警察法違反嫌疑事件第二審公判」紀念攝影。前排坐者是辯護團，包括葉清耀（右二）、清瀨一郎（右三）、田川大吉郎（右四）。台灣人涉案者，第二排右起：陳逢源（右三）、韓石泉（右五）、林呈祿（右七）、蔡惠如（右八），後排左一蔣渭水，圈右一蔡培火，圈左一林幼春。（賴淳彥教授提供）

1923年，「台灣議會期成同盟會」在東京成立本部時，相關成員之合影。圖中坐者左起洪元煌、蔡培火，左立者蔣渭水。
（賴淳彥教授提供）

「台灣文化協會」幹部與田川大吉郎合影。圖中坐者左起黃呈聰、蔡培火、田川大吉郎、洪元煌，後排左起林呈祿、蔣渭水。(賴淳彥教授提供)

1925年1月田川大吉郎訪台時之留影，前排坐者左二蔡培火、左三田川大吉郎。(賴淳彥教授提供)

1926年 1 月，第七次「台灣議會設置請願運動」代表赴東京請願，26日途經橫濱與前來歡迎的「橫濱台灣人會」青年學生合影。後排右二起楊肇嘉、蔡惠如、蔡培火、林呈祿。（楊肇嘉家屬提供）

蔡培火與杜聰明。日後杜聰明與林雙隨之婚姻，便是由蔡培火促合的。（張漢裕教授提供）

1927年矢内原忠雄訪台時與蔡培火合影。（賴淳彥教授提供）

1927年，美台團活動寫真部紀念照。前排坐者左起：盧丙丁、蔡培火、林獻堂、林幼春、林秋梧。（賴淳彥教授提供）

1927年矢内原忠雄受邀訪台之留影。前排由左起：鄭松筠、林獻堂、矢內原忠雄、蔡培火。後排則為陳炘（左一）、 陳逢源（左二）、 張聘三（左三）、 葉榮鐘（左五）人。 （賴淳彥教授提供）

1928年，蔡培火（左坐者）發表《日本本國民に與ふ》一書，由在東京的「台灣研究社」出版，當時楊肇嘉（右後）是發行人。（賴淳彥教授提供）

普及台灣白話字是蔡培火一生努力不懈的工作，圖為1929年台灣白話字第一回研究會會員合影，第三排左七蔡培火，左八王受祿，左九韓石泉。（張漢裕教授提供）

1931年家庭合影。（賴淳彥教授提供）

在蔡培火努力奔走下，《台灣新民報》發刊終獲許可。圖為1932年《台灣新民報》董事會成員合影。前坐者左起：林資彬、林柏壽、林獻堂、羅萬俥（總經理）；後立者左起：林呈祿、楊肇嘉、蔡培火、李端雲。（楊肇嘉家屬提供）

霧峰一新會講習會成員紀念照。一新會是林攀龍為啓發霧峰地方文化而成立，蔡培火曾多次擔任講師。前排左四為蔡培火，右四為林攀龍。（賴淳彥教授提供）

1935年4月21日新竹台中兩州發生大地震，蔡培火隨後發起震災義捐音樂會，此為震災義捐音樂團團員在台中草屯合影，前排坐者自左而右為蔡淑慧、高慈美、林秋錦、蔡培火、陳信真、林成沐、高約拿。三排右四為白髮者為洪元煌。
（張漢裕教授提供）

蔡培火與王受祿之合影，攝於1938年。（張漢裕教授提供）

蔡培火與陳茂源（左一）、張梗（左二）、葉榮鐘（左四）合影。（賴淳彥教授提供）

蔡培火（右二）與岩波茂雄（右一）、林獻堂（中坐者）之合影。（賴淳彥教授提供）

蔡培火(左一)與吳三連(左四)合影，1940年攝。（賴淳彥教授提供）

中年時期的蔡培火
（張漢裕提供）

蔡培火（後立左一）於1940前後在東京自開之「味仙」餐廳前與親屬朋友合影。後排立者，左二楊肇嘉、左四林柏壽、右四吳三連。第二排中坐者為前台灣總督伊澤多喜男。（賴淳彥教授提供）

蔡培火（前排左一）與林攀龍（前排左二）、韓石泉（後排左一）、侯全成（後排左二）合影。（賴淳彥教授提供）

1953年東海大學破土典禮之留影。左起基督教大學聯合董事會代表葛理翰博士、台中市長楊基先、美國副總統尼克森、蔡培火。（賴淳彥教授提供）

1954年，蔡培火（前排左四）與紅十字會台灣分會高雄支會理事合影。
（張漢裕教授提供）

戰後，林獻堂遠走日本定居，蔡培火多次赴日勸其歸台。圖為1955年，蔡培火訪林獻堂於東京的住宅。（賴淳彥教授提供）

戰後，曾任治警事件辯護律師的清瀨一郎訪台，與相關成員合影。自左而右為葉榮鐘、陳逢源、蔡培火、清瀨一郎、林呈祿、楊肇嘉、韓石泉、羅萬俥、吳三連合影。（賴淳彥教授提供）

蔡培火(二排左七)參加紅十字會台中支會附設痲瘋診療所開幕典禮，攝於1960年。
（張漢裕教授提供）

蔡培火（右）與紅十字會台南支會長謝碧連先生合影，攝於1980年。
（張漢裕教授提供）

1971年3月23日，杜聰明宴客之留影，前排左起杜聰明、楊肇嘉、蔡培火、林柏壽、陳逢源，後排左起林根生（左一）、吳三連（左二）、謝國城（左五）。
（楊肇嘉家屬提供）

1968年6月2日，林柏壽赴歐旅遊前，老友於陽明山蘭千山館聚會為其餞行並合影於磊園。前排左起李坤鐘、黃朝琴、楊肇嘉、林柏壽、蔡培火、何傳、吳三連、何景寮，後排左起林根生、顏欽賢、高湯盤、朱昭陽、陳啓清、簡萬全、謝國城、林玉嘉。（楊肇嘉家屬提供）

敬仁吾兒囑
峰挹春光生意滿
山涵時雨笑顏開
峰山老人錄祖厝門聯書於西雅圖
主說人子來不是要受人的
服事乃是要服事人並且要
捨命作多人的贖價
中華民國四十九年首春之月
敬仁吾兒留美存念
父書
敬仁吾兒囑
世事洞明皆學問
人情鍊達即文章
父書時七十八歲

蔡培火的墨寶。（張漢裕教授提供）

【蔡培火全集 二】

家世生平與交友

主　編／張漢裕

出　版／財團法人吳三連臺灣史料基金會

目錄

詩作、題詞與輓聯　449

家世生平

家系與經歷（一九六八、五）

祖父諱春來，清嘉慶甲戌民國前九十八年（公曆一八一四）出生於福建省晉江縣容鄉，二十歲前後渡台，定居今之雲林縣北港鎮，業商後營錢莊，為北港之名門，子五人，父為其末子。

父諱萬字然芳，清咸豐壬子民國前六十年（一八五二）出生於北港鎮，自幼讀書設私學，甲午年四十三歲即逝。與母王氏謹生育子五女二。

培火字崑培號峰山，民國前二十三年（一八八九）五月廿二日出生於北港鎮，兄弟中居第四，七歲時日軍進侵北港地界，因父為北港領導人物，當時雖已去世，日本軍政府追捕兄急，母率諸子避居福建安海附近之石湖，居匝年，母將所帶家財投資海運，不幸初航船遇風沉沒，不能立足，乃再率諸子返北港故居，從而生活極度困苦。長兄嘉培略有漢學基礎，或設私塾或業代書，次兄培川當小公務員早逝，母則盡其全力設法培養幼少三人，三兄培庭，五弟培頂及余本人皆畢業公學校，余及三兄又皆畢業普通師範，五弟則畢業農事試驗場。

培火二十二歲即民國前二年（一九一〇）畢業台灣總督府國語學校師範部後，在阿公店

（現岡山）公學校執教二年，二十四歲轉勤台南第二公學校，是年十月五日與吳氏足結婚，生女六子二，長男維盄三歲夭折。

民國三年（日本大正三年）冬參加台灣同化會。民國四年二月，同化會被台灣總督命令解散，同時培火被免教員之職。

民國四年（一九一五）三月留學東京，進預備學校。

民國五年（日本大正五年）四月考進日本國立東京高等師範學校理科第二部（物理化學），民國九年三月畢業該部，四月二十五日信仰耶穌基督，接受植村正久牧師洗禮。

民國九年七月十六日，依新民會之決議，並以台灣人有志者之自由捐獻為後盾，在東京發刊《台灣青年》月刊雜誌，被推任主幹兼主筆。

民國十年一月，在林獻堂領銜之下主辦台灣議會設置請願運動，向日本帝國議會提出第一次請願書，嗣後帝國議會每有開會皆有提出，迨民國二十三年始停止提出。除在獄中外，每期皆主辦其事。

民國十二年四月將《台灣青年》雜誌社交由林呈祿主辦，雜誌改題為《台灣》，培火回台一面主持雜誌社台灣支局，一面開始組織雜誌社為股份公司，鞏固該社財政基礎。雜誌《台灣》不久又改題為《台灣民報》。

民國十二年十月，依台灣文化協會大會決議，以普及白話字為條件，接蔣渭水之後，出任該會專務理事（現之秘書長）。

民國十二年十二月，台灣總督命令檢舉台灣全島之台灣議會設置運動之重要人物六十餘名，迨民國十四年二月被判有罪，與蔣渭水同受禁錮四個月之刑。在獄中作「台灣自治歌」及「祝壽歌」。

民國十六年（日本昭和二年）正月，台灣文化協會為左派分子所佔據，乃脫離該會，專心於台灣民報社股份公司之組織，及為失學同胞進行白話字之實際運動。

民國十六年二月，創辦美台團，以兩隊電影巡迴農村，繼續農村之成人教育。（**資金是以家母七十壽辰全台同志所贈壽禮全部充用**）

民國十六年七月十六日，依照培火指定之日，《台灣民報》被許可由東京移回台北發行。七月十六日是培火所定《台灣青年》雜誌發刊之日，培火曾對總督府當局明言，到是日若不許可，必自殺以作抗議。培火在日據時代，只有此事完全勝利了殊堪自憐。當時之當政者總督伊澤多喜男，高等警察課長小林光政。培火即電召林呈祿返台將雜誌社之經營交由渠主掌。作「美台團團歌」，專心白話字運動及農村成人教育之工作。又作「作穡歌」以自慰。

民國十七年（日本昭和三年）春，當日本第一次普通選舉實施時，著作《告日本本國民書》指摘台灣總督之惡政。

民國十八年一月，作「舊台灣白話字歌」，為白話字運動之進行曲。同年三月不顧政府不許可，斷然在台南市武廟開辦白話字講習會，第一期無事完了，第二期即被禁止。

民國十九年一月在日本中央發動阻止台灣總督府重新製發阿片吸食許可證，響應台灣島內同志向國際聯盟提出陳情書表示反對。當時台灣總督為石塚英藏，國際聯盟曾派員到台灣調查。總督府遂停止發給新證。

民國二十年（日本昭和六年）一月，資金三十五萬元之台灣新民報社股份公司成立，台灣當局仍頑固不許發行日刊新聞紙。乃又受林獻堂、林柏壽、羅萬俥、陳炘等諸同志之力勸，帶眷赴東京向中央政界交涉日刊新民報之發刊及以台胞之資本構成之大東信託股份公司設立之許可。日刊《台灣新民報》發刊，竟於民國二十一年一月獲得許可，同年四月十五日正式發行。

民國二十六年七月二日前妻吳氏足亡故，享壽四十二，作「憶吾妻」長詩，台灣著名詩人林幼春面告「培火雖死此詩不死。」七月七日蘆溝橋事變發生，七月底率全家子女七人避居東京，開張味仙餐館近六年，間以傳授漢文及中國語與後輩同胞為樂。先是同年春在東京起稿《東亞之子如斯想》一書，苦勸日本切勿與中國構怨，七月十五日由岩波書店出版，為日政府所忌，民國二十七年一月十八日（一九三八）被捕拘刑四十天，幸獲安部磯雄、岩波茂雄等人保證，乃得不受起訴。獄中作「地府行」長歌。

民國三十二年一月，結束味仙之經營，與子女分別單身到上海，斯時日本三條船只一條船可安全過海。適日本舊友老政治家田川大吉郎為避日軍閥之忌已先亡命在上海，迨民國三十四年春末，接見青年吳曉初福建人，說是重慶中央派來接田川氏入重慶者，求我同行，乃於六月底由上海出發，經杭州溯錢塘江，八月初抵達淳安鎮，八月十五日日軍投降，作「台灣光復曲」。九月三日在淳安慶祝受降典禮，後聞南京受降典禮時，重慶中央曾電召台灣同志六人到南京參加典禮，培火亦為其中之一。九月上旬在淳安與田川氏領受戴雨農將軍宴，戴將軍指示由淳安再去已無飛機接送，應折回南京聽何總司令應欽之命以作行止。九月底返抵南京晉見何總司令，再候一個多月，始由何總司令指示，毋需前赴重慶，三人解散，田川回日本，培火特請何總司令准許乘坐軍機飛中央致敬，幸蒙准許，十一月初飛抵重慶，住王主任芃生公館四個月，邵毓麟大使係在王公館交識者。

民國三十五年一月在重慶加入中國國民黨，旋被任命為台灣省黨部執行委員。同年二月底與國際問題研究所主任王芃生同飛上海轉回台灣之前，作「新台灣白話字歌」，希望返台後能以白話字之普及，貫徹成人同胞社會教育之夙志為中心工作。

民國三十七年一月，當選為中華民國行憲第一屆立法委員。

民國三十七年十一月五日，在南京與廖溫音結婚。

民國三十九年三月，中央政府遷台第一屆陳誠內閣成立，被任為行政院政務委員，嗣後連任俞鴻鈞內閣、第二屆陳誠內閣、嚴家淦第一屆內閣之閣員共十六年餘之久。

民國四十一年被聘為中華民國紅十字會總會副會長兼任台灣省分會會長，直到現在。

民國五十四年十一月開創淡水工商管理專科學校任董事長。**（民國四十八年十二月開始籌備）**

民國五十五年四月提出辭呈，辭去行政院政務委員，出國作十七國之環球旅行，為期六個月。旅行中聞知辭呈獲准，五月被命任總統府國策顧問。

民國五十五年十月環遊返國後，即進行「閩南語國語對照常用辭典」之編印工作，此稿係六、七年來繼續工作之結果，希望此書能為八十壽辰之紀念品。

培火一生最快樂之回憶，在為幾位同輩或後輩作了幾次媒人，皆成為非常美滿之家庭，舉其幾位已作古者，有林茂生教授、陳炘總經理、高天成院長。現生存者有杜聰明博士、吳三連董事長、何景寮立法委員、林攀龍董事長等約二十對，悉為台灣之模範家庭。培火作有結婚祝歌，歌曰：㈠天高一氣清，地厚萬物榮，造化配合妙，日月對照明。㈡人生多佳景，根源在愛情，心心能相應，樂園就此成。㈢堂上點紅燈，堂外放光明，室家皆純潔，鄉黨盡和平。（副歌）同祝慶，美滿新家庭，新婦賢且淑，新郎偉又英，同祝慶，我輩眾親朋，慶祝百年長伉儷，慶祝琴瑟永和鳴。

親屬現況，繼室廖溫音七十歲，長女淑慧適王（已逝）五十五歲，專工小提琴在日本。次女淑文學醫五十一歲，適林瑞雲醫師，夫婦同在高雄開業，近將往日本東京進修。三女淑姈女高師畢業四十九歲，適張漢裕博士，台大經濟系教授。四女淑珵四十五歲，因病在家料理家務。五女淑尨專工舞蹈四十二歲，適楊陵祥醫師在香港。六女淑皜高中畢業三十七歲，適賴淳彥，生化學博士在美任教。次男敬仁四十歲，美國波音飛機公司主任工程師，媳婦高興華三十八歲，留英專攻兒童教育。內孫念祖七歲，紹祖六歲，孫女順雍二歲，外孫共十七人。

民國五十七年（一九六八）五月自記

台灣光復前之經歷

先祖父春來公年二十（民前七十八）左右，由中國大陸福建省晉江縣容鄉（俗稱洋坑）渡台，定居今之雲林縣北港鎮，經商頗有成就，為北港名門之一，有子五人，先父為其末子。先父諱萬字然芳，民前六十年出生於北港，自幼讀書設私塾從事教育，清朝敗戰割台與日本之年卒，享壽四十三，與先母王氏謹生育子五女二，培火是其第四子。先母逝世時七十八歲。

培火字崑培號峰山，民前二十三年（公曆一八八九）五月出生於北港，現年八十五歲，幼時家道頗豐，七歲時日軍進侵北港，因先父為北港領導人物之一，當時雖已去世，日軍仍不放鬆追捕家長兄甚急，家母乃率諸子渡海避居福建安海附近之石湖，家母本作久居之計，將所帶家財投資海運，不幸船初航即遇風沉沒，無法立足，約一年後家母再率諸子返回北港，自是生活日促。長兄嘉培因略有漢學基礎，或充鄉村之塾師或業代書自糊其口，二兄培川當小職員，皆無餘力助母養育我等幼少者。雖然，吾母自願百般張羅辛勞奮鬥，亦不准我等三人輟學，因此，三兄培庭及我畢業師範，五弟培頂畢業農事學校，培火受母之感化至深且巨。

培火二十二歲（民前二年公曆一九一〇年）畢業台灣總督府國語學校師範部，在公學校執教五年。

二十四歲與台南市吳氏足結婚，生女六人，男二人，長男維盈在日本東京出生，三歲時夭折。次男敬仁（現四十五歲）在美任波音飛機公司工程師。女六人除第四女病體在家，餘皆結婚有美滿家庭。妻吳氏四十二歲時病逝（七七事變前五日）於台南。

二十六歲之年末尚在公學校執教，適有日本明治維新之元勳坂垣退助伯爵，為促進中日合作，主張提高台灣人之政治社會地位，與日本人之地位平等，而與台灣人之領導者林獻堂組織台灣同化會，培火認為是乃政治鬥爭之絕好機會，不顧在台之日人反對強烈，斷然參加該組織。不幸該會成立月餘，即受台灣總督之命令解散，因之培火亦被免職。

二十七歲（民國四年）二月被免去教員之職，三月末受林獻堂等之資助，將老母及妻女交託親屬供養，單身奮然赴日本東京留學。家母囑我學醫，同志親朋要我學習政治法律，自己則與獻堂氏商定進入高等師範，將來仍然從事教育，因獻堂氏答應將另設一私立中學，交我經營。我又以為同胞最缺乏者是科學，故於翌年考進國立東京高等師範時，所選擇之科目是物理化學。此科之學習最需要者是英文及數學，而此兩課在台是幾未學習者，是我能力最弱之學課，我在高師四年之學習，實苦極了，幸終獲突破而得畢業。高師在學四年間不能專顧讀書，東京台灣留學生大大小小，起初一、二百人後增加至四、五百人，有同鄉會、青年會，最後有新民會漸具政治色彩，我又是年紀最大部類，本來又是為提高同胞生活而離家來留學者，怎能單純唸書呢?我之窘境諒可蒙亮察。

三十二歲(一九二〇年)民國九年三月畢業東京高等師範理科二部,台灣總督府文教局派其督學官到東京相勸,要我回台灣任教,保證三年以內可任用為中學校長,我已與林獻堂氏約定在台中創辦私立中學,以免少年台胞學徒遠渡日本留學。可恨總督府不准以私立辦理,將林氏等所集約近三十萬元日幣,充作台中公立中學之用,管理及課程悉由總督府支配,乃斷然拒絕返台。仝年四月二十五日接受日人植村正久牧師之勸,領受洗禮信仰耶穌基督為救主。一方面是由於教義的了解,另一方面是得力於植村恩師之勸說而入信,彼對我誠懇地說,彼認為日本政府對朝鮮、台灣所採之政策是不人道,且日本天皇稱為「現人神」,乃基督教之對敵——有日本天皇之現人神存在,則不能有基督教之神的存在,是亦他個人之對敵。他深以我之反對日本政策為正確,但日本武力為世界四強之一,只以人力我必無法取勝日本政府,勸我信仰耶穌基督,必有天來之能力助我而拯救台胞,因此我更了解而入信。嗣後我與同志等在東京所作之政治性行動,植村恩師皆盡力支持,在東京之台灣人要舉行政治演說會,苦無會場,彼竟不避忌諱將其教會充用,台灣人無言論機關,渠則運用其人事關係,代為奔走說項,台灣人欲向日本國會請願設置台灣議會,苦無議員介紹,渠則就兩院議員中擇其有正義感者,代請其為介紹議員而提出請願書於兩院。又如因台灣議會設置運動,台灣總督府大興冤獄,我與同志等被捕下獄,我恩師則遠派代表,到台灣慰問,並派其教會所屬律師到台辯護。

三十二歲即民國九年一月新民會開會議決,在本年內創辦台灣人之唯一言論機關月刊雜誌，由我負責籌備，我畢業高師以後才積極進行，經費來源極其有限，稿件來源更感枯竭，因此敢於出面直接當事之人尤屬難得，不得已乃以一身而兼主幹、主編，除校對及發送只用兩位半工半讀之年長學生幫忙外，無論內外事務悉以自身當之，司庫則特請一位具有名望之畢業生（為應國家試驗而住東京者）林呈祿擔任。仝年七月十六日發行創刊號，取名《台灣青年》，我真是不眠不休繼續奮鬥兩年半，迨民國十二年四月始將社務交由林呈祿同志主持，自己則歸回台灣集資組織股份公司兼理台灣分社，雜誌則改名為《台灣》繼續在東京發行。

三十三歲（民國十年）二月以新民會會員為中心，由林獻堂氏領銜，向日本國會兩院提出設置台灣議會之請願書。此舉是台灣人表示其政治立場反對台灣總督之獨裁而發者，最初兩年皆以在東京之留學生為主體，民國十二年後則以台灣民眾為主體，此運動繼續有十三年之久，至民國二十三年始被迫終止，我除入獄不能自由之時外，每年皆為此運動之主幹。起初在東京留學生間，對台灣之政治運動有兩大派，一派主張台灣完全自治，另一派則量力僅主張開設台灣議會，後得林獻堂之支持，乃能一致進行請願設置台灣議會。（詳見自立晚報出版之《台灣民族運動史》）

三十五歲（民國十二年）十月，台灣文化協會專務理事（即今之秘書長）蔣渭水，因其業醫不克專心會務，乃以大會決議要我繼蔣氏之後出任其職，乃以大會同意普及白話字（當時為羅馬字）為條件，接受其決議而任專務理事之職，直至三年後該會為左派所佔據而止。此間我的行動最為煩劇，不分晝夜須應各地同志之請，自市鎮以及鄉村舉開政治、文化演講會，使日本警察苦於奔命，而我則因大聲講話過多，氣管擴大成為痼疾至今不癒。

同年十二月十六日台灣總督發令拘捕全台灣之台灣議會運動主要人物六十餘名，迨民國十四年二月三審判決，十八名被定罪，我與蔣渭水各被判決禁錮四個月。獄中作「台灣自治歌」，歌曰：

一、蓬萊美島真可愛，祖先基業在，田園咱（阮）開樹咱（阮）種，勞苦代過代。
著理解，著理解，咱（阮）是開拓者，不是戇奴才。台灣全島快自治，公事咱（阮）掌是應該。

二、玉山崇高蓋扶桑，我們意氣揚，通身熱烈愛鄉血，豈怕強權旺。
誰阻擋，誰阻擋，齊起倡自治，同聲直標榜。百般義務咱（阮）都盡，自治權利應當享。（用鄉音唸更好聽，有曲可以唱）

三十九歲（民國十六年）正月，台灣文化協會被左派分子佔據，以全民運動為標榜之舊會員自林獻堂起全部脫會，不欲同胞自鬥而使日人快心。我乃專心負責於股份公司之組織及雜誌能在島內發刊之運動。民國九年七月十六日創刊之《台灣青年》改題為《台灣》之後，不久又改為《台灣民報》，因經費及報導之時效關係，不能不及早申請移回台灣發行，但是總督府一直刁難不准。當時主管思想言論之總督府高等警察課長小林光政，是一基督教同情者（其妻為一熱心基督徒），我在感覺萬般困難之際，是年七月十三夜晚禱時得默示，翌晨即訪小林太太於其官舍，告以我在祈禱中得到默示，關於《台灣民報》在台灣發行被許可事，可仗夫人之力實現，切請幫忙，我請在七月十六日雜誌創刊之日以前被許可，不然我將自殺以為抗議。至十五日尚無動靜，十五夜我通宵禱告未睡，翌十六日——即我所指定之限期七月十六日——晨九時，接總督府高等警察課小林課長電話，要我帶章去領《台灣民報》在台發行之許可書，噫！這正是吾師植村氏相告由天上而來之力量所造成者也。當時我因過勞氣管略有出血，發行已得許可，便請林獻堂等同意，發電東京請林呈祿回台主持業務。我僅從旁協力，另闢大眾教育途徑。

同年二月起——文化協會分裂後一個月，在去年家母七十大壽，由同志所贈祝壽禮金中，抽出二百元買一毛氈及一銀製花瓶為紀念外，以其餘之全數往東京購買巡迴用之電影放映機兩部，及有教育意義之影片四、五齣，組成農村電影巡迴隊，名謂「美台團」，代替從前的演講會，我自己卻不參加巡迴，後因頗受各地歡迎，再增加一隊，因為都在廣場或廟宇放映，收費極廉，記得是有座位的是一角、站的是半角日幣，開映前團員先領觀眾唱團歌，歌曰：

一、美台團，愛台灣，愛伊水稻雙冬刈，愛伊百姓攏快活。
長青島美麗村，海闊山又昂，大家請認真，生活著美滿。
二、美台團，愛台灣，愛伊花木透年開，愛伊百姓過日帥（或粹）。

長青島美麗村，海闊山又昂，大家請認真，生活著美滿。

三、美台團，愛台灣，愛伊風好日也好，愛伊百姓品格高。

長青島美麗村，海闊山又昂，大家請認真，生活著美滿。

四十歲（民國十七年）春，日本施行第一次普通選舉時，在東京出版《致日本本國民書》，暴露台灣總督政治之劣蹟。東京帝國大學教授、後著《帝國主義下之台灣》矢內原忠雄曾面告說：「台灣總督府對君此書，囑台灣帝國大學政治講座教授某，起草反駁文章，那位教授說，蔡著所陳都是事實，無法反駁，所以沒有答應」。此書在台灣勿論是被禁止發佈的。

四十一歲（民國十八年）夏末帶眷常駐東京，向中央政界交涉許可在台發行日刊報紙。先是同志等決議將台灣民報雜誌社改為日刊新聞社，資本金卅五萬圓，當年夏初略為募妥，但總督府一直表示不許可。因此林獻堂、羅萬俥、林柏壽等同志商定，要我帶眷駐東京，向中央政界作長久交涉許可。我到東京後，台灣總督發表要重新發給「阿片吸食許可證」，台灣同志齊起反對，一面向國際聯盟告訴，一面我在東京向政界及基督教界，抗告總督府之不人道計劃，呼籲制止。國際聯盟亦派員來台調查，日本中央亦皆表示反對，總督府遂即取消計劃。

我駐東京近一年半，關於日刊新聞發行之許可交涉已有頭緒，大體憲政會方面以伊澤多喜男為中心同意許可，困難是在政友會方面居多，我在民國二十年末攜眷返台。斯時台灣總督太田政弘是憲政系亦為伊澤之好友，民國二十一年新春早早，日本政變政友會當權，伊澤知總督必被更換，乃與太田連絡，元月九日在台北發表許可台灣新民報社發行日刊新聞，太田總督翌日即被撤職。台灣新民報社董事會即開始繳納股金，四月十五日正式發行日刊新聞。時我年四十四歲，同志要我參加直接經營報社之工作，我自以為教育、特別是失學的民眾教育最切要，是乃我的宿志，又自以為可參加工作的人多，所謂「僧多粥少」，我只接受繼續擔任普通董事而已，贈一社歌作別。

台灣新民報社歌（另有曲譜）

一、黑潮澎湃，惡氣漫天，強暴橫行莫敢言，
　　賴有志奮起當先，開筆戰解倒懸，
　　光榮哉，言論先鞭台灣青年，
　　民報，民報，新民報，作你前驅台灣青年。

二、高聳玉峯，屹立亞東，仙鄉美島太平洋，
　　望大家放開眼孔，共勇往，策大同，
　　崇高哉，我報理想，民權振強，
　　民報，民報，新民報，筆戰陣中道遠任重。

三、民報社友，筆陣貔貅，公義掃地年已久，
　　願吾儕同心攜手，盡天職勿遲留，

和樂哉，我報社友，筆陣貔貅，
民報，民報，新民報，全社一心力爭自由。

四十四歲（民國二十一年）白話字運動是我最基本的心願，遠在民國三年（日本大正三年）我參加坂垣伯爵的同化會時，就以普及白話字為入會之條件，我的日本人恩師植村氏曾面示，我志願普及白話字，是最有意義之工作，又摯友矢內原教授相告，白話字的普及是一生做不完之工作。真地到今天——我已經是八十五歲了，還沒有做好此事，但我在日據時期的愚民政策之下，怎樣努力都無法展開此工作。光復後無日忘記推行，直到現在只能做到著作的預備工作，還不能順利痛快地普及於社會，實在遺憾之至。我至死一定要完成此一工作。今在自己的國家，尤其是在自己所屬的政黨執政之時，我不能也不可用鬥爭的方式進行。反對的人說此工作推行的話，會阻礙國語普及，但是我苦口說明，推行此工作不僅能助國語之普及增加一倍的速度，更會使每個家庭變成學校咧！可惜大家還不表示首肯。此事倘將來中華民國有返回大陸之一日，真心要教導民眾做主人時，亦須採用此法。詳細報告，請看拙著《國語閩南語對照常用辭典》之卷首「本人對台語注音符號工作的經過」一文。在日據時期我撥開台灣新民報日刊新聞社工作之後，即積極開始當時所謂「白話字運動」。我母親知我不就高位，而願做此工作，稱曰「吾兒清白」，因欲紀念她老人家之美詞，故將是年出生之第六女取名「淑皜」。我母以七八高齡去世。

四十九歲（民國二十六年），中日關係一直惡化，日夜祈禱能有解救之法，兩年來吾妻以肺癆養病在家，我本不應離家遠出，但為救時之念所迫，經常奔跑於中日兩國人士之間，追尋緩和之策。本年春初起專心執筆，以日文寫成《東亞之子如斯想》一書，得東京著名書店「岩波書店」主之激賞，於七月十五日出版。不幸書出之週前蘆溝橋事變已發，愛妻於事變五天前永別。於是對政治、社會之意念俱灰，得親朋之協力，八月初率兒女全家離台，在東京新宿開辦台灣餐館，取名「味仙」、作對聯曰：「味中別有味，仙外豈無仙」。當味仙的老板五年有餘之間，我的私生活最為舒適，大家有物資缺乏之慮，我一點都沒有，且有時間作畫或開課教授在東京之台灣人士及留學生學習中國國語，現在台北之實業家吳三連、外科醫師林秋江、教授陳茂源都是當時的學員。

五十歲（民國二十七年）一月十八日清早，東京的警察突然叫門，要我交出新書《東亞之子如斯想》，並命我馬上與他們同行到警察局去。日本警察無論在台灣或在東京，因我平素不講武力，對我都很客氣，前三次被捕都沒有扣我亦不打我，這次在取口供時就不同了，說我寫這本新書，是要消滅他們日本人的戰意，叫我供認是中國國民黨的地下工作員，我不供認就被打被踢得相當厲害。被拷問了四十天，由民眾黨的黨魁安部磯雄（寫序文的人）及出版書店主岩波茂雄出面保證，才不被起訴而釋放了。

五十五歲（民國三十二年）一月，那時太平洋戰已開始了一年多，日本的實力漸漸感覺不繼，一時沉默了的和平派自覺繼續下去，日本實力薄弱一定戰敗。他們想到我平素對中日問題關心，思想公正熱情行動，他們亦想起我往年曾有意思往中國尋找中日親善的途徑，此時若能得我同意，前往上海、南京試探有無和平線索，是極為需要的事。我雖覺得時機過遲甚少希望，但照樣呆在東京亦沒出息，乃斷然結束味仙的業務，置子女於東京，於民國三十二年一月末，由皇民翼贊會總裁後藤文夫保證，警察取消我的甲種要視察人名義，外務省才給護照，由長崎港搭船安渡上海，斯時三條船僅有一條能安全到達而已。在上海、南京不久即知完全無路可走，只用數行通函後藤等人告以斷絕連絡。

五十七歲（民國三十四年）六月底，信憑吳旭初君之言，同日本老政治家田川大吉郎三人同行，離開上海向重慶進發！田川係恩師植村所介紹之老國會議員（時年七五左右），因具反戰思想而先我逃亡在上海者。吳旭初（年約三十）福建閩南人，說是重慶中央派他出來，要接田川到重慶，因語言關係要我同道。我問有何憑據，他謂到上海前被日軍拘禁一個多月查問，什麼都被毀掉了，但到處皆有人接應不需帶什麼。此行真是不能隨便，田川與我皆身無一物，每日生活盡靠上海朋友，況前程遙遠日軍防線如何通過，殊多生死危險。問吳為何要田川到重慶，青年告：「大約是日本戰敗雖成定局，但有其約二百萬之軍民在我大陸各地，倘萬一他們不聽命投降，則問題尚多可慮之處，故要田川去貢獻意見作參考」。我以為這是有意義有冒險去的價值，田川又是多年來的前輩同志同信之人，田川亦很願意冒險晉去服務，他說這對日本亦很有意義的事，就決定兩人一切聽信吳青年的安排，而於六月底的清晨，三人均化裝為中國鄉下人，照時到著上海往杭州的車站，真地已經有人在那裡招呼，車到杭州站亦有人接，而且是住入一家相當堂皇的邸宅，我倆個到此全信吳青年是真貨囉！旭初告訴最沒有把握的地方，是要越過杭州的日本防線，田川老人說這個他有把握，原來駐杭州的日本總領事是田川老人的親戚咧！翌日田川個人往領事館回來說沒有問題。真地再翌晨就有總領事的汽車來接，在防線站崗的地方，車稍停司機只一句話，守兵便揮手讓路了。我們三人在吳所指定的路旁下車有人接，司機空車回去，田川老人還有轎子坐，不遠就到錢塘江邊乘船。起初帆船順之字形的航線溯江，過數日即需結繩桅頂，人在岸上舉聲力拖，約十多日才達淳安鎮，吳說須在此地停留候命。終悉日本本國無條件降服，九月三日聽全鎮爆竹聲而知軍民慶祝勝利。我則同情田川心境，不敢表現過份喜悅，暗作台灣光復曲示吳，曲詞如左：

「中華民國南海中，九霄雲上浮玉峯，豊質麗姿台灣島，漢族血汗始開創，唉呀！長青華疆，無量寶庫，吾曹家鄉。

遺恨五十年前事，滿清失政國運窮，甲午敗戰，割地求和，日人據台擅威風。嘆吾族呻吟鐵蹄下，備嘗奴味身心痛！今也日人無厭侵祖國，假仁義謀吞併，窺王泰東。

奈何天意不伊容，舉國響應共抵抗，民主盟邦誓協同，八年血戰終獲勝利！還我河山見天空，弟兄骨肉重相逢，欣揭國旗高飄揚，青天白日滿地紅。

努力建設，永祝興隆，協和萬邦，肇策大同！」

同時作譜，可以獨唱，尚未得時公開發表耳。

附陳，由大陸返台後，始知中央派何總司令在南京接受日軍投降典禮時，曾有急電由重慶中央發令台灣當局，邀集台胞中以往作對日抗爭的領袖人物六名趕到南京參加典禮，其中有我的名字，惜找不到我，故無福領受光榮，為憾。

台灣光復以前之本人經歷，只寫本人主辦之事，配合同志而為者，未予提及。至於光復以後之經歷，賜暫不報告。

唯有與田川老人晉渝一事，在九月中旬，戴雨農將軍在淳安召宴田川及我，並告本來要送我們到福建之建歐，從那裡搭機飛重慶，現戰事結束，彼處已無飛機，應即返回南京聽何總司令之命以作行止。三人乃即返南京，晉見何將軍，有鈕先銘少將同作翻譯，迨十一月中旬由總司令明示，無需晉入重慶，結束行程。田川受當局特別禮遇，返回日本。我因台灣光復，應晉重慶致敬中央，幸蒙總司令賜予軍機座位，於十一月初飛抵陪都，住國際問題研究所王芃生所長公館四個月後，離渝返台。

日記（一九二九年至一九三六年）

主後一九二九年正月元旦

家母七十五歲，我四十一，素卿三十四，淑慧十六，淑文十二，淑姈十，維盈若是在的話八，淑理六，淑姃四。大家全康健。

曾記得六年前治安警察法違犯事件時，警察來搜家，對他的上司報告，我有值三百元的衣裳及值有三百元的書，如照這樣那時我的財產當是六百元，到現在不知增加多少？但是記得至今登記所都無我的名字在。

至今所做的工作如何，總應蒙上主去審判，我唯有盡我所能的，照看從今年起，向來所有關係的工作，可能放交大家去管理。主！在天的父！祢所喜歡的工以外，我無別項可做，祢歡喜我做什麼？普及白話字的事業，父！祢肯使我從今年做起？萬事全祢的聖手引導！懇求天父特別施恩！心所願！自三四日前作白話字的宣傳歌，歌詞及歌調到今日全部作好，盼望此首歌能做我此去做工的進行曲！

一月三日

歐美同學會在台南市開第二次總會。羅萬俥君、杜聰明君、陳炘君他們都來，萬俥君對在南幾位同志交涉要推薦我做新民報社的監查役，大家都贊成，我叫他暫作保留。

一月四日

與羅萬俥君、杜聰明君、陳炘君同車到台中。

一月五日

萬俥君早二班車先去霧峰和獻堂先生交涉做新民報社的社長。

一月六日

去彰化探問清波嫂，順便和她參詳她二個孩子留學的事。照大家的打算是替他們想大的應歸來就職照顧家族，小的繼續讀到成器，我也是贊成如此，但是大的固執他要讀，甚至對出學費的人煞有怨言，心性到這樣真是無心適！晚住台中逢源君家。

一月七日

午前聽見炘君講獻堂先生海岸急行要去台北，想奇怪，與炘君做伙去車站，沒有看見人，想更覺奇怪，炘君邀回去，但是我特地問站內的警察，他答說坐早上的車去後壁下車，我就隨時告訴炘君，有戲了！老三走了！我乃和炘君商量叫他趕緊通知羅半仙，順便講意見給他做參考。

晚間至霧峰，佯不知，問攀龍、能式二君，他們都說不知道，又講恐是去台北，我笑一笑回答說被你們騙不得。

一月十二日

幾日來都住霧峰，昨日去台中聽說半仙由台北追到關子嶺，不未著見，回來台中接到消息才又趕到台北，日將暗，老三突然到家，說晚些半仙要來相會。

半仙爭論至夜十一點半，老三起頭才用三項條件和半仙立約，答應就任社長。

一、獻堂做社長萬俥要做專務。

二、獻堂做社長的中間萬俥不得辭專務。

三、獻堂做社長的任期是一期。

偕堂、金俊、能式及我四人全部做立會人署名。

一月十三日

透早老三叫我起來，問我的意見，看關於對督府交涉的方法，在正式就任以前，當先對半仙及能式聲明抑是免？我回答不要，我給老三講明我要辭退監查役，求他諒解。

午前十點到台中，會半仙，他微笑著說，究竟是照你這個的按算，他又講，今損害著呈祿的名譽心，看要怎樣調和!?我講公事是不可做給野心家滿足，今對大局上看，我當辭退重役，專心做羅馬字運動才好，半仙說若是我必定要這樣，聽我的自由。我又告訴他因為欲避對內對外的歹影響，希望使我在總會的席上辭退，我要推薦劉明哲，他答應了。但是在總會的時候，沒照約束做，我就明白從中的意思，不得已等到總會終了，才自己起來聲明，重役是我自己辭退，希望大家應監視有特權思想的人。

一月十四日

日間對霧峰幾位朋友，告明要專心做羅馬字運動，求他們援助，偕堂兄說因為我此次的態度，呈祿可能較有反省，半仙也會比較好做事。

晚間和老三他們做伴看「黃金及愛情」的電影，看了回來推迫他對天成的求親應確實回復，他說是因為天成的健康不知確實怎樣？我約他即設法檢查身體，又下午對阿關講一句謊話，向他道歉。

一月十五日

昨夜因為種種的思念整夜沒睡，早早就爬起來，結果決心對獻堂先生宣告我對他種種的感念，他也非常興奮，我也非常沈痛、非常興奮，他並且給我種種警告，我說我對大家的關係，從此時要全部換方式做，我的歷史可能由此換面寫!!我又非常決心，又非常難寫，看他也是深深有所感慨，特別送我到車站，大家感奮到要流淚，十點餘發車離別，啊！不知再多久才能得會面？人講棉績被不睏，刁工走站蠓殼頂抛推輪？正是我今日的所做。

天父！唯一是求能夠成您的旨意！

一月十六日

今日起到二月末決定幫助長老教中學後援會，募集尚未到額的基金，因為在舊年底十二月六日在後援會總會中，我已經聲明要出力做工，彼時也已經被選作理事，不夠的額數大約二萬餘元。

一月二十八日

自前所撰白話字課本的原稿，到今日修改完成，交涉要在新樓書房付印。

二月一日

自今日起利用餘暇起草「科學精神」的原稿，用獻堂先生娘的名又寄錢來。

二月十一日

高天成君從東京歸來，給他講明關於阿關的親事交涉了的經過，講到檢查身體這點，他和高先生娘相同，很有艱苦做的樣子。

二月十五日

因為本月初二日，台北及台南的新聞，同時登出我受蔣渭水君一派的人壓迫，所以聲明退出民眾黨，在初四日的台中新聞，已經刊出我辯明的文章，在初十日的民報也有刊出我自己親寫的聲明書，今日草好一張日文的稿寄去交他刊。

二月廿四日

獻堂先生寄信來答應將他的千金關關匹配高天成君，順便講明醫師證明高君的健康好，也怕後日有人講歹話，尊重我的意見，亦寄關關的健康診斷書來，四年餘以來的問題到這裡開始解決！益發感覺替人盡心做事是真要大犧牲，能式君對我所抱的誤解不知何時才能消去？啊！

做好事愛人必須不算本才能做到！但是我確信，若能夠幫助多多好的新家庭緊緊出現，這些荒廢腐敗的台灣不怕他不變好。

二月廿八日

長老教中學的基金募集期限至今日止。這一月餘日來，大概和劉瑞山兄同行，他可說也是非常熱心，所募集的新樂捐大約二萬一千元，也是可觀的成績，應當深深感謝，只有一項不夠滿足的就是對李仲義長老的交涉，我是已經費盡很多的苦心。

三月六日

白話字課本，今日印好五千本，預定用台南民眾俱樂部的名義，自十一日禮拜一起，開會員的研究會，自初一起就出廣告募集會員六十名。

三月十一日

本是預定自今日起開白話字研究會，台南警察署來擋講不可以，必須請監考，因為和伊交涉未好，所以今日中止沒開。

三月十二日

自早上到下午五點去警察署及高等課四次，高等課長應允給我開三期六週，但是署長仍然強勁不答應，結果我告訴他我偏要開，若是真正使不得，就照他的意思去辦，到六點曾打電話來通知說，警察署要裝不知道，如能得市府服務係的承認就好，然我由我照預定進行，研究生有五十餘人，全是男人。

三月三十一日

「科學精神」的原稿寫完。

今日剛是白話字研究會第二期的頭週內，研究生比頭一期多十餘人，也有十餘個婦女參加，究竟好事由汝用誠心去做，到後來人是必定能理解！

四月十五日

總督府所募集了的台灣歌謠，都不夠好，自月初就有意自己作一首看看，詞和曲到今日全部編好。

四月十七日

羅萬俥君自前月上旬就和獻堂先生去東京，疏通新民報社創立的事情，數日前回來，楊肇嘉君也同船，萬俥君今日來拜訪說明他和幾位同志的意見，要我同意。

四月廿二日

白話字研究會到今日期限滿，第三期研究生差不多有九十人，婦女將近四十人。

下午四點在武廟拍紀念照，婦女大部份怕羞，不參加，不知道到何時才能夠引導婦女和男人並立?從這六週期間的經驗，益發確信人若認真學習，二個禮拜就足夠領會，若是要更熟些，再練習二個禮拜就足夠。

四月廿三日

為了要去總督府交涉白話字的事情，歇腳台中，夜息霧峰，三個多月沒和獻堂先生們相見，一旦會著，實在有一種不可喻的感念，先生娘講先生要搭一間別墅在山嶺可靜養，但她反對。

四月廿四日

過午到台北，在聰明君處休息，訪問警務局保安課長，他要了一張白話字普及的趣旨書及做法的計劃書。

四月廿五日

將昨晚草成的白話字普及的趣旨及計劃書，提交給保安課長，面會警務局長，他說要慎重商量看看，會文教局長石黑，前年伊澤總督時不認許，彼時他就對這個問題有關係，他此時還是說不得用羅馬字，豈不成和他大論一場，他叫我順便講給社會課長聽，他半開玩笑的說，汝（**指我**）已然專心要普及羅馬字，民報社民眾黨對這些已經在間接的地位，若是這樣台灣議會請願的事情，豈不可亦放在間接的地位嗎？此君尚能哈仙，但是我無意和他玩笑，我說這項事是我對台灣政治的根本主張，必須直接去做！聽說惠如在福州？腦出血，又聽見對他真無趣味的風評。

四月廿八日

由霧峰去清水會楊肇嘉君，他又說他的希望給我聽，要我同意，我勸他不宜去美國留學，應協力實際活動，他又說惠如患病前去東京的時候，大攻擊呈祿，也對我大大的同情，問他看對什麼點攻擊最大的，第一對新民報社的組織，第二是講惠如的媳婦將瀕死的期間，呈祿全然冷淡，哈哈！惠如對呈祿也已經有這樣的話講嗎！惠如的病真嚴重。

五月四日

正式對台南州提出白話字講習會的認許願書，和再得兄、秋微君他們夫婦，也和素卿、大家相攜去霧峰獻堂先生家，舉行天成君和關關小姐的訂婚禮，啊！三年餘的商量到此時才確定，若是能夠對這樣來造成一口上主所歡喜的家庭，雖然是用了很多的心神，實在也是心所歡喜的!!

五月十四日

聽說惠如已經回來，在台北入院，寫信去打聽賴金圳兄看事實怎樣，四日前門口掛出「台灣白話字會事務所」的牌子。

五月十八日

接到金圳兄的回信說，惠如兄已經在台北，可能在世不久！惠哥的孩子來信通知危篤!!啊！我實在感覺一種無限的心音，論這個人是沒有什麼可取的地方，若是想到起初創立台灣青年雜誌以及台議請願的事，他卻也是共同起義的同志，想到這點未免使我心懷躍躍欲去見他一面，本是約定教會要説教，今辭去決定明天北上。

啊！宗教上的末日審判人恐怕難得信，但是我敢講惠哥豈不是立在他一生總結算的日子嗎？

五月二十日

惠如兄今早四點鐘過往！我赴不著他的臨終，晚上和聰明、肇嘉、金圳、呈祿、式穀、渭水一起為他顧鋪。到半夜後，我至今日才聽説惠哥結局的情形，使我益發明白人生是不應糊塗隨便的。啊！惠哥的死實在真慘啦，他的了局實在可憐啦！聽見説他在福州腦出血已經好些了，不幸對他最寵愛的小姨懷疑與人私通到發狂！到氣斷以前，雖是講話不明瞭，時常罵那個小姨，他也時常拉著她，不讓她離開。啊！他一生的事業無一項有成就，卻也不能説是慘，甘願將家庭作犧牲，專心所得寵的小姨，對這個也這樣來了局，實在是慘至極點啦！若論對風説成來信聽的實節，啊！我是不得肯講，戇朋友，你死得真慘啦！

但是我應當記得你一項事，你二月中托王受祿君對我説的話，我會記得，你至今沒什麼安慰我，只有汝對王君和楊君所講給我知道這幾句話是很安慰我！此時回想，始得知道你的話當是應曾子的話「人之將死，其言也善」啊!!

五月卅一日

二十八晚和羅半仙、何克仁二君一起在嘉義過夜，二十九早上三人一起去爬阿里山，我和半仙是初次，實在名不虛傳。阿里山是一個好去處，景色實在真好，真雄大！三個人已經熱到流汗流汁，但是一到山頂即要加裘衣，將來必定會成為一處好的避暑地。在那裡過二夜，可惜雲霧較多，沒看到新高山，眼看滿山的大樹林，感覺有一種神祕的氣氛，猶如那大自然強迫人不得和它溶和在一起！啊！台灣是樂國，台灣是寶庫，然而如對台灣人來說，雖然是到今日，也許不是，還是棄於一旁，而變成一片化外的世界？

大家說到台灣的事情，同胞的現狀，半仙又流了眼淚，被我看到。啊！去年送小林光政時，我已經看到他哭過一次，及這回是二次了。啊！台灣！我看汝是還有救的樣子！

六月一日

過午和半仙、陸全從台中到清水赴惠如兄的葬禮，到達式場已經有三、四百人，惠如可說是死有遺榮啦，若再慢一點才死，不知能否這樣？惠哥的棺前，渭水君用民眾黨的名義，送他一塊橫聯寫著「徹底的性格不妥協精神」。半仙指給我看，說怎麼將「殖產局職員同志」所送的橫聯掛在民眾黨的前頭呢？就是民報的紙上也是寫到亂七八糟，我如想起老三對惠哥的死所講的述懷和這樣的表現相對照，不禁大笑。究竟也是幼春兄替櫟社所作的輓聯，寫得較恰當，他寫著「千金脫手，杯酒定交憶當年，遊俠駿馬，胡姬傾海市，萬里歸來，一丘高寤，歎英雄末路，啼猿怨鶴滿空山」。幼春又告訴我，若不是他和他那麼久在一起，就不可能寫到這麼恰當，若再想渭水敢對民眾黨除名華英，惠哥實在有福氣。

六月三日

呈祿在民報上，因為要稱讚惠哥，順便提起啟發會和新民會的解放和設立，他的口氣真不好，又誤報惠如做過新民會最初的會長，我想如此對獻堂先生真是不當，況前已經有犬羊禍的文案在！所以今日我去信叫呈祿至少得取消說惠哥做過會長的錯誤。

大丈夫在世光明磊落，權和利都可以相讓不計較，唯獨那種黑白不分，將假作真，將歹作好，致使人心紛亂的事，唉啊！這是斷斷當計較的！

六月六日

自此一、二個月以來之經過看，我恐不可只照我的計劃去進行看來，我應該再做一些政治上的工作，若是該如此，則可合上主之聖意，才可有利益眾同胞，我怎敢推辭呢？

由今日起積極研究英語，盼望能成某種用處，滿牧師夫婦也已經高興為我改發音。

六月七日

與中學萬校長、神學之教員高德章君，三人自初春就商量今年之暑假中要開夏期學校，課程及教師以及一切實行之方法，今日已經全部商量完畢，趣旨書我和高君一起寫，此次是頭一次肄業，是用南部教會之名義主催，盼望以後能夠繼續少年們的信心。

六月廿二日

自月初就聽見在東京早稻田大學讀書之張梗君患病，約十日前起頭才知道他的病不是普通的、不是微小的，若不趕緊根本治療，恐又損失一個有望的人材！我真焦急，與石泉、受祿二君商量，決定去信叫他回來療養，他今日回信來說他的苦情及他的決心，我禁不住為他而流淚，我怎能忍心看他這樣的苦情呢？今日隨時與幾位同志及自己的一點點，合起來八十圓寄給他做路費可回來，順便勸他須致重宗教，能曉感謝上主之愛，能曉得立意愛人。

七月十三日

昨日及今日三點鐘久於長老教中學內，向南部教會傳導師總會講演，題「耶穌與馬克斯」。

張梗君由東京回來了，留他同齊起居調養身體，啊！因為主之愛，我是不顧忌他是什麼病。

七月十六日

二日前由台南帶淑慧來台中學小提琴，順便來霧峰訪問獻堂先生，今日剛是二年前台灣民報獲得總督府的許可，由東京移轉來台灣的紀念日，這個紀念日雖然是小事，然而印在我的腦海中特別深！因為至今我所有有關的公事，所用的苦心就是對這個用得最多，我險些為了這次的苦心致肺癆！自三年以前大家就對當局要求移轉民報回來，但是一直沒辦法，不幸台灣文化協會亦自昭和二年正月分裂，民報社內且更早就已經因為王敏川、鄭明祿與謝春木不和，致使王敏川及鄭明祿出社，脫離關係，四處宣傳民報社的壞話，因此民報社也就受一部份人的嫌疑。約一年前報社每月欠損三、四百圓，致於受文化協會鄭明祿他們的惡宣傳以後，經濟是益發不好，到此民報社若倘不能移回來，是必定會倒下去的！大家想叫林呈祿專務回來，設法解救，他又不答應，不得已我才受重役會的委託，自昭和二年二月末起住在台北支局，整理社務及運動移轉的事情。在總督府中直接對民報社的移轉有關係的是警務局，在警務局內特別有關係的是保安課課長，那時是小林光政當課長，照我的看法，此人是總督府警察官吏中最有才幹的人，他和我的立腳點當然相反，但是此君實在有本事，所有交涉大部份是對這個人，若是能使民報社較快回來，我所要遇到的犧牲，我是決心在所不惜的。自那時起，我是頻頻去總督府交涉，所以我漸漸發現當局的心思，人說「欲潔其身而亂大謀」，我足夠明白我當犧牲自己!!

以致於被新文化協會派人四處毀謗我被總督府用十萬銀收買去，且在民眾黨將要結黨的時候，關於蔣渭水君說要聲明將民族運動取消，又他要做幹部的主張，我極力反對，後來又因為我將渭水發表在民報上的文章擦除去，對此事渭水大發脾氣，向我聲明絕交！至此局面大體已成，我決然排成背水陣。自七月初一起的原稿就沒發送去東京，準備自七月十六日就是民報的前身台灣青年發刊紀念日，就在島內印刷。所以一面對印刷所提前契約，一面對社員及事務員一律加薪，有人常常說我專斷，憑良心講不曾有一次像此次這麼專斷！然而我是必須如此做，如果所計劃的能成功，蒙受此專斷的壞名更大之犧牲，也是真正願意去做。我排此局勢了，就隨時對警務局長及小林保安課長聲明我的態度及我的覺悟，又將本島內的形勢利害關係陳列出來說明給他聽，叫他必須在七月十六日以前許諾民報社回來，若是延遲一日才許可，也是跟我的交涉無關！小林君也表示他的真誠相安慰，因為我打電話去催，林呈祿君七月十一日歸台，隔日就帶他去會見上山總督等。對他們明言，許可了後，我欲將報社的事務，一切交給林呈祿君辦，他將轉回台灣不復在東京。自月初我就有少許咳嗽、發熱，然而我每日都去總督府向小林君問消息，到七月十五日早晨還沒消息，呈祿就忍不住，說我是被當戇子騙去！我說萬事已經做到此，必須再等候一日才可變換態度，可是他不聽，由他及黃周君整日整夜整理原稿，十六一早專差人拿去基隆貨船裡寄去東京，這時候我所做得到的來講，真是前無救兵後無糧草！滿腹的孤獨無聊實在無人可訴。七月十五日晚，啊！實在是值得紀念的一晚，剛好是舊曆的十五夜，月光真亮，欲睡又睡不著，獨自一人坐在社裡的三層樓上涼台，仰天對月迫切禱告：「上主，愛痛至好的天父！我一點點的好意及努力，欲幫助我的同伴進步接近祢，祢豈不肯成全我？啊！天父上主願祢幫助！」至深夜始就寢，然而眼睜睜不得入睡。十六日早起八點，我就打電話去小林君的宿舍，告訴他今日是最後一日，問他有無消息？他回答還不知，我差不多快要暈倒，頭腦真黑暗，心也真亂，再回樓上躺至差不多九點半鐘的時候，事務員來叫，說自總督打電話來！我心跳一大下，馬上就衝下去，是小林的聲啦！他說立刻拿印章來，許可已經出！我只有能記得答他「好」而已，電話擱下去，轉身恰巧黃周君在旁邊，我一手牽他的手，一手不停地拭眼淚告訴他，民報已經受許可了。十點半和呈祿去會小林光政保安課長，見到他馬上就靠近來，笑嘻嘻，一面拍他的頸子說：此個頭腦險些跟民報社丟掉。呈祿乃用社長林幼春的名寫一張覺書交小林課長，頭點約不做台灣議會的宣傳機關，第二點用日文，第三得先受檢歷才可分配。我隔日十七日就將社務全部點交呈祿。此次我擔任剛半年久，天父賜我有力可使民報回來，且以前每月塌損三百餘元，我至此反而能得替他們還六百元的債項，又加設一個大金庫，啊！這事至今對我說好像是做一次大夢，然而民報現在還站在的！今日在做移轉滿二年紀念，獻堂先生也能起得此事，自早起就叫人辦酒菜欲和我對酌！啊！感慨無限！

七月二十五日

白話字的講習會當局不認可！四年已經一次不認可，到今天尚敢如此，可說是非常的惡毒。然而台南一主腦人當面安慰我說：這回雖然無認可，在總督府內同情你的是不少，在台南州是相信須許可，警務局也是無反對，唯有主管的文教局極力反對，所以乃未認可。你以後若不做，使同情你的人起反感，文教當局者若更換，你的主張就可貫徹實現。到此不得已，我得照羅君他們的意思進行啊！

七月卅一日

自今日起十日間在長老教中學開南部台灣基督教會主催的夏期學校，講習生男女有六十餘人，我負責講「基督教與家庭」三點及以外二點，台北基督教會牧師上宇二郎兄，因為要在夏期學校演講五日，早起由台北來，請他住家裡做伴、居住，純然對朋友的交情，日本人入台灣人的家庭受款待的，恐怕是此次最事先？

八月九日

夏期學校今日照所預定的結束，自五月前就和萬牧師、高德章君相處努力，所作之工作相信可以做主微薄的用處。

八月十日

和羅萬俥君、楊肇嘉君一起到霧峰決定上京的事情，我問他們三人將來若願意對羅馬字的普及相協助，我乃敢應承，他們三人都說願意照所有的能力協助。

八月廿二日

差不多一年前就受孫炳南君之托，對蔡宜賓君和解一條賬項，到今日乃告成立，有關係的錢項總共將至二萬元。

八月廿四日

何景寮君及宜賓兄的第三女兒彩惠，今日在台南公館舉行結婚典禮，是我及劉明哲君為他們做媒人的，同胞中間又加一對好夫婦！

八月卅日

和萬俥、肇嘉他們又在獻堂先生家相會，決定費用的事情，然而利息我叫他們自己決定就好。

八月卅一日

台灣民報社在台中市大東信託會社裡開定期總會，林幼春社長說以前他擔任社長是我勉強他的，所以這次叫我應負責替他設法能夠解任。獻堂、萬俥兩個人及大家勸他留任，他堅持不答應，我乃起來說，他做社長是我勉強他的，然而照民報社及新民報可能合併的時期是不會太久，此時來更換社長是不合適也不好看，而且現在新民報社的社長及專務都在勸他留任，可能將來是沒有他擔不起的事情，又到要合併的時候，我一定保證使他辭任，最後他才答應！

九月七日

今日自台南出發，預定搭十二日基隆出發的船上京，我沒想到我得行這條路，啊！實在感慨無量，已應當如此做，總望所做的第一能夠榮光上主，第二能夠利益眾人。此去要在京多久卻不知，盼望第一是努力與中央有政治良心的政治家連絡，調和兩方的利害，使同志所計劃的事業能夠進行（當面就是新民報及大東信託），島內的政治問題可能漸漸解決。第二是應使在京的同胞能再做成一個團體，使團體的風氣能趨向。第三我自己應在這個機會儲蓄我足夠的實力，此去我所欲注心研究的是政治哲學及語學。

九月十六日

與楊肇嘉君同船，由基隆出發十二日後到東京，是今早九點到的。

九月廿二日

自入京至今，每日探訪知交的舊朋友，今晚蒙小林光政君招待晚餐，自到東京以來，每日都有刑事尾隨，今晚也隨我到小林君的官舍，小林君吩咐人告訴刑事，今晚官房主事自己尾隨，叫他回去休息！小林君回頭對我說，可能是台灣有移文來，才會跟隨你，希望不要介意。

九月廿四日

今夜在晚翠軒招待小林君，順便請肇嘉君以外幾位同鄉做伴祝賀他高昇。

十月六日

下午三點半去訪問伊澤前任總督，一見面他就告訴我曾讀過我的致書，大體的趣旨他全同意，對台灣究極的方針他還在考究中。他說在台之內地人是別人種，跟普通內地人不同，又說他在任中所實行的土地政策全部失敗，被台灣人攻擊是甘願，然而他的用心的確無偏袒。我對他力說台灣的現狀及那個調節法的利害，他表同感，同感這態度他歡喜提攜，他自前就認定台灣人中有兩個人，他喜歡和他們談論，說一個就是我！他又力說日月潭工事的利害，最後談論羅馬字問題，極力希望我深加考慮，至五點二十分才告別，他又給我介紹狀可與小坂拓殖政務次官面會。

啊！天父！我必須走的路，豈是得對這個人來進行抑不是？

十月七日

訪問清瀨一郎氏，順便由他拿給上田拓殖大臣及武富參議官的介紹狀，他看見刑事跟蹤我，對國家經濟是沒有意義的，馬上叫祕書拿他的名片去警視廳，說我的來歷及我在東京所要做的工及所接近的人，所以未必要跟蹤我。

十月九日

自今日起沒有看見刑事來相隨。

十月十日

關於我所愛的台灣的將來，這幾天來時常都在我心中週轉，方針卻是早早就決定了，然而實行上方法的緩急及接觸的人物等等，在現時的情勢下要怎樣進行才適合，才能更快見效果，我的內心全被這些問題所占去了。

十月十一日

我昨夜為著打算台灣進步的法度，差不多整夜沒睡，好像上帝有指點我的旨意，我的心感覺有一種真大的氣力及光明。父！我盼望這是真正祢的聲，是祢對我欲實行的聖意，所以令我須這樣做，天父！求這些事全是靠祢的愛，主耶穌十字架上的恩典來獲得，俾我的台灣能對此事來得進步，天父，求祢不可使這些事做成我的刺！願主十字架的光導我，俾我有膽量如此去做，可榮光祢，可成大家的善！

十月十五日

上午八點半再會晤伊澤多喜男氏，因為想知道更多他對台灣是甚麼抱負，對於我所有問他的，他回答說鴉片必須廢除，以鴉片來得到財源是國家的恥辱，若是設禁煙會，他也歡喜參加，地方自治他贊成趕緊創立起來，保甲制度他贊成改善，反對撤廢，新聞他歡喜相助出力，大東信託的事情，他以前曾對獻堂氏注意，他是無惡意要阻害，若能幫助是願意的話（**我也有言明我的見解**）。總而言之，台灣與日本國會融和或不，是關係本國與台灣的有志有民望的人，肯用誠心相幫助，務期達成互相的理想。

十月十九日

在拓殖省首次會首小村欣一事務次官，實在是個可佩服的人，在官界絕少能遇到這樣的人！他說若是照平常他是不需辦這種工作，他本是在外務省的人，所以看過更寬闊的世界，想看若能夠因為辦這樣的工作，來為殖民地被欺辱無可告訴的兄弟排解一些，就是他的本願，他一點點都不想要做資本家及官僚的爪牙，他講話的神氣、態度比這些話使我更佩服！

十月廿三日

因為小村次官的指示，今日用楊肇嘉君及我的名向拓務大臣提出陳情書。

十一月六日

天成君歸台，託他帶消息返去給羅君及陳君知道。

十一月十八日

接到台灣的消息說，台灣文化協會及台灣農民組合將要決議驅逐連溫卿，理由是發現溫卿用分裂政策破害各種社會運動的團體啊!!這些少年人到這時候才有感覺，真可憐！只有好新愛虛榮無深思的人，若是還要借甚麼叫做委員制的組織法來博人氣，我煩惱台灣對外的解放運動不知將要消沈到多久?東京的台灣青年會已經破壞到粉身碎骨了，懇求上主憐憫台灣，使渭水以外的人能早些了悟。

十一月廿一日

羅萬俥君今早到東京，他及獻堂先生為了新民報的許可，二次要求要與石塚新總督會面，他都不見他們，石塚總督三日前已經事先來東京，今日託植村先生娘寄我的著書給他的夫人看。

十一月廿二日

民眾黨寄決議書來向楊肇嘉聲明推薦他做中央執行委員。是前次肇嘉君回去時，我和獻堂、萬俥二位慫恿他：現在畢業了，你應當從事實地活動。這個決議可能是對這個意思來結成的。楊君所以今晚招七八個在東京知交的朋友，諮問他們對這個問題的意見，我也有列席。

十一月廿四日

今日在京的新民會員開秋季總會，我因為出席台灣基督教青年會的禮拜式，所以慢些出席。聽說幹事長楊肇嘉君報告說，以前聽說本會第一任會長是蔡惠如君，但是後來調查結果，才知道是林獻堂先生才對。我入席了，幹事呂阿墉君起席對我宣明在今日的總會，大家已經決議推薦我做本會的顧問，我答謝了，敘述希望有力的人當趕緊出頭替台灣做事，引導同胞振作才好，順便表明要計劃實行禁煙的運動（禁鴉片煙）。

十一月廿五日

和羅萬俥君同伴午後二點面會伊澤先生。

十一月廿六日

出席伊澤先生還曆懇親的宴會，肇嘉、萬俥二君一起去，在會場上會到前去台灣任長官，局長、知事的人很多位。

十一月廿八日

這次入京在同鄉的基督教青年會年會懇親會，有唱我作的歌給大家聽，幹事陳明清君希望我作讚美歌可給大家唱，我自那時就有意想作，都不得巧。到一個禮拜前，請黃文漢君夫婦去看發聲活動電影，片名叫做「戀の走馬燈」，剛有一個十八、九歲的鄉下姑娘，自己一個人在夜中暗暗地懇求上主，俾他的愛人出外能得到平安，能夠早點到好地步，也趕緊回來，她雖然是很軟弱，但是她的懇求態度是很純真、很迫切。這個情景不斷拍著我的心，我的心願是台灣的進步，事情雖是兩樣，但情景卻是和這個相同。唉！台灣就是我的愛人啦！我真軟弱無力，雖未可作出什麼，我也時常求上主憐憫我們的台灣，這事使我心真歡喜，就要將這個心願表明出來，但是因為日間要和萬俥君一齊辦事務，定要到夜深方可回宿舍睡覺，不得空暇，所以利用坐在電車裡、汽車裡或是躺在被裡的時間，共費一個禮拜，才將這個心境表明作一首歌，亦編歌譜，到今天全部作好，名叫做「願主無放棄」。

十二月三日

帶葉榮鐘君去會矢內原教授，拜託教授指導葉君的信仰，這個少年人到這樣還是不得信心，實在替他擔心。

十二月四日

午前十點和萬俥君一起離開東京回去台灣，此次在東京二月半有餘。

十二月八日

午前十一點半船入基隆港，午後二點到台北，六點獻堂先生由台中來相會，因為要趕赴素卿的生產，搭夜車回來台南。

十二月廿二日

因為總督府聲明要許可鑑札給盜食鴉片煙的人，台灣民眾黨聲明反對，用台南支部的名義，日夜在武廟裡開反對政談演說會。

十二月廿三日

午前和王受祿、韓石泉兩君，三人一起去台南訪問永山知事及尾佐竹警務部長，說明反對的意思，順便提議善後策。就是說當局若是實在有誠意，須設一個官民共同的審查會，將新舊全部有食煙的人，一起重新經過審查會嚴密查看。若不許可他食有關係死活的人，即許可他；若是不食都無關係死活的人，絕不可許可。雖然從來已經受許可了的人，也當將前的許可取消，才是合適。當局若肯這樣做，我們給他聲明願意積極鼓吹輿論，也勸民眾黨跟當局協力，也免得大家事事相反對，對外對內都好。永山知事說將通知總督府，警務部長回答說不必要，自約十日前警察就利用保甲宣傳全島，叫人若有吸食，自十二月廿一日起至同廿七日止，趕緊來申請許可，聽說也有一家五人要一起申請許可的。我問警務部長看全島盜食的人大概有多少，他說此事屬秘密，不可以說，我跟他說聽說有二萬餘人，他說不止，獨自台中州下已經有二萬，其中彰化附近很多。啊！真可怕！

十二月廿五日

午前六點四十分，敬仁出生於幸町二丁目四十一番地的厝，今日剛是救主誕，盼望這個嬰兒成人後能敬神愛人，作他一生涯的目標。若照起初的預算，這個嬰兒應該是於十一月初出生，我在東京一日等過一日，都沒接到他出生的消息，自回家後也不敢外出，等候到今日才出來相見，若是所算的沒有錯，那麼是多住他的母身快二個月，他的老母說他險些無力生產，生這個感覺最苦！

十二月廿八日

自聽見政府將重新許可鴉片煙牌給盜食的人以來，又再聽見全島有數萬人盜食，不禁有一種亡國了尾的感覺，心內痛苦得說不出來！素卿產後腹痛稍有挫，但敬仁不知怎樣時常哭泣，未免有點掛心。報名請煙牌的期限至今日滿，當局若是實在有歹心，必定會用迅雷不及掩耳的方法進行，若是這樣，我豈可以再閒閒在家裡？所以昨晚市內十餘個同志，為著我這次由東京歸來請我一起吃晚飯時，對這項鴉片問題問他們的意見，席中才確實知道黃金火君也有盜食，使我心肝好像要破裂。今朝起來探問中部大家的意見，我看到台灣現在這樣的情景，有的人是沒觀察實在，唯有為著空空的理想相爭執、相中傷，致使一個好好的文化協會也差不多快要消滅，就是民眾黨也差不多要半身不遂。還有人非常不自覺，沒有志氣，如食鴉片的人到現在還那麼多，台灣應該怎樣完全不關心。啊！我幾乎要氣餒了，懇求上主，伸出祢的聖手扶持我，俾我的腳能堅固，手能嚴硬。

十二月廿九日

聽見莊垂勝君講，文化協會的幹部林碧梧、張信義、鄭明祿三人因為與彰化派意見不和，脱離做幹部，因為在幹部會對組織的變更有衝突。莊君說彰化派對此三人所做的法度，剛好像昭和二年文化協會分裂時，新幹部對舊幹部所做的一樣，可說是一報還一報。前已經將連溫卿除名，這次又有此事，結果他們不知將成做怎樣？

陳炘君問我說，我這回生男孩子豈可無特別更歡喜？我答他說，實在沒有怎樣特別歡喜，他說我是勉強說的。啊！人的心豈可這樣。

十二月卅一日

早起獻堂先生接著高金聲牧師的信，說正月初三他的後生天成君要來娶新娘的時候，是不可對林家的祖先的位牌表敬意。他非常憤慨台灣這樣宗教家的頑固，說因為這樣事益發使他對基督教反感，他又說人家已經不要，他也就不強要求人。我想他的憤慨是相當有理，假使對位牌禮拜不可，表示敬意而已有何不可？午後和獻堂先生去郊外散步，我說台灣民眾黨若不是重新改換組織，包容新人物，換新的作法，我覺得去東京是無意義，前去後空是沒有用，他表示同意，將約萬俥君一起勸告渭水君。若是有相當的譜脈，差不多三四月我才陪楊肇嘉君回來商量具體的進行。

我今年的元旦就決心要作羅馬字的普遍運動，竟然不得行，而行現在的路，唉！天父這難道是合祢的旨意嗎？

一九三〇年一月一日

因為外出，今年完全不給人賀年，今日由台南高家送禮餅來霧峰林家，由林家也交新娘的嫁妝帶去台南。

迄今未曾有一年感覺如今日這麼黑暗、這麼無奈，全島的人氣萎靡不振，各種運動團體亦如匿跡，豈可忍得眼睜睜的看見盜食鴉片煙的人這麼多？唉！十餘年來的苦心猶如全部給大水沖去了，我的心似要無力，我的手腳似要軟下來。天父！當這個新年頭一天，萬象應重新發展的新春，我豈能如此呢？主如果憐憫我，請賜氣力給我得忍耐、奮鬥！

一月三日

高天成君與林關關君今天下午在台南公會堂舉行結婚儀式，這個媒是自五年前的春天講起，迄今才成立。他們倆人此時必是很滿足，可是我過去所費無人知的苦心實在大，若是照人情實不應再插此種事，但是如果對愛、對我所愛惜的台灣社會的進步來說，多一對好夫妻，就是置一塊美滿社會的地基石！我豈可惜服勞？不啦！我不惜，然而台灣汝須趕緊進步。

一月四日

為了要探聽南部的朋友對這次鴉片問題的意見，今日來高雄、鳳山，明日屏東，教會約我去講道。

一月六日

對這回督府將發新鴉片煙牌的事情，我實在坐不下椅，今日搭快車直接到台北來。

一月七日

與台北日本基督教會牧師上與二郎兄一起去總督府面會警務局長及衛生課長，質問當局對鴉片問題的態度，也說出我的意見。問他們這次申請鑑札的人全島有多少，他們說不知，不願講明，我強要問他，局長才回答說至今所知道的大約有二萬餘，再問對於舊時有牌現在不食的人有打算設什麼方法否，他們說還未打算，我向他們建議：

一、須設官民協力的審查機關，官三分之一、民間三分之二，新舊的食煙人必須全部經過這個會的審查，然後才可給許可牌。

二、政府應設更多治療的機關，可給沒領牌或要戒的人，便利可戒煙。

三、民間若有禁煙的運動，當局不可阻礙。

一月八日

再與上牧師去總督府會石塚總督，他見著我的面就表示，對本月二日蔣渭水君等用民眾黨的名打電報去日內瓦國際聯盟告訴總督府要發煙牌的事情而憤慨。我照昨日對警務局長所建議的再述一次，他也是回說第一條的精神尊重當局必定嚴格審查，必不亂發牌給人，然而民間的人參加設審查會是辦不到；第二條他回答說經費若能容允就要設更多；第三他說希望民間的運動早日進行，若是地方官干涉即通知他。問上牧師島內地人的宗教或是慈善團體能不能出來共設解救的方法？他說無望。

一月十日

獻堂先生為了民報許可的事要會總督，昨日來台北，今晚於北投八勝園讓羅萬俥君請。蔡式穀、林柏壽、林履信及我也在席。席上式穀君提議再組織一個政治結社，獻堂先生、萬俥君及我都反對，因為如此做會變成與台灣民眾黨對立，會再鬧事。我們提議若是單獨用地方自治作目標來組織，來聯結民眾黨所未能聯結的人，大同團結來做就真好。式穀君不贊成，說這樣太單純。我本是想須趕緊改造民眾黨才好，可是看見渭水君還真無反省，若勉強做去必定會發生故障，剛剛在顧慮要用別的方法，今晚偶然我們三人的意見一致，我想用這樣來進行真好。

一月十二日

獻堂先生及萬俥君去會石塚總督交涉民報的事情。總督也向他們說那張電報的事情，叫他們不可被人利用，又說對民報社還未發現適當的人，若是有適當人就能許可。看來那張電報對於民報許可的事影響極大，還未發現適當的人是什麼意思？大家聽了頗感不安！

一月十五日

關於民報許可的事情，十三日在台北，獻堂先生開過他的心腹給我知道，然而還有鴉片問題，在島內所能做的我已經做了，督府幹部、總督、長官都在東京，若希望這個問題有較好的解決，我想要趕快上京才好。又想到對地方自治運動的進行，有改革內部的希望，所以我必須趕緊上京，以便鼓舞在京的人。上主如有憐憫，可能對於這些問題的關係，俾我創出某種好結果來也不一定。

昨日與獻堂先生同車到霧峰，今日要回台南時在台中遇到洪元煌君，跟他講地方自治運動的事情，他也是主張積極進行。

一月十七日

將上北對於督府交涉鴉片問題的事情、及式穀君的提議、與關係地方自治運動的意見，報告給台南的同志受祿、右章、明哲、石泉他們大家知道。對這條另外組織自治運動的團體，都積極贊成，中間何景寮君最熱心，唯有韓石泉君說恐會變成與民眾黨分裂，如不，也會使它較衰退，所以他說要來個別組織，還是來勸告渭水君反省改造民眾黨比較好，並說他要利用這個舊曆正月休息幾天去做做看。

一月廿日

明日二十一日將搭基隆出帆的「蓬萊丸」去東京，今天自家裡出發趕去台中霧峰，搭夜班車到台北。當出發時有人說你的孩子快要滿月，怎麼立即就要再去，我說因為還有比滿月更要緊的事情，滿月也是歡喜事，可是等這個孩子將來能夠做大家的利益時，才來大歡喜。

一月廿五日

今晚八點到達東京，自明天起我當再大大的努力！

我這次有四項工可做：⑴替大家慰問這次議會解散而於次月二十日總選舉中立候補的日本朋友；⑵設法解救這次的鴉片問題；⑶交涉日刊新聞許可的事情；⑷鼓舞楊肇嘉君及其他青年回台灣共同做事情。

我的痔瘡自十餘日前又再出血，求主賜給我健康。

一月廿九日

這幾日都到處探訪人，伊澤為我介紹與濱口首相會面，因為他無暇尚未會過面。今日與楊肇嘉君一起去國際聯盟協會，因為今日有開這個協會的鴉片委員會，其會的委員曾說，也許會准我們在其會中講話，以做參考，然而結果沒准。聽說其會的委員長阪谷芳郎男爵及宮島幹之助博士（他是世界鴉片會議的重要委員），他們二人對人見次郎氏（台灣總務長官）表示憤慨，說若是照台灣當局的預定做，將來所定的政策是變成虛偽，對台灣統治必定有不好的影響，又日本對世界萬國也真無體面，叫當局必須慎重考慮。啊！我實在受很大的安慰，日本也是還有存良心的人！

一月卅一日

與肇嘉君一起去會人見長官，向他陳情鴉片問題及日刊新聞許可的事情。

二月五日

東京朝日新聞發表阪谷、宮島會見首相，又在昨日的閣議已經決定，因為要慎重調查，將要發下煙牌的日期改做無期延期啊！感謝！感謝！

事情能生這個結局出來，卻也有很多人共同用心，需要銘記。從中最有力的就是前任總督伊澤先生、植村正久先生娘及石塚總督夫人，又表面的力量是從阪谷、宮島、田川這些人出。

二月七日

去總督府出張所會總督，對他表示感謝，因為他肯給這次的鴉片問題成為那樣的結局，順便逮言關連鴉片問題，順這個機會請他趕快許可日刊新聞，可給一切的關係較好，又說這個鴉片問題應當做民間的問題，給台灣人的名望家協力設法較好，他宛如甚有所了解。

二月十日

伊澤先生夠盡情，我拜託他為我介紹總理大臣，前已經有寫介紹狀給我，因為無空閒不得會，昨天他本身打電話替我交涉。首相現時在總選舉中太忙，約選舉後才會他，今日先會他的秘書。

獻堂先生寄信給我也給肇嘉君，講近來島內各地的同志，對地方自治完成的運動，大家非常熱心要趕快進行，叫我必須招楊肇嘉君一起回去，可一起決定進行的法度。我自來京就極力獎勵肇嘉君，然而他都躊躇未決心，迄這次接到獻堂先生的信，非常踴躍決定十六日由神戶搭「扶桑丸」和我一齊回去。

二月十五日

十三夜由東京出發到大阪，探望吳三連夫婦及曾人謀君。昨下午由新戶搭「紅丸」，早上到達別府，因為約在此地與伊澤先生面會，順便在此休養休養。我這回自台南出發時痔瘡就出血，至今還未止，身體也感覺疲倦啊！欲行仁愛實在不是輕快的事，然而肉體雖然是痛苦，心靈究竟也須如此才能平安，因為鴉片煙的問題，我自去年十二月末以來就感覺一種未曾有的痛苦，但是現在鴉片問題已經能夠達到這個程度，實在是靠上主的憐憫。我自從前至今，未嘗有一次好比此回自日本返去台灣，這樣清爽！

二月十九日

與楊肇嘉君同到台北，我宿於羅萬俥君的家，萬俥君極力獎勵肇嘉君該積極進行地方自治運動。

對萬俥君頭一次聽見，因為民報社總會後，舊民報社與新民報社合併，將經營事務一盡交割給新民報社，萬俥君就照林呈祿君的獻策，對社員有裁員也有昇給，因此社員生起不平，將辭令撥還不收，反而提幾條要求叫社長及專務必須承諾，若不就要罷業。論這回給啞吧的免職、及昇給不公平，此二點都是呈祿的意見做出來的。給人免職應該是他在做專務時整理完畢，然後移交新專務萬俥君才是合適，究竟他奸巧卸責任，想做好人得漁夫的利益，當社員要求條件時，他最少也須幫助萬俥相制止才是應該，他沒有如此做，反而大部份贊成社員博人氣，結果因為萬俥強硬不答應，說甘願罷業也不要緊，社員對這樣才軟化，可是辭令社員乃是不收。萬俥流淚對我說遇到此回的事情，他才深知呈祿的做人，他有一句話講得真恰當：「人家將要砍我的頭，呈祿站在旁邊叫人得輕輕斬！」蔣渭水君也有暗中贊成社員的情形，萬俥君非常失望，欲辭專務的意思甚決啊！這樣傾向無怪台灣未得進步。策動社員的中心聽說是謝春木君。

萬國鴉片委員今早到台，要來調查島內的鴉片事情，當局駭怕普通人與他們接觸，大大的警戒。

二月廿三日

今下午四點到家，聽見韓石泉君的大兒子良哲早上逝世，下午五點就要出葬。即時趕去韓君的家，剛是孩子的入木，韓君及他的夫人傷心都是免不了，當要把孩子的遺骸送入土時，韓君邊哭邊講告別詞，其中一節說：「阿哲！你究竟到何處去，我尚不曉得人有靈魂抑是無，我實在要疼你，可是今沒有你可使我疼，你可知道我的心怎樣痛苦，今日特別懇求王受祿先生允許我將你的遺骸埋在他令郎的墓邊，這是希望能使我與王受祿先生相同，他是被令郎的死引導終於看見上帝，我也是盼望你能導我這樣，所以才將你與他埋同所在！」又說：「我雖然疼你不夠，願將疼你的心來疼別人」啊！人若有這個心，實在堪稱做上帝的兒子。

三月二日

台灣民報社與台灣新民報社下午二點起，在台中大東信託社裡開合併總會，彰化的舊股東一、二十人來道種種不平，反對合併的條件。有人說至今的經營法完全沒有信用，有的說合併的條件不公道，舊公司的功勞盡被漠視，也有的說不合併較好，會議險些破裂。我拉渭水君共同極力調停苦勸，彰化的股東讓步沒得再使局面難看。我也提議叫新專務羅萬俥君在大家的面前聲明，以後的經營要面目一新使大家安心，最後洪元煌君希望新組織的經營不可趨向資本主義化。

三月五日

剛自獻堂先生的家要回來台南的時候，接到王受祿君的信，在車裡拆開看，王君說他今決心照主的聖意行路，也決心以後獻他的一身榮光上主。他叫我幫他借錢，要新建醫院，將收入的利益全部獻給社會，他說他至今每年最少也有一萬五千元的利益。啊！信仰的力驚人，耶穌的愛正正是這樣，從台灣人中我是頭一次看到!!

三月七日

聽王受祿君說，韓石泉及夫人數日前聽到聖潔派的福音使（**是自日本來的**）的傳教，他聽了不勝感動，所以那晚受那個福音使的招呼，兩人都出去講壇前，被福音使替他們祈禱，這樣就可知他們的信心有在進步。

我聽說這事，就將王君的計劃給韓君講明，順便問他對這件事業歡喜參加否？他回答說限三日讓他深深考慮，我笑一笑回答說好，然而我對他這句話當考慮三日，使我覺得他還軟弱。我到達家裡剛吃中飯時，韓君的差工就趕到說：「韓先生要與你講話，看是你吃飽要去找他，抑是他來找你？」我說與人約在先，請他來好了，差工回去了，韓君就隨時來，說他已經決心參加！我大笑，眼淚滿眶，我說感謝上主的愛，你說要想三日，怎麼一鐘頭後，就被你想著這麼大的事情!!我即時通知王君，他的歡喜更不必說。

三月九日

晚八點半去與王受祿君一起照約束至韓石泉君的醫院，在他的樓上三人圍一塊圓桌，商量進行的案，設六條約章。

新生堂財團約章

一、本財團名謂新生堂財團，以實現救主耶穌之鴻愛，光耀上主天父之聖名為目的。

二、本財團以躬行前條目的之基督徒組織之，欲新加入者須得全團員之同意方可。

三、本財團之事業及一切議事得全團員三分之二同意才可進行。

四、本財團之事業及其純益金之用途如左：

（甲）經營醫院（乙）宣傳聖教（丙）普及教育（丁）援助政治及社會運動

純益金之十分之四充為宣教費

純益金之十分之二充為醫院擴張費

純益金之十分之二充為教育費

純益金之十分之二充為政治及社會運動之援助費

五、本財團團員須尊重多數之意見，不得有利己行為，違背者以團員四分之三決議剝奪其一切權利，逐出團外。

六、本財團團員可以其遺囑推薦他人代行其對本財團之權利義務。

所商量的事情至十點就完，我約他們明日到台中交涉借五萬元，可做建設醫院的資金，我們三人當分散時，我告訴他們說：「我們今晚所決定的事情絕不是由我們自己，真正是由救主耶穌的愛聖靈的幫助，願我們永不違背辜負這個恩賜」。

三月十日

午後三點到霧峰，獻堂先生剛去山頂烘爐隙的新屋，我立刻到那兒去會他，我見到他顧不得拭汗開口就向他說，我今日專程趕來報告你看一件大奇蹟！就是基督的大愛！他說豈可有那樣的事，趕快告訴我。我乃將王、韓二君近來的境遇及他們信心的進步及所決心要做的事情講一遍給他聽，我特別強調說，王、韓兩位若照從來的成績，各人至少一年有一萬元的純益，今已經為著基督的愛甘願放棄一切。獻堂先生說豈可能做到這樣？我回答他說由人就未可能，然而由基督的愛就快快！他不勝稱奇及受感動的樣子，我順便說明王、韓二君的希望，他答應一定歡喜幫忙。

三月十一日

獻堂先生專程與我至台中，到大東信託交涉所要借用的金額。用相當的條件，他們已經歡喜承諾，我就回台南。

三月十五日

韓石泉君將他所決心要與我們做的事，向他的老母兄弟說明，他們對他大表反對，說如果他一定要如此做，他的老母就要去入菜堂，他的兄弟要與他分開！韓君為著這樣大感煩悶，我原本與王君是希望在我下次上京之前，決定大體的具體案，現在不得不等候時機。韓君雖然是這樣，他絕不將所決心的事故意忘記。

三月十九日

今晚在韓君的病院樓上與王君三人一起祈禱！此次是我和他們兩位一起祈禱的頭一次。我們三人各有祈禱，對主所求俾我們的信仰愈堅固，俾我們的計劃能順利進行，我決定明早先去台北，內人及孩子們廿一日出發，一同搭廿二日的船上京，家母及岳母一同住在我住的地方，託水源夫婦看顧兩位老大人。

三月廿一日

我因為島內大部份的舊同志的希望，前月攜楊肇嘉君自東京歸來，計劃要做地方自治完成的運動，蔣渭水君對此項抱有不少疑懼，不知道是怕人家摧倒他的勢力抑不是？他就用他所慣用的手段，暗中宣傳使人對他發生同情。至本月初九，利用本部事務所落成的機會，開中央執行委員會，決議民眾黨員不可參加第二的政治結社，以此想要牽制大家的計劃，委員會中甚至有人說應把肇嘉君及諸位計劃的人除名！對他這樣態度，大家很憤慨也很煩燥，最不愛是怕會惹起再分裂，那個決議後三、四日，台中支部就發質問書問中執會可否有那種權決定那樣的事情。十五日洪元煌君來台南，與我一起訪問南部的朋友，結果大家希望四個顧問先對常務委員會忠告講究緩和法，若不聽，各支部即要連絡發警告。剛好這次新舊民報社合併完畢，今晚招待各界人士開被露會，獻堂先生、陳逢源君及洪元煌君也都上北，被露會開畢乃招民眾黨常務委員六七人及獻堂先生、式穀及我，幼春兄患病託獻堂先生代理他。此四個顧問與他們會，還有羅萬俥君、陳逢源、洪元煌君也參加。獻堂先生極力說明此次自治運動的計劃，對民眾黨沒有害處而有必要的理由，勸告他們將前日的決議修整：「不可參加與本黨的對立的團體。」式穀君表示極強烈的反對，叫他們必須取消前日的決議。我勸告他們不可將那個決議即時執行，應看做一種提議，等候經過總會的決議即發生效力，用這樣來緩和。諸方法他們都不肯採用，中間就是陳旺成、謝春木、蔣渭水君最反對。最後，因為老三及式穀君等都返去了，看見好像沒有解救的方法，不覺感到一種的傷心，對他們大聲喝道：「至今已經有過幾次可做鑑戒，若使這個團體一再分裂的人是台灣進步的害蟲，敵人是大大希望這個團體再來一次分裂，有心的人當小心，我今是要出外的人，並不要與什麼人爭勢力，一、二十年來唯有盼望台灣進步而已，蔣渭水君熱心是好，希望眼睛張大，不可再對你自己所信任的人恣意地除名！」迄二點才散，元煌、逢源、景寮三人與我一同出來。

三月廿二日

蔣渭水君也到台北車站相送，告訴我他想一法可緩和，用例外摘名幾人參加不要緊。元煌君送我至基隆，我說應請重要的同志幾人聯名發信給肇嘉君，勸他決心不得冷心。

三月廿八日

廿六日夜到東京蒙楊天賦君的好意，全家八人全部在他的家打擾二日。今天租定房屋，在市外千駄谷五六二，搬過家，房屋很舊然租金便宜，為我們的立腳地卻是適當。

四月七日

午後一點起，與呂阿墉、葉榮鐘、張梗諸君一同在楊肇嘉君家，將大家的眼目商量好了，交代榮鐘君去起稿。

四月八日

阿文阿妗二人自初一起已經入學，在千駄谷第三小學校，今天帶淑慧去東洋英和女學校考試，這位學校校長剛好是前淡水女學校的校長，叫金姑娘，我與她講起台灣的事情，她隨時目眶就紅，可知她對台灣的愛心是真切。

四月九日

很早與慧兒去學校看發表，學校說別的課目都好，只有國語不好，所以如果編入三年就可準，四年不可的，慧兒說若三年他絕不入。結果與學校交涉暫准編入四年級，至九月成績若不好即讀三年，這樣學校始許入學。當她看到不及格，這個孩子自己說，因為是日語才不及格，都不是其他學課不好，不要緊。此女亦能為自己安慰。

四月十一日

在楊肇嘉君的家，一同商量台灣議會請願趣旨書。

四月十五日

關於鴉片問題及日刊新聞許可的事情，自入京至今所要會、及所會得著的人全部會過了，今日下午三點起在首相官邸會濱口首相十五分鐘久，是由伊澤前總督的介紹，從中有一句他真膽大對我說，把台灣看做一種的利權去做總督的人，日本人中沒半個！我想他真大膽說！

四月十八日

獻堂先生以外廿三人聯名寄信來表示歡迎的意思，請肇嘉君一定回去領導地方自治運動。

羅萬俥君三月末日結婚，帶他的新夫人上京新婚旅行，晚上在帝國Hotel用清瀨一郎及小村俊三郎的介紹，招待所有關係各省的政務官。出席三人，小阪拓殖省政務官、武富拓殖省參議官及一宮內務參議官。

四月廿一日

下午去拓務大臣官邸會松田大臣及小阪次官。

照最近所聽見的消息綜合起來，關於鴉片問題的解決法大概是決定：(1)新許可的數額是五千人以下；(2)對舊許可的人也要檢查，然後取消五千人，新舊對除使他不加不減；(3)對新許可及舊許可的人，輕症的全部令其接受治療。這樣雖然不是完全合理想，然而還可能說明幾分成功。假使能夠給各地民間醫師，也有自由給人戒煙，及創設一所官民合同的審議機關，以後可以對鴉片禁止的問題決定各項方針，對官廳提案或是對民間宣傳，這樣我就滿足。啊！千想萬想也是百姓自己沒有自覺，及有識有力的人沒有熱心所致的是較多。盼望以後對民間起運動，鼓舞戒煙，十年內若把它完全消滅不真好嗎？啊！甚麼人肯奮起來當此項工作，敢情是我嗎？

四月廿八日

向第五十八回臨時議會提出第十一回台灣議會設置請願書，眾議院田川大吉郎、清瀨一郎介紹，貴族院渡邊暢介紹，請願人林獻堂以外一三七〇名。

四月廿九日

午後一點起，在楊肇嘉君家，十幾個人聚集，開白話字的研究會，學習三點餘鐘，大概的方法都清楚，可是還未熟習。大家真熱心，益發感覺白話字的要緊。來參加研究的人：楊肇嘉及他的家族、楊天賦、王金海及他的弟弟、陳茂源、葉榮鐘。

五月五日

接到韓石泉君的信來說明他近來的信仰狀態，真大感激我。台灣又加一隊的天兵啦！

五月十二日

在眾議院的請願委員會決定此次的台灣議會設置請願不採擇。前次二千多名的請願調印者，此次減剩一千多名；擔任財政的人又說不要特別運動、不可徒所費，這樣氣勢，欲叫現時日本的既成政黨注目尊重這個主張，叫他採擇，可說是過份的奢望。

五月廿四日

自約十日前，臨時議會已經終了，各關係的人比較。再極力與他交涉日刊新聞許可的事。所盡的苦心不必論，然而立在被治者的地位，同胞無力且無自覺，我又不願為了趕緊收效果，用不健全手段方法。啊！實在好事是真難做，我所會到的人現在已經全部會過了，所有的心力全部用盡，看樣子當局欲將他們所能信任的日本人置幾個在這個機關裡面，可做現政府所屬黨派之背景的意思。現在他們是已經明言許可，但是條件需要摧搞。若是對正經的意思，對政治上的利害關係，多少能相尊重，由此來相聯絡，是不壞的事。恐怕得這樣，這個新聞事業所能較快解決。

五月廿七日

今日的東京朝日新聞有記載說中國國民政府有出訓令，以後不准在公文書上用「支那」的字眼叫中國，我看了實在痛快！我已經在書裡或是談論中，預言中國人必定會提出這樣的要求，現在果然如此，可說是中國人心的一進步，然而這次只是對日本方面的要求而已，對全世界各國如此要求是還未徹底。

六月一日

葉榮鐘君返去台灣至今，頻頻寫信來催迫趕緊帶楊肇嘉君回去進行地方自治運動的事，今日獻堂先生也寫信來催，說若不趕緊回來恐怕會失眾人的盼望，所以極力與肇嘉君交涉，決定初六出發，搭初七的「扶桑丸」回台。

六月六日

晚上九點二十五分自東京站出發，與楊肇嘉君同回去台灣。肇嘉君此行是專程要回去設法地方自治運動的事情，我此行雖然是楊君要求我與他回去共同協力，然而此項事以外還有日刊新聞的許可問題，也得我回去共同協力。照昨日與神田正雄君最後會面的結果，若不是我直接回去設法，事情好像難得解決，若對內部個人的感情說，對他們所做的不是，我不要再涉及他們卻也是可以的；然而對大局對全體的進步想，我實在忍不得，假使此次許可交涉成功，將來我對這個言論機關的關係當給斷絕清才好。我想要新創設我終生的事業，我切切希望有二年專心蓄積實力及休養身體。關於此次回去做的地方自治運動，當努力集中多數的勢力是最要緊，若是無能又變成分裂四散就真壞。聽說蔣渭水君頗較反省是很好，但是直接同事的人也須大用心，善疏通才好，現在不比幾年前，大家可能較深思，較不孩子氣才對。

六月七日

在神戶將近開船一點鐘前，吳三連君來船裡相會，我責備他為何還在遲疑不回去，同事無眼色、無度量是真可嫌，可是你的眼光也得看較遠，應當把台灣當做自己的，不可想做是一個普通領月薪的人，趕緊決定回去就任，怎樣？他聽見我這些話，就拿羅萬俥君的信給我看及肇嘉君看，說他讀這封信後哭了二夜，不敢給內人知道。信裡大致是寫現幹部全都深信他會重用他，呈祿去調查了，將送一百廿塊錢來給他做就任的旅費。吳君說呈祿是從何處去查，為何那樣無常識。我很早就知道吳君不趕緊回去就任的理由，第一是地位低、權限隘，第二是月薪少不夠用，所以躊躇。啊！羅君你信任不對人啦，此後你是還要更壞，你得緊緊回頭。呈祿！你若是將心比心，將你愛錢愛優越的心來體貼別人，就是十個三連也已經回去了，不要放自己的人才給人。啊！你誤大局多啦！

六月十日

下午四點與肇嘉君平安到台北，晚間被羅萬俥君請到他家吃晚飯，肇嘉君先去會式穀君商量地方自治運動的事。我向萬俥君報告在東京所得到的結果，對日刊新聞的事，全部講給他知道。關於我住在東京的事，他順便表明以後他不負責任，叫我與獻堂先生交涉，我跟他說，東京是你及獻堂、肇嘉再三苦勸我去的，迄今去了都還未滿一年你就這樣，不要緊大家自由，我若有一些較不盡情的地方，盼望你不可過責！

六月十一日

昨夜與謝春木君交換意見，乃明白新做地方自治運動的團體和民眾黨會生出障礙的原因有三點：第一：新黨會搶著舊黨會的黨員；第二：新黨會破壞舊黨會的財政基礎；第三：新黨會做地方自治以外的運動。我今早見肇嘉問他對於此三點能否嚴守，不得衝突？他答應一定嚴守，我隨即將此三點的關係去問渭水，他說此三點如能嚴守就必定能緩和。這樣新舊兩黨的衝突已經是沒問題，只是關係雙方的人肯不肯忠實地去實行而已。肇嘉君及榮鐘君暫住台北疏通，我先回來台南，約十八日在台中相會。

六月十四日

因為王受祿君及韓石泉君已經接受信仰。王君在他的家裡新建禮拜堂，有意標榜是屬聖潔教會，韓君及我同意見，不分教派。然而王君已經與聖潔教會的傳道師高進源君約束了，所以我今日特地與高進源君會面，勸他協力使這個台灣島內以後不生成教派的弊害，叫他一同來做不分教派的運動，他說做不到。我探滿牧師的意見，他好像贊成我的意見，只是我還未與他談到深奧的地方，盼望這個運動能漸漸進行。

六月十九日

我自二日前就由台南來霧峰，今日楊肇嘉君及洪元煌、陳逢源、莊垂勝諸位也來相會，商量地方自治運動的進行方法。獻堂先生對肇嘉君報告蔣渭水君有寫信來，說民眾黨中央常務委員會有決議要請肇嘉君去做他們的委員長，拜託獻堂先生代為勸告，又渭水亦寫同樣信給我。肇嘉君說他們亦已經直接與他交涉，他都給辭謝了。

六月二十日

民眾黨中央常務委員陳旺成君來霧峰與大家會談，表明他的意見，說民眾黨到現在必須改革，渭水君的辦法大家是不太共鳴，也不太尊重他，大家至今尚未請他當主席或是委員長，就可知他的信用程度。所以新竹的同志都是希望肇嘉君去做委員長，改革一切。肇嘉君推辭，順便當大家面前表明他對渭水的不滿，說就現在的局勢，他沒有勇氣可以改革民眾黨。我和獻堂先生也極力主張自治運動有另外做的必要，民眾黨的改革期望於後日。

六月廿四日

楊肇嘉君來台南，與劉明哲、王開運、何景寮君共同協力進行對南部募集發起人，預定後日與肇嘉去高雄屏東方面。對於募集發起人的方針，有人主張清濁並呑，但我是主張不可收容那種罪惡貫滿、毫無政治良心的人。

六月卅日

昨日民眾黨開中央執行委員會，商量對待地方自治運動的事情，將前次所決議「禁止會員入別的政治結社」暫且不執行，可是也不取消。幾日前我對蔡儀斌兄交涉，叫他勸告他的女婿謝春木君，緩和他的主張，也叫儀斌兄做自治運動的發起人。前日在霧峰對陳旺成君疏通了的結果，好像有得到一些效果。

七月三日

楊肇嘉君在台北與獻堂、萬俥兩位商量，打電話來台南叫我上北。我昨夜到台北，今早四人在萬俥君的家商議我住東京的事，我看他們出錢頗艱苦的樣子，就辭公的費用。他們說議會請願的事務專任要我擔，叫我繼續領，我乃提議把東京的費用減少，島內的費用增加，關於以後運動的方法，我也說出我的觀察及意見給他們聽，他們大家與我同心。我最重要的觀點是民眾黨與地方自治聯盟，此二工作若不做，台灣議會設置的運動是不能得勢力，所以我再三要求他們極力注意，不可使民眾黨與自治聯盟對立相攻擊。

今早報紙上發表獻堂先生被連任做府評議員的消息，因為許丙、陳鴻鳴此輩的人亦被任命，所以世間頗有所議論，然而獻堂先生本身說絕對要辭。

七月七日

關於日刊新聞的許可問題，林社長及羅專務他們曾再去交涉，都不得要領。羅君叫我去接石井警務局長，我今朝去與局長交換意見，有兩個餘鐘頭。總之他們是希望他們有一個人參加做重役，又要一兩個人做記者，我也徹底的開陳意見，照前在東京對神田正雄所講的說給他聽，如不這樣，眾關係者是無希望得許可。此句話使他頗欲知理由，我說諸位經營者並不是要依賴這個事業來生活，如得許可，他們尚得賠錢，賠些錢是沒關係，但叫他們被世人懷疑，不受信任，他們是絕對不做。羅君說我講得真中肯。

我也跟石井警務局長講，政治結局是生活問題，是利害問題，若不能使台灣人與日本人的利害共同，統治的結果必定不幸，再講好聽的話都是無益。只有一個新聞就如此刁難，若不由此事使台灣人增加失望，對將來是較好的。

七月八日

早上獨自去訪問林柏壽君，對台灣的現在及將來交換意見，順便勸他應自覺他的地位，出來參加政治運動，尤先對這次的地方自治運動做起，他同意答應參加。

七月十六日

今日是民報創立十週年紀念日，我現時雖與它差不多沒有關係，但迄今與此機關的關係想起來實感無量！過去對這機關所灌注的精力不知有獲得多少效果？若不是這機關能在同胞中顯現若干效果可做為我的報償外，我是沒有得到什麼安慰。如看到現在內部人事關係及經營方式，老實說是大大令人憂惱。啊！台灣人的程度只是如此而已嗎？萬病的根源是否因用了不當的人？是否因好壞認不得？或是各人以自己利益為先做事所致的呢？總之大家做事，不是為著真理，是為自己嗎？

七月十七日

楊肇嘉君又來霧峰計議地方自治聯盟的事，順便提起葉榮鐘君，講他用錢真濫，對人真傲慢，全無虛心，不尊重別人，叫我及獻堂先生當給榮鐘忠告。榮鐘這個青年人，我對他用的苦心是相當多，這個青年對我雖是還有尊重、有點怕心，但對別人實在頗不客氣。若論他的用錢，獻堂先生自前就已經失望了，我對他最大的掛心實在也是此點。因為他對情慾非常快受迷，也有許多壞習慣，因此用錢就會濫，他煙抽很多、酒也真愛喝，而且喝醉了很壞癖，已經是多次誤事，他又愛裝，所結的領帶常常有十多條。他此末次在東京讀書，食及住都由獻堂先生供給，每月領卅元，還說不夠用。又他的小弟在台灣做小僱工，無錢可念中等學校，我曾不客氣對他講，他是窮子要裝富人身份，若是我絕對不使小弟不受教育，每月一定能省十五元給他添做學費。去年底我要返台的時候，他自己開口叫我帶他去請矢內原先生指導，使他接近基督教，我很高興，矢內原先生也很歡喜，自那時起，每禮拜晚上都在矢內原君的家吃晚飯，與他一起禮拜，聽他的聖書講義，從那以後他絕不喝酒，煙也不抽。他曾寫信給我說，他現今看見別人虛華，便會感覺厭惡，又說他現在已經得救，絕不再給我煩惱。榮鐘的本心有點不愛與肇嘉君同事，此次歸來台灣同做這個地方自治運動，是肇嘉君的希望，是肇嘉君託我與榮鐘交涉的，所以我知道他們一齊做事是不會太久，我卻也在暗暗的在替他設法後來的事。但我此次又看見他不但抽煙，酒也差不多照老樣子，有一天與人家一起在台中看戲時，我目睹他脫下上衣，袖子捲起胳膊上，頭敧敧、嘴咬煙條不斷地冒煙。我看他這種架勢，與一個惡少無二樣，這樣的人怎能去引導別人呢？我看不過眼，大大責備他，他平時頗尊重我，可能是我責他過火，他就對我表示多少的反感。我若對他劣點莫得太認真，他是不敢對我這樣的。啊！但是不可以的，我若是在這樣做，我已經獲得更多人望了，叫我不要辨人的好壞，只一味承受人的尊敬做大哥，我斷斷不願意。而且我明明知這個年輕人的性格上有很多危險點，少有人能解救他，所以我實在放不開他。所以他從東京將返台的前幾天，我跟他說我必要經常立在他身邊，之後就與其他兩位相皆去拍相片。順便送他一句話：「不可拿私恩私情做最大的感激，有一事至經絕未可滅的，你必緊握著它！」啊！現在他恐已經忘記了，今日又聽肇嘉君這樣的話，啊！這個年輕人不知將有救抑無？我絕不可不再對他努力看！

七月廿二日

由台南到屏東萬丹對李瑞雲君交涉，請他擔任地方自治聯盟最高幹部的責任，幸得他的承諾。前日對劉明哲君的交涉也已經得著他承諾了。在中北部對這個團體，不論人事或是財政，能夠請他協力的人，我所交涉得到的，也全部定完了。我對這個團體能協力得到的，可說是已經做到了，也許我該出發返去東京。

七月廿五日

韓石泉君的信仰告白《由死滅入新生》的著作今日印好。啊！真可感謝這位兄弟，竟然死心甘願承受耶穌基督的拯救，可以說台灣已經多出一顆大明星！今年春天有王受祿君回心承認耶穌，此次又有韓石泉君甘願獻身隨主耶穌！啊！台灣多此二顆新星出現，使我元氣加添百倍，我雖然做事經歷很久，說實在，活在台灣人中未曾發現真實同志，我感覺如主耶穌賞賜我二隊天兵!!

八月三日

今天是禮拜日，也是王受祿君在他庭院因建好一所禮拜堂、而在下午兩點鐘開始做獻堂式的日。韓君和我都去赴式，式中我起立講幾句感想，因為我的感激無限，一心感激上主的愛，在那兒大發動，一心又想到台灣昏天暗地，大家的良心又都在睡覺，然而在此能夠看見王君這樣大覺悟，不免引我感慨萬分，禁不住在眾人面前大哭一場。這是我幾年來未曾有的經驗，在那時候，我感覺聖靈充滿我的心，不知如何表明出來！我在東京初受洗禮的那幾年，在富士見町教會與植村先生等同濟伙祈禱的時候，也經常有這樣的感覺，歸來台灣以後就真罕有這樣了。主啊！願祢時常賞賜這樣寶貴的感覺，使我不致成為無鹹味的鹽，使我能夠發出一些光輝，照耀這個黑暗的台灣，也懇求天父照顧王君及韓君，使他們的信仰能堅固無終！

今下午五時起在武廟裡台南商工業協會的事務所，開台灣地方自治聯盟發起人的相談會。因為盼望大家有較多出席，所以將全台發起人分為三部，在台南今日先開，台中預定初六，台北初九。我在席上對運動的方針提議二點，一點必須做合法的運動，因為盼望給多多人敢參加，還有一點對島內各種團體不與他們取敵對的態度，對民眾黨更要細膩。今日商議中決定八月十七日在台中開發會式。

八月五日

今日起十日間，南部教會主催於中學開第二回夏期學校，我本來是早一點返回東京去，因會萬校長極力委託，所以決定緩期約一個禮拜，可與他們協力。我預定講演二點鐘，題目「基督教的本質」。

八月十二日

今日自基隆搭船歸來，這次返回台灣剛兩個月，對於民報許可的交涉尚未能實現，很遺憾，大概我不再在東京大衝一次，恐怕沒有辦法。啊！如果這是我的本份，雖然是沒有什麼人可命令我，且我雖是微不足道，但是我豈能得不盡心力呢？然而自約一個月前，痔瘡就在逐日出血，懇求上主贈我的身體健康。

又對新組織的地方自治聯盟，一切的事務我都全部與他們充分協力做到，現在只是等待舉行發會式而已！我因為要做別項工作不與他們參加當幹部，然而我對這個團體是與民眾黨相同。我看這兩個團體的工作必須有平衡的活動及平衡的發展才能有希望，台灣的局面才能較快進步，所以對這次這兩個團體強要衝突的事，我是非常苦心極力主唱調和。啊！照看大勢是不好了，蔣渭水君與民眾黨的現同事人陳旺成、謝春木他們是似已決心分裂，因為他們曾唆使工友總聯盟的人在上月初三，當台南自治聯盟在開發起人會時，就領發宣傳單表示反對，幾日前也在台北開演講會明顯地攻擊，聽說連我也攻擊。我昨天下午特地去會蔣渭水君，勸告他顧慮大局，不可亂肆破壞攻擊他人，也叫他不可打倒我，因為我如倒下去，他的擔就加倍重。我問他時常中傷我，說我對無產者沒有同情，那個根據在何處？我假如從來不做別事，唯獨舉一項對於十餘年前就提倡鼓吹的白話字運動，此事豈不是專門為無產者嗎？他竟然敢對嘴應我說，這豈是為著無產者？我真憤慨應他說，若是因為自起初就不贊成這個運動，就變成不是為無產者嗎？啊！人講「滅秦者秦也」，實在是這樣！此次民眾黨與自治聯盟如不幸發生衝突，大家再來一次分裂，那就夠傷心的事了，能得力的政治運動不知將要延遲幾年？這樣台灣當局是可高枕安臥！唉！該死！蔣的、旺成、春木，你們這幾人實在罪重，大局到此竟然被你們打破嗎？我苦苦努力想要調和這個局勢，豈可全然變成徒勞呢？

八月十六日

今朝早早到東京，素卿及孩子們都平安，只有敬仁不太安好，他的腸消化不良。自約十日前就發燒，有日高達四十度外，今日好一些。他在發高燒的時候，他的老母很煩惱，就給嬰兒講，他若是會死，叫他必須等候到我回到家才去！

八月十七日

今日在台中市，台灣地方自治聯盟開發會式，可能有相當的盛況。對這個會，我雖然自起始就是提倡的一個人，又對成立前不論組織上的計劃、抑是人事方面的調動及聯絡、抑是財政上的基礎，就是對民眾黨的關係，我都致力互相設法互相調和。但是我自開始就與楊肇嘉君立約，我只是幫助到其能成立，成立以後我就脫離關係。肇嘉君自己也贊成我這樣，他與獻堂、萬俥兩人商量要我專心辦台灣議會請願的事，因此我對這個新團體全不擔任什麼責任，所以想不必再出席創立總會，表面上也遠離一些較好，肇嘉君也同意，我才上京。我起初是怕肇嘉君會強要我做幹部，好在沒有這樣做。我想他們這樣的人，若沒一些公事給他們做，結局他們只是稀微過日子。而且太冒險、太大犧牲的事他們也是不肯做，如地方自治運動這樣的，剛好合他們做，何況這對台灣現在也是很要緊的問題，所以我才極力幫助使它成立。我本身卻感到還另有使命，台灣議會的主張沒有支持恐不成，羅馬字的普及到新民報日刊得許可後，我當積極對這個運動去進行才是本份！現在這個會雖已成立，但與民眾黨的關係真是不得安心。民眾黨的現幹部蔣渭水、謝春木、陳旺成所表明的反對理由，照我所查有三點：一點是恐自治聯盟打破他們的財政基礎，第二是恐會員被拔出去，第三是恐自治聯盟又做地方自治以外的工作。對於此三點我極力叫楊肇嘉君必須嚴守，他雖答應要嚴守，然而要求渭水君等也撤回他們在中執會中所主張的決議，但是他完全不答應，這一來就互相發生惡感情，陳逢源、洪元煌幾位就主張積極招民眾黨員入會，到自治聯盟開發起人會時，渭水他就叫人出來公然反對，連我也被攻擊。啊！渭水的罪實在重，這次若是因此不幸再分裂，台灣政治運動實在受害不淺！

八月廿七日

韓石泉君寄來相片，是於八月九日我和他及王受祿君三人在台南拍的，是三人坐掠排互相牽手的半身照片。這是我們三人商量決定這樣拍，第一是對主表明大家互相結連，第二也能夠表現三個十字是要意味三支的十字架，就是我們甘願將我們三支十字架立在我們的台灣啦！我也寫信跟他講，他們倆都比我較認真地注視主耶穌的榮光，他們的表情率直純真，而我也猶若有得到些倚靠，深深地在歡喜。

九月七日

自到東京以來，專為日刊新聞許可的事對各方面陳情求諒解，如今必須面會的也會過了。拓務省裡上田大臣也明明表示好意，贊成許可。其中小村事務次官跟我講最明白，他講不久石塚總督要上京，他一定對他主張許可，若是再推諉，絕不辭與他衝突。我實在真大受感激。有一事比較遺憾是我到現在才明白，伊澤前任總督雖然贊成許可，然而他是擁護唐澤，欲使唐澤參加民報社，我恐對此點會與他發生衝突。又聽說台灣當局所要求的條件，比我接嘴的時候更苛刻，據說資本及重役要求三分之一。對各種的事情看，若是能和就好，若是要求無理條件刁難，我已決心必須講就方法強硬地對抗。我已經給萬俥君宣明，日刊如無條件許可，我不久就回去，不幸沒有順利許可，我絕不回去，欲往東京與台灣當局抵抗到底。因為如此盡情盡理的要求，台灣當局尚且漠視，而我們還要忍氣吞聲，我還有什麼面目可替台灣人求幸福!!然而我有耶穌的救在心中，暴力我是絕對不用，但是如此無理橫暴，我是不得甘願犧牲眾人，閉目佯不知。

九月廿日

台灣民眾黨通知來講，月初於高雄再開中央執行委員會，猶是決議黨員不得跨黨，叫我必須自己脫離那一邊，若不就要除我的名。還有蔣渭水君私自託獻堂先生寫信勸我脫離黨，若不，連我的顧問銜頭亦要取消，如願意服從他們就不必。此君實在可惡，我是苦苦的欲維持大局，所以主張計較，設使此次的局面又被破壞，民眾黨又趨向階級主義的色彩去，台灣的政治運動陣營就再大起紛亂了！啊！我豈可服從他們而默默不言呢？我今日不顧得痔瘡極痛，草一張抗議書，寄去本部及各支部，告訴眾會員叫他們設法解救，大局如破，還有什麼顧問可講呢？老蔣！你實在是孩子氣，你害大局多啦!!

十月五日

今日是我們結婚十八年的紀念日，全家照了一張相片做記念。啊！貶一貶目已經十八年了，我們兩人在此間，記得差不多沒有一日是享樂的日子，到現在伸手摸摸籠底，空空全無一個錢，登記所也完全沒有我的名字，在社會上也沒有固定的地位，反而近來受蔣渭水、連溫卿一派的人中傷反對，致使一部份的同胞對我也都沒有像前幾年的樣。總而言之，我一半生涯的勞力所得的一件都沒有！如有的是天父賜我們夫妻和諧，相信相愛過日子，及能夠養育七個兒女。以外還有幾位知心同志的朋友，可說這些就是迄今的所得！啊！雖然唯有這些，感謝天父俾我們感覺真夠充足，素卿至今也未嘗講一句這樣不妥當，我自己也未曾這樣想。啊！天父，主耶穌，祢如不放棄我們，我們絕不會欠缺！有祢的愛在我們的心內燃著，我們時常都熱鬧有希望!!

十月十六日

關於日刊新聞許可的交涉到今日可說是到一階段。凡是要走的路，我都全部走幾遍了，現在若是依照舊的方法做，已經是到極點。從中最重要的，就是松田拓務大臣跟我說，所請許可的新聞如確實不屬某一派的機關就好。第二是舊台灣總督府保安課長小村氏對石塚總督進言講，到現在應無條件許可才好，如附條件才許可，台灣人必定不感謝，也沒有人肯負擔責任。

第三就是清瀨代議士對總督明言如不許可，必對中樞開始別種的運動，可能會對天皇請願。第四是我自己也面會總督，特指三點就是敘述數年來交涉的經過，統治上的關係，及正義良心上的關係，他聽了說考慮看。最後就是田川代議士於昨日探問總督最後的意思，他說如不許可，獻堂氏將辭去評議員及產業調查員，在東京可能發動請願。總督說叫獻堂不可辭職，也叫我不可四處訪人，雖然有多少曲折，問題是能解決的。又說日前我跟他講的話，他都有通知台灣當局叫他們應改換方針。這種種情況不得不使大勢定著，我也已經決心，如獲許可，我就馬上回去，依照受祿君、石泉君所苦勸，此後專心效力普及羅馬字，不幸若是不獲許可，我也就決定再住在東京加緊幹下去！

十月廿四日

自幾日來，痔瘡益發不好，時常疼痛，致使不得走路。石塚總督也已經於大前天出京歸任了，日刊新聞的運動可說是到達一個階段。萬一住此東京不久還要開始別項的運動，這樣身體是不可以的，所以今日決心接受戴神庇君的介紹，入慶應大學醫院醫治。醫生診完說腫了非常嚴重，決定今日手術，聽說要三個禮拜才能好。

十月卅一日

自廿五日手術了以後的艱苦，實在是不堪表現。當大痛苦的廿八日，忽然新聞上報告霧社的山胞企圖叛亂，殺死能高郡守以下日本人二百餘人，又有風聲說有的台灣人供給機關槍，與他們有聯絡又給煽動，報上又說已經出軍隊圍勦。唉！我本身現在躺倒不能動彈，這些山胞將來的困苦是我所深知。他們的知識那麼低，受過幾回的討伐及受過壓迫示威，他們的膽是已經破了，而且他們所住很四散，當局的耳目又那樣多，怎樣這次能做到那麼穩密，那麼和齊!!此事如對主耶穌的信心講是絕要排斥，然即若是對世間的常情看，是常常有的，可說是揮刀的人受到刀的報應，對於處理此種局勢，那些山胞的指導者能發出那樣的意氣及他們在此中所有的苦心，實在令人真夠刺動心。當面最要緊的事就是擋止討伐，不可激動人心覆加動搖，可惜我的身體不能自由，幸得黃文漢現時一起居住（黃君夫婦自九月十七日就與我同住），就託他四處去疏通，也連文信都使他寫，有的寄給拓務省，有的寄交新聞社，盡所做得到的做就是。這樣做有什麼效果我不知道，然而我感覺，上主給我心很飽滿，減輕我的病痛很多！

十一月四日

韓石泉君來信通知說，總督府評議員黃欣近來在台南對人講，官廳拂下二十餘甲土地給我，這是他由勸業課長劉慕雲聽見的，他又說他做御用紳士十餘年，所受拂下的土地不及得我。韓君告訴我世間的風評非常重要，叫我必須設法與黃欣計較，因此作一張公開的責問書寄去刊載在民報上。唉！不知這是不是因我不德所致，抑是有什麼別的意思？當昭和二年交涉結果把民報移轉回台灣的時候，人家就風聲講總督府以十萬元買收我，今年夏天在台中聽說從彭華英的嘴也講官廳有土地給我。更奇怪的話，就是在舊年，由林獻堂先生聽說台中蔡蓮舫講有聽到官廳將敘勳二等給我，你看好笑不好笑，若這樣我就算加進辜顯榮一等了。照看我都也非常值錢！然而論地上的數可能不值到這樣，若論天國的，恐還有更多一些才對!?

十一月六日

痔瘡手術後至昨日縫線全部抽出來，當拆線的時候更加大疼，然而今日都不痛了。因費用的關係，今日出院在家裡療養，住院剛二個禮拜，醫生講須到月底才能痊癒。

十一月十八日

這月初在慶應醫院，叫文漢君筆記關於霧社的事那張文章寄去東京朝日新聞投稿，然而都沒有看見刊出來。到去十四日朝日社有刊一篇社論，裡面與我的文的論旨很多點相似。今日文漢君去朝日社會一個同鄉的記者賴君，才知道我那張稿子在新聞社引發過大議論，雖然結果沒有刊出來，然而主筆頗有同感，所以把我的稿子做他的材料，發表一篇社論。由此可知萬事如有想必須做的，絕不可怠慢，努力去做必定能顯明多少效果。

十一月廿一日

對黃欣所發的那張公開狀，十一月十五日民報已經刊出。

十一月廿八日

痔瘡今日起不再塗藥，醫生也從今日起不再來，手術了的結果，肛門凹入頗深，通便後難得拭乾淨，又肛門比較失力，以後不知道會變怎樣？

最近敬仁一直不太好，淑姃也感冒，素卿也有些不舒服，其他的孩子還好。

十二月四日

因為由台灣羅萬俥君打電報來催促，所以決定明日出發回去台灣，準備議會請願的事。離開前探訪各方面的人的關係，這幾日很忙碌，雖然在此忙中，感謝上主，還能使我有心能作一首歌。這是在今年的夏天，台南青年會的朋友希望我作的，自很久以前就想要作，都沒有機會，上月住院時也想要作，又因為大艱苦作不得，現在決定要回去，沒甚麼給他們做禮物定會使他們失望，所以約一個禮拜的時間，利用在電車裡抑是睡覺前的時間，作成一首曲名「基督青年會歌」，是要應 Y.M.C.A.的會章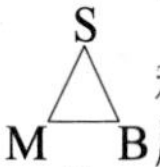

的意義，不知道能不能合大家的期待？然而我自己卻是相當的滿足。

十二月六日

昨朝由東京出發，晚間在大阪曾人謀君家過夜，受他倆新夫婦好款待。又白天在火車裡試作青年會歌的樂譜，今天下午在船裡再加修正，大概已經照我的能力所做得到的程度表現出來了。作的好壞是另外一回事，上主使我心裡能抱無限的希望向前走，身軀又是在這樣平穩的船上，看如此美麗的風景，在此情景中得完成這樣我前未曾學的工，真令我莫大欣喜及感謝！我所蒙受的恩典，實在是太過份啦！我此次回台所應做的工，第一是準備請願設置台議的事；第二是設法日刊新聞使其獲得許可；第三若是做得到，我實衷心希望民眾黨及自治聯盟有個調和的路。看樣子迄今民眾黨還未發表把我除名的事，可能是因他們有反省所致也說不定，如果是就好極了；又第四我當與黃欣交替一個清楚。還有一事關於我此後活動的方向，當要與幾位同心同信的人參酌定著。

十二月九日

今日下午船入基隆，下午三點到台北，我沒有通知他們時間，然而萬俥君及呈祿君都到車站等候，一下車就聽說民眾黨已經於一個禮拜前就發表把我及以外十餘人除名。啊！還有什麼可說！聽其自由就是了。人心如此紛亂，如此幼稚淺薄，台灣怎樣能進步呢？已然不能給大局搞好，叫我來做使大局更亂，我是斷斷不做，除去台議請願而外，暫且引責旁觀就是啦！啊！天父！祢知道不是我不做啦!!

晚上從羅萬俥君始知他對於新民報的日刊許可有一些換，他說如果淺淺的程度使日本人出資及出人不要緊。然而我告訴他我在東京是始終用意交涉無條件許可，他是當局者，如果是主意這樣，我也就無意反對。但很遺憾，若是要這樣，三年前那時就承認與台灣人較闊方面的人合同的條件，豈不是事業自早就已經成立了嗎？

十二月十日

午前在總督府正式會石塚總督講四點，關於霧社凶變的事、日刊新聞許可的事、獻堂先生上月底再交還辭府評議員的辭職書的事、猶龍君就職的事。對日刊的許可他表示對唐澤不信任，將來好像有意要換人。

下午對民眾黨幹部蔣渭水、謝春木、陳其昌諸君辭退民眾黨顧問的職，順便表明對於被除名的事我無意抗議，因為顧著大局，雖然做鬼也保庇他們！

十二月十二日

由台北來台中，照羅君的意見會渡部，疏通意見，渡部頗有意的樣子。

十二月廿一日

與韓石泉君一同在王受祿君的住宅做禮拜，然後在那裡吃中飯，後再商議前有合商過的那件共同獻身建設新生堂財團的事。韓君再一番表示決心，斷念久年來所期望出國留學的事，他對於這個事業極力提前進行，韓君又說也許去中國創設是較好，我約他十年後才來實行，但是王君是講在何處都是一樣。大家雖然是決心進行，但是要有四萬元現金才夠用，這錢要我去借來，他們二位雖是有二萬餘元的業可做擔保，照看台灣現今是沒有這樣的錢可借。不知道是怎樣，我感覺好像在日本有準備等著我，如果借不到錢，他們是贊成我暫且住在東京，不回來台灣。

關於台議請願蓋印的事，看樣子蔣渭水君表面上雖然講要照上前協力，但內心是已經變了，不太表示熱心。南部情勢雖是沒有什麼變更，但是盧丙丁君是已經明言反對，講他是馬克思主義，由此可知民眾黨內的工友總聯盟派大部是已經反心了。啊！大勢漸漸亂了！然而一直努力做到盡頭就是啦。明日約楊肇嘉君去會李瑞雲君，順路去鳳山高雄。

十二月卅一日

三日前自台南來台中，今晚住霧峰與獻堂先生的家族一起吃晚飯過年。

關於我的將來與獻堂先生商議，他也是贊成我暫且住在東京，看樣子喜歡我暫住東京的人比較多。若是住在東京，第一更有便利編輯羅馬字的書，第二能夠引導青年人發現新同志，第三能夠接觸中央政界，幫助解決在台灣所發生的事。但是我另一面想，這些事在台灣也是可以做，新民報日刊的許可可能不太久就能成，我豈不在這個機會推行羅馬字的普及運動才是忠實嗎!?此去沒有直接做這種工，來住在東京我心感覺有些空虛，又我的老母告訴我她真希望我回來，若不，她也許會死不得再見著我，此事也使我很難得忍心。啊！終將我應怎樣？住在東京比較安易，回來實在比較難澀，但是在東京感覺有些空虛，返來台灣好像感覺多些自在和安心！啊！假使我與王韓二君所計劃的事業能夠進行，我必定即時跳回來，若無島內這麼紛亂，使我也會愛躊躇。啊！明年我到底該走那一條路才好呢!?

一九三二年一月五日

元旦由台中來台北，住杜聰明君的家，杜君也是勸我暫且住在東京，也不可離開政治運動。

早起在羅萬俥君的家與他對談，他表示對林呈祿大不滿，批呈祿的做人說：「這個人你如愈款待他好，他愈是對你刻薄」，又指摘呈祿君的無能說：「他推薦彭華英做民眾黨的主幹，重用謝春木，引繼民報給新民報時的作法，記者同盟反抗時他所取的態度，及最近信用彭華英的話攻擊我羅某，說是對唐澤求和」，他有大憤慨。今日聽羅君所講的話，可知他是真悲觀，他說要趕快離開現在的責任，希望我趕緊入社，若不也要暫且住在東京，等候明年改選我做重役辦營業部後，使他辭專務。我跟他講他是不可不做專務，獻堂先生也是不可不做社長，將來他如果真的有缺用我的工的時候，才來商量，假使他辭任就不用講了。又他告訴我不可即時去做羅馬字運動，如果我若入羅馬字運動就是離開政治運動。我回他講，羅馬字運動才是政治運動的一步。日本人的勢力這麼強，同胞大多數又是暗愚，各運動團體的關係又是這樣亂雜。我叫他不可消極，台灣政治運動不進步的原因是在有力量的人沒有自覺，不敢勇猛犧牲走做前頭！我今日與他講完，暫住東京的心比較重些起來。

晚間與渡部會談，石塚總督初七將上京。

一月六日

早上在總督官邸會總督，他說日刊新聞等候霧社事件辦清楚則可許可，我告訴他我是負眾人的責任交涉，叫他不可哄我後將要對人引責！

一月七日

午前十點與羅萬俥君在鐵道飯店會柳澤保惠伯爵，說霧社事件的意見。

一月八日

總督辭職的風聲真響，與羅君商量決定十一日的船趕緊上京，搭快車到霧峰。晚上與獻堂先生談話中，他說有人問他看我此後要做什麼，他答以我欲做羅馬字運動，有一人說蔡某如做羅馬字運動就是他的末路！另外一人說蔡某敢有誠心要幹這個運動，他不過是口上講講！我問獻堂先生有沒有替我辯明？他說沒有！我實在真大受刺激!!初六晚在台北新民報社新年宴會的時候，也有一項事頗刺激我，就是他們卻比世界更前進，叫藝妲跳舞，呈祿也參做先生教人怎麼跳。啊！我的同胞如果得到權利的時候也就這樣享樂，那麼現在犧牲有什麼用？何況今晚對獻堂先生親口聽說有人在看輕羅馬字運動，也有人在懷疑我的人格！我決心了，我必須直向羅馬字運動去跑。我愛我的同胞過好日子，然而我也得致意同胞們的品格使其更清緊更高尚。若不，所做的政治解放是沒有什麼意思。今日在車內看新聞，始知民眾黨的幹部決定要變換民族運動的方針是確實，民眾黨也要做階級運動嗎？這可能是謝春木、蔣渭水二人的鼓勵，若是由誠心來做，還可以說是好的啦！

一月十一日

與黃欣的事，自到家至今有三個人出來仲裁，我也極力讓步，昨天下午他答應要出來釋明，但是今早他又翻言，可能是知道我明日的船將去東京，亦看做我是沒辦法同他計較。這個人真奸詭，他至今已翻言三四次了，我已不要告他，然將他的反後公表給人知道就好，這樣他是比和解的條件更沒有偏。奸巧實在是沒有偏頭，必須這樣做才能使他明白。

一月廿八日

十六日晚上到東京，自十七日起至今，每天都是為著日刊新聞許可的事走動。至今日可以說得走的路已經走盡，得講的話也已經講完了！我是極力說明及主張不可以出資及給日本人做重役為條件才許可，但是日本人做記者抑是顧問是不要緊，如果一定要求出資及重役之職，決與他們破裂。新總督太田政弘及前總督伊澤多喜男，事後有些理解的樣子。新總督二月四日將回台灣，我通知羅萬俥君們必須急切迫他表明方針，形勢怎樣至二月中旬絕能定著。萬一不幸當局猶不理解，不肯表示誠意的時候，不得已當在東京對台灣當局取敵對行為，我也是甘願做。

一月卅日

月初謝春木君發行一本書叫做《台灣人的要求》，從中也有寫幾點關於我的事，可是完全沒有照事實。我對同化會的關係他也不清楚，斷言我有帶「對同化會以來的氣習」，不知是什麼氣習!?關於民眾黨成立的時候，我反對是因為蔣渭水君欲當幹部，主張對總督府聲明取消民族運動之故。當發會式即日，我與蔣君在爭論的時候，蔣君講如不照他的主張，他要另作行動。因為我本心是不喜歡如文化協會那樣又再分裂。還有那日豐原潭子的林再超君起立大聲嚷我和蔣君都是會內最重要的人，如果我們兩人徹底爭執，此會必定會再分裂，叫我們一人當該退讓，他講完開聲就哭！我為這大受感激，又看出蔣君絕不反省也不讓步，所以我才當場聲明撤回我的主張，也明白表示我絕對不欲有分裂，然而對蔣君這樣無理的主張，是不得不表示反對。我今日撤回我的主張，因此沒有附之採決就給蔣君的主張成立，我雖然做會員，而不願當幹部，希望後來不要選我做役員，事情的經過是這樣。春木君那日也在場，他怎麼敢在此書裡面撰寫是用絕對多數議決蔣君的提議?寫書的人敢這樣捏造事實，實在是非常壞，講明白一點，對總督府會取消做民族運動的聲明書，是謝春木、蔣渭水二君同意而已，是他們兩人的責承，絕對不是總會的議決!!謝君在他的書中又說，我舊年中幫助台灣地方自治聯盟成立，證明我的思想是極右傾，是沒有同情無產者，是資本家的爪牙。此君真是武斷，真亂講，我替他擔憂有一日他該取消他的話。啊！我迄今都不甘講半句話，對這個少年人，我是盡力要幫助他，看他能不能成器，現在看他敢這樣做，這樣講，過去為他做的，可說是歸於空空然，這個人的行動真有所可疑的地方。

二月九日

對第五十九回的帝國議會提出台灣議會設置的請願書。參加的人一三八八名，這回是第十二回的請願。大家叫我做代表者，這回參加的人數比上次減少五百餘人。在台灣民族運動的色彩若不夠鮮明，這個運動是絕不可能做興起。蔣渭水、謝春木計畫要變換台灣民眾黨立黨的方針，就是民族運動的方針，要其改變為階級運動，因此事先排拆台灣地方自治聯盟的成立，這次又用奸險的手段破壞台灣議會運動的團結，說對於台灣的進步，此二人的流毒可說是最大。然而他們兩人中對台議的變節，春木是比渭水更兇猛，渭水雖然不如前年那樣積極鼓舞，他自己還有參加蓋印。

二月十四日

大東信託株式會社的專務陳炘君一月底來東京，為爭取信託法的實施及公司的認可。他初來時我不知道，後來聽說是政友會方面的人給他牽線。這本來是屬於有錢人的工作，我不要管他們也是可以的，但是看他做法是頗有危險的地方，對於個人的朋友情說，也有些不忍旁觀的意思，何況看看台灣人的現狀，他們這班有錢的人對日本人的關係如保持得不好，沒有錢的人其艱苦是愈要增加難得解決。照我的見解，現今台灣人中的有錢人，好像是沒錢的人的屋蓋，所以有限度地給這些人的地步鞏固，一般人的困苦才能減輕，實際上的問題才做得快解決！由此點著想，我也是得幫助他們。這十餘日來，我將我在東京所造成的路徑及所有的情形一切清楚地告訴他，此去做了能順事與否，當憑他自己的力量手腕。陳君對我有如抱感謝的意思，我只有希望他兩件事，一件是他要準節，不宜做了被日本人鄙薄，又一件就是不可忘記同胞的利害。

二月十五日

自我上月到東京以來，對於與王、韓二君所約束的事，已經與幾個重要的人商量，希望從日本人中的基督徒借四萬抑是三萬元可建設新病院。這幾日在台北的牧師上宇二郎君也來東京赴母教會傳道委員會，他勸我參加他們的團體，在台灣從事傳道，我的生活費的大部份可以保證。我說八九年前我從東京將要回去台灣做工的時候，植村正久先生在我出發前晚叫我去他的家過夜，翌明，他對我明說，他自很久就有意每個月有一佰元可給我充家費，而且我在台灣欲做什麼，一切依照我的自由，但如有餘裕的時間，希望我幫助台灣傳道的工作。我那時極真感激，流淚告訴植村正久先生，我盡心希望做台灣的公工，我的費用台灣人自然是供給我，將來假使台灣人未能供給我生活費用時，那時我才對他拜領。即現在我也是同樣的心，我的生活費用台灣人會給我。如不，台灣必定會敗，那時我也甘願與他雙雙滅亡。我又告訴上君，將給我的錢用以派別的日本人去台灣做工，我只有拜託他幫我借錢可建設病院，他答應好。

二月十七日

黃文漢君及他的夫人來與我們居住，至今剛剛五個月久。我的主意不是只有幫助他們的生活，而是更注心引導他們入信仰。因為我知文漢的性情有順良的地方，不過是為著境遇不好屢次受迷惑。他的妻子足真，幼穉而且軟弱，然而性情恬靜，尚像不難造就，她也努力與我們學習台灣話，有決心一起回去台灣。可惜這個女人的娘家勸他與黃君離緣，她一時躊躇不肯，然而到後來漸漸變心，幾日前說她看黃君靠不得，欲與他別居回去娘家，今日竟然自己離去。文漢非常傷心，我告訴他，抬起頭看前面，台灣有很多事等著有心的人去做，也有他的親老母骨肉等候他看顧，怎樣為著一個不正經的女人來忘記一切。文漢講他有決心欲與我協同做工。

二月十九日

接羅萬俥君的電報及看新聞知道台灣民眾黨於昨日十八日開總會的時候，被當局禁止結社！當然當局是真橫暴，然而蔣渭水、謝春木兩人的罪孽也頗大！

二月廿八日

今日是我約太田總督對日刊新民報的許可與否必須回覆我最後的一天！自前我就對他顯示，如到今天還未能給我明白的回覆，對台灣人的責任上，我就要自由行動不再等候。前天廿六日伊澤多喜男寄快信來叫我廿七日早上九點到他家去，我到達後他跟我說，他非常同情我的苦心，在前任石塚總督的任期中也有同意見，可是大家意思不和，太田新總督與他自平素意見比較接近，依照他看，日刊新聞許可的時期可能不太久。我深深地感謝他體貼周到，順便問他關於信託法的施行及對陳炘君的事業的態度，他講了頗有理解，我即時後述給陳炘君安心，陳炘君廿七晚出發回去台灣。

太田總督是約廿七日下午要與我見面回覆，因為議會有事致受阻礙，今早我才去他的私宅會他。他說他對日刊的許可肯否因為也得參考下僚的報告才能夠決定，然而他是抱有好意，我問他到何時才能知道，他說三月中旬總務長官上京時就會明白。對總督及伊澤氏的話綜合起來，我就確信總督是決意三月中將終許可，我實在歡喜感謝不待盡言！假使今日沒有這些話可聽，我不得不再大肆奔走、大費心機。記得上年為爭把民報由東京移轉去台灣時，是到我所指定的最後一天才解決，這次也是照我指定的最後一天才知道將准許可。啊！我由衷感謝不盡。

我自出學窓之時，就有總督府的官吏來勸我就官途，感謝上主，使我身心能關注大局，不因我一身一家打算，一意對最關要之攫取言論自由的路進出！自大正九年春季與那時的同志苦心創設《台灣青年》雜誌，以後就將在東京的事務交給林呈祿君等人掌理，而我則回去台灣從事擴展讀者數目的工作及組織股份公司，以後我對這個機關就立在間接的地位。然而我沒有一刻不關心它的發展，在這個期間，他們當事人努力要將其由東京移轉回去台灣，努力兩三年之久都未見好轉。至昭和二年一月我已經離開文化協會，那時民報的財政非常困難，重役令決議託我整理事務及財政，我自己沒有領薪水，整理繁費，討回報金。這樣他們的手裡每月虧損三四百元的，在我半年的整理及經營，把虧損反為盈餘，而且清還六百塊錢的債項，也有設置一個大金庫值約五百元。然而這時我的志向是喜歡向羅馬字運動積極做，不希望久久插進這個事業，可是我想如不是根本的為他們做鞏固基礎，這個事業將難免失敗，那個辦法就是趕緊移轉回去台灣！我最努力的就是此點。於七月十六日就是《台灣青年》發刊滿七年的紀念日，這日是我給總督府限期最後一天，即在此日許可竟然出了，我的心雖然真滿足，可是那時我已經像要起肺癆一樣，新文化協會一派對我的宣傳也是最壞的時候。許可後隔日，我就將報社的事務一盡移交給林呈祿君去辦，呈祿自早就聲明不回去台灣，竟然在此時被我扭回去。我心內決定對普及羅馬字的路去，就對官廳申請開講習會，但被禁止。羅萬俥君剛由美國回來，大家計劃創設日刊新聞的股份公司，我也積極協力計謀連絡，至昭和四年一月十三日股份公司新民報社成立，然後我又即時離開，可惜這次的離開發生很壞的感情。其後我又再籌備要進行普及羅馬字的事，雖然官廳不准，我也不管怎樣就做。後來獻堂先生、萬俥君及楊肇嘉君極力勸我上京協助爭取日刊的許可及做一些的政治運動。攫取言論自由的運動也是我目前一貫的決心，我怎可以忘記？又日刊新聞的許可如果沒有我出力是難得做成，所以我就決意照他們的希望來東京努力從事工作，至今已經一年半久。今天是我決心欲和當局破裂的最後一天，竟然得到總督及伊澤氏的非公開許可諾言。啊！我所愛顧的台灣同胞，我的苦到何等程度你們全然不知道，我赤手空拳獨靠上主的指導來造就這項事，現在我特將此白白地奉獻你們的面前，深盼你們好好掌管，也求你們莫得再要求我做這樣工作。我絕不討功勞，然而盼望你們此後不可恣意聽人家惡意宣傳誤解我，致使也誤到所要為你們做的事！

三月廿二日

自月初以來不知是因為所要做的事已經告一段落的緣故，自覺身心輕快。除去研究一些中國話以外，都是探訪朋友告以相辭，也請田川大吉郎夫婦及矢內原忠雄兄夫婦來家裡吃晚飯，清閒過日子，這算是我生涯中僅有的好過日！然而素卿恐是因為請客及整理回去的行李過份忙碌，昨日起腹部發痛且有一點點紅來，今日將及中午有過小產！幸得沒有發熱。算起來差不多是兩個月的小產，所以狀況比較輕，請邱德金君來為她診治。

三月廿六日

帝國議會的會期應該今日就完畢，但是又延期兩天。二月九日提出的台議請願，在廿四日的請願委員會中，已經和地方自治的請願同時被決定為審議未完。在委員會聽清瀨代議士說有政友會的委員主張裁決做參考送付。對政友會全體議員我曾將我的著書兩百本送給他們，不知是為這事掀起較多的理解？然自己的內部漸漸地在分散，請願人也一次比一次減少，這次僅有一千三百八十八個人，假使被採決也是不太有價值，因為政治必須有真正的民意做地基才有價值、也才是有利益！

楊肇嘉君有另外託眾議院的議員就地方自治權的擴充提出建議案，今日有通過本會議。

今天下午滿牧師娘由橫濱出帆回去英國、我帶淑慧，淑文，淑姈去送她。

淑慧廿四日及廿五日應上野東京音樂學校的入學考試，今天下午發表第一次的成績，阿慧就落第，差不多十個人才有錄取一個人，實在是困難。我本來就不一定要她入這所學校，但是此校的教師比較齊全，學費也較省，朋友中很多人告訴我需要使她讀完女學校，有畢業資格比較方便。如有足夠的實力就好，資格是官廳的事，我是不注重，又對將來所希望她去做的工作上講是更無需要。看起這個女孩子尚有志氣、尚肯用功、又稍有才氣的樣子，我希望她將來以音樂做她的專門技藝，也可做她的職業。依這個職業來普及音樂及養成高尚的趣味，使我所關心的社會眾人有好的安慰，此項職業也能獲得所要的費用。另一方面我希望她研究語學，且堅固她的信心，將來用她的嘴及手來傳她的信心，報揚耶穌的拯救。她如能夠把此二項工作行於台灣及中國的各地界來盡她的一生，我對她的心願就夠額。看起來這個女孩子她的面貌較多像我，她的心也必定能和我較接近，懇求上主憐憫，時常引導她能夠行為四正，有照上述的路去進行。在此有一事我必須大大地給她警戒，就是廿四那日早起八點鐘定到學校報到，八點半起就開始考試。她的母親一大朝就起床為她煮飯燒水，怕她遲到，因為在前晚我就特別吩咐時間不得遲。可是她起床後遷東遷西，過七點鐘我都已準備好，要招她起身，但她都還未準備好，延到七點二十分鐘始能出發。一到外面怕來不及想租汽車又租不著，趕緊搭電車，不意那隻電車發生故障，到達神田站時已經八點十分前，如一直坐電車去是一定趕不上八點鐘，我就促她下車，改租汽車坐。如果順事也相差不到一二分鐘，但因我告訴司機轉錯彎角，致使到達時已經遲七分鐘！離開始考試的時間雖然還有餘，但是注意要到達學校的時間是八點鐘，在這樣緊要的時候，第一項就不能照預約真是不好。我跟她講這是一件寶貴的教訓，就是有時間可預備而不致意預備，致使受時間所迫，人就發慌，事事跟著發生互相衝突。在世間和人接觸遵守約束是真要緊，被人家誤時尚可，切不可誤他人，我們應準備好去等候時間，不可被時間等我們。所以萬事如常踏進一步，先準備一節去等候它就會做事很自在，如果遲一步，往往惹起意外之事，尚且發生失敗！早前的人有說「凡事讓三分，天寬海闊」，又有俗語講「飽時當要記得餓時事」，若是能這樣必定真好做事，也一定不怕遇著饑餓！今日的經驗是真好的教訓，這個事她會以後經常持有戒心，將來必定受到很多利益。我叫她應留神銘記，至今我尚注意此點。

今日羅萬俥君來信希望我慢些回去，等候高橋總務長官，商量日刊的許可有較定規才可安心回去，我本是預定月底出發。

三月卅日

又會到伊澤氏，他問我回去台灣所要做的事，我告訴他做普及羅馬字。他說我怎樣不用アイウエオ來寫台灣話，怎樣定要用羅馬字？我說用アイウエオ寫不來，他說再加研究必定寫得來，又說我主張用台灣話教育台灣人他是不反對，但是如果一定要用羅馬字他就大大反對，因為用羅馬字會使國內的文字更加複雜，也會使大家更加失去連絡，如果用アイウエオ，台灣人每年受政府的教育不久全部會。所以用アイウエオ來寫台灣話必定會使學的人加省費心。我答應研究看，若是沒有希望，必須使用羅馬字才有夠用的時候，雖然受他反對，我也是要採用羅馬字。未談及這些話時也有先談關於高砂寮的事，他說高砂寮至今經營仍然未上軌道，現在學生又全都搬出去，學生有不好，經營的人必定也是不適當，他問我看甚麼人能稱任，我推薦矢內原忠雄君必能適當。伊澤告訴我和前台灣總務長官後藤文夫協力辦理怎樣？我說謝他的好意思，然而為大局，可能是我回去台灣工作比較好。我以前看他不肯給我普及羅馬字，就深深地疑懼他有抱壞意思，是要阻擋用台灣話教育台灣人，現在伊澤氏已經對我明明地說不是這個主意，我真感大安心。

四月二日

素卿近來健康較好，今早她和我帶阿文、阿妗去日光遊玩，晚上九點餘鐘才回到家。因為時季還早，大部份樹木尚在落葉，中禪寺湖的水量減少的緣故，所以華嚴的大瀑布乾涸去，不能看，自然的景緻頗有不及我前次夏天所看的，然而東照宮的款式無二致。從前所看的日光是非常美麗，那時起就感覺要和素卿同看一次，竟然今日能相偕去看。景色雖然衰褪不太好，然而我內心的滿足比前次增加更深！心底生出無限的感謝。

四月六日

淑慧決定入帝國音樂學校，論此校雖新設不久，基礎嫌尚薄弱，但我想老師是最要緊，學校雖然沒有名氣又尚未備案，照所探識，淑慧所要學那科的老師相當好，所以才決定讓她入學。我確信把實力做第一，資格可以不著重，我自己雖然有少許的資格，但是都未曾用過。她所在讀的女校長及幾位朋友都勸我給阿慧讀完女學校的課程，多拿一個資格多一個好，如照世間普通想法真的這樣不錯，但是我所寄望這個女孩的是比普通有所不同，她勤練音樂以外還要注意學習語學。音樂是她的職業，感化世人有高尚的趣味，使其生活上有潤澤，對這工作也可得著她及她的周圍所要的生活資料。要她學語學是希望她離開學校以後，有機會自由地吸取各方面的知識，也可將她的知識及思想廣泛地分給眾人。最主要的事，就是望她用最豐富的知識及高尚的行為來證明天父的愛，報揚耶穌的救贖。這是她社會的奉仕，不可有甚麼所得，我對她的瞻望就是這樣！

前些日就拜託植村正久先生的令嬡環姊，請她管顧阿慧，現在已經得到她的承諾。這個孩子的福氣真不少，能夠親近這樣好的指導者，講實說全東京是難得覓到！

四月八日

高橋總務長官初四已經到達東京，照約我對太田總督要求的日刊之許可應當趕快發表，但是他說督府的附議尚未熟，叫我暫時等候。會高橋長官時，他說同事的態度未分明，所以難得決定。我問他是何人，他說在東京對禁止民眾黨豈不是有反對，我說那是楊肇嘉個人所做。我怕再生出背叛的事，對拓務省探查結果，知道他們都贊成許可，沒有變更方針。問伊澤氏，他也叫我安心出發回去好。從神田正雄所得的消息也是好。所以我確信日刊問題可說是已經清楚！

羅君所託調查印刷機及電影的事也都全部辦完了。回想一年半前自台灣出發要來東京時所預定做的事三點：頭一點是要連絡在中央有心的政治家，期望解決島內的問題，來調和兩邊的利害關係，此點多少有照意思。第二點要團結在京的同胞共同切磋品性，關於此點是不夠滿足。第三點對自己的修養、英語及中國話可能有些進步，以外都沒有甚麼。在此一年半久所做的結果只有這樣，然而我都不敢有怠慢的心。對大家不知道可給若干的利益？我自己年齡增加兩歲，也多養一個男孩子，其他都沒有甚麼可看見的東西，一切託重上主判斷及引導就是。

四月十日

阿慧今日搬去植村先生的女兒環姊的家一起居住受她教導。又阿文、阿妗、阿理三個人因要入學、轉學的關係，剛好黃文漢君初四復活節晚上，決心對那離去的女人斷念，也決心要入新生活。所以初五早上叫我幫助他，讓他愈早愈好先回台灣，因此初六晚上即令他先出發了。我們六個人今晚由東京出發，搭十一日的船經神戶出帆將歸台。

四月十三日

去十一日船將出帆前，吳三連君來船裡相訪。我勸他應回台灣協辦民報社的工，他有所掛慮同事人不知能否意氣相投。

自上船後到今晚海面非常平穩。我坐這麼多次船是罕得遇著，大家非常安樂過日。我在這幾日中又作一首歌，名叫「台灣自治歌」，歌辭是在東京出發幾日前作的，樂譜是在此船裡時作的，可是恐需要大修捨。

四月十七日

去十四日下午到台北，住萬俥君的家過兩夜。十六日乘快車，素卿為孩子們先回台南，我在台中下車，去霧峰會獻堂先生們。今日急行車到達家。

到台北時萬俥君就説要令春木去東京駐在，主理東京支局，其中含有種種的意思，也叫我講給獻堂先生諒解。也有勸我要准他再來關係民報社。我有辭卻。到達霧峰，獻堂先生也有提起許可獲到了後，叫我贊成他辭任社長，使萬俥君接後。又我及呈祿都做常務取締役（監事），我應他説當使我專心普及白話字。

四月廿一日

今晚開長老教中學後援會的理事會，我又跟林茂生君有稍微格語。因為他主張要獲得立案，必須聽從總督府的要求，去參拜神社，他講若不是這樣做，再來三十年都難得希望得到許可。他又講大家若是贊成參拜，英國宣教師會必定會撤出，他們撤出後將怎樣處理，應在此講究辦法。我忍不住憤然跟他歹對，就是講日本的信徒尚在反對參拜神社，我們怎能甘心領前屈節，世情的變化真快，必定沒有三十年後才能得到認可的情理，又絕不可使宣教師撤出。為學生的將來，還未得到認可前，應極力求日本的宗教學校同情想辦法連絡，如有需要我，我樂意協力交涉。茂生君頗不歡喜的樣子。此人我和他前在東京讀書時，我曾對他説，如果彼此心志協和，能夠共同為大局做事，我甘願做他的腳手。他以後先回台灣，當他和他的夫人做親時，他的大舅王鐘麟君大反對，那時我為他極力排解婚姻才成。我起初大大地期待他，然而見到他貪著做官，放棄長老教中學，請官府拂下土地，且有我最最卑忌的，就是他甘願擔任以日本讀法教學生的漢文，因此我就明白他的態度是全為著自己的地位，不是為著大家的進步，我對他就抱反感。從他去歐州留學，獲哲學博士的頭銜回來，我就再忍耐盼望他能有較進步，可惜已然照舊，不肯出席教會禮拜，有空暇就日夜搓麻將，態度猶原自高，儼然他是比人有高一級的態度，使我大感失望。今晚又聽見他這樣說話，我禁不得再度生出反感！若不是上主憐憫用特別的方法，恐這人不得有救。此次他被左遷回來，現在不知道有好的教訓可指點他使他覺醒否！

五月十七日

歸家後今天剛滿一個月。回家後一星期，我就開始用心研究，利用日語五十音假名拼作新樣的白話字。事先對總督府所編的日台大辭典，查考他們的研究，只看頭一頁就找出有二十餘處不對！其最大的弊病就是發音的分節不夠，字母過多沒有統一。我依照羅馬字的方法研究，過半月就考案清楚，今天也就將新課本的稿寫好。真感謝上主，給我努力了有獲得相當的結果。字母總共二十八字，因為要表現泉州腔更加明瞭，所以我比羅馬字增加四個字。又二十八字中十九字是從五十音假名採用的，五字是從中國的發音符號採用，一字「ラ」是伊澤修二作的，其他三個字「よ」「タ」「ス」是我新作的。從日本字母選用的字形大部份有稍加變樣，使其較省筆畫又較好連接。平仄的記號，清音是使用羅馬字式的，鼻音是採用伊澤氏的，但是都有加改少許。字母排列的方法是我最用心的地方！我將字型創給它接近漢字，排列方法採取漢文和歐文的折衷辦法，致意令其容易寫，又期望能和漢字連結使用。照所作成的結果比羅馬字反倒便利得多，實使我意料不到！又大部份由五十音來的字母，如有讀過公學校的人每人都能認識，要普及是非常快。啊！萬事交交來，沒有一事不是要利益信主的人，總督府雖然阻擋我這許多年，但上主用這樣補足我，唉！這樣尚且是過之而無不及的補償！

不知是不是近來過份勞心寫字的因端，頭殼右方的上邊，陣陣痛，陣陣酸，好像在皮膚和骨的中間。自一年餘年來就有這樣感覺，但是未嘗有如此次這麼重。

六月一日

欲將所考案的白話字介紹給各地方的志友知道，請他們共同斟酌，預算十天旅行中北部。今早當我離家時，敬仁尚熱到三十八度以上，因為想也不是我在家就會使他的病快好起來，需要做的工愈早進行是愈好，所以才將他交代他的母親及醫生，而由我外出去，我卻不是不愛惜他！

六月四日

台灣地方自治聯盟台北支部是上月廿四日始開發會式。但是支部的重要人物蔡式穀君及李延旭君已經發生衝突，牽連到式穀君和楊肇嘉也發生不和，所以式穀君表明要脱離關係。為要調解此事，今日由霧峰經台中趕來台北。

六月九日

由台北來台中，始聽到陳逢源君有發生刑事問題，為他很著急。在此和楊肇嘉君極力為他調停。啊！沒有信心的遲早必定會碰到障壁。逢源君的人生觀如果沒有改變，恐怕快無路可走了。

六月十二日

下午到家，今晚到神學校去演講，題目「反宗教運動的批判」。

此次出去沒有特別發現積極的同志者。獻堂先生講他認定普及白話字的要緊，而且此次新考案的有比羅馬字更便利，可是他尚不能做真積極的主唱者。又一次再對羅萬俥君堅決地講明不參加經營民報社，羅君講他是好意為我考慮生活的安定。我告訴他多謝，叫他不需為我擔憂。且跟他講迄今都是出自我自己的心願，不為自己生活問題做事，我雖未曾替同胞做甚麼大事，但是自我懂得如何做事以後，就決心不做領薪水的工，我甘願使我的家族生活不安定，可將所有的力量來做公工。如有怕我挨餓的人，自由給我吃就好！至今只有發現韓石泉君是對白話字的真正同志，也最近接到幾位不認識的人寫信來獎勵我，真是大受安慰。願主趕緊賞賜歡喜和我同勞的人！

八日已經也直接去總督府說明新案的白話字，給文教局長及其他的當局者聽。

六月十四日

今日給黃文漢君聲明我不和他做知交的朋友，不准他跟人講他和我有深交！這個青年人是自年前當我辦文化協會的時候在霧峰夏期學校就相識。他的老父有一時傢俬還好，然後失敗破產就跑去中國，所以他和他的老母在家裡頗是勞碌。他每有憂悶便常尋我問解決的方法，我看他雖然意志薄弱，也有成做好人的希望，所以也時常替他用心計算。我這次去東京時，他也已經去在東京，而且娶一個日本女人，沒有職業頗是艱苦過日。他常常來苦訴，我也常常刻儉自己要用的錢幫助他。過半還找不到職業，他內心就艱苦煩悶，我看他沒有信心，雖人是相當明理不愚，所以怕他過份艱苦去走短路，才叫他及其內人和我們同居住。一方幫助他日前的生活，一方邊想引導他入信仰，期望他能夠成做一個有為的人物，得做社會的公工。他和我同居後半年，其內人就說他是沒希望的人，就自己離去！他非常傷心。至四月我要返回台灣，我看他心志薄弱又很多缺點令我失望，所以我想自此跟他分別。四月五日早晨，他告訴我昨夜徹底明白他所做的錯誤，現在一刻都不想住在東京，講他決心雖是做叫化子，也要跟我同行同信，叫我准許他即時返回台灣。我聽了非常感激，告訴他昨晚是耶穌復活節的日，他能這樣決心是真貴重，也許是神的恩典。想要使他的決心有較深的印象，而且孩子們因為要入學校早些回去也好，所以那晚即時准他和孩子們出發先回來！他所講決意要跟從我的腳步，唉！回後不到一二個月又就發現頗多他和我相反的地方。也明白他不是誠實的人，所以斷然宣告和他斷絕關係！最使我失望的根本原因是他對信心依然冷淡，回台灣後未曾有一次到過教會。又最近使我決心的動機是發現他秘密地借人家三百元（**我曾約束他不可同以前一樣四處借人家的錢**），第二是他也敢出入酒樓、跳舞廳。第三他曾對人家講謊言，說從東京返回的旅費是他自己的。啊！我努力至此將到一年，所給他的金錢也不算少，但這可不算，這一年久我所用的苦心，所做的祈禱，這樣真的全部歸於空空嗎?!啊！上主我期望再期望祢能使他快快認罪！天父祢令我飲這樣苦杯已經不止一次，可是我一定不對這樣來失志，一個人墮落滅亡也絕不是祢的聖意，我信你!!

六月十八日

我的老母從幾日前就常常叫我再給培士保家，借錢給他做生理、開米店。我想他的罪孽重，不值得這樣做，必須勞苦做工才著法。可是老大人極力要我做，講到多次流淚，她說我有心救別人，怎樣一個小弟就不救?我說因為是期望救他，所以必須令他遭遇艱苦，不許再拿錢付他的便利，因為前幾次付他便結果都不好。老人絕不放我下去，講此次再試做看，她要去交鑰匙監督他，我聽到此應她再給我想三日看。迨昨晚我告訴她，去他那住是會比較艱苦的，但是這次是專專為著您替他求情，替他保證，所以我願意再來一次，不過這次是不得再做不好，為使那個罪重的人特別感覺責任，到他有好的心行表現給我看，其間她老人家去跟他同嚐艱苦，可責備有罪的令他明白地知道他的罪累及老大人。這樣如能使他生出知罪之心，可來求赦免。她老人家說這就好！我今朝就請高再得先生娘和王開運君來家裡，託他們做證我和老人家有這樣的約束。我硬著心對他們說我本不應該再拜託人家拿錢借他，因為老人家的意思我才勉強，錢拿去了老人家要負責任去跟他住，到錢還清楚時才請他回來和我同住。老人家在他們面前講好，自今日起她去培士那裡住！啊!!

六月廿六日

今日提出白話字講習會的申請，由市役所經手請州知事認許，市役所的吏員講要用台灣話來教人，這是絕不得有許可，無需提出好！啊！頭一關就遇著這樣沒有理解的對手，恐怕前途的風波是更大！

也寫廣告單四處貼。時日自七月十六日起，這日是《台灣青年》發刊的日，也是《台灣民報》由東京移轉返回台灣的日子，所以我又指定此日開始這個新運動。會場關帝廟佛祖廳，會員十二歲以上的男女，報名處在韓內科醫院、回生醫院、再生堂、安仁堂、興文齋及家裡共六所。自昨日六月廿五日起，吳拜君搬來和我同住，他願意和我協力，做這個普及白話字的工。我信此人恐是真能和我同拖磨的人！

七月十二日

因為近來頭部的右上角發痛，又敬仁的健康又不十分好，一個禮拜前和素卿帶敬仁一齊去高雄西仔灣楊君的家休息，今日回來。

老人家自幾日前就回來，不願再去那個臭東西那裡，講是因為看見沒有希望，那個壞兒子猶原跟他的惡友，啊！不知要怎樣好！

七月十六日

自今天下午兩點起，在武廟佛祖廳開始新式台灣白話字的講習會。因為官廳的許可尚未出來，教育課及警察署告訴我不得進行，我告訴他們若是不可，即由他們正式來阻擋，我已經和公眾約束了不得不開會，我用研究會的名目照預定進行！下午是婦女班只有七個人，晚間自八點鐘起，男子班有近五十個人，開課前簡單做式，韓石泉君、王受祿君兩人有出席。

此次的工作頗受當局牽制，又盧丙丁及文化協會方面的幾個人明目地四處宣佈反對，說我是基督徒，此種字如普及必得被我快傳佈我的思想，這對他們的馬克斯主義是沒有利益，而且此種新字只有在台灣通用，沒有多大的用處，叫人家不需學。啊！這麼幼稚的看法實在是無藥可救，此去不知還要生出什麼枝節來。統治者一面用強權壓制同胞對這個問題的重要性，不使他認真；一面又新出這種愚戇的反對。啊！我真是為難，但是我必須進行，做到死為止就是了。祈望上主憐憫開路!!

七月廿五日

研究會本是預定兩個禮拜，現在知道十天就夠好，因為普通的人這樣就已經學會了，沒讀過書比較鈍的人，再令他反覆一次就好，所以第一期到今天結束，第二期自廿九日開始，此次婦女會員增加到二十人左右。

七月廿九日

新式白話字第二回研究會從今日又開始，此次使上次的會員自己去招募，可試看大家的意向到什麼程度，可是今天的成績看是不太理想，男女總共才四十餘人。自五月末起就起稿寫一本天文常識，今日才寫完，是用新式白話字寫的，事能成與否都照天的聖意，我不過是盡我所會，一步一步做不停就是！

八月五日

昨日就自台南來台北，是因為接到蔣渭水君患病危篤的消息。啊！今朝七點半鐘，蔣君已經去世，他已經不是此世的人啦。啊！人的一生實在是不太久，他才四十二歲。論這個人跟我做事很多，而和我反對的也很多，若就他跟我相反的地方及他對我所採取的態度講，他老實是無可令我思念愛惜的地方，不過是因為共同做事久，又他實在也是真的孜孜不倦地做工，所以我禁不住要來看他！

他自十年前就和我共事，是做台灣議會運動、台灣文化協會、台灣民報、新台灣聯盟、台灣民黨、台灣民眾黨這些工作。他和我相同的點，第一是大家都意志堅強，第二大家都不顧自己的生活、孜孜做工。他跟我不同的，第一他絕對不信神，致使他的私生活真亂，他對男女的貞操觀徹底地和我相反。第二他好新，他的思想不貫串，他做事是為著要發揮他自己，不是為著大局的好壞。第三他的見識淺薄，他看事不精，認人認不出，他善利用人，而少有誠意。我最先跟他衝突的問題就是性的問題。雖自二三年來他稍微有收斂，以前是真亂來。他對他的大某極其壓制，他和我去東京策動台灣議會的時候，也要公然撥工夫去訪尋他以前所有關係的日本女人。他所得寵的細姨曾告訴我說他又和他病院內的護士發生關係，禁止她不得下樓。這個細姨前是一個酒家女，性情不太可取，而他放下大某來就近這個女人，這就可知他的品格如何。他的房裡有鳥毛被蓋有西洋彈簧沙發，那細姨又穿得綢綢軟軟，而他屋裡真是亂雜，一點都沒有整齊，粗野無比，可說他是少有美的觀念。他曾跟我講，愛慾消無時，夫妻便可離開，隨意自由選擇別人。論他的不識事、不識人，實在好氣又好笑。他所深信的人到後來都被他發現是偵探，最矛盾的就是他對蔡惠如及彭華英兩個人態度的差別。惠如和華英是伙伴，但是他對華英明明宣告他是偵探，免他的職位又除他的名，而對惠如稱讚他是徹底的性格，不妥協精神的人。他認連溫卿是最好的同志，跟他協力使文化協會分裂，但是不再過幾天，兩人就變做要揮刀相殘！先前他為他的日本愛人在東京賣過芎蕉，後來又開過酒家，他不把這種事做怎樣。後來辦公事時，他看事情都不能搞清楚，又愛掌大權，民眾黨成立當時，他敢公然向政府聲明取消民族運動，自己做幹部。後來又要掌一切農民及勞働者運動的實權，結果和文協、農組一派發生大衝突，致使從來的約束全部被打破，人心大紛亂。他激發高雄水泥公司的爭議（罷工），結果大受打擊至不能收拾，最後他又將前跟文協派所爭執的民族鬥爭放棄，而改換從事階級鬥爭來和自治聯盟分裂。又把民眾黨說沒有存在的必要，故意做給政府解散。我最憤恨的就是，他自說他才是無產無識的人之同情者，然而他自開始就反對我的羅馬字運動，毀謗我不贊成委員制是愛專制，又不同情無產者運動。我是愛惜他的熱心，想他總有一天會碰著壁，等其反悔之時再和他協力，對外鬥爭，所以，他所有不好地方不願公然暴露。啊！現在他竟然在還未得反悔之前就死去，我實在遺憾至極。我來看他時，他剛快絕氣，他伸手招我和他握手，也叫羅萬俥君必將他所吩咐的話告訴我。對私的講須當替他設法他的遺族，對公事講台灣的運動已經進入第三期，叫舊同志必須援助青年，使其繼續做去。唉！甚麼叫做第三期呢？甚麼人才是青年人呢？叫舊同志援助做第三期的運動是甚麼意思呢？啊！老蔣你到此時還要看做這樣，我可憐你!!我說你好比是一隻「青牛仔」，不知道有沒有適當？啊！你去了!!

八月七日

早起會木下總務長官，關於白話字的認可，他講已經囑大場文教局長慎重考慮。又民報日刊的許可，他講有些希望，井上警務局長會告訴我詳細。又平山高雄知事也有要商量的事情，他希望我跟他會談。

晚上跟工友總聯盟的人員合議蔣君的葬式，盧丙丁等主張要用大眾葬的名義，我說其不可的理由給他們聽，但他們都不聽用，決定照他們的主張。

八月十四日

自本月四日起在中學開第三回的夏期學校，我自十一日起有演講三個鐘頭，今晚是最後。下午開各地方有志青年的懇談會，大家決議組織一個新青年同志會，自明年起夏季學校將給這個團體主催。中學萬校長、高德章君及我三個人協力計畫這個事業，至今剛三年，就發現這樣好的後繼者，真當感謝！

八月十六日

下午在高雄會平山氏聽他講他的希望。

八月十八日

為要後天晚上在公館開蔣渭水君的追悼會，跟工會的代表及從來共事的人十餘個在韓石泉君的病院開磋商會。我順這個機會提議說，蔣君的死是真可悲傷，然而在本市大家所經營的工會至今已成有名無實，可說也是已經死了，這便是更可傷心的事，盼望大家協力來整理，若是不嫌我的辦法不好，我願意協力。又我想須從內部的訓練做起以積蓄氣力，等候對外計較的機會，第一著手應組織消費組合來做互相幫助、互相團結的訓練基礎，他們都贊成，約束要積極進行。

八月廿四日

昨日是蔣渭水君出葬之日，文協及農組一派因為不服用大眾葬的名義，說要鬧事，結果也沒有起甚麼風波。會葬的人說差不多有三千餘個人。啊！老蔣，我替你想，愈想愈替你歡喜你死尚得時，假使你一年後才死，世間對你的印象不知會變怎樣？因為民眾愚戇被你瞞過！我希望你的靈當早回心，才不會辜負著這些戇人。天父！求祢當給台灣的百姓心目快開，使他們能夠趕快辨別好壞，若不是，可憐！這些人還要勞碌很久!!

九月四日

上月底廿七日，剛好獻堂先生也在台北，為著要商議關於新聞的事情上北會他們。他們的態度非常消極！獻堂先生講一定要辭社長，萬俥又沒有勇氣堅在，啊！真的該敗！順便對文教局長交涉白話字的許可，他講問題非常大，不能迅速答覆。也趁機對各地舊同志商量台議請願的事。又試探組織政黨的意見，今日和彰化許嘉種君到線西探視黃呈聰君。

九月九日

前些日我說要創設消費組合時，他們叫我起案，今日將定款的草案作成，我稱其為「有限責任赤崁購買組合」。

近來有人叫我趕快出來組織政黨，有人叫我當該整頓民報社，我自己是想做白話字運動及獎勵組合的創設，這樣是比較的根本的。現在不知當從何處先著手才好，懇求上主指點！

九月廿一日

和王受祿、韓石泉二君所計畫的事業，我想大家是在上主的面前立約，又這是最根本的工作，所以我肯盡我所有的心力推進，使其趕快實現。可惜三人今晚商量結果暫且中止等候時機。不能進行的原因，第一是不願借錢來做，怕拖累較重；第二是王君、韓君現在所有的醫院難得輕易處理；第三是韓君有意先去留學。天父！若是合祢的聖意，求祢指點方法能使其實現！啊!!好事老實真是難得做。願主不得使他們變心志！至今所計畫的事，事事都發生撞突，都沒有順順進行，如果是有我的錯誤，求上主緊快指點給我可改換。如果不是，求助我不失志，求祢賜我有力量立堅在。啊，我的心一直要亂起來!!

漢口大水災，滿洲中國跟日本又強似要發生戰事，啊！艱苦很多。

十月八日

迨今所做所經驗的事，可喜可感謝的果然很多，但是尚未曾有過像今天這麼感謝、這麼歡喜！我今天的歡喜是由衷心發出來的。

我約一個禮拜前就來到台北，獻堂先生及楊肇嘉君也到，是為著新民報的日刊許可之事。總督府的意思是表面上已經撤去向來的條件，而只希望確有不破壞內地人和本地人間之融和的保證，所以希望有嚴硬的中心人物可統一報紙，因此商議以後的當事者。但社長林獻堂及專務羅萬俥都表示絕對辭退，理由是因沒人可靠，沒有力量統御。他們兩個人這樣講，都是對主筆林呈祿失望發生反感之故！我私自極力和獻堂先生交涉，他才答應若是萬俥君肯當事，他願意再當普通取締役的責任。我又私自和萬俥君交涉叫他絕不可辭任，我甘願和他協力，的確不誤他。他講雖然我肯協力，他被呈祿誤很多事，若不是呈祿有反悔改換所做，他也是不敢，他將被呈祿所誤的點告訴我。第一關於萬俥有意推薦攀龍做主筆之事，呈祿不明白開陳意見，害他跟謝春木在火車裡發生衝突。第二舊民報是呈祿做專務，迨至新民報雖然是換萬俥做，萬俥尊重他，實權依舊也是他掌管。在舊民報時代，人員應當整理好而他不願意這樣做，迨至新民報時才開始整理，從中開除一個啞吧的貧窮人，台北的勞働團體就派人攻擊萬俥，呈祿反而沒有事。第三因為加薪的事，社內記者一齊提出要求甚至脅迫萬俥，如他不承認就要總辭職！加薪案是呈祿做的，到此呈祿不但不替萬俥排解，反而贊成記者的要求，叫萬俥得承諾。萬俥沒有別人可靠，不得已和社長協力拒絕到底。第四呈祿是主筆，連關係編輯上的事情他也全部給萬俥做歹人，他自己反一切不出聲色！

萬俥叫我將這些事講給呈祿聽，又叫我代理他聲明他絕對不再擔任。

我今早八點去呈祿的宿舍會他，告訴他若是照從來他對我的感情說，我是的確不來找他，今因為事情迫切，所以來講意見商量解救的方法。他講社長、專務怎樣要辭退，他不解其意。我跟他講他們兩個人都是被你所誤，發生失望，即將萬俥所託四點做證據講給他聽。呈祿聽了大哭，講他都沒有存壞意，怎能積怨到這麼深！我告訴他，你在東京跟惠如用新民報的決議迫獻堂辭職議員，又在《台灣》雜誌上刊〈犬羊禍〉的小說，破壞他的人格，以上若說不是惡意，你的感覺就是極度的鈍！就是真鈍根。呈祿大哭整點鐘，我看他有悔悟的意思，自己也傷心流淚，告訴他，以前的事全部放給水流去，古人說「艱難兄弟自相親」，希望再來協力為大局做工！呈祿也有去萬俥、獻堂面前哭，表示反省的意思，因此大家感情上加些緩和!!

啊！我一生涯未嘗有一次覺得如今日這麼感謝、這麼歡喜！我真是由衷心歡喜起來！第一是目前的冤枉及葛藤全部解開；第二是沒有害他而且能使呈祿有過反省；第三大局不破；第四我自己滿足我能赦免呈祿的不是，又沒有以惡報他。

十月十日

和獻堂、萬俥去會平山台北知事、木下長官、太田總督，拜託日刊許可之事，又聽他們說將在東京設立俱樂部作內台人交際的機關，來促進雙方的融和。

又今日獻堂、萬俥、肇嘉、呈祿及我五個人協議，內定日刊新聞許可後的幹部及直接責任者。

十一月十二日

「國家將興必有禎祥，國家將亡必有妖孽」，實在是如此。中國及台灣的社會，今日廢墜到這樣，全是由內部發生的罪孽太深的緣故。啊！日刊新聞只是小小一個新聞社，獻堂硬決地說他不擔責任，萬俥也翻來覆去，尚未積極決心。看樣子在明年正月的總會以前，如還未得許可，他們必定會順風推倒牆，趁機辭職避開責任，在此可看出他們對工作上的態度的真相是怎樣。我實在傷心得說不出來！無論怎樣，這個新聞必須著先存在，我想到最後一步，只有跟王、韓兩位商量，期得他們的承諾，所以今日發一張信去催迫伊澤。

十二月八日

羅萬俥君因為要探問眾股東的意見，可來決定是否對日刊新聞接受的態度。今日來台南，我約大家和他會議。他告訴大家，上月廿五日平山叫他去，說當局已經準備好要許可，你們到這時反未能決定中心的責任者，倒叫當局的立場發生困難。大家聽了都說現在雖經濟困難，也是應該盡力接受，韓石泉君提議一州派一人同伴去勸告獻堂暫做社長。

十二月十一日

昨晚從南部來台中，萬俥、石泉及高雄楊金虎同行。早上又招黃肇清相偕去霧峰，勸請獻堂繼續擔任社長。台北新竹的不能來，大家講了看見頗有體貼的樣子。

十二月十二日

獻堂託他的小弟階堂講，萬俥如再繼續催迫他做社長，他就要與他絕交。叫他不可引受許可。今晚萬俥聽著獻堂的話真憤慨，招楊肇嘉及我在陳炘的家裡商量善後策。肇嘉提起講林呈祿告訴他萬俥事事都不跟他商量，所以他甚麼都不知道，也不敢涉及。萬俥聽這話愈加憤慨，就將前對我所說他不甘願呈祿的地方，全部再念一次給他聽。肇嘉因此主張革除獻堂及呈祿，又叫萬俥當須覺悟，又說他要與他協力！我回說如果對大局有忠實，眾人所做的事不可輕輕給人擦消毀壞，若是那樣做是好，我自早就已經革除呈祿了。

今日日本的民政黨內閣已經倒台。

十二月十九日

自十三日和萬俥相偕上台北會總督府的要人，催迫許可的事，小栗長官代理說：你們有否和協要引受許可，若是有，現在的代表者獻堂怎樣沒來？因此我十七日到霧峰欲請獻堂上北，他講須先叫萬俥來和他立約要做社長後他才肯去。所以今日早上在台中大東信託，獻堂、萬俥、呈祿、肇嘉及我和陳炘相聚協議，獻堂提四條案，最後，決定萬俥負全責，獻堂不當社長，又呈祿和我擔任實務。

十二月廿六日

迨到今天，總督府內應會頭的當局總督長官以下全部會著了，所要講的話也全部講完了，所當出的力也已經盡了啦！木下長官說他將在正月十三日比太田總督較先上京，許可的決定將在其前定著。我此時的心境真是盡人事待天命，但是心底裡覺得好像有聲音講「能獲許可」似的！

此回到台北和萬俥去會平山，他講我為甚麼寫信去給伊澤，其信他有看過。總之他是有誠意盡力，叫我不可誤會。我已有聽見平山上月廿五日叫萬俥去催迫趕緊決定責任者，今天又聽到這些話，我深深感謝可能是那張信有力！萬俥問我是寫什麼，我沒有給他講明。廿二日晚請平山在日本料理店吃飯，我有意辭不出席，萬俥說不好，我知道此去如照我的態度，會使他們不暢樂，若要他們的玩法，我的信心又不准！我沒有力量拒絕不去，去了說不吃酒，客人就表示異樣的面色。啊！至此明白不照他們就會害這個會失去意思，所以決心跟他們，可是我心內實在有大爭併。啊！求以後不再給我遇著這種場面。關於這一點，以後要和他們共事有令我大感不安，不過我又不得不和他們做事。唉啊！我當怎樣好？願上主支持牽我！

十二月廿八日

下午與韓石泉君、吳海水君去新運河散步，又提起和王受祿君共事獻身的事。我問韓君確實的態度怎樣，是消極還是積極？他說他已經完全決心放棄一切，願與王君共事，但是他不進一步勸誘王君，應該等候王君自己也決心才可進行，吳君發議今晚去王君的家探他的意思。王君起初又說對經費不安心，我們告訴他沒有，如果是有，的確有解決的方法。我又說若是因信仰不同來不能進行，這樣才有理。王君講是，他看他的信仰和韓君及我的不同，他講我是modernism（新神學派），韓君也是，我告訴他我若是modernism，我就不跟林茂生君做對敵，我是福音主義，叫他不要看錯。我又辭卻他的補助，若不能得到他再尊重我的信仰，我不敢受他的補助。我請他不可為人的解說的差異，來阻害韓君及他所決心要進行的事業！啊！萬事願照主的聖意。我如有不對，求父令我知曉、也使我改變，且願天父賞賜，使我時時能為王君這個事業祈禱，心所願。

十二月廿九日

早起小山台南警察署長對我聲明：南門外之遷塚問題尊重你們的意思，延期至二月末，無力可自己遷葬的人，市當局也要補助，他們當去宗親會報名。南門外墓地問題前後椎執二次，結局就這樣解決嗎？民眾無力，我也無力，希望有更好的結果，但是做不來。唉！

讀藤井全集十一卷二七一頁以下兩三個地方，發現他說聖書有誤謬及說新舊約不是最具價值。這個人的信心，王受祿君頗同意，所以下午特地拿去指摘給他看，順便說明我的信仰的立場不是modernism，也指摘他對我的信仰的誤會之點，又議論對現代人要傳福音應改變辦法，因為時代有變遷。

十二月卅一日

因為吳海水君熱心周旋的結果，王受祿君將他的所信和他看我及韓君所信之間相差的地方寫成一篇文章，中午四個人在家裡吃飯，飯後一時至四時外，互相徹底討論。結局我和王君信仰上的相違點就是對未來靈界的看法不同，王君是把其看做具體的，而我是說聖書上所講的是象徵的，不是說靈界必具有某種的形狀，人唯知道靈界的存在而已，必不可知其形狀是怎樣，不致意於形狀而且能確信，方無危險。但他終不服。但是我告訴王君，關於此點不是信仰的中心，大家不可因為此點來阻礙進行前在主面前獻身的公約。我的信仰王君已經抱疑問，而且我的性格王君的確也有不安的地方，又我也沒有何物可參加共業，所以我決心擺脫前的約束，以後單單是王君對韓君的關係而已，願王君以至誠祈禱趕快能和韓君信仰一致，進行事業榮光上主。吳君在旁邊亦極力勉勵：蔡已自脫離，王若再不能與韓和，是無謂也。王君乃突然決心曰：我所煩惱實在是與蔡君的關係，今韓君若是肯答應三項，就即時來進行也是好。第一，起業及以後一切經濟方面，王不負責；第二，事業進展後收益的一半要做傳道之用，王專主傳道之事，不受干涉；第三，王若因傳道之聲稍有荒疏醫務，韓要諒解。對此韓君迅口贊成。王再問韓之留學期間如何，韓答五年以後。感謝上主，一年餘來的糾葛，到今日祢起初給我們解開，啊！感謝，在這個這麼醜惡的社會裡，上帝祢使其成這樣好事，真真感謝祢！

此去懇求天父賜王、韓二君健康，我雖然沒有直接參加關係，求祢憐憫我，賜我有力量、有誠心能夠幫助他們！因為十字架是祢所歡喜的，求祢也使我願意抬。我所有壞的點，感謝天父祢一切給我善用!!懇求祢趕緊允准吳兄弟快快信靠祢的愛痛，全心順從耶穌，來同行天路，心所願！又他們三個人苦勸我不可快生氣，天父我若有，求使我改！可是我當生氣即能合祢的聖意時，求祢使我會發脾氣!!

一九三二年一月一日

今我已經是四十四歲！自己雖不想較老，但是若想到淑慧已經十九歲，就不得不感自己有些老。自結婚至今已經二十年久，子女也養了七八個，此去不知尚能活幾年？回頭檢點過去，禁不得有大大感歎！家裡沒有積蓄、沒有田地、沒有房屋，又沒有固定的收入，唯有想做為大家的工來榮光聖名，上帝竟然賜我足夠，給我沒有拖欠他人。我所有的只這幾個子女，萬一我的命不能較長，那時也許會有些麻煩，但是上帝是愛痛憐憫的天父，到那時祂必定能開路給他們走。假使他們被棄絕，我也是沒有工夫眷顧他們！因為我忍不得看眾人在廢敗中，而我涼快地來為他們賺錢啦。上主賜我這個心，他們仍如能蒙受這種賞賜，他們是的確不會死。然而可憐呀！這個台灣，這台灣的人實在勞碌，真慘啦！日本人是強悍刻薄，台灣人是愚戇又墜落。台灣人呀！假使你自己多些明理，道義心多些堅強，愛他人的心多熱切，多些勇敢為著永遠的事來放棄眼前的快樂，更勇敢為著眾人的自由來犧牲你的氣力，唉呀！你們若是能這樣，日本人一定沒法對待你們，你們的生活一定也能和你們的土地比美比豐富！但是你們不會這樣，你們不但善顧自己，你們的心黑，眼目又暗，你們不曉好壞，懼怕強猛，愛利益，若是害你一根頭毛絲，叫你為著正義吐氣你都不肯。唉啊！你壞啦！你所致重的人豈不是如蔣渭水或是林茂生這般人嗎?迄今他們實在的生活怎樣，你們有看真否?你們豈不是把他們看一個做大英雄，看一個做大名士?不是啦！他們都是善於利用你們的心理，你們實在被這般人的誤害真大了！因為你們誤認蔣渭水做英雄，所以為著你們的解放運動一切歸空消滅了！文化協會是為著這個人分裂，自治聯盟與民眾黨對立、或是新文化協會和農民組合與民眾黨的叫鬧，也都是這個人企圖的！這個人曾為著他的地位，主張對總督府取消民族運動，最後敢將民族運動的團體台灣民眾黨的宗旨變換，轉向做階級鬥爭！他唯為要博人氣，變東變西，可是你們都看不出來，一切聽他的號令。他講當採委員制，你們就當做是最好的辦法，但是這一來各個團體都變做偵探的巢穴，你們還是不感覺。這個人死時，你們惋惜他，當做是死了一個大恩人，就用大眾的名義安葬他！事實是怎樣?大家被他害得多啦！

至於林茂生更是無需再講，不過是官廳的招牌而已，但是你們都把大位留給他坐。兄弟啊！姊妹啊！結局是你們的見識要緊，是你們的道念要緊，是你們的決心和品格要緊啦！你們若盲目不得分曉，時常就要吃虧，你們被人騙去蒙在鼓裡，尚且艱苦是你們自己接受。唉啊！大家得會自新自強才有救，大家這樣做一切自然能改革，用不得煩惱。唉啊！所敬愛的同胞，我們愛真理，愛眾人的心必須令其熱切化，我們的見識必須提高，愛真理、愛眾人的心不熱，大家必須要受耶穌的拯救，見識不高，事情就不能通融，如敢緊普及白話字使大家的心緒能相通，智識能普遍，台灣的確能踏入進步的道路!!台灣今日萬事停頓，一切絕步，盼望大家由此來覺醒！

迄今我雖然做種種政治運動、社會運動，但是我也無一時不對你們的人格之充實及靈性的覺醒致意。人格充實、靈性覺醒，人生自然向上，社會自然和榮。雖然是如此說，如果唯有儒者般，嘴上唸孔子書冊，而所做亂倫敗德的事，這樣有甚樣益處？所以教育和宗教不只用嘴說了事。主耶穌說：只有叫我主啊主啊的人，未可得入天國。仁慈的天父上帝！祢在此一年間要我做什麼？我空著手等候祢的召命！我現時是祢令我在台灣生活，我的心懷是這樣，求祢伸聖手引導，懇求將能合祢的聖意的工賜我做。是應專心說教傳教嗎？或是普及白話字？或是辦新聞？或是組織政黨做政治運動？或是專心為農民計較？凡能練證祢的名，確立祢的義，掃除一切魔鬼的陷害，我都很願意做，我活在是為著此事，死也為著此事，願父祢差用我！也願祢給我的兄弟姊妹多些聆曉的能力!!

一月十日

萬俥來信催我趕快到台北去，因為日刊新聞的許可，當局尚持曖昧的態度，看起來有六分沒有希望！我八號到達台中，想要在霧峰過夜然後到台北去。在台中楊肇嘉君家裡遇著呂阿墉君，從東京歸來有意相親，肇嘉君為他在中北部尋不著，要我帶阿墉君到台南去尋訪。初九晚八點歸回台南，行至孔子廟口，拉車的觸著仆下去，我的身軀被跌一下，摔去丈餘遠，擋著屁股，幸得沒有受傷。到家後又接著萬俥君的信，又是表示悲觀，叫我趕緊到台北去！因為家裡沒有客房，帶阿墉君去吳秋微君的家休息，在那裡才聽韓石泉君講，台北有電話來，通知午後八點鐘日刊許可的文憑已經出!!啊！六年以來的苦心到此才開始實現。好事實在難得做！統治者的手實在真硬，但是愛正義、愛自由的努力的確使得他變軟！現在許可雖然是出，當這個壞景氣的時候，資金不知能集得夠否？人事不知能調度得合適否？一劫過了又一劫，雖然一味盡所能的力量和大家協力就是。

今日帶阿墉君斟酌數處的親事，盼望在此中有好的匹配。這個青年人材是真好，現在台灣是少有的，可惜他的信心還沒有。願主愛痛的手牽他，使他能成為祢的大器具，也願祢有好的匹配賞賜他，可是若不是祢肯牽他，看樣子他有大危險。

一月十一日

今晚吳秋微君特地請很多客人，是為要暗中介紹他的姪女，就是高再祝君的次女慈美給阿墉看，可斟酌親事。阿墉看了告訴我，迄今就是這個最合理想，但是不知他們會不會嫌年歲相差較多，因為他與慈美相差十五歲。我通知秋微君阿墉的意思，秋微講他即和再祝商量。晚間和阿墉同車到台中。

一月十三日

將近中午和獻堂、肇嘉兩位會木下長官，說謝關於日刊的許可，他即時應講，剛剛接到東京的電報，說他已經決定被命休職，說是有人打電去東京中傷他脅迫太田總督許可日刊！他說他本來就要辭職不幹，但是如果真的為此事來被休職反較暢快，又說在台北一方面的內地人，風聲當局有收賄日刊關係的人十萬元。啊！他的休職假使是真實也是為著日刊新聞許可的因端，這堪稱是台灣政治關係的一大進步啦!!

下午在萬俥君的家裡開新民報社的重役會，我也參加，決定一月卅一日開股東總會。變更定款，取締役改做九名以內，監查役五名，第二期拂股金限至二月十五日。也決定要買台北北門邊外國人的房屋四萬元，派我到大阪與賣主合契約，又到東京去買印刷機器。

一月十八日

今天下午四點鐘搭「蓬萊丸」出基隆，同伴呂靈石君要去見習工場。楊肇嘉君也同船要去東京運動自治制度的改革。當出發時羅萬俥君告訴我：呂阿墉由台中返回台北告訴他說，在台中風聲響亮講他近來非常信任我，不信任呈祿。萬俥君說這必定是肇嘉君的話，因為他前有過自己開口要求去東京辦自治聯盟的工，順便購買機器，可是他都不敢託他，這個人的確是有生起惡感，叫我當要小心。啊！少許事情就生起這樣的心腸，台灣實在難得解救。

一月廿九日

二十二日就到達大阪，住在吳三連君的家，靈石君也同伴。到大阪即時去日瑞貿易會社交涉做房屋買賣的契約，本是按二三日就會辦完。無奈剛做一下即知道真麻煩，種種費心神到今天方才調印完結。我最注意的點是害怕有對敵出來吵鬧，惹起賣主翻意，所以關於這一點和他切實訂約。因這個契約益發知道信用是真要緊，沒有互相信用實在是很難做事。除契約以外，還有對萬年社交涉廣告的事，也有參觀數處新聞社。

這次乘船海面平滑，我已經乘很多次，在冬天未曾有一次這麼平坦。在船上四日間實在真安樂，我有作一首新聞報社的社歌及譜。

晚上到達東京看阿慧，她說這個禮拜等不及快到，阿慧有些多加懂事。

二月十四日

在東京所應辦的事務現在大概弄清楚，剩下來的需到大阪去交涉。前日在大阪已經有過感覺，這次到東京這種感覺愈見深，就是要買賣或是交涉事務，大家互相有信用就真快解決，有信心就更快，若不，雖然有打契約都是不能安心。這回來東京兩個禮拜我所辦的事務，第一交涉買機器，第二聘請技師，第三購買用紙及油墨，第四交涉廣告，第五考察營業的方法，第六探查一起辦事的人物，第七和伊澤交涉白話字的事。其他探訪大家，也有和日本基督教會婦人傳道會的理事合商台灣傳道的事，順便講王韓二君的計畫給他們知道。這次實在很忙，決定十六日去大阪、二十日的船返回台灣。今夜在矢內原兄的家裡過夜。

阿慧早起哭講不願意住植村姊的家，因為看不出有好的地方可學。我告訴她若看到跟自己性情不合的當要注意，因為自己不一定是時常好，假使有不好的地方也可能做自己的鑑戒，當須從此事學習忍耐的心。趁這機會約她，如確實合不來，到夏暇才來設法。

肇嘉君這次在新民會席上對自治聯盟又大發不平，說沒有一個人要同他協力，每個人都是嘴裡講講了事，差不多是表示他是被人騙去的口氣。我說不一定是這樣，假使是這樣，計畫還在進行中，莫得這樣講是比較好，比較的不會損壞和氣，又不使得後來的人失膽。他聽了頗不快意。

二月二十日

今日是日本第三次普通選舉的日子，也是日本兵在上海跟中國兵大相殺的日！看起來兇猛的勢面當然較好，在國內是政友會在國外的日本兵，肉眼所見得到的是這樣，可是照天理豈可應該是這樣？

在大阪當辦的事大略辦清楚，今日搭「朝日丸」歸台。機器自每日新聞社買，三千元，其他附屬品還要約二千元。聘一個技師是每日的舊工場長鈴木慶一郎，期間兩個月，謝禮八百元，船車旅館費另外。廣告的事也已經定規，電影的事也略略有交涉。還有一件購買新聞用照相機及附屬品和聘技師的事，是呈祿君轉託我辦的，此事尚未清楚，託有信用的朋友代理設法。呈祿君在東京準購活字的事不知辦完否？

二月廿三日

平安到達台北，對羅萬俥專務報告一切事務的經過，他頗有表示滿足，關於人事上的問題也報告他。吳三連君已經答應要回來，但是他有三點希望叫我替他講明。第一是羅專務不可輕易離開責任，因為他回來是要和他協力；第二編輯局當在次長的地位；第三屬他的權限內的事務應尊重他的意見。關於次長的問題在東京跟呈祿講過，他不贊成，此點萬俥和呈祿同意見，我提議從大阪聘廖能君回來主掌會計簿的責任，他說猶原給林煥清辦，廖做事務怎樣？我告訴他會計是很要緊，需要能使我信用的人才好，他說再研究看。我感覺不太快意！

三月二日

自幾日前到中南部去督促繳納股金，順便探楊振福君、王開運君有否入社的意思，也探查在台南大家的意見。林呈祿也已經自東京回來。我對羅萬俥君提議給王開運君做台南支局長，他反對，又說是對林呈祿君的關係不太好。我問呈祿的意見，他講若是定要開運才使得，他是不反對。所以我促他在羅的面前表白意見，羅對嘴就應講如果的確主張開運做支局長，他絕對反對，看是他辭職專務或是我辭職營業局長！我告訴他這樣是你的意思，怎樣不自頭講明白，我是為著大局，致意地方得到人和，所以在苦心，若是要這樣橫柴抬入竈，用感情處事，這樣對將來我不有自信，所以我辭職!!

我本來是要請振福君犧牲他的地位及收入，加入報社做外交或是販賣主任，前些時我有過輕露此意探問萬俥的意見，他也輕輕地跟我說有人風聲我是有意製造勢力。我今日順便對他聲明取消。

三月五日

今日又出張去中南部，督促繳納股金及調查取次人的人物信用。萬俥君也希望我對林資彬君疏通，能使黃呈聰君做台中支局長。因為前月我去日本不在中，萬俥君已經對呈聰君交涉，要他當台中支局長，呈聰也已經答應，但是其後資彬發現反對，說若是呈聰做支局長，他要辭取締役，股金也不繳！萬俥君又叫我交涉陳逢源君促他入社，雖然不能給他做經濟部長，是要給他當調查部長，逢源君答應我考慮一下。

三月十三日

今日在萬俥家跟他發生衝突。我對他聲明辭職，他應好!!跟他衝突的原因是因為我這次去中南部所約定要做取次人中的幾位，在我尚未歸社和他商量以前，他就答應林煥清允准給別人。還有一點，我前就已經報告他要梁加升、吳拜入社辦事務，今天我要他發辭令，他講他未曾答應，不能發，也嫌加升是民眾黨員，有過份色彩。我非常生氣講，部長級的人需要專務允准才決定是好，事務員是對局長負責任而已，所以局長所能信任的人，專務是不需有異議，若是異議干涉，就是對局長不信任。他應講不是這樣，雖是一個小使都需由專務決定，我講若是這樣是不必有局長，所以我辭職！他應講好!!

啊！我對新民報社的關係已經有解決。我對萬俥君有過暗約，需到一二年後他有答應的時候，我才得離開新民報社去做白話字運動。因為我若不這樣應答他，他即不決心接受新民社的許可。現在因這些事我對他的原則已經解消了，對白話字的我可隨意進行！我不存意會這麼快！

三月十四日

我昨夜想一夜，我現在如即時辭職離開民報社，世間的人會動搖誤解，會使民報社給人家不良的印象。所以我今朝和萬俥君商量，我慢點看機會才來辭，暫且照老樣子，但是以後我是沒有主張，萬事當做和他協助辦理，不過不欲擔責任，他應講好。我又告訴他，你我是志氣的同伴，但是見解的對敵，我絕不肯為著見解不同來損壞大家的志氣，請他也的確不可這樣。問他看當面有什麼要我做，他講我若再募四百股來，他就很滿足，我答應他必定做到。

三月十八日

因為募股來中南部，趁便返回家裡。家母約十日前回去北港，十五日歸台南，自昨日喘息就稍微復發，有較多的痰。今天下午和我談以下所記的話，是我至今對她聽見最第一歡喜的話！

母：培火！你那個壞小弟沒有職業，現在妻子無可食，你豈真實那樣硬心，攏不給他討頭路。

我：我自己快要無頭路，怎夠有所在為他討。

母：（**坐在眠床忍耐艱苦半笑講**）你在騙我是否？我頂日返去北港，親戚五什攏給我恭喜，講你事誌做成功，得著好地位，至少每月有三百元收入，講我此去好老運，怎樣講你無頭路。

我：我都還未講給你聽，所以你不知，我這次有淡薄好機會得著，不過我都常常想我當緊來做普及白話字的工，心才能安。我久久就念要普及白話字，彼時是無有好地位，這回有，若不做人家就要講我是為著地位來忘去使命。我一生涯專專為著良心做事，到此若給良心來艱苦就真無意思，所以想事情若做齊備，就要攏交給朋友去辦。

母：豈有此事？如能這樣我是較歡喜！

我：不過如這樣做，會更沒有人氣，會更加貧窮。

母：無要緊，豈會餓死！這樣我較歡喜，這樣較清白，較善!!

我聽這些話實在感謝無盡。

三月十九日

林攀龍君前月初由歐州留學歸來，我看他頗有誠心，且有意般基於信仰來改革台灣人的生活。他非常熱心主倡普及白話字，但是他是主張羅馬字式的。我前月底從東京返回時，他已經在自己家裡託鄉內傳道師晚上教習他的族內使用人。對普及白話字的事來講，恰如得到百萬的救兵。

今日是攀龍君倡設的霧峰一新會發會式的日，我今朝從台南來參加他們的會，順途在中部募股。約家母三日後回來。我在發會式中所講的要旨，一點，他們的會是奉仕團體，會員全部要有奉仕的精神；又一點，他們的目標是要一新眾人的生活，我指明新的意思不一定是變款式，就是變款式也不一定是新，一切使其合理化即是新。須以真理為中心，人的生活才能一新啦！所以我又講他們的運動應有宗教做基礎才能夠徹底。

三月廿二日

前天及大前天兩天在台中南投招募新民報社的股，將近兩百股，昨夜在台中陳炘君的家過夜。今早起八點略前忽接從台南高再得兄打來的電話，說家母已經差不多沒有希望。啊！怎會這樣？怎會那麼快？講是跟三年前相同，痰一時衝上起來。台中沒有隨時的車班，心急得不等耐，租汽車到彰化，也沒有適時的車班，在彰化站等候一點餘鐘，午後二點我才到達家裡，我的老母已經冷冷的躺在廳邊!!!

啊！我的老母就這樣在此世間與我離別了!!!

我問她是何時過氣，講是午前七點四十分，問看有說甚麼遺言？素卿講快過氣時是沒有。昨晚九點餘鐘再得兄來巡視給她注射時尚好好的樣子，到半夜三點鐘左右，她對素卿說她有好些，要睡覺，叫素卿也去睏。到六點鐘，吳海水君的令堂昨夜也很嚴重，他剛回來看她，整夜沒睡，來看我在不在家，乃知道我的老母患病，吳君入房裡看我的老母時，就看到她垂危，情況很壞，就趕緊去請再得兄來，可是已如墜入深眠，無法可施！啊!!我又問這幾日實沒講甚麼話？素卿說有對吳拜君及再得兄講好幾次，她說培火有意辭新民報社的職務去做白話字的工，她是較歡喜！再得兄來看她時她還在講!!我聽這些話，情感迫切，令我禁不住。我的老母講她這回來死是得時。啊！這是甚麼意思？啊！我是明白她老人家的意思，我的感激絕等!!我的母呀！你為著要成全我的志氣，你老實死了得時!!!啊！我母呀！你是七十八歲的老夫人，你沒有學問，不知世間的現情，和我同事的多多朋友，尚且不會理解我所思想的事情，你怎樣就會？你怎樣敢這樣贊成？你豈不是明知我們的家沒有分毫的財產嗎？啊！我的母呀，上主有特別恩典我們母子啦，令我們到底終於完全一心！啊！沒有更大的感謝，上主已經大祝福我們!!

三月廿三日

午後一時去太平境教會，傳道師施鯤鵬君開式，親族及親友二十餘人聚集做家母遺骸的入木式。式臨完時我非常感激，禁不得講幾句告別的話，也告白我的決心！起先講幾句家母的略歷，最後講她老人家時常都在煩慮她的不肖的第五子，無路可行、無物可食，這回可能是為著這種煩惱發病。我告訴她我想要做白話字的工，意要辭去新民報的職務，她聽了講若是真實囑意，這事她是更歡喜！她不止對我這樣講，在這二三日中對吳拜君、高再得兄也講過好幾次，瞑目前數小時還是這樣講。我全無貯蓄、子女又多，她都知道，當然她不是拿這做不要緊，而她竟然能曉道歡喜我要做白話字的工，不去就新民報的好職業！這明明是上帝的恩典有降給她，我今決心要實行我的心願，即時辭去新民報社來成全我的老母的歡喜，來做她的紀念！我感激到差不多講話講不出來，我這樣表白我的決心在此世間和我的老母離別！

今日即時打電報及寫信去新民報給羅萬俥君，聲明我不再去辦事，萬事他自己主掌。但是我對他所允籌募四百股的責任我是一定做到完，這點請他安心。

三月卅一日

萬俥君有寫數張信來叫我去台北商量事務，又說為著人事問題他真困難，有被許嘉種君的暴辱，且與林資彬君的關係也快要破裂。聽了心忍不去，昨日到台北。萬俥君表示真殷謹，他本身也極力叫我不要辭新民報社，他又託杜聰明君出力苦勸我。因為一時決絕不好，我有對他們講要考慮。

萬俥君問我看對資彬君的問題，我的主意怎樣？我應講照他的意思好，我沒有意見。他講資彬主張不給呈聰做台中市的支局長，他已經有尊重他的意見，今要呈聰入本社做主會部長他又反對，所以現在資彬若是一定要反對，是決心跟他衝突，要使他離開民報社。這是楊肇嘉主張的，限至明天再來一次給楊肇嘉和資彬交涉的機會，如不能理解就要斷行！我知道肇嘉與資彬的關係，定必把事情弄不好，所以注意萬俥須努力不可破壞，我要求我和肇嘉同行去和資彬交涉，所以我同夜到台中。

四月一日

午前和肇嘉到霧峰，我先對獻堂先生講明問題的意義是非常深，對資彬一個人的衝突終於不只限與資彬一個人的關係，如果被不顧大局的人乘機煽動，變做是對霧峰的反抗，局勢就不可收拾，所以請他必須極力苦勸資彬能知進退。獻堂先生也同齊去苦勸資彬，幸得他答應讓步！末後關於資彬和肇嘉各所推薦的台中支局長，大家意見不和，獻堂先生提出折衷，叫他們兩個人的主張完全放棄，另外撰定。事情解決了，我即時歸來台南。

四月十日

我的老母下午四點二十分起在太平境禮拜堂做葬儀式。會葬的人大約四百餘個人，獻堂先生及先生娘及令郎攀龍君亦專程來赴。羅萬俥、楊肇嘉、陳炘諸君也從中北部來赴，高再得嫂、楊振福君、王開運君等為我設置式場，高金聲牧師、施鯤鵬傳道及王受祿君、韓石泉君、吳海水君、高再得兄為我擔任儀式的事務，淑慧從東京回來奏一節弔樂。我大受感激，禁不得大哭！他們講儀式做了真嚴肅，至五點五十分才完了。素卿因為三日前就是四月初七日午後五點生淑皜，致使不能送葬，母子經過都順利。先母的風水設在大南門外金盤搖珠的地方。

我因這次才大大理解形式的意義。譬如此點停柩的事，我本來是真不贊成，但是對這次老母的停柩，我是益發對故人感覺親愛。在停柩的期間，我時常愛在棺邊，不愛離開。啊！昔人有講人之相知貴相知心，實在是如此。宗教的究極也是求人能和天父同心志，精神心思的一致是最要緊。我的老母她最後的人格是完全和我一致，她雖然是死去我卻不感覺離開她，還是感覺比她在世時更親密!!啊！這種親密感是比我被她養育所感的親密更濃厚，這點就是她老人家和我之間受天所賜最大的恩典！也是萬人應該得著的。因為必有這樣才有最後的和平。

羅萬俥君搭夜車返回台北，臨去囑我趕緊到台北去執務。我應他，我想了再想也是辭職來做白話字的工較對，叫他對我斷念。他講開重役會議的時候我一定要去，到時再來詳談。

四月十五日

今日是十幾年來傾心血所希望出現的日刊《台灣新民報》發刊初號的日子！自早晨就心念要趕緊看到，可是等也等不見來！

羅專務打電報來要我和獻堂先生同車今日中到達台北，所以搭快車出發。到達台北本社才看到所愛看的新聞，一接到手不禁感覺一種無限的慰安。看著記事及印刷所受的感覺，第一，看了很平凡，未能醒目，墨色淡薄，活字的大小排疊不適宜。第二，記事的分類、配置不整齊，有些亂雜。第三，翻譯有大錯誤，校正多多不對。又新聞的配送很慢，在各地方很失人期待，這聽說是因為昨夜機器發生故障，延到半夜才印好。準備這麼久機器怎麼會故障，又不能較早發現？

楊肇嘉君不平為甚麼幹部最有關係的人的相片及幹部的陣容沒有刊載？萬俥在呈祿不在中講，只有印呈祿的相片，因為是他阻擋，所以印不到幾張後才擦去！我感覺一點不爽快的，就是關於民報歷史的紀錄上還是提起啟發會解散、蔡惠如做新民會長的事。

四月十七日

在台北本社開第一回新重役會，只有取締役李瑞雲沒有出席，出席者，取締役林獻堂、林柏壽、林資彬、楊肇嘉、羅萬俥、林呈祿及我，監查役劉明哲一人，所商議的事：

一、會計及社務的報告。

二、職員的配置及服務規程的決定。

此點全場拒絕議論，因為已經施行了，又是在報紙上啟明是羅專務及林編輯局長所決定的，已是沒有商議的餘地，所以不必決議，但是要求此種事將來必須經過重役會才可決定。

三、楊肇嘉質問編輯及營業方針。

四、社長問題：萬俥的案第一林獻堂、第二林柏壽；獻堂的案第一萬俥、第二林柏壽；肇嘉的案第一萬俥兼任。我贊成肇嘉的案，我當眾人講做社長不比從前，是責任不是名譽。現時社中一切都是萬俥君所決定的，到這時要叫誰人當社長，誰人都一定不敢，所以萬三必須做到他當不起的時候，才看有人敢出來替做。大家都講是。

此條延緩至九月次回重役會決定。

晚間在萬俥君的家，他又跟我交涉，希望我囑託的名義是的確不要辭。我應他講，我是一個台灣人的志士，不可看做為著飯碗奔走的人相款待。我如做囑託，免說每月有百元隨便可領，我雖是空閒而且肚子能飽，但是這樣我已經是一個臭人！我是以志氣為台灣做事，死也甘願！我和你一樣有志氣，是志氣的同志，而是見解的對敵！我不肯為見解的相差來打倒同志的人，我得對外族的鬥爭即有興趣，對內或對同族的爭鬥是極懶！蔡惠如、林呈祿、蔣渭水我已經甚麼都讓他們了，對你我也退讓，但是我斷斷不是逃避責任，和你約做的工我逐項都做清楚交你了，你和我意見衝突後希望我負責再募四百股，我雖是在喪中也是做到清楚。又你此後要當事，我不願使你遭艱苦，我也清白引退，我能這樣清白來引退，是我的老母的死所致膾的，我的老母是恰如為著這事來死一般！我真感謝!!以後你若是辦到力盡的時，深望你不可學渭水將機關全部把它破壞，使別人無法可承繼就真好！啊!!我自為台灣做事至今這麼久，為著蔡惠如在東京所搞的事，可說我是昏去一次；為著文協分裂被連溫卿摔倒一次；對民眾黨成立的事被蔣渭水摔跤一次；因為地方自治聯盟我幫助它成立，受盧丙丁反對，在台南的巢差不多被他打碎去，可說這樣我是著一觸。啊!!這次又為著你跌一倒！以後我不知道爬得起來或否？嘉哉！我這次跌倒表面上沒有被人看見，他人也許還未知道！真嘉哉，你我都可安心!!假使我不自早就講意想做白話字的工，又不是我的老母在這個時候來死，且我的老母沒有講那些話，唉啊！這次實在就不好看。如果我們兩個人間要徹底的洗清，必定要倒下一個人給他人看，嘉哉現在不要！啊！自十數年來所盡力愛護的言論機關，我已經來到完全可以離開的地步。我斷然得離開換方向來開拓新路！對世間人看也許我是狡猾，是有棉績被不睏、故意要在蠔殼上拋車輪，說不定如此講。但是我不是狡猾，我是抱有一種志氣及其他很多複雜原因，我當應歡喜來飲這一苦杯，依此給台灣的人心留存一些活氣。啊！愛的天父！眾人陷於黑暗，不曉祢的聖意，他們都是注重金錢、酷貪權勢、易恣私慾、敬畏奸詐、誤公事、徇私情的人。如正氣、盡忠、老實、公義、不愛錢、不行淫亂、不愛取功，這一切他們都排斥！報社內大部份是如此！若這班人把權利授給他，的確不得好處。天父！懇求祢早使他們反悔，若不，台灣的災殃是還要大!!啊！我心苦痛！

天父，我知道祢的聖意，祢要我開普及白話字的新路，祢不要我參在爭權的裡面，感謝祢賜我眼力透澈，使我明見前頭的路，賜我有力量脫離惡。這次若不是斷然離開這個機關，我當變做有錢人的奴才！又要放棄從來的志氣，出入花街柳巷來奉承做官及富有的人。啊！上帝！祢的恩典大！給我有力量站得堅固。我如果依照預定貪戀局長的地位，來打破我這個「不食頭路」的心志，這樣領好月薪而且被很多人奉承，又能與高官紳士來往，唉啊！這樣一來我的災殃就大，因為這是我的自殺!!我起初若不與萬俥約束協力，日刊新聞的許可的確不能成，萬俥也一定不敢允受，所以有這個約束縛我。我內心也以為不能不和他共事一、二年久，怎能知道……啊！天父祢特別開路使萬俥駛出少爺脾氣，而且賜我有抵抗他的力量，終於使他願意承認我退出！也怎能知道天父祢使我的老母在逝世前能說出那樣的話，給我脫離報社更快實現，而且沒有發生擾亂，平順進行，唉啊！這是天父祢有特別憐憫台灣，才能夠這樣!!

我今受天父特別的恩典，我當趕緊專心來做普及白話字的工！這條新路我必須來重開。天父祢是要叫我一生涯做開新路的人!!我願意、我感謝。我今只有曉得開路而已，我及我的家族全部交給祢!!

四月十八日

今日與獻堂先生同伴從台北歸來霧峰，在車裡我再告訴他萬俥極力鼓舞我做囑託，可能是要表示有同情我的生活，每個月給我一百元領。但是我告訴他必須同情我的心志，無須同情我的腹肚。因此萬俥君也已經斷念。獻堂先生講我這樣辭是對，也講萬俥是要拿你做尿壺用！

四月二十日

今日自霧峰歸來台南。出發時獻堂先生對我表明每月要補助我五十元做家費，也要設法請他們的共榮會每月支出廿五元做淑慧的學費。韓石泉君講房子要給我住，不要錢，家費如有不足即告訴他。感謝天父祢賜我足額。

四月廿八日

太平境教會自昨日起為著要建築五萬元的禮拜堂，舊年來就用青年會做中心開慈善市，計畫這樣賺錢來建，預備五年間開十次。主催的人是講要給有工無錢的人能有機會獻他的力，但是實際情形不是這樣。有多多的有錢人穿粧綺美參在那裡假裝熱心奔走，給人印象誤以不這樣做是無熱心，也沒有地方可以拿錢。要建拜堂怎樣要賺人家的錢才能建成？如果是那麼沒錢，何以要建那樣大的教堂？要建築自己所信的上帝的聖殿敢用慈善市的做法？怎樣是慈善市呢？

在這樣機會，豈不是也希望沒有信仰的人來買東西，用這樣的錢來建立的拜堂豈有清淨？總而言之是若能拿得到別人的錢，就愛拿別人的錢來獲得自己的拜堂啦！到底不錯，因為舊年滿牧師回去英國時，已經有拜託他對英國募錢，是希望五萬元！啊！天父，台灣的人罪重!!在這所最具有歷史的太平境教會，大家最蒙受主的恩典尚且是這樣的心腸。啊！懇求愛的天父赦免！我的心不堪深受譴責，盼望這個拜堂的會友信心會醒悟。今日寫一張沒有簽名的信及家母逝去時朋友所送的奠儀剩餘的，託再得嫂暗地裡拿去放在施傳道的房間。這是希望兄弟姊妹和我一起有份主所賞賜的恩典。願愛的上主開啟他們的心！

四月廿九日

淑慧出發回去東京。這次歸來在家裡所發現關於她修養不夠的地方，忍住到離別前才大大拆開給她聽。她因為要離別，流的眼淚猶如變做感覺責任般流著。

五月十日

因為新民報社今日要在台南公會堂開披露宴會，羅萬俥君早起來招我參加，同時告訴我他於月底要去日本遊玩，要我去本社代他管理營業事務。我給辭卻，他講這樣以後一切的事他就全部不協力。我講隨他的意，志氣相同的一起做就好。他講我是怕責任重不敢擔當，逃避。我告訴他，我已經擺設好，使世間會理解是我自己辭，不是被你趕出的，為著大局我已經做到這樣，也敢講我是逃避責任就沒有天良！我又說由他辦，辦好了就一直辦下去，辦不好，如像蔣渭水君般將民眾黨打碎，到後來的人沒法子解救，屆時我準再出去辦理，那時我如不出去辦，才被他稱是逃避責任。我徹底地明白台灣人的現狀是應該敗！我當開拓新路，由此希望有所救。

五月十一日

自一、二年前以來，我的頭殼的右頂邊就感覺有一種酸痛，近來漸漸加重，致使右眼也有異樣的感覺。近來身體嫌倦，真愛睏，不喜歡寫字，一讀書就感覺嫌倦，腰筋也感覺酸軟，不快坐挺直。雖講是疲癆起因，但自一個月以來每日都也有過隨意休息，到底是甚麼原因？我的健康確是漸向衰弱，頭髮也增加白的。

五月十四日

今晚為林攀龍君的囑託，在霧峰一新會的星期六講座演講。獻堂先生娘也有講，她是「香港旅行談」，我講「清新之氣再造台灣」。這個題目是一新會的標語，我真喜歡這句話！這句話是久年來我所懷抱的心志。我很欽敬攀龍君將這句話做一新會的標語，他比他的老父進步而且徹底多啦！今晚我注重說明「清新之氣」是甚麼，應怎樣才能招致來清新之氣？如能招致來，再造台灣是容易。

我想這個一新會是文化協會的復活，但是文化協會是全般的做法，而一新會是鼓舞地方做起。很多青年講沒有職業可做，但是各人如這樣來對他們自己的地方出力豈不是很好？可憐大部份都是先要顧慮自己的地位。

我看攀龍君所做是比他的老父更徹底，因為他有宗教，這種事業若不是有熱切的信心，是做不得徹底。獻堂先生沒有信心，只有依他的良心做起，所以他做事是想他在行善，這免不了撙節他的氣力，就是當他不太費力做得到的事，他才肯做。若是有信心的人，的確不以行慈善的心來做，他為著堅固他的信心不得不盡心做善事，因為這是他對他的信心的義務，並不是對別人行慈善。我和獻堂先生做事這麼久，用意要幫助他有信心，但是至今尚未獲得，他的長子攀龍君的信心恰似比我深!!我大得安慰、大感勉勵。

五月十五日

今晚無意中聽見今天下午五點四十分前後，在東京有陸海軍人四五隊，每隊四五人，有的拚入首相官邸，先打死守門警察，然後用手鎗打死犬養首相；有的去牧野宮相的家擲下手榴彈打死守門的；也有去警視廳開鎗擲手榴彈，傷給兩個人；其他也有向日本銀行三菱銀行擲手榴彈；且有幾隊民間的人分頭要破壞變電所，使全市變做黑暗！噢！日本的世情變到這樣。聽說舊年十月十六日也發生一次沒有成功。幾年前我曾對新文協的人員講，馬克斯主義者和軍國主義者兩個極左和極右是兄弟。啊！這已經證明日本自己的立場了。唉！何以這麼快!?

不信神不認耶穌做主的人災厄大呀！世人豈是活在互相踐踏的嗎？漠視真理、放縱肉慾，用暴力壓制他人，這種人趕緊悔改呀！若不是，這個世界必為你們來變做地獄！你們全是惡鬼啦！可是有信心的人絕對不准你們這樣亂來，他們為要揀正你們的不正，恐要跟耶穌一樣流血，若不是他們的血流到使你們發生恐怖，你們必不致反悔你們的不正!!啊！天父做主！

五月廿五日

近來我的心真複雜，一面真平安一面真憂悶。雖然我常常發生頭痛又身體也不太舒服，但是精神上感覺很受祝福。另一面注視這個台灣的現狀時，啊！我就感覺坐臥不安。

今日我發覺一種更艱苦的事，就是聽韓石泉君說他對普及白話字的工作生出懷疑，驚怕未有效果。對白話字的事他是最熱心的同志，現在他也發生遲疑，萬一他的態度消極化是很傷心的事！我告訴他做事必須要有效果，這是我最關心的事，我以前跟蔣渭水君不和，事事衝突，就是因為他做事全不想效果，他不管深淺緊慢，一味有事可鬧就好。我不能這樣，當趕緊收效果的，我的確努力去獲，所以對事對人無不宛轉苦心。他們批評我這樣叫做善於妥協。為要達到目的手段上有所妥協，不得已時也是不得不做即是忠實，但是妥協了反失去其目的，這樣的妥協是斷然不可。渭水喜歡出風神，當民眾黨成立時，為自己要做頭，向總督府聲明取消民族運動，我徹底反對就是因為他跟人家妥協，結果喪失目的。已然失卻了目的，還有甚麼效果可講？我和渭水不和大部份是關於效果的問題。我的確不想效果，不做事！

論普及白話字的事我確信有最大的效果，所以才有主張這麼多年，這次也才斷然離開新民報社要來專心做這工，可是應明白理解此種工作的性質。這不是容易且做了不久就能看出效果的工。第一官府阻擋到何時未可知，民眾又必定不懂得熱心，又工作開始時需要大犧牲，現在又不知道多少同志肯來協力貢獻？所以如果期望很快地能獲得效果，這是大錯誤，必定會大失望！但是時間一久，我相信會有生出最大的效果來。我講台灣人若不是透過這種白話字，文化是絕對不能興起！所以做此工作的人是對台灣做最大的貢獻，豈可來疑惑，害怕沒有其應得的效果？矢內原先生曾寄信告訴我，不可期待在我一生涯中見得效果。啊！他的話給我莫大的安慰！韓君聽了講，他不是十分疑惑，不過感覺無山無嶼，有望洋之嘆，總之當積極進行，他是不退縮！我聽了真安心、真感謝！

六月四日

下午十二點半在高雄西仔灣住宅楊振福君死！一個禮拜前我去尋他，他照常很活動很跳躂，完全沒有發現他比素常有甚麼異樣。不過我看見他的鬢邊筋有浮出，就給他注意，也告訴他蔡惠如大吃酒，鬢邊筋真大條，受祿君看見告訴他容易會患腦溢血，過了一個月病就發。我囑他應該細膩。他告訴我近來酒量減少，血壓醫生量也說沒有異狀。啊！今日剛過一個禮拜，我正在睡午覺時，素卿大聲嚷新民報支局員來報楊先生忽然死去！我著一大驚，但心裡完全不相信，又打電話去問，問答是確實！即刻和素卿同車，開運、受祿二君也一起去看他。啊！他已經離開此世間三、四個鐘頭了。聽說是急發心臟麻痺，不暇講半句遺言。

啊！姓楊的這樣死去啦！啊！我感覺恰如被打斷腳手變做廢人一般!!啊！現在要怎麼辦!?他平素對待我一如親兄弟，我也看他如親小弟啊！從今剛要在實際上直接協力做事，無如他忽焉逝去，怎不給我感覺大大地失去力量！

他遺下五個小孩，夫人還是年輕，他的老父雖然尚存，但因兒子教育上關係，恐不能同老父居住。啊！雖然他沒有遺言託我看顧小孩們，但我不可不感覺責任。姓楊的你由你安心去，我必定替你擔責任!!楊死前幾點鐘，聽說有講流血的日子一直迫近來，在台灣若不是有好的指導者，血不知要流好多？啊！他是不是意識他講的？這句話「若不是有好的指導者，血不知要流好多」如同針一樣刺我的心，使我重新大感責任。使我的決心大轉換！啊！楊！是不是上主差你講給我？台灣的人這麼愚戇，人心這麼離散，我自己頭疾又不輕，不堪得過勞，右眼皮時常感覺抽搐，腰骨酸痛，啊！不知會不會自此變一個廢人!?

六月十二日

今日是楊振福君葬式的日子。下雨壞天氣，式場是倉庫會社臨時的，很合適的。會葬的人有兩百餘個人，儀式崇重，我代表遺族講謝辭。式後遺骨送去高雄新墓地安置。啊！振福君你的一生到此安定！但是從此缺你一個人協力做工。啊！我深感大失力量!!你請安心，你的遺族我自然盡力照顧他們。啊!!

七月十六日

今日是新民報創刊紀念日，大正九年七月十六日在東京創刊《台灣青年》雜誌，有林仲澍君掌記帳，彭華英君共辦發送，其他外交、編輯、校正、財政，都要我一個人辦，現金全部給林呈祿君管。至大正十一年四月因我不得不回台灣開拓新地盤，就將東京本社的事務一切交給呈祿管理。起初我自雜誌社每月領四十元，後來他們說我錢太少，叫我領八十元，但是我也才領六十元。當我要回台灣將本社的事務交給呈祿，但他都不肯引受，獻堂先生當時剛好在東京，和惠如及我三個人苦求他幾天，他卻不答應。後來惠如則講一年按三千元貼他做費用，可能他才肯答應，我極力懇求獻堂先生出力，獻堂答應。三個人乃以三千元為條件，但他還躊躇不太願意。我一時傷心不禁哭出來，講他如不肯當事，局面的確不能進展，於是他才勉強答應。呈祿的人硬到這樣！我自那時就不看這個人做一個志士，也不看他是第一流的同志。差不多一年後他又要求增加一千，共四千元，獻堂起初不肯，他就反抗，刊出〈犬羊禍〉的諷刺小說，又和惠如煽動新民報脅迫獻堂。致至一時他們聲明絕交！

我回來台灣就積極計謀堅固財政基礎，創設二萬五千元的股份公司，迨至大正十二年才成立。這全部是我和全島同志協力奔走所募集的，那時葉榮鐘君辦通信事務，林幼春兄做創立委員會長，事完成後我就將專務的職位白白送交呈祿。以後經濟狀況年年一直不好，大家就想將本社移轉回來島內發刊，他們連做三年久都不能實現。昭和二年一月台灣文化協會分裂後經費一直欠損，重役會則派我專責整理財政，並爭取在島內發刊的許可。我正努力半年，至我所指定七月十六日就是台灣青年創刊紀念日，到這日許可才出來。我那時已經因過勞快要起癆傷，也觀察周圍的情勢，結果再將社務全部交給呈祿。此君平素宣言不返回台灣，但是至此被我輕輕地扭回來了，他本身也在新民會上公言佩服我的手腕。昭和四年一月股份公司台灣新民報社成立時，羅萬俥君知道呈祿囑意做專務，所以他決心要尊重他的意思。我最明白呈祿的做人及手腕，迨至現在我事事尊重他是顧慮大局，這回我也是當顧慮大局來決定主意。我想如使他再做中心必定會誤公事，所以我決意反對他做專務，因此呈祿大大不滿於我。我乃辭去所要給我的地位配他。我的家族雖然多受苦，但為著大局都是不得已。

我自昭和四年秋天就去東京至六年四月才回來，此期間中大部份的工作是爭取日刊新聞的許可。等到東京狀況辦妥，我即抽回台灣。及台灣當局決心許可時，重役間主要人物反起躊躇不敢引受。獻堂是看沒有人材當事，羅君又因為獻堂不肯做社長，他自己也沒有自信，就延遲約一年久。我看情勢不對乃用最後步驟，一面對羅君極力鞭韃給他保障，一面向伊澤氏發最後的推促文。結果當局決心就於昭和七年一月九日午後八時發交許可日刊的指令給羅萬俥君，三日後總務長官木下信氏就被中央犬養新政友內閣命令休職!!啊！事態實在嚴重，危機一髮！啊！真是不可成的事勉強做成功就是啦！然後連絡島內同志繳納股金事宜，一方面我就搭一月十九日的輪船到大阪去接洽購買房屋，機器、紙張也連絡廣告主，設置東京大阪的責任者，也交涉吳三連以外數人回來同事。二月二十日以後我就回來台灣，極力鼓舞繳納股金，迨至事事準備齊全後，發現人事問題和羅君不合意見。三月二十二日家母去世，順家母喜歡我從事普及白話字的志氣，斷然辭開跟報社的關係。羅君以後雖然有種種設法期我同事，但我告訴他我傾我半生涯的心血為這機關奔走，現在為大局計，如經營得安穩，我非常願意交給別人辦，如果快要倒閉，辦不起時，雖沒人叫我也的確出來支撐使其堅固！啊！我是感慨無限!!當這個紀念日無限感慨，寫一張信給獻堂，裡面有一句「雖日事勢使然，竟不得不將此千金之子交彼貪眠大食之拙婦（**指呈祿**），致使其襤褸幾不能見人，難無自責，自嘆之念也!!」

中午和王韓兩君同伴在台灣樓吃午飯，回想過去做紀念。

七月十九日

新民報社專務羅萬俥君來訪，報告財政的現狀。就是講至本月底卻還有現金可用，但現在應收未收到的報費一萬份七千元及廣告費三千元和應開出的相除，每月還要虧損二千元，所以當面救急第一策是以社址做擔保，由大東信託借二萬元，這樣需要諸取締役聯名也要我蓋印。第二策是要我一定參加辦事務共同整理。他講現在他是把呈祿看做沒有能力，想要使他離開本社，他自己也要引咎辭職。我說我是唯一信任他一個人，所以第一策他如聲明他必定負責至任期滿，我則肯蓋印；關於第二策改革的意思我不答應他。他又告訴陳炘君有事要託我，他在台北等我，希望我到台北去一趟。我叫他先回去和陳炘君商量，若確有必要，打電報來我即去。

七月廿一日

陳炘君自台北打電來，所以今日上北。順便訪問中川總督、平塚長官等總督府新幹部，交談白話字的事情；又第一次會到電力公司的理事宇賀四郎。

杜聰明君也苦苦地勸我入新民報社，羅君也常常提起説如我繼續硬心，他就要採取自由行動，令其自動地倒下，不過他是不願意給台灣全體不體面。他又説現在他的身體不堪得過勞，呈祿又無能，靠不住，現時營業部的事務全要靠自己管，編輯部的統制呈祿又做不來，虧他是吃定的。不但這樣，他所計畫所吩咐的事都不能實現，他決心要呈祿離開到東京去。

近日令他最失望的一項事是，前月當他去內地出張中，開催全島自行車競賽大會在岡山運動場，其時呈祿對公眾做出非常失態的事，對選手又給人家抱不公平之感，因此社內掀起大風波，所以他對這個人的能力非常失去期待。我告訴他這樣你可知道，我前所主張的不是出於私情或嫉妒，是出於不得已，但是你也不必那樣失望，你就莫得對他期待那樣大就好！

對自行車大會呈祿所致的失態點：

一、比賽的審判報社不自己管，全部託任台北輪界的內地人，致使發生多多不公道，也跟記者發生衝突。

二、比賽規則規定參加比賽者如一半跌倒，那次的比賽就屬無效。但在全島優勝比賽時有一半跌倒，審判命令中止，可是比技者不服從，觀眾也當做審判的惡意，應援不肯停止。

三、呈祿做會長受觀眾所迫，不敢將這次競技宣告無效，雖只有一個不服從命令進入決勝點，就將優勝交給他。

四、新民報上也發表他優勝。

五、參加比賽的及編輯局記者全部主張比賽無效，將已經印好、也一部份發送了的報紙自車站取回，擦消所出記事。

六、選手們表示要對報社抗議，報紙上也聲明審判錯誤的記事。

七、編輯部員將失敗的責任全部歸給營業部廣告部長陳薰南，要求開全體會議攻擊薰南，呈祿做最高的監督者，完全不感覺他的責任。薰南憤慨要辭職，賴金川也不平，要和薰南同行動。

八、另一方面那些當審判的日本人也表示不滿，在《南瀛新報》上發表聲明書，要求新民報應取消優勝旗的授與。

我對萬俥表示，如沒有我新民報社會倒閉的時，我的確願意出頭當事，但必須他不辭任，不退開才成。

愈經過時日，愈經驗世事，益發知道這個世間是上帝掌理，又益發明白上帝是公義、是愛痛。最後神必定贏惡，但是祂不破壞而是唯有成就，上帝應受讚美！

七月廿六日

七月廿一日新民報的冷語欄有載攻擊本社重役的文字，營業局的人看了有的講對營業上有惡影響。羅專務看了也大生氣。執筆者是陳旺成，羅君告訴我要免他的職。我極力反對，因這樣做是大有損害大局。我提議若要處分，剝奪他的通信部長兼職，令他回去他的本職做新竹支局長就好。羅君叫我將這個意見拿去霧峰和獻堂參詳。

七月廿七日

今早起在霧峰和獻堂接到羅君的信，講我昨日自台北出發後就隨時接著楊肇嘉君的抗議文，內容是講那冷語文全是朝他罵的，他是絕對不堪承受，靠專務適當處理。獻堂回信說楊君已然提出嚴重抗議，依照蔡的提案，轉他回去新竹是適當，免職不可。

八月一日

自今日起在台南長老教中學開第四屆夏期學校，林攀龍君也來做講師，他的演題是「基督教與社會生活」，聽講生七十餘人。他所講的內容真可佩服，他那樣久不在台灣生活，但他的台灣話講了很好，我真意外。

八月三日

接到楊肇嘉君的信，講他大受冷語欄的記者侮辱，林呈祿君做編輯局長怎樣讓他的部下放肆。他見著，要辭取締役的職。

八月十日

我回台南，羅萬俥自台北回到台中苦勸楊肇嘉君撤回辭職書，他拒絕。我和羅問他的確要辭職的理由，他講他被侮辱，沒有面目可做重役，而且編輯局全無統制，他不潔共同做事。羅講這樣也是對專務不信任，他亦要辭職，希望諸重役自東京歸來後即開重役會來解決。我已經決定十三日的船，又獻堂、肇嘉也因為台灣米移入內地要受限制被州民大會派，十六日的船要上京。大東信託陳炘君也同船。

八月十三日

搭朝日丸自基隆出帆。此行第一是要看中央的局勢，第二是代表羅專務要和外紙店合契約，第三希望幫助陳炘君的事業。

八月十七日

昨日就到達神戶，入大阪宿梅田旅舍。今日先會菊地武芳氏，和他去面會野澤組社員石川氏，交涉關於契約購買外國紙之事，也去三菱倉庫看現物。正式契約須去東京本店方可合。

今日也和新民報社大阪支局長浮田金次氏同去訪問萬年社專務中川謙三氏，商談大阪支局的廣告事務。中川、淳田兩氏都憤慨前番羅專務在大阪對他們所表示的態度，浮田氏是存意要辭任，中川也憤慨講浮田是他推薦的人，如有不當的地方應該和他參詳，羅專務不這樣做，一開口就脅迫浮田講要調換人。我講他們和新民報社的關係是我定的，當我還和新民報社有關係之間，拜託他們為著我繼續協力。這樣浮田答應提供一千五百元保證金，他每月的負責原稿定八段份。

因為要趕緊去東京打合購買紙張的契約，搭夜快車到東京去。和阿慧同住在植村姊家。

八月廿二日

因為契約條文尚未達一致，等到今日石川、菊地齊集後，契約則告完全成立。

八月卅日

接到葉榮鐘的信，又寄陳旺成君脱退新民報社的聲明書來給我。旺成君講他脱退後新民報一定會益發反動，他以後盡力暴露民報的內情，要徹底鬥爭。旺成的決心及聲明是這樣，全島同胞聽了不知甚麼感想？聽說在新竹市支持旺成的也頗不乏人。如同這樣不顧全大局，全然是為自己的利害關係蠢動的人，眾人的認識尚不能明察，還有甚麼公理可講？這個民族的衰敗是應該是無救！

九月六日

和植村環姊、淑慧、向山寮生四人到多摩墓地探植村正久先生及先生娘的墓。一到墓所，不禁追慕之情緊切，又想到時局危迫世態險惡，不覺流涕汪汪不能自抑。噫！故人之靈在天亦必與我同此憂感！同行者亦皆涕泣。一齊祈禱而歸。

九月七日

林熊徵、許丙二君知我反對社交跳舞，故特意要招我及獻堂氏等約十個人同看裸體跳舞，獻堂也極力贊成，勿得失人家的好意，應得去看。全班的品格是這樣滅跡是應該。我早晨自去輕井澤訪伊澤氏，後來他們看我沒有出席說很攻擊我。啊!!甘願。

九月八日

和獻堂、陳炘君同去會永井拓務大臣。前月在台灣會平塚總務長官時，他告訴我永井拓相問過我的事又致意我，所以今日當面説謝。拓相説大家相識很久，現在他也當大臣的鵜鳥已經三個月，他講聽説我在台灣頗受當局注意，現今時勢很兇險，萬一怕有關係這個（他用手指頷頭），所以託長官對你多些關照。他講這些話可能是出自互相理解的實心。做浪人許多年至此，也有大臣要關照，卻也都是感謝的事！問他對中國的關係會變怎樣？他應講不致戰爭。這個內閣存續中的確不採用戰爭的政策。他講美國絕不為中國起兵，又日本也不願挑戰它，一面對中國有意撤回不平等條約，給諸外國做標本，使中國的地位能和列國平等。對地方自治制度他説要改革，共婚法不久也在實施。又對東洋民族的和好漸次採用積極政策。唯有對台灣議會的設置問題因為預算審查的關係，有違背憲法。到此因時間不足，關於此點另約跟他議論。

九月九日

午後二時和獻堂先生受田川大吉郎氏介紹拜謁齊藤總理大臣，對當面所應施設的問題陳述一遍。他答應考慮，他講以前在他朝鮮總督任內時有意改革地方自治制，招請台灣當局同時實施，但都説時機尚早不同意。我最後告訴他希望他們當須變換統治及教育的方針，從來的方法，在內不給台灣人地位，對外不使台灣人有能力發展，是一味叫台灣人做無用的長物。鑒觀現下的時局，當須革故鼎新換方針，將來大勢才有希望，他有首肯的樣子。

為要使大家對時局及對台灣傳道更有關心，植村環姊在她家裡自午後二時開始，請婦人傳道會的幹部及東京中會的少壯牧師教師四十餘人聚集要聽我的話。我也請攀龍君參加講話，吳秋微嫂偶也在京，順便請她和幾位台灣學生參加。我因為去首相官邸所以遲到一個鐘頭，今日的會真蒙祝福，非常感謝。我所講有三點，第一點是現在的時局與教會的關係；第二點是民族融和與宗教；第三點是講台灣傳道，提倡他們和台灣人及在台外國人必須協力組織新傳道團體。席中有人質問台灣事情，也有發表意見，明治學院中學部長有聲明台灣教會學校若肯保證，所送的四年肄業生他答應編入其學校的五年級。這樣是多加一條救台灣學生的路！

九月十日

我這次上京當須辦的事情差不多已經辦清楚，決定十三日神戶出帆的輪船歸台。頭一件購買外紙的契約是六個月份，關於此事羅萬俥君定有受些教訓才對。起初我所契約的，別人家稍微施法他就迷心，被人家搬走，但隔不到兩個月其人就反面要抬價，因為看他無處得買紙所以抬貴，因此羅要務一時很著急。現在可說是暫時安穩了。第二件是探問現時的局勢會不會惹起戰爭。我自到東京以來，每早八點鐘就出門，晚上須到十一點鐘才能就寢，大部份都是致意調查這個問題。我這回所會面的人很廣闊，政府當局、貴眾兩院議員、宗教家、實業家，全是代表的人物，結果是講不致至戰爭。理由是國內穩和派已經團結，軍人少壯派的勢力也已被節制，這樣攻襲北京的計畫就消滅，進出西伯利亞的戰略被放棄，因此日本不會派兵攻外國，外國是的確不進攻日本。第二是日本有意和中國妥協，就是要撤去一切的不平等條約，使中國在國際間獲得其應得平等地位。第三是世界全體的經濟不能容允。第四是世界的人心希求和平，因被前次歐洲大戰驚破心膽。第五是美國不十分熱心，就是他們重義的心不切實。因這些理由我也相信不會戰爭，但是若不是日本有大改其行為，我相信不到幾年後戰爭也是的確會發生。因為要抵防萬一有事之時，我也有對中心部留幾句話，大部份的人對滿州的經營抱悲觀。這次上京所做第三件的事就是為陳炘君的事業，使台灣加進一步的發展，就是力爭實施信託法，今幸得當局內定，將於不久定要施行。一項最好紀念、又是我自己最感得意的事，就是前台灣總務長官、現在的朝日新聞副社長下村宏氏寫一封信給現任總務長官平塚氏，勸說當緊施行信託法。這張信經過菊池氏的手，他給拍片留做紀念，這張照片同時也給我做一件得意的回想的材料！

九月十七日

十二日早晨自東京出發在大阪過一夜，十三日和獻堂、陳炘兩位同船自神戶出帆。昨十六日到台北，阿仁、阿皜自我出發後不久就患百日咳，但現在差不多已經好了。我的事已經辦完，心裏很想要趕緊回家，所以過一夜起身，今天下午到達家裏，阿仁約略好了，阿皜還未十分完好。

九月三十日

嘉南大圳組合會議員，今日是第四屆改選日。因希望趁這個機會訓練自治心得，嘉南大圳研究會、台灣地方自治聯盟協會開演講會指導組合員及地方住民的理解，這次劉明電君竟然也熱心在第一線奔走。為大圳的問題很重要，又要幫助明電君這個新腳色的熱心，我參加演講會，這是三年來重新站在這種公開演壇的第一次。他們這次計畫很急促，三天時間要在八個地方開會。我所到的地方：二七日朴子、二八日北港、二九日佳里，各處都很盛會，會場擠滿，有的千四五百個，有的千個左右聽眾。新民報自數日來也就開始宣傳，因此今日投票場的情況和前回有大不相同，有活氣又增加很多人投票，可說是台灣投票選舉的嚆矢。這回的選舉區有四十四處，選舉議員八十名，被選人的資格是定二十歲以上的男子。選舉人凡是組合員就有權利，組合當局還是利用官權極力壓制。自聯及研究會所派四五十名監視員中有的被警察檢束，結果當然是官黨勝利。因我出去演講，三個地方的警察都有弄出笑話，在朴子，拿稟去入警察看嚇一跳，又結目講這個蔡某也要來呀！北港警察講這個蔡某如令他中止注意，他就暴發脾氣，佳里警察起初不相信我真的要去演説，自當是是主催人期望要有更多的聽眾，所以利用我的名！

警察對我的印象竟會到這樣程度！

我心裡這幾天感覺非常黑暗、非常傷心！這幾日我所到過的地方是台灣平野最闊、又最先開拓的地方，應該文化是最高，萬事最有充實才對。但是事實卻是相反，住民的生活是最烏暗、最低級、官僚警察最跋扈!!啊！這是誰的責任？我看這些事實，心裡感到無限的痛苦及不安！自覺顧不得別事要積極跳入去他們的中間和他們同生活，如我有命就盡力為他們謀取光明，如我因此而死，也是心甘意願!!我就積極來實施才好呢？啊！目前只有新民報社的事使我掛心，我豈不可能一面經營新民報，另一面在他們的中間普及白話字來為他們謀取光明嗎!?

十月五日

今日是我和素卿結婚滿二十年的紀念日！此二十年自己感覺似乎是不太久，但是一看子女添這麼多個，又阿慧已經是十九歲，是比這個老新娘做新娘的時候多兩歲，想到這事就著一大驚，方知這二十年不是短短時日。此後不知還能有二十年否？恐怕沒有的成分占較多。啊！在此益發感覺人生多麼短促，時時是不可空空過的。我非常感謝上主賞賜一個絕好的同伴給我，我由衷心對祢表明深深的感謝。她的品性實在溫和靜淑，品質高尚，天分也高，她不愛虛榮，做事著實勤謹，二十年如一日奉養婆婆到今年春天才息工。她養育八個子女，家裡大小事務一盡由她辦理。她自從入我門那晚起就開始做工！迄今未嘗聽她說一句不平。家裡至今雖還未有分毫的財產，她都安然自在，可以說她之對於我一如坐在大船上極其泰然！

我們做這二十年的夫妻，我敢說實在是琴瑟和鳴，做夫妻的快樂我們都有十分享受，就是此去相信天父也會給我們享受不息。過去二十年間卻也有相打一兩次，意見不和有幾次，每次最久不拖過一日，我們未曾有一次受別人做公親，事後不久自然就和好如故。我們雖不和也沒有人會知道。只有一次在東京時相打給高再得嫂知道，真見羞。我對內人感覺不滿足的地方就是我希望她讀書又多加研究心，但她不會。我曾將這一點講給植村正久先生聽，他說不可，婦女在家庭的擔子是重。我自那時起知道我的要求有些過份，所以以後我常常對人家説婦人生育兩個子女堪比得男人獲得三個博士學位。我的內人雖然沒有學問，但是天質素白，全不使我費心神，她的文彩一任我替她發揮，我自覺這是我對她的責任，她入我的門和我合一體。因她的乳名和我的堂嫂相同，所以我就另外給她名做素卿，至今做這二十年久夫婦，益發令我感覺這個名字很對，因她真夠素白，真令我愛惜，我也從衷心愛她。啊！我萬份感謝!!關於這一點我的人生已經不是空空的了，何況我們兩個人同心協力，對我們的社會也已有一些貢獻！

親友相皆在家裡吃老新娘煮的飯菜做紀念，到滿二十五年銀婚式時，淑慧講將開一個音樂會祝賀我們。阿們！

十月十一日

自初五夜開始右邊鼻孔內就有少許異樣，翌日就大發作起來，是鼻內長疔，右邊鼻子及眼睛旁邊都發腫，頭很重全身不舒服，一連躺四五天，到今天早上膿頭才排出來，腫也消了。起初塗西藥但效力慢慢，後來用古方的疔藥膏一兩天就消腫，不知道全為這種藥的效力或否？

新民報社將開重役會，搭快車到台北。

十月十二日

午前十時起在本社開重役會。參加的都是取締役，林獻堂、羅萬俥、林柏壽、林資彬、林呈祿及我。決議事項：決議推羅萬俥當任社長。又取締役楊肇嘉的辭任，和前次相同，依照獻堂氏的提議，決議對他表示答應他的希望改革本社的辦法，叫他繼續留任。選獻堂、萬俥及我做交涉委員。

關於新民報的漢文欄，因為錯誤很多，記事不精彩，各地方有關係的人大感失望。前日韓石泉君忍不住連寄三日份有大錯誤的報紙去交羅專務，指摘不妥的地方十處左右。取締役林柏壽君告訴羅專務他全然不想看新民報的漢文欄，那樣文字給人家看是有害無利！林資彬君也在重役會上譴責報上所論嫌有夾帶私情。羅專務大概是忍不下去，當場將韓君所寄來的那張號外遞給編輯局長林呈祿，獻堂氏也接下去說韓君是用心苦意，應要有一番認真檢討。林局長答講關於這點在今晚的懇親會上，各部長也會參加，到時才來討論；他又講翻譯有不對的地方，是謝廉清及某某人的。我聽到此也就忍無可忍當場責備他講，這裡是重役會議，是重役們對編輯局長講話，對各部長要不要講是由局長的權限，報紙辦到這麼糟，大家應當負責改革，無需叫重役們在懇親會中和各部長叫論。又重役會是把局長當責任者講話，文章是誰譯的重役會是不管，局長把自己的部下拿來抵責，這是不成體統！林局長甚不甘心，重役會就這樣閉會！

晚間在蓬萊閣開懇親會，編輯、營業各部長也全部參加。漢文編輯總務黃周起先站立辯明要替林局長負責任，他講若有不對也不要在重役會上全部責備林局長。後來林局長也站起發揮一場長廣舌。其中最可痛恨的就是他講台灣這今不曾有過辦新聞，大家完全沒有經驗。新民報社的記者如和朝日新聞比全部可說是第六流的腳色，因此有錯誤是應該，但是在台灣總找也不過是這些人，其他恐怕也找不到更有能的，這些人來犯錯著總是沒有辦法。我聽了就真正擋不住生氣！我駁他講這種話不是能給新民報有所改革進步，這只是一種以辯明為辯明的言詞，是為自己逃避責任的話，錯誤是免不了的，但是有錯即改則錯誤也有用處，然而那些話未免對外太柔弱，對內表示太悍強。若是將朝日新聞社的記者移來做新民報的工豈不也變做六流的記者嗎？因為新民報是第六流的機關之故。也島內難道只有這些人？依照林局長所講台灣人無能到這樣，日本當局曾表示許可新聞給台灣人是時機尚早，這樣也許是應該，我雖然是新民報的一員，但我斷然不相信台灣人是只有如此低程度的能力!!不可為要掩蓋自己的錯誤來給台灣人見羞!!

林局長就講台灣可還有別的能人，但如你蔡某某這樣人，各部長都沒有一個要認輸你!!

聽到此獻堂先生站起來講他要回去。柏壽、資彬兩位也講要回去。我也隨他們出。局長話講未完就散。啊！傷心！翌日羅講昨日獻堂先生回去使呈祿很不好意思，獻堂講呈祿對他認不是又說是酒醉。

以後我當採取如何態度正合天父的聖意，也正合台灣的利益？願上主的聖神引導我，沒得使我行不著！

十月十四日

萬俥君今早問我肯不肯入新民報社幹，我應答他，我的意思已經在上次要到東京去之前託獻堂、陳炘兩位講明了，如果新民報社在此時沒有我入社是辦不成了，我都不閃避責任，我絕不肯旁看新民報社站立不妥，要我辦事務或經營都可以，請他講明白，我能照辦。他說怎能只給辦事務。我說現在我看你羅君是新民報社的中心，所以我決心支持你，我支持你就是當做貢獻台灣，以前關於此點別人未曾理解，現在恐怕是會了。我要表明我的志氣，所以這次如要我入社，我的確不接受任何地位，我只要做囑託來幫助你使新民報社穩固。羅講讓他商量。

自我辭退新民報社營業局的地位以來，杜聰明君每次和我會面時都告訴我，他不贊成我脫離和報社的關係，他講羅君非常希望我入社，他明知道而且叫我不要固執。我告訴他若是大局上必須，我絕不推辭，我不歡喜和人家爭福份，但是責任是絕對不閃避。杜君講他是非常明白我是靠得住的人，所以他曾告訴他的夫人假使他比她早死，他的子女的養育必須和我參詳，也必須靠重我！啊!!我聽了真感謝，真滿足！但我不知道能不能比他慢死否？總之我自信到其時必不使他的期待歸空！我已經有對楊振福君的遺族盡份，楊君死前卻是未曾託我。

十月廿六日

一個禮拜前自我讀過福音新報刊出本月上旬日本基督教會大會開會的禮拜說教後，我心裡一直感覺苦悶。這星期來又祈禱又想著怎樣即好，最後決心寫一詰問書寄去投稿，但是不知道會不會刊出。大會對現時局的宣言書都未曾作成，也許將來也未必作成。啊！日本基督教會的信仰是處在危機！他們若不肯刊，我有託矢內原兄即為我轉刊別處。

有一事使我大傷心的就是王受祿君，當我和韓石泉君今晚拿這篇文章去問他的意見時，始即發現他主張基督教應該承認有義戰，韓君因此也大失對他的期待。韓君講他今晚第一次和王君發生衝突！王君幾個月來健康不太好，不知道是不是他的信仰也發生毛病？前所約好的事業似乎益顯得沒有希望！

十一月三日

自今年春天林攀龍君由歐洲歸來後，就有意幫他完成婚事，迨今也為他介紹三位候補者。但因攀龍君尚未十分斟酌，致使還未有決定。剛好在台中開催台灣出身音樂家的音樂會，趁這個機會請他們到霧峰遊玩。從中有一位劉姑娘是我自前就為他介紹的小姐，攀龍君本身卻未表明意見，但他的父母看了頗有滿足，告訴我他的兒子的親事他們都不能為他作主，專靠重我出力！也如能和這樣姑娘配合，他們就大滿足，我聽他們這樣說也感覺非常滿意!!我告訴他們我必定盡力做，但我不只是為著他們的信任才肯出力，實又為攀龍君是台灣人中一位最有心志、最傑出的人材，我盼望他能為補救台灣盡力做工，我必須幫助他尋求一位理想的匹配之故。我曾推薦三位都是住南部，攀龍君約我下月初同往南部斟酌。

十一月六日

四個月前霧峰一新會曾公募會歌，我也受託做審查員，結果沒有找到適合的。我也作一首，攀龍君要我傳授他們的會員。今天下午集合男女會員五十人左右，在他們的會館學習二個鐘頭，大家學習了很熱館，我自己也感覺很有趣味。我所作的歌傳授眾人的是白話歌最先，這首一新會歌算是第二回。

十一月十九日

前月底寄去東京那篇質問書至今還未刊出來。前日淑慧寫信來講植村姊大表贊成，說她的確要催促給其刊出，又若我答應，她也要參加聯名。我聽此話心裡非常高興!!今日又接到本市日本基督教會牧師深山氏來講他剛自東京回來，福音新報社佐波氏託深山氏傳話給我諒解。因為多田氏是大會議長，那張質問書如刊出去會使大會沒有顏色，所以要將那張文遞給多田氏本身看，讓他反省也叫我承認不刊出。我打電報給他，若是多田氏肯自己提出聲明書，我的文就可撤回，若不，我就要向別地方投稿叫他當須回覆。

十一月廿日

大東信託專務陳炘君用很懇切的意思表示要我和他共事，有意將台南支店長及取締役的職位給我，他說他已經和獻堂、半仙等人磋商好了，他們都講是要看我的決心如何。我不好明顯地拒絕他，我說我已經自早就將一身獻給台灣，如果大局上必要的工作，無論甚麼我都肯去做。論大東信託的事業，不知別人看做怎樣，我是視其為要向上台灣人的部份緊要工作，所以迄今間接的幫助我都有盡過力，若是直接參加，恐其他的工作沒有人替我做，眾同志如果肯我入大東，也正是為全體做工，我是願意和他合作的。我問韓石泉君如何，他隨口反對。問素卿，她說新民報社的工是屬公事，你都尚且沒有去辦，何況此種私事豈可參加！這個女人可說識義理重節操！

十一月廿九日

為準備台議請願及改革新民報社的事情，昨日自霧峰來台北。關於新民報社當需改革的事，問題益顯尖銳，各方面都在推促改革。主要點當然是希望呈祿辭職，楊肇嘉要促此事實現，自前就提出辭表講如不改革，他將脫退取締役。重役會已經決議同意改革，也要挽留肇嘉。

我今日將情形迫切的事情講給萬俥聽，推促他應趕緊採取決心。他提出兩條案，叫我先和柏壽、獻堂商量。⑴若要即時叫呈祿辭，應同時也允許萬俥辭，因為日刊新聞自開辦尚不到週年就叫呈祿辭職，人情上不忍得，又呈祿必會反抗。現在他知道呈祿無能不得不令他辭任，如果萬俥也同時辭退，就得令呈祿不敢鳴不平。若是呈祿還要不平，他就決和他絕交。他有人情在呈祿，他的確能反省。⑵若不許萬俥辭任，也就不可隨時迫呈祿辭職，當需一任萬俥看機實行。

這樣也許會弄到萬俥也辭。

十二月一日

自十一月十五日起，有一個鹿港人叫做施炳煌來希望和我共事，他信仰雖然尚未堅固，但還誠實，又好學，所以和韓石泉君商量決定許他協同做事，令他編輯白話字文獻。將先編一本白話字注音的字典，資料已經準備好即將開始。經驗上前所創定的平仄記號當須改換做「＼／・＼／一：・＼／・：＼・／⊦・一・」比較便利，但印版時照舊。

十二月二日

因楊肇嘉君對新民報社提出取締役辭職書，今日和獻堂、萬俥三人代表取締役會到楊家挽留他，楊君特別提起呈祿的無能，問羅君有沒有實心要改革。羅君講改革總是改，但是怎樣改法當須大家來商量，楊君對這話答應留任。

楊要求迅速開取締役會議定改革案，羅答應本月二十日前後開。

十二月廿三日

羅新民報專務及楊肇嘉一齊來霧峰會獻堂氏，我也同席商議改革方案。羅力說他要辭，推薦林攀龍君做他的後任，獻堂氏反對，楊也反對。結果楊讓步依照羅提議的第二條案，暫時不改革。羅卻有明言呈祿不稱職，他不是也要和他同進退。羅責備獻堂講他同情他辭任社長，怎樣不肯讓他的兒子來替辦。獻堂講你如辦不起色時，重役會自然會批派別人接替，若不是到那種情形，沒有人能去替他。我聽這句話感覺意味深長!!

十二月廿六日

霧峰林幼春兄的第二子太平君因患肺病日前逝世。他有未婚妻許燉煌女士，是台北人，和太平君同廿四歲。二年前太平在台北做新民報的記者和許女士鄰居，因此相識。太平堅心要和許女士結婚，但她的父母看太平有病，起初不准，太平百般盡力求親，因此許女士感激太平的熱意，就自己向她的兩親請求許婚，終於婚約成功。然後太平的病勢漸重，許女士在台北為他看病，太平返回霧峰後病況愈加嚴重，因此要求許女士來為他看護。許女士照顧他約半年久，她非常盡心，幼春兄及全家的人都大大地感激、大大地讚美。當她看見太平的病危篤，就拿起碳酸水要飲，想要自殺和太平同行!!幼春兄不得不設法帶她回台北。然後當她在台北知道太平逝去時，立約為他帶孝，非常痛苦，她的家族怕她有所不測，不敢離開她。她常常說要來霧峰守節!!幼春兄非常感激她這樣純情，又不願她遭遇地獄的艱苦，剛在設法勸她。我聽到此事也非常感動，我暗想這個女人如尋短路未免可惜。偶我在霧峰，就問幼春兄說要代他去台北一行，他非常合意。我即時起身到台北先找許女士的二兄德旺君，然後會她的母親，聽說早上許女士趁家族不注意偷出外面去，等家族人發覺，大家大驚，腳爭腳、打做三四路分逐，幸好才追回來。許女士的母親對我說，如有人勸她再嫁都給許女士怒罵，告我不可勸她再嫁。許女士出來見我的時候，身穿黑色孝服，一見到我就開聲痛哭，叫我同情她，幫助她的心志!!

我告訴她，你這個心志不是你自己的，是天要給每個人的，因為世人軟弱，不得守住這個心志。但是你雖被全部親人反對，你還是要堅守！這是天特別賜給你力量，要你來領導世人清淨，我的確幫助你，因我知道你的心志是高貴，你的使命崇重。我希望你和我約束兩項事情，我就的確幫助你，給你能入太平的戶口。許女士問我這兩項是甚麼，她一定願意守！我講頭一項是絕對不可走短路。因為自盡是比較容易，而守節是比較困難。如你自盡是增加大家的傷心，又使她的心志不太明瞭。第二項不論住在何處，必須做給大家會安心，她是心甘意願守節的，絕不能給大家感覺不安和憂悶。許女士聽完此話恰似由夢中甦醒，即時拭去眼淚，面帶笑容站起來對我行禮說多謝，而且明言她的確守約束!!她的母親竟感激到哭出來，講這女孩子自回家來時常哭，沒有一點喜笑的臉，現在竟然也能笑，都是蒙我很大勞神的結果。我說這不是我的力量會使她這樣，這是天直接賜給她有力量，所以只有幾句話她就能清楚，我應該對女士說謝，因她給我很有光榮!!啊！我心內的感謝和歡喜實在很大!!

一九三三年一月一日

東京的日本日曜學校協會為要登載在他們的雜誌上，來問我今年中要用甚麼做目標來生活？將所回答的抄錄在此，做今年頭一日的日記。

信者祇として社會人として私の今年の目標。

今年は酉の年。私は雞と共働することをと目標として此の一年を過します。第一、私は工ス様の御訓に従って．肉體に於て眠らずに靈に於て雞と同じく何よりも早く醒めたい。第二、雞のうに光に敏感で喜んで光の中に在リ光に親んで行動をしたい。第三、雞が天來の詩を吟じて世人を覺醒させるやうに．私は單なロ上手のお喋リでなく日々の生活を通して主の道を述べ傳へ戰爭をしてはいけませぬと特に平和を高調したい。第四、雞は最も旨い滋養食料として世人の健康幸福を增進するやうに主若し許し給ふならば私は主の御跡に従ひ世人に踏みっけうれる大地の土となって人々を立たしめたいと存じます。

今年一年中當需致意的問題：

一、新民報社的經營似乎非常困難，再不積極協力恐怕不成。

二、關於白話字普及的準備，應繼續、應擴張。

三、美台團的事業當需復興，電影部也是。

四、自前和韓、王兩君所計畫的醫院須努力使其實現，韓君的決心似乎很切實。

五、和上牧師以前所商量的共同傳道，也希望能夠實現。

六、日本與中國之間情勢很不好。懇求上主在此局面能賜給好的解決法。中國語須益發致意，不知道在此中間要不要欠用我的努力？

一月三日

自東京、大阪來了五位美國婦女朋友，從中一位是東京基督教女子青年會的理事魯小姐，淑慧常常受她照顧，她們出發時就告訴淑慧要到台南相訪。她們一行初一下午真實到家裡來探問，聽說要到阿里山去，但不知路站。我雖是有別事，又杜聰明君也約自台北要來家裡小住，但不忍讓她們自己去，所以答應伴她們去，然後歸來趕接杜君。阿里山上我又沒有朋友在，地頭又不太熟，可是我不願意讓她們感覺不舒適，最後決心打電話拜託台南州知事今川淵氏，介紹阿里山營林所照料，這可以說是我私人第一次揩當局者的油。昨天早晨她們自台南出發到阿里山，營林所很周到，招待去看伐樹的實況。在山頂日落的景緻非常美麗，說也說不盡。今早晨爬上祝山眺望新高山及山下的大溪谷，她們看了非常滿足和快樂。當我正在遙觀山景，忽想到以前我所作的歌裡那節「玉山就是新高山，天父令它那樣高」，開聲大吟，感覺意味深沈，懇求上主賜給台灣快有進步!!

我晚上六點鐘才到達家裡，杜君已經在家裡等候我了。啊！感激之至，親愛到處都會給人互相結連!!親愛實在會使此世界成做一大家庭!!

一月九日

日刊新民報許可，今天剛好是滿一年！迄至獲得政府許可之間，所費盡的那種努力、那種苦心卻不大為外人所了解，其實不是少許。現在回顧當時的苦心，也可暗自有所安慰。不過自獲許可以來，直到現在的經營及一般人的印象真是令人傷心！如詳細考查新民報社的做法及經過，不難知道台灣欲見天日還是要一段的漫長時間，更需加緊努力才能得到。

一月十日

向午前十點起在新民報社開重役會，取締役八個全部出席。這次是因為月底須開第四回總會之故開的，開始由羅專務報告收支決算及至此的經營狀態。就是迄至舊年十二月，有費讀者一萬二千六百部，廣告收入每月約四千元，收支對除欠損每月約二千百元，自發刊至現在已經欠損三萬餘元。由大東信託借用三萬元，除費去所剩的，合年底所收廣告費，尚可支持到八月。關於這點大家講恐怕還要準備第三回拂選，全部似乎抱悲觀的樣子。

再次是楊肇嘉君講他留任取締役是大家的好意，也是專務有約他要改革之故。他表述關於改革的意見，大部份是對編輯的批評。楊君説完，林呈祿君站起辯明一場不負責任的話。羅專務就繼續講他要辭職，理由有二條，第一、全社裡沒有一個給他靠得住的人，他講他這句話如被全部社員聽到，必會給他們訐罵，但是事已至此，絕不可再遮蓋，必得講明。第二的理由是他自己處理事務搞不好，心身疲倦至極。他說如果大家聽從他的辭職，他尚可繼續當取締役，也肯擔當囑託員辦理部份的實務，又若需要再繳款，他願意盡力接受股份。萬一大家不願情，他就要採取最後步數，辭職書一放就由他走開，這樣對外界是不好看，一方面給人家講是起內鬩，另方面就被人家講羅某意圖避開責任。羅講這些話時竟流下眼淚！大家安慰他，獻堂講萬事願意和他協力，叫他不要失志，呈祿面都失色。我本主意不發言，因為心有所感激，最後講四五分鐘，第一、叫大家應體貼羅的心境，若是他的確要辭職，大家不可一定阻擋他，恐生出不體面的事，但是羅如要辭應，負責去物色後任者。第二、現在新民報機構雖頗具齊備，而經營尚這麼困難，對外又這麼不好看，理由由有三點：一點是各人大部份不自知反省；一點是各人不盡職，所謂君不君臣不臣；再來一點這個機關向來是以主義、志氣來結成，近來益得變成職業化、權利化！此三點不曾改，前途是沒有希望！重役會至此完結。後來聽羅說呈祿有表示要辭任，但諸重役沒有一個人講不可，一任專務主裁。

一月十一日

羅君又告訴我，現在他才明白老三不當社長的心境，他叫我為他設法能夠平順地辭職。我說：這個事業是你辦最好，但是需要十分識人好壞，如一定要辭任，方法也當該做好看才成，因為你辭職必定沒有人敢隨便代替你引受責任，如果有，那個人也就被人指他有野心。獻堂辭任時，他用盡苦心使你接續他，而沒有引人懷疑及被人家批評他是消極，你也要一如那樣做，使後任者也能得人心服才對。其後任者應該有相當才能的人物，絕對不得濫恣羅致，十幾年來的努力所造成的機關只有剩下這一個，後任者如選擇不當會惹起笑柄，這樣你的罪就重!!羅講他引受此職來做，是為我的勸誘及熱心，但是後來竟然獨自逃避。我回他不得說我逃避，大家該明白！他講要依照前所商量來發表，我說我的身軀是專要為台灣做事，這個機關也是我傾心血和大家造成的，如有需要我甚麼都願意做，不過現在我是一任你，信用你的誠心為這個機關出力，所以我和你之間所發生的事，我全部不給外界知道來離開我所應受的地位，這是我徹底地幫助你的緣故。我這樣幫助你也就是為台灣盡義務，也自那時起，你所要我做的事若我想有必要，我就全部做好，現在你必定要這樣，可以的，以囑託的名義，沒有定時的上班，這樣我就可以應承，他要我常駐台北，準時辦公，但我講有別的工，不可以。

一月十九日

自台北新民報本社寄來一張每月津貼一佰元的囑託負任命書，我將其送回，希望做無薪的囑託員。但若社內管理上不合適，將津貼減少五十元以下。因為報社的經濟不好，又我的生活有諸同志支持，不需那麼多。

一月廿一日

照所提議，自新民報社寄來月津貼五十元的囑託員辭令。

一月廿二日

今年的台灣議會設置請願書以林獻堂先生為代表，本日自台北用我的名字發送交給貴族院渡邊暢，眾議院清瀨一郎、清水留三郎提出。請願人總共一八六〇名，比舊年減少約一千名，迄今最多時是三千餘，今年算是中中。請願自大正十一年二月提出，以後逐年都有提出，此次記得是第十三回，不知尚要幾次才能實現!!近來日本的議會益多失信用，否認認會的空氣益得濃厚，恐請願未成，帝國議會先倒塌去！

二月廿八日

新民報社開第四次股東會議，無事通過了，今年中純損金四萬四千餘元，現在每月欠損二千二、三百元，讀者數有一萬三千六百名。羅萬俥君又在重役會上表明要辭職，他是推薦林攀龍君補他的欠，在重役會上大家都不承認，但是羅講到發刊週年紀念祝賀會後他必定斷行。

三月四日

今日接到東京電報非常歡喜。昨三月三日眾議院請願委員會決定選十名特別委員來審議台灣議會設置的是非，結果怎樣是不知道，但是為著時勢推迫，逐漸重視這個問題是確實。在獻堂先生家裡商議後，即時打電報去東京問清瀨、清水二氏看有否需要委員上京。

三月七日

東京及島內的同志全部主張有委員上京的必要，今日要我趕快搭八日的船出發！我現在正在準備美台團電影部能趕上本月十六日到台中開始做，當是緊要關頭，不過請願的事更要緊，所以早晨搭快車到台中，是預定晚上再乘夜快車往台北趕上八日午後四時出發的船。正在霧峰吃晚飯之時，東京來電說特別委員會決定不採擇!!我也就不便去了！啊！害我忙了一下，不顧吃、不顧睏。

三月九日

昨日的新聞刊出特別委員會的經過內容，多數委員所講的話非常可惡，反是政府委員平塚長官及生駒局長所講的話有些分寸。因為看了那些話不可能默默無語，今天的新民報上揭出了我的感想，是指責他們的亂來。

昨日自台中返回台南，在車中作成美台團的團歌，歌譜有些不合適的地方，今天有修正得更十全。美台團電影部部員現在已經齊備，大家專心練習映寫及說明，說明者聽說需要有一個資格，必須當局考試，不知能否順事！美台團的理事今日在新民報上發表共九個人，是林攀龍、林根生、陳炘、陳新彬、張煥旺、劉明電、黃國棟、韓石泉及我，韓君和我是常務理事。

三月十六日

美台團電影部第一隊，自本日起在台中樂舞台開始放映，江賜金、梁加升掌說明，黃江福掌機械，洪子惠掌會計。起初對台南州交涉辯士的事，因為辯士需要考試及格，來不及時間，十四日我才先到台中州取得臨時許可，恐怕是因為江粱二人先前給當局壞印象，強不答應，後來對州內的關係者一一用三拜九叩求諒解，最後我表示沒有辯士也要進行，至今天下午不得已才准。啊！我前為請新民報日刊的許可時，所費用的禮數也沒有到這麼程度！一心好生氣、一心又好感謝，又不是人家強制我，自己肯為大家的進步來做到這樣，啊！這是由天賞賜的氣力。

羅萬俥君說他下午到過霧峰，對獻堂及攀龍君交涉後任專務之事，他感覺攀龍君不是絕對推辭而是獻堂氏反對，叫我再和他們交涉。

三月十九日

今日是霧峰一新會創立週年紀念日，昨日起四日期間做種種祝賀。美台團電影部第一隊特地也來參加慶祝，第一隊自台中開始也是為這個緣故。今晚紀念講演會上攀龍君講生活之黎明，我講台灣再造與地方文化，我們兩人所講的精神完全一致。啊！這位兄弟處在那樣的境遇竟能得這樣的努力，這完全是得蒙耶穌的救才會，啊！我看到他的努力實在感謝無限!!他所做的工作我必定盡力協作，也可諫證對信耶穌才有完全的一致!!

三月廿二日

關於新民報的事和攀龍君商量，他也是講大局上若有絕對的必要，他都願意犧牲，不過他的父親是反對。我也有和獻堂講，他說攀龍的健康及性癖不適合，他甚反對。我卻是知道他反對是尚有別的意思啊！他的欠點竟到這時候露顯出來。啊!!

今日是先母的對年，工作上的關係下午才從霧峰回家，素卿及兒女們都準備好好等我一起去探墓，又晚間請二桌的親人朋友一同吃飯紀念。啊！老大人去了已經週年!!她生存中所有不好的點全部消滅去，她所有好的點時常和我不離，我也是信永遠不離！啊！我益發深信屬於愛疼的永遠在天不廢，屬於地上的必定是死滅!!

四月十日

昨晚夜快車自台南到台北，是預定明天的船去東京及大阪。第一是為要調查影片可做美台團的利用，第二是十五日是新民報日刊一週年紀念日，將代表本社在東京請眾關係者致謝。但是我還有一點沒有對別人講的，就是關於新民報社的改造。羅萬俥君決斷地要辭專務，而推薦林攀龍君做，不過獻堂絕對反對。初八日羅到台中和獻堂去楊肇嘉君的家，三個協議了決定要推我當專務，這是獻堂發議的，他事先有對我表明，講此後是大難局，各人全部不敢擔，叫我必須允受去做，眾人一定會大感謝。呈祿，眾人已經全部知道他無能，他一定不敢不平，因為事情是這樣，我才想要閃避開，不願參加十六日的重役會，是希望令他們講出他們的真心，也可令呈祿少點感覺脅威，使眾人先推薦他，先讓優先權給他，使他的良心有所反省。不過今日到台北，羅君就講他絕對反對我出發，因為我若不在，重役會是開不成，他的辭職必定也不能成立，致使我不得已延期。

四月十一日

下午自台北到霧峰，剛好是一新會開第二年度的第一回委員會，我也參加，席上諸委員決議希望我做一新會的顧問，我也不推辭就引受。事議完後我講感想，我對他們說我的生活能夠到現在的樣子，是因為有這個霧峰的關係，再來這霧峰也是我精神的港灣，因為我若想出這個霧峰（是指攀君），我的心就生出一種安慰，所以我雖然不是霧峰人，我和霧峰是不得割離！

四月十五日

我昨日從台南來台北，今日是新民報日刊週年紀念日，今朝在本社開相談役會，我在會中講感想。我講從來的當局者對台灣統治方針都是提倡內台融和，現在也是這樣講，此後因國際大局，東洋局勢的動盪，口頭上的融和是不得不變做誠實的融和。又台灣人從來大部份是為自己的利益便宜的標準和當局及內地人接觸，這可以講是個人的融和，但是這對全體是有害處，將來是行不通，此後必定要針對這個大方針促進團體的融和，使內台人的人格能平等，利害能共通一致，這樣日本對東洋的問題才能解決，台灣人也才有進步。關於這點我希望新民報應認識明白，各地新民報的有關者也請同樣明白認識，簡約一句，新民報若能代表更多人的利益，它才能愈進展，又我們各人的身邊有愈多人，當局及內地人對我們即愈有期待。

今日是日刊週年紀念，晚間的宴會，平塚長官、小濱分務、友部警務、安武文教各局長都出席，可說有相當的被尊重。販賣部數有一萬五千部，廣告島內有三千元、內地有二千五百元，但是還欠損二千五百元，前兩次已收入的股金及借用三萬元的現款都已經用完，自下月起可能還要借錢才夠周轉。

四月十六日

下午在新民報社開重役會，出席取締役是羅萬俥、林獻堂、楊肇嘉、林呈祿及我共五人，其他林資彬患病，林柏壽到香港去，不在，李瑞雲因為不贊成羅脱離直接關係，所以沒有參加。重役會本是早上就要開，因為洪元煌及劉明電極力策動挽留羅專務之故致便延遲，他們似乎有意使重役會流會。羅對洪表示他如要策動，就決和他絕交！

到下午二點左右才開會，羅專務説明經營的現狀，也表明他要辭職，其理由一是因為他當實務已經四年，身體疲勞；二是社員裡沒有人可靠，所以他對經營上沒有自由。他又請後任專務，呈祿、肇嘉、及我那一位都可以，呈祿出力做看怎樣，我接續表明贊成羅專務，叫呈祿繼起來做。呈祿表明他不贊成羅辭專務，他也沒有力量，不敢當。羅就大興奮站起來講，時到此還不明白他的心緒，尚要挽留他做專務的人是想要利用他來顧慮自己的地位！他就將已寫好的辭表提出來講，今日的會議如沒有決定准他辭職，他乘明天的船就要擅自離開職務。肇嘉聽這樣話大發脾氣講，這是對重役會的脅嚇，大家拿十幾萬元錢出來扶你做大哥，今錢用光你就不肯商量隨意就要離去，這樣我也要辭取締役。他就將他的辭表擲下，跟著講元煌、明電、式穀的辭表也在此！羅就將滾水罐推落地板，開門悵然自去；肇嘉也拿帽子獨自下樓去。獻堂大聲叫肇嘉不可去，我責備呈祿講，全是因你的鈍根致使搞到這個地步，我招他追下去扭肇嘉回來。大家才決議限至六月應再開取締役會選定後任專務，然後許他解任。我將這個決議通知萬俥，他就答應照舊執務，但是要求取締役連名借一萬元作周轉金，肇嘉要求此事須等到次回取締役會才決定。

四月十八日

今日搭瑞穗丸出帆要到大阪、東京，預定約一個月就回來。因為萬俥君的辭任，他緊迫著要開取締役令來解決。出發時萬俥君叮嚀講下月二十日以前若不回來，他要和我絕交，也要放棄事務不管，任它去!!我講這個報社資本是他們拿出來的，但是事情實在是我搞出來的，我敢講這個事業是我多年苦心的結晶，我若看它將倒下去，絕不能站在遠遠旁觀，必定我先倒下然後才能有它倒！我叫他安心信我。又説這次改革和呈祿的態度很有大關係，我為大局屢次尊重他到現在，我希望羅君明白告訴他不可再做出害大局的事情。我叮嚀對羅君講，他如絕對要辭專務，又他們要我接任，我為大局著想，呈祿和我同做常務，專務我是要辭退，但是呈祿不知能不能尊重我的意見下去經營？羅君聽了很歡喜講，你有這樣度量，事情更快解決，他説定使呈祿理解。

我這回旅行所要辦的事，第一商談擴張新聞廣告。第二尋問改革報紙內容的意見。第三調查美台團要用的影片。第四決定淑慧寄宿的事。第五查探時局的情形及對有志者陳述對大陸的愚見。第六代表報社對有關者致謝。第七是要使呈祿及其他的人有時間冷靜反省。

四月廿三日

今晚到達東京，同前住在植村環姊的家，和淑慧同住。我到達時就對淑慧問幾句，知道她錢想，不一定是環姊的不對。雖然是父女，久久沒有見面，應要給她幾日快樂比較好，但是我再想這是不成，雖然是一刻鐘，都不可使我最愛的女兒蒙然居於不正的中間！所以我就即時指責她所想不對的給她聽。這個女孩子不是愚戇，她聽完就隨時理解，關於她寄宿的事因此就已經解決，不需遷徙。講這些話時淑慧傷心哭泣，反問我一句話講上帝若是愛疼慈悲，怎樣人嘴講要做好而常常做不到？我回她講，人做不來上帝是的確做得來！因為上帝是愛疼，所以已經賞賜人有力量做好，就是上帝已經差耶穌降世為著眾人的罪甘願死！由此事上帝的義明顯，我們無力做好事不是上帝不愛疼，而是我們表面上信耶穌的人，假信有罪不肯和耶穌同樣為眾人的罪來死所致。人若有信耶穌，他的肉體是和耶穌的死一樣死去，就是已經沒有自己的存在可想，是一個活在聖靈中的人，他專是為別人擔罪，使上帝的名榮光。他是一個小耶穌，是上帝的愛子，他必定有力量可做好，必不是一個口說心非的人。

五月五日

五日前岩波茂雄兄的好意請我去箱根、熱海過兩晚。昨日又為要報陳茂源君一個親事，到信州松本市去尋他，下午傍晚才回到東京。這二回的旅行使我益發感覺日本的春天很美麗，相反地台灣的平地是益發不堪看！因為日本的樹木很多、很大，又是很多種類，這是因為自早時他們有高尚的趣味，影響到山野的景色之故！台灣應該是更美麗，但因台灣人久年少受教育，欠少高尚趣味，不使平地多植樹木。啊！台灣人如果品格更持高，台灣平地的樹木必定也能更高大!!

五月九日

今晚代表新民報社同人對於在京直接有同情的人致謝，本來報社約定他們在四月十五日新民報日刊週年紀念日派我上京請他們一番慶祝，但因事延期，到今天才履行。參加人有太田氏、木下氏、井上氏、平山氏，其他伊澤氏也特別來赴，主人只有我一個人。雖然人數不多，但是可說自日台人開始接觸以來，空前有意義的聚會！席上伊澤氏用台灣音韻吟下記的詩，使我感覺大著驚大歡喜！

滿天風雨冷淒淒　　霜草黃花化成泥

千里雲山望不見　　夢裡夜夜士林棲

伊澤氏講這是令兄修二先生請士林人柯秋潔、朱俊英二人去東京留學時朱氏所作，當時伊澤氏尚是白面書生，從朱氏學吟迄今三十餘年，他還能記得！

五月十三日

今日在拓相官邸會永井拓務大臣，他同前一樣殷謹接待。和他所談的：⑴關於教育，我主張應迅速普及，應注重和實際生活有關係的實業教育，應尊重私學，應趕緊准我普及白話字。他講這些他全部贊成，叫我寄我所考案的白話字給他看。⑵我講阿片斷禁應有誠意，五年解煙計畫明年到期，我主張應繼續徹底斷禁。他回答應將考慮。⑶請他要斷行地方自治制度的改革。我講日本在滿州主唱王道主義，在台灣不能施行地方自治實大矛盾。對於改革方法，我講當局若有顧慮內地人和台灣人的利害衝突，街庄是台灣人自己的生活地方，應施行完全自治；市州內地人及官治行政較多，降一級加以相當限制，亦可得台灣人的理解。他答以當局已經積極立案，明春就可發表，但是聽說在台灣內地人及地方官吏大反對。⑷我講當現時東亞的局勢，中央政府及議會尚未能尊重台灣議會的主張是真遺憾。他說關於預算之點，台灣議會若干與國庫支出就要違反憲法，我答本絕無干預之意，他講此點要釋明。又關於特別立法，近數年皆以勅令，不用特別立法，台灣議會主張特別立法恐無意義。我答過去卅七年間所施行特別立法很多是島民最受苦痛者，非有台灣議會再審議修廢不可，此點是台灣議會重大使命之一。他作笑相答。⑸我講看目下對大陸政策，深為日本將來憂，倘得以援助滿州獨立之力而援助民國統一早成，斯為百年大計，當下急務要統一國論，幹部要人宜直接與民國要人疏通諒解，若不然則遺害深大。他亦首肯歎氣。⑹最後他問我，朝鮮既有朴永孝參列貴族院，台灣有無人乎？我答是在乎中央之方針。他說若林獻堂氏如何，我回他總要先算此人。

五月廿四日

今日搭船由神戶出帆歸台。此回在東京四週間，每日午前六時半起床，八時出外辦事訪問，大約至夜十一時始得回寓，可說非常忙碌。預定所要會晤的人也會了，所要辦的事也略略清楚，東京這樣繁華的地方畢竟不是我住的，迄無事可辦之時，我的心都也是較多向往台灣。這次尤感覺都市愈大人口愈多，人多罪惡就愈增加，大都會中心的生活實在是人生的不幸。看到日本的政情混亂，對大陸的風雲急迫，暴力主義者的横行，教會的退縮曖昧，人情輕薄，失業增加，自殺盛行，啊！非常時之日本國前途如何哉？此回在教會同信者間，或對一部份有力政客，極力主張要及早設法和中國協和，尤其是盡力獎勵有志者要出頭冒艱險，以策雙方接近恢復感情，有志者當注重學習中國語。環姊大表同意，約必努力由宗教方面求緩和。

所調查之影片佳者不多，今後無聲影片將要絕跡，欲祈綿續，當準備發聲方面之進出方可。

張梗自去年末肺病大再燃，離京前日重往探病，勸其歸台療養。彼下淚告明向來事事背我之勸告，以致到於今日地步，茲經決心聽從歸台，諸事要我為之設法，本自思決行自殺，以免周圍之費心，但又顧念妻子無依，遂乃躊躇。我亦流淚慰告，汝在病苦尚念周圍妻子，這明證純愛之心在汝，人具是心即是人生之根本確立，生則祈擴大此心以愛鄰人，以望大義，然無即死亦無不可也。汝能悟此點，即不入教堂，然神已經臨在，汝能革過去之非，祈望將來之愛，則平安感謝之念油然充滿胸懷，汝病應有恢復之日，安心待命又何憂哉?彼深有所悟而別。

廖能君現在大阪商船東京支店從事，數番與之談心，極力勸其歸台為眾努力。此人心地純良，處事勤謹，又具相當熱情，可惜信仰未堅，稍墜於消極為現實問題所纏絆，未能見義勇為，但所識台灣青年人士，不及此人之地步者居多。噫！上主一定憐憫島眾之萎縮不振，當能使義士奮起其間也！

新民報社之經濟，現每月尚欠損二千餘元，滯京中及三日前到大阪，對兩支局極力交涉，此兩支局之當事者皆我託知友所選定者，約至來八月必有一千五百元之廣告增收。我雖不在其位，上主使我常常於眾人不知不覺之中，能為應份之勞，我心實感謝萬分！

昨日在神戶埠頭與雲龍君出迎攀龍君，是不意中之邂逅也，他鄉巧遇知心友，欣喜莫可言宣，三人共作一日之清遊，勝過同床異夢者十年之作樂焉！

五月廿九日

廿七日下午二時半，水陸平順安抵台北，我無通知時刻，羅萬俥君親自到驛相接，彼亦親手為我運搬行李，夜宿其家，因林柏壽君未回台，乃約定重役會延期至來月末。

廿八日至台中霧峰，對獻堂報告上京所辦公私諸事，乃知劉明電、洪元煌二君奔走於各方面，鳩會大股東勸告羅專務留任，且有人風聲我贊成羅君辭任，是出於有野心，歸國繼為後任。噫！小子無知，何足怪哉？但無論如何，倘使報社有傾覆之虞，我必不袖手坐視，若不然，任人進而為其所欲為，我退而為人之所不欲為者，是我向來之所志所行也。

今日歸家，見岳母、素卿、敬仁三人服藥在床，甚覺不安，幸皆不是深重之症，惜素卿之面頗帶憂色，蓋醫生斷其右肺尖有銅錢大之傷患，顏色不佳，形容亦稍枯瘦、時時作嗽！是因一個月來傭女歸家，素卿過於用力所致也，平心療養，不久當能恢復。

六月四日

歸家以前中南部大旱月餘，五穀減收三四成，至去廿八日始見下雨，但所積暑熱未消，我到家翌日亦微冒風邪，痰甚多，比數日間殊覺不輕快也。

本日乃故楊振福君去世一週年之忌辰，午後到高雄探訪其遺愛妻子，際此人材缺乏之時，殊深追惜之念！

六月十日

前日永井拓務大臣，彼希望看余所考案之新式白話字，今日草就一文寄呈閱覽，並挾一書請其援助早日得實現普及。

六月十三日

自數日前獻堂與林資彬君到關仔嶺靜養，因其來書招遊，大昨日乃到關仔嶺。今日過午劉明電君親自到關嶺訪我，示以諸取締役要取消五月十六日准許羅萬俥君辭任之決議文，取締役七名中聲明贊成取消去已五人，我約明電君因個人私交關係當諒我先寄一書對羅君，然後方可贊成。因乃即一書與萬俥君，謝以不能徹底援助其辭任。

六月十四日

今日由關嶺回家，乃即寄一書交楊肇嘉君表示贊成取消前幾月十六日取締役會之決議。

六月十九日

聽見韓石泉君講王受祿君於三四日前，在他的病院內跟他的姨太太發生口角，圍見的人很多，王君非常激憤。十六日我對信仰上去勸慰他，是怕他悲憤過頭，十八日我也有見他的姨太太蜜官，盡力苦勸她，蜜官講王君主意要和她離緣！我就隨時見王君探他的意思。他講他已經決意要離緣她，如蜜官不肯，他要提出訴訟！我看他的決意堅硬，用很多話勸他不可做那種事，但他堅持當這樣做才看。他又講他是對祈禱所得到的聲，他說希望這個女人去再嫁，能獲得更好的境遇，這樣他王某人的人必能較清、較受安慰！我聽他說這些話非常失望大不滿，我明明地告訴他，你這樣的意思不是由祈禱來的，是由魔鬼的引導，你的信心幸得還未失落，你做這樣事希望蜜官能有幸福，又希望你的心能清是絕對無望，你將會犯很大的罪過！他聽了大怒，講我沒有權可審判人，講上帝若和他在，沒有人有辦法他!!激論後就離別。至下午由韓君接到他的信，內容似乎擢辭不和我交陪的意思！我也就以祈禱的心情即時回他一張頗長的信。第一告訴他，主一位信一個，有信才有愛，愛是絕對無害，有信的人不應該對於此點不能一致，他如不找我去燒死，我定會再去探他。第二告訴他對蜜官應該取的態度和若離緣有甚麼弊害。第三是提供一個解決策。

六月廿一日

感謝上主的憐憫，早起接到王受祿君的信，內容是表示他的不是，招我在石泉君的家一起吃中飯。

王君講他和蜜官同居十五年，沒曾聽她一句溫順的話，但是現在他都有聽到了，他講若是出自真心，他將要取消他的決心。

六月廿五日

今早接著永井拓相回信，是他自己簽名的，講他感歎我的努力，對我所考案的他表示敬意，也對這實踐普及，他亦要考慮。我接到這張信心裡大歡喜！大大地受安慰！我所歡喜的不是說這張是大臣寫的，而是專為著廿年來所希望的事業於此知道增加一個同情者，加進一步的光明。

七月二日

今晚在霧峰一新會日曜講座講演，題目是進取與保守，從中論及進取和保守的真意義，保守是對真理的本質本性所要求的，進取是人求接近真理的努力。講完後獻堂招莊垂勝、林培英等諸君再在他家裡談論。林培英是屬無神論者，他主張沒有絕對的真善美的存在。獻堂接說告白早前他也是這樣主張，有時和蔡君爭論到似乎發生衝突，但是現在已經放棄以前的主張，應要承認有超在普遍的真善美，此點是他和蔡君自很早以來的爭論，現在都已經解決了！噫!!我聽了實在有很深的感激，事實上此位先生的心神狀態有進步得多了。

七月四日

劉明電、洪元煌二君今下午到霧峰和獻堂交涉，望他擔任新民報社的社長，羅萬俥君就能留任做專務。獻堂絕對謝退，尚且說羅專務今已經留任了，教他們不要再從事運動。他又說萬俥君應要有大丈夫氣慨才好，新民報的現狀若是他自信能夠辦，就照舊由他辦，大家沒有一個人不一任他，若是沒有自信，辦不起就應該講其理由，他如確實不敢辦，就應快將全盤托出交給重役會，大家商量就必定有解決之路。他不這樣幹，反向人家講他幹到這裡已功成名遂，現在卻也有人想爭權，就是肇嘉、呈祿、培火等候要當後任，所以他現在就要放下給他們去做。這種話，這種行為是很不顧全大局，誰人能夠為他引受!?

七月八日

今晚的夕刊新聞上報告，在日本現時被檢舉而收在監獄裡已經半年久那位最有名、最熱心的共產主義者河上肇博士，從監獄裡發表一張聲明書，可以說是我所罕見、最大悲哀的文字，這是不是出自他自己的意思，我卻不明白。其文意約略如下：他自五年前就參加馬克斯主義的實際運動，所遇過的艱難是不計其數，他為共產主義的學徒迄今已三十餘年，是深感應從事實際運動才能有徹底，但是這樣，必須覺悟至死可能被繫於監獄裡。他談他今年已五十五歲，再活也沒有幾年，不知是不是因為年歲加多，生活力減去的緣故，他現時很怕死，盼望能出離監獄，所以他決心要脫離實際運動，一切和政治有關係的議論將不說也不寫。他說他如此做是一個共產主義者的自殺，他對共產主義的同志應該請罪，以後他將退隱在書齋裡，希望從事完成翻譯《資本論》，但是這種工作原屬第二、第三的事情，是沒有大意義。他說這些話是為他自己的弔文，同時也為他救命的咒文!!

啊！我讀了這些文字心裡備受大刺激，我一心很同情他，但另一心是可憐他，甚且要攻擊他!!同情是同情他誠實坦白不遮蓋，可憐是可憐他真愚戇，到今還未領悟他所主張一元的唯物論的錯誤。他此時所持的態度，心裡真正是在證明他的學問的大錯誤而尚不能了解！人是靈肉二元的存在，斷斷不是唯物的一元的存在。他說他怕死，盼望出監獄，這是他的肉心的呼叫，但是他又說，為此來出監獄而放棄他從來的作為，這是等於他的自殺，這話不是他靈心的號哭嗎!?如果他向來所主張一元的唯物論是對，他背棄他所信的主義的真理，亦無所相干才對!!既然又說他是自殺，否認他自己此時的決心，這就是他自己還有抱另一個靈性的心的證明。啊!!他是那麼偉大的學者，到今尚被迷念遮蔽，實在是真可憐，他因他的愚拙誤人已經夠多，我真是想責備他!!

啊！感謝主耶穌的愛疼將這真理給小兒先明白，給我能得將血性旺炎的我與祂同死在十字架上，也靈性的我與祂同活起來，可服奉我的天父上帝！馬克斯先生、河上肇博士你們一元的唯物論是斷斷大錯誤了，我蒙耶穌的恩蔭，已經自早早就明白你們的錯誤，沒有被你們所迷，在日本你們的大人物佐野學、鍋山貞親等，亦都變節放棄素來的主張，如果是真金斷然不怕火，可是你們的今日怎樣?你們的將來會怎樣!?

七月十二日

下午聽韓石泉君說，劉明電君數日前對他募錢要去補助林呈祿君的困難，又對他說我蔡某有野心，物慾很重，又說他親對陳炘君聽見，我蔡某曾和陳炘君暗約要入大東信託當台南支店長，也將放棄一切公工，因為受人家反對才沒有實現。噫！這話是甚麼話？豈有這種沒天良沒理解的話嗎？我聽了一時心裡險些塞堵，面色快要變黑！痛苦無比!!一時決心要跟他計較，回家後一直祈禱一直想，啊！我猛然大悟我的決心不對，我即時平安冷靜，感覺無限的歡喜！我即時打電話給石泉君，報告我的歡喜給他知道，可和我同歡喜。我這歡喜由何處來？感謝!!是自主耶穌的救恩啦!!!無信的人在肉慾裡沈淪，我有蒙受主的恩，豈可跟他們同樣？我如計較，我本身雖是能夠洗清，但是為愛同胞自前所做的事業，必定會惹起破壞或糾紛，亂公來給我私清，如此是辜負主的救恩。為萬人的罪過，主耶穌已經甘受十字架的苦，若是由我吃虧受冤枉，公家的事業才能成就，我豈可避開？過去蔡惠如、林呈祿，他們用〈犬羊禍〉的小說暗罵我做獻堂的走狗，也有宣傳講我參加同化會，是同化主義者，又因為我沒有贊成馬克斯主義，就講我是不看重無產者，也有中傷我接受十萬元或是二十甲土地，被總督府收買去了，也有揑造講我陰謀舉薦攀龍驅逐呈祿、偏袒吳三連排斥陳逢源，每次我都忍受了，大局也有微微地進步。啊!!主已經飲盡他的苦杯，我豈可逃避？大地若不肯被人踐踏，眾人是不能安然站住。愛是必被踐踏的!!有愛心的人若不肯將世間所有的重擔拿來擔，將所有的苦杯拿來飲盡，如不肯作大海來容納世間一切的污穢，啊！這個世間必定是無法可救。軟弱的人類是絕對沈淪！主耶穌降世的大意義是在此。感謝上主的大權能大仁愛！我深求天父必須憐憫這些無知的兄弟，使他們能明日就近光明，能得趕緊看到祢的愛，能知道他們自己的罪過來反悔，若不，這個社會、這個民族是不能得救！啊！我現在剛替直接對我有同情的人去過東京大阪走一趟回來，因此新民報的廣告收入增加千餘元，赤字減少殆半，這事沒人知道，也是沒人講。現在人家所講的是說我有野心，這是他們愚戇所致，願天父的愛愈多明顯在他們之中。天父！願祢扶我能夠加倍站穩！

七月十三日

素卿自我四月到東京去，後因僱佣人回家，家裡的工全部自己做，有過勞，自五月初就咳嗽，身體漸漸消瘦，後來照過X光線，才知道左肺尖有銅錢大的舊傷痕！雖然是沒有發熱，看她似乎很感疲乏，症狀不輕，孩子們還在她身邊，她是不好，今日促她到高雄西仔灣振福的家去休息十天，家裡剛有淑慧在可照顧。

七月廿五日

因為新民報社有事，又要跟總督府幹部再交涉白話字的問題來台北。向中川總督、平塚長官等交涉，得答應要考慮，但是會安武文教局長時，他說日本話的發音最清最純最好，主張應訓練台灣音使他能倚近日本音才好，講我多加改換是不好。我回他台灣話有特別的發音，如用五十音，全沒改換，講出來不成台灣話，不得講清楚，他對嘴就回我講，漸漸訓練就漸漸能接近、漸漸能清楚，若是有那訓練不來的人，或是說訓練也不能接近日本音的，那種人是不能同化，他們不要住在台灣，返回大陸去好!!啊！這樣的人還當文教局長，實在真沒有辦法！我即時告退出來。

七月卅一日

素卿的病況沒有轉輕，至今全是受全成舅的好意，服用他的藥，自數日前我不在家時，素卿自己改韓石泉君看，服他的藥，講有多些舒服。我問韓君她的病是什麼程度？他說是肺病第二期，我聽了感覺大意外！韓君為她檢痰二次，都沒有查出細菌。韓君講要致意調養，也須提防傳染，所以自今日，素卿所用的器具和大家分開，也自今夜起敬仁不和她同床，淑端是自素卿去高雄就離開。素卿幾點鐘久有稍微傷心，但是不久就平安。

八月四日

自韓君宣言素卿的病相當深重，當要有根本的療養後，我也就想我趁此來休息兩年如何？一面可時常在家和素卿相伴，使她有安慰，病也可快些好。另一面看現時沒有事可做，不是我消極退縮，實在是內外完全沒有反省，不宜沿直線路走去，所以不如暫時退守，謹讀語學，也寫一些原稿可作時到的用途。將這個意思跟韓君商量，他表贊成。又自數日前，再得兄就說叫素卿去嵌腳他的果子園調養，今日剛好韓也說素卿須和家族分開、在較好衛生的環境調養才好，我將再得兄的意思說給韓君聽，他就即時和我乘汽車去看地方，石泉嫂同去，地方真合適。回家後告訴素卿，她非常感激他們的好意。

八月九日

淑慧七月七日暑假歸來，今日的船再去東京，自六號就帶淑文淑姈又和敬仁到霧峰，請安幫助她讀書的人，昨淑文等三個人在台中和她離別回台南去。

我看周圍的情勢及聽獻堂說羅君的心理，所以獲得獻堂及韓君的同意後，這回來台北對羅君表明我的決意，要退開新民報社直接的事務，而在台南專心一點看顧內人養病。我怕他誤解我的心事，所以加點說明，為私情廢公事的行為我絕不肯做，我看現在的情勢，我這樣做是不妨礙，但是以後若是羅君繼續當事，能幫助得到的事我當然照前幫助。羅君講病豈有那麼嚴重。

八月十六日

自十二日起霧峰一新會開第一回夏期講習會，我擔任講電氣常識四個鐘頭，今日講完即回台南，設法素卿養病的事情。

十四日林柏壽君、劉明電君到霧峰，再對獻堂交涉新民報社社長的事，仍然不成功，唯有決定大家全員一致挽留羅無條件留任，社長的事分開別作計議。前二日十二號肇嘉君來霧峰，對獻堂講羅對他憤慨，講羅是誠心要請他共事，他不肯，又羅和他商量要柏壽做社長，他也反對。獻堂講前確有對羅表示反對，但這是要給羅專意當事才有這種話，此時提起來講，若是這樣他是一定推舉柏壽。羅提這種話起來講是有什麼用意？

八月廿五日

四日前就決定素卿去喜樹海岸靜養，已經叫人去修理地方，昨日才發現她有三個月的妊，醫生說需要人工流產才能得保母身安全，所以今朝去栗原婦人私醫院入院。

八月廿九日

昨晚搭車今早到台北赴新民報社取締役會。午後三時開會，林獻堂、林柏壽、林資彬、楊肇嘉、羅萬俥、林呈祿、及我七人參加，唯有李瑞雲欠席，劉明電是監查役，也列席旁聽。諸取締役各各起立表明留任羅專務，從中楊之發言最明切，謂前四月十六日之專務辭任承認決議非出於眾取締役之本意，是受羅之態度所迫，而今亦經取消了；且有重要股東之留任勸告書，羅君如固執辭任，社基必生動搖。最後林呈祿起述留任，至於涕泣幾不能言，略謂羅禁其不得發言留任，若發言是為擁護自己地位，他再言我一生中痛哭只兩次，一次是父死之時，再一次即是哭羅君之要辭任，我與他當實務而使之不得不辭任，我也自知責任在自己云云。羅起希望附條件留任，限至滿任時眾重役絕對不再選他重任，眾人答應以個人資格諒解其意，社長問題全無提起，遂定留任，半個年來之把戲就此落幕。

關於此後之經營，眾皆主張積極就速發行夕刊，拂選第三期股金，羅希望一任其相接設法，勿過動揚。取締役會前，羅問我前番上北對他之言有何別意，我回全無別意，不過為大局計，要悉尊重其意見也。彼謂欲給我一百元做手當，我答財政未全堅固，我不甘受。取締役會後，彼又對我曰：此回之事皆出於老獻之無誠意，老獻若對你有誠意，元煌是斷不敢那樣飛躍！嗚呼哀哉！是成何言，該敗該敗！

九月五日

素卿受手術後經過平順，自本日起與敬仁暫在喜樹庄海岸靜養。

昨日寄一信與羅萬俥君主意，是當作對伊及新民報社的遺言書。因為最近愈探聽才愈明白羅對他的辭任問題所弄的心事，對他的所做，我已經食苦真多，他自己似乎也知道，所以我安心對他及這個事業離開轉方向，重新開始我對台灣的工作。本來我是甘心做播種鋪地基的人，收成享受效果的事我寧可讓別人，不過每次都叫我吃虧才來離開，此點未免令我感覺悲憤！我的同胞怎樣如此幼稚。啊！我實在傷心！但是我的良心引導我的聖靈，使我知道感謝快樂兩件事。第一是對此回之事，充分證明我有勇氣可負對公事的責任。舉我當後任專務，這是出自老獻及萬倬的意思，老獻對我說，萬倬既然要辭，後任若不是你當，財政的赤字沒有別人可整理，欠錢欠力太多，誰人都不敢出頭，所以你必須出馬。萬倬對我非常熱切勸說，這個日刊新聞是我和他兩人極力奔勞，方才做成，別人皆是消極，如今他感疲倦要休息，我若不助成其志，出替擔任，就是極無責任，不配稱為同志。起初老獻就社長職，是他極力勸他做，至老獻絕對要辭任時，萬倬也諒解他。專責做到而今，此時感疲倦，你最熱心勸我、又最熱心出力創造成這個機關，而不感責任及同情我出來接受後任，是大無責任也。且你若出馬替任，又最可完成我萬倬的人格。我比他人多出資本，竟然不戀戀地位，去位後我也仍然為此機關盡力，使世人有明白羅某的心志，若是，則造就我多矣！我聽他這樣熱切勸誘及希望，不禁一時互相流淚，我對口引受應承願助成其志，但是要得全體承認，我方可公然引受。後來他們兩人再得肇嘉同意，肇嘉亦直接對我勸告交涉，我亦有給與承諾。後來竟然再變為萬倬無條件的留任，似乎自羅的嘴供給材料使人暗地裡傷我，講我有野心。唉！此子之心思惡毒。我愛大局過於愛我的名譽，我對曲直不作辯明，祈禱忍受，竟然能得圓滿局面。噫！聖靈導我使我有如是之勇氣能如是忍耐，嘻！我有無限喜樂誰能知之！再來使我自安自慰，就是我此回對林呈祿所採取的態度。對呈祿的不負責任，誤公事誤同志，過去許多的罪責，我是痛恨入髓，此回萬倬表示要辭職，其動機亦是在彼之無能無責任所致。前肇嘉提出辭表迫萬倬改革社務，況且既往我吃他的虧多多，此時我的心思想要報復是當然的。噫！我竟然不那樣做，我不排斥他，我自己也莫名其妙。我有決心表明給老獻及萬倬知道我是不做專務，甘與呈祿並立為常務，我不是思慕其德其才這是明瞭的，然我竟會決心尊重他。噫！這莫他，是聖靈引導我，使我為成就人而活，斷不破壞什麼!!嘻！我感謝救我的主，給我喜樂汪洋滿胸!!!

九月廿日

美台團電影部第一隊自十號就到新竹州下巡映，但是依然損失，成績不佳。其原因實在有種種，第一是景氣不好，特別券不能銷售；第二是隊員連絡不周到；第三是新民報社不夠誠意，不使各地代銷人積極應援，相反地有發函通知代銷人可以逃避責任。現在已得其證據，乃決意中止巡映，向羅專務陳情，彼亦同意，故即命第一隊歸本部。

十月六日

前月初應吳秋微兄之邀，乃與獻堂先生約定遊覽澎湖島，不幸於出發前發生風颱，而林氏亦患食傷，遂乃延期於本月初三日，吳秋微、林獻堂、林階堂、侯全成、溫成龍諸氏及余一行共六名，由高雄午前十時搭船出發，午後七時到達。自台灣文化協會時代以來之同志郭禮君與多數之馬公街民到埠頭迎接，宿於松島紀念館。四號正為舊曆中秋，月色甚佳，是夜應全澎湖本島有志人士之歡迎宴後，馬公教堂講演基督教理至十時半，乃泛舟海上賞月。初五日觀覽名勝夕景，在白沙島觀光捕魚實況，夜九時搭船出發馬公，今朝歸到高雄。余到澎湖此番屬初次，適因旱魃，野外殆無青色，觀其民情純樸，讀書人大有儒者之風，入其聖廟文石書院，特感幽雅高潔之氣，與在台各地文廟之氣慨大不相同。余在歡迎席上謝辭中高調此點，余素慨台島無宿儒，今於澎島始獲見之林梅峰、吳爾聰兩氏，實堪欽佩，如梅峰先生者於台灣本島實不可多得，先生年將八十矣。余見全澎地形充滿和平之氣，將來若得多植花草使全島綠化，春夏秋三季實足為人生行樂之地，澎島之真價在此，若物產則非其長也。

十月八日

近來時常瞥見羅萬俥君的心事，對大局不太好，從中就是他對獻堂、陳炘所抱的心情甚毒，又這次聽見林柏壽君將與萬俥做伙去東京，我甚憂慮此青年不顧大局，講話給柏壽與獻堂發生惡感情，致使柏壽做事不太協力，所以我今天特地自己去訪問柏壽，先問他看他有否聽見他人說關於他與獻堂的話，他說無，我說若無最好，因為甚多人在風聲不久他必定將聽到，我先講給你諒解。我乃將前八月十二日楊肇嘉君詰責獻堂所講的話給他聽，就是講萬俥對人憤慨地說，他尊重獻堂要他做新民報的社長，獻堂絕對拒絕，後來跟獻堂商量要給柏壽做，他亦反對，一時洪元煌也相苦勸，獻堂已經答應要贊成，後來又反心，寫信給眾重役，叫眾重役反對。我也將獻堂講給肇嘉聽的辯解說給柏壽聽，是希望他後來不致發生誤解，我這樣做是出於不得已，因為是知道萬俥心不好，怕由他所發出的毒又害大局更多。我將這些話講給柏壽時感慨無量，所以也對萬俥講同志沒幾人，有話當不可亂亂講，如亂亂講，所剩幾個同志是會離散，大局就全部破壞!!明日初九日，萬俥和柏壽同船去東京，一個多月才能歸台。

十月廿七日

素卿自去喜樹海岸療養至今經過甚好，韓君也斷定她的病不再進行。近來海岸多加風砂，不太適合療養，所以今日下午搬回台南，回家時那些同住的人及鄰家都不甘她離開的樣子，所以我們的心很受安慰。假使將來要死要離開這世間之時，能夠有此時的光景，此時的心情就真正大福氣！

十一月廿一日

羅萬俥君三、四日前自東京歸來，因為要和總督府交涉白話字的事，又要聽萬俥講中央的消息，尤是特別要知道可能有戰事與否，所以今日和獻堂到台北。

今晚大家相偕在蓬萊閣吃飯後，獻堂、萬俥和我三個人到高義閣的樓上獻堂的房間，只有三個人在。談少許話後，萬俥就激昂地詰責我講，前一個月他和林柏壽同船去東京的前一日，我在新民報社的專務室諷刺他「同志沒幾人，有話當須當面拆白講才好，不可暗中放言給派下的人，致使互相中傷來破壞大局」，然後我就去告訴柏壽講萬俥說他和獻堂之間的話，萬俥意思是要中傷使柏壽和獻堂之交變壞。這是柏壽在船中告訴他的。他說完同時大發脾氣，就姦罵我，又侮辱基督教，講信基督教的全是偽善者，沒有一個是好人，他又說他十幾年來款待我最好，我竟然暗中來講他這樣話，他是被我「出賣去」。我說要辯明幾句，他不肯，即時揮手要打我，打二次都不著，就用腳踺我二下，獻堂就趕緊起來解圍，但是我排開他，我講我絕不打他，我當讓他打，他才能甘願。獻堂閃開時他用茶杯擲我，擲一個著手，二個無著，在此間我的頭腦即時想到，這個了尾子是敢打破大局，我絕不可動手，若動手，報社不久必定會亂起來，就被外人恥笑。因此我非常鎮靜，由他亂來，萬俥就再講，由今以後他不認我做同志、做公人，是與我絕交。我看他已經有較冷靜，我就應他講，你現在才講要和我絕交是較慢，我自幾個月前看到你的行動，我就已經寫批信給你，我沒有說要和你絕交，我講那張信是我對你的遺言狀！我這樣想是相信到此我當須做別行動，將已經造成的機關交給你，必須如此大局才能進展，我的遺言狀是為著大局，希望你對我所說的絕交不可有禍及大局。我也有對柏壽講你所講關於柏壽及獻堂的話，這是你明明對別人憤慨地講的，也是你自己對我講過，因此我對你感覺失望，才有約略講你幾句話，講「同志無幾個不可互相中傷」是希望後來你想到能了悟，又我對柏壽釋明你的話就是專專為著大局，不要使柏壽對獻堂有所誤解，又不要柏壽當做獻堂排斥他，致使人心更加離散就不好。我所做全是為著大局啦！我死都是愛大局，能夠照顧使其成大，我就顧大，如不能夠，較小我亦要顧，我全生涯的志氣是如此，放棄此點我和死一樣!!若講你有錢給我，最近為著我的內人患病，你送比別人更多錢給我是真感謝，但是我不可重私情私恩來害公理大局啦！你若有盡心愛同胞、愛大局，到後來你想到必會大哭才對。我至今不曾受過這樣大的侮辱，你侮辱我的父母，踐踏我的宗教，用暴力打我的身軀，我看你還能為公做工，所以我甘願忍受這樣的大侮辱，啊！主耶穌一生的勞苦，至死尚受暴辱，信他的人豈不該亦遭遇這種的暴辱嗎？

啊！我半生所做的工大部份是為這個言論機關，自舊年我都已經決心要離開做別的事，因為萬俥種種和我交纏，我又怕大局不好看，致使不曾切心離開，遂有機會被他騙出來賣，竟至遭他侮辱才能了結。台灣呀！我為著你的進步，飲沒人知道的苦杯已經很多碗，此次再飲這碗實在也是很大很難飲，然如果必須我飲你才能有進步，啊！我不辭，我甘願，唯有望你進步!!

十二月十三日

自月餘以來，韓石泉君及王受祿君依照前所決心，以信耶穌的心來共同開業行醫，可盡他們做基督徒的本份，這個決意，月來韓石泉君就非常積極，唯有正在等候王君的決心。在此間有一天，我遇著英國人宣教師劉忠堅氏，他對我說在他所看台灣人的信者中做醫生的，至今尚未嘗有人肯將他自上主所獲得的技術、不是為賺錢而是願意來做愛人救人的路用的這樣人出現，真奇怪！這句話是恰如一枝刺穿通我的心，鑿到我自很早以前就在發痛的地方！可是感謝上帝自前就已經使我們有準備，我就將韓王二君的心志尚未實現的告訴他。我順便問他新樓病院的事情怎樣，二三個月前我也曾探問滿牧師，但他還未有確實的消息回答我。劉牧師說新樓這個機關將來必定要獻交你們台灣人掌理，又聽說現在經費短絀，如果交涉可能有辦法。我聽他一說很受安慰，我就先和韓君商量，他大贊成，也是當做一條真好的路。我就再和王君談，問他的意見，他講如果有可能，他就自信敢積極進行。我很高興，就趕緊去找滿牧師商量，能不能將新樓病院估計相當的價值，來交給韓王二君，給他們為要實現耶穌的愛去經營。又所估的價錢是分做幾年繳納，將來有獲利的時候願意獻給傳教的用途。我又說他們來此傳教做工，正是為希望台灣人能認識主耶穌，也能照祂的聖意做生活，雖然延遲出現，但是還是感謝此時幸得此二人願意獻心，以他們的醫術來做台灣人的信者，對上主尚未盡的義務，這個真正的好機會，希望用特別的方法互相商量。滿牧師答應他們一個禮拜以內有宣教師會，他可在那時和大家商議，我的韓君每日專心致意等候有好的消息。可惜！今日從滿牧師接到的消息是失望，他們講還要繼續自己經營。啊！王韓二君對此事至今已經計畫將近三年，如果有合主的聖意，請賞賜好的方法使得進行，韓君現在確實有決心，懇求也給王君的心愈堅固猶如韓君一樣。

十二月廿日

三日前為議會請願之事到台中會楊肇嘉君。他告訴我幾天前他會過中川總督，總督說日前他吩咐林呈祿君，如我來台北時即去會他，這次又吩咐肇嘉君通知我。肇嘉君又說他對台議請願的態度已經有更改，他說若是有條件就中止才好。他說總督是要問我此事，叫我即時去會他。我和獻堂酌量也是講快去會他好，所以昨日到達台北，住杜聰明君的家，今早九點鐘在官邸會中川總督，互相應答過點鐘。簡約起來總督是勸告講，台議請願第一和統治方針背反，斷然無實現的可能性，是徒費心神。第二，當此非常時期，全國民應採取全體一致之行動，故以懇談方式勸告放棄請願。我回答講，若論請願之方針不好，這問題就大，請願人是信將來的國策必定會變與請願方針相同。從來政友會有提倡地方分權主義，也有倡府縣知事公選，此等意見是和台議請願的方針甚接近，台議請願的方針不是自治領主義，亦不是內地延長的同化主義，是折衷此二方針的做法。台議請願是純然照合法做，絕對排斥暴力主義，也不是希望即時實現，當面的目的是忠實地對國家提議我們的所信，一面對當局促進改革，另一面對民眾作政治教育。倘若總督不論方針之是非，但以際此非常時，對外多事之秋，要勸告中止請願，是乃一時的辦法，總督若以具體的之方法向請願人全體勸告，或者可成問題，但是總督亦須忠實實行既定方針，俾勸告言重方有效力，若不然，想今年亦必照例年之例提出，蓋此運動於茲十餘年，所費犧牲不少，前經有數十人下獄亦仍然繼續也。

十二月卅一日

廿五日起三天在霧峰一新會館以「人生與宗教」為題，將所信演講三次，林幼春兄表示不滿我批評儒、道教是淺薄，並大言他是無神論者，否認神之存在，如有罪責，他亦甘擔受之，彼時我無膽量直證其受責已久，實遺憾也。

在年頭決意欲做的六點：第一，幫助新民報的事業，我深深感謝上主有賜我盡份。第二，要做普及白話字的準備工作，這件沒有進步，真遺憾！第三，是要復活美台團的電影部，這事雖然有實現，但因被新民報當事者相誤，致使甚至失敗。第四，對王、韓二君共同合作的事，至今已可知王君有變他的決心，所以是可能不成立。第五，是和上牧師合作，計畫共同傳道，對此事只有幫助上牧師在大稻埕設一個一佈道所而已。第六，要學習中國話，此項卻有用很多工夫，也有多少進步，但是全部是獨學，能夠到實用程度尚遠。噫！今年不過是如此過去了!!我有寄信給矢內原兄，對他述懷我在此年中所遭遇著可厭的事是較多，但是有一事須當感謝，就是我的心未曾有發生厭倦。在我的面前，上主時常賞賜幻影給我追逐，所以我的心不斷熱鬧，不斷向前有希望!!噫！我所得的賞賜是這個，只有這個！只有這個就能夠超過全部，其他就是全部失去，何所傷心？

唉！天父！世間狠毒，求祢使我永久以善良對之。噫！天父！日本和中國的關係現狀真可煩惱，真可傷心，求祢聖手善導，心所願！

一九三四年一月一日

午前中去給大家拜正，過午跟韓石泉君、王受祿君、又高再得兄及他們的家族和我的家族總共二十左右人同伴去高雄登壽山，順路訪問楊振福君的遺族，順便探問高再祝兄的病，半日的清遊實在真心適。

當今日一九三四年的元旦，除去我的信仰給我有希望以外，我對今年很少感興趣，前程渺茫，全無甚麼可期待！

不管世間它要變怎樣，我總要對我自己忠實，無論外界怎樣，我內心總不得厭倦。啊！感謝上主的支持，我真實無厭倦，我的面前時常有主的聲叫我！我的心時時活動一直向前奔進。

今年中我能夠做甚麼我不知道，但是普及白話字的事，我必最先來努力！其他所當做的，主！我在祢的面前求祢差派、求祢指示。

一月四日

王君及韓君所計畫的事業由王君提言決定罷論，韓君真大失望的樣子，教我大感激他的志操，四個年來的努力竟然不能實現，實在遺憾！但是我相信這個努力絕不是歸空，必定能在別的事情來實現！韓君似乎關於後來的方針甚懷煩悶，我極盡苦勸他不宜在此時機去留學，勸他預定要和王君做的事業自己開始進行。韓君和此回已經兩次決心要去留學，上次聽我苦勸中止，此回如果又中止，我的責任實在重！前回他的計畫是要像一般人一樣去得學位，但是此番他已經有信仰，不是為此事，而是為出於他的信心及做醫生的良心，要多得醫術上的新知識，來利益信賴他的病人。我苦勸他此時不是時機，應要世情較安靜才去，又現在去犧牲太大，當需把能實行心志的基礎建到堅固後，要去就去，這樣才是堅實。又他此時若決要去，我的事業會失去一半的基礎！他甚有愿情我的意思，他這次再來一次聽我的勸告，決定不去留學。

一月八日

王受祿君決定獨立經營一本宗教雜誌，今晚請林燕臣、潘道榮、施焜鵬、劉子安、高進源、石泉君及我在他家斟酌意見，決定名做《信仰之友》，是一本月刊。我勸他日、漢文以外應增加白話字部才適宜。雖然是做得很微少，他能為此事努力，可說也是上主的恩典，夠得感謝！我一定盡力和他協力。

韓石泉君決定二月要和我同伴去日本見學醫術及遊歷各地兩三個月。

一月十四日

去十一日和獻堂同途到台北迎接同志清瀨一郎氏。此回清瀨氏是因為鳳梨罐頭組合的訴訟事件來台，他十三號已經完結辯論，利用今日一天視察南部。昨晚我案內他出發台北直到高雄觀內港及壽山風景後，即到台南和同志十二名午餐，參觀開山神社、赤崁樓、台南公園、順途到烏山頭視察嘉南大圳，午後七時半到台中公園和同志六十餘人晚餐，搭夜行車直到基隆歸京。我伴他到台中，楊肇嘉君送他到基隆，清瀨氏途中微發腹痛，本預定到霧峰遂中止。氏來台此回是第二回也。

補記：去一月六日在台北鐵道飯店官紳一堂舉行大亞細亞協會台北市支部發會式，仍然是一樣文章，無何新味，自東京本部派三名講師到台宣傳趣旨，即九州帝大教授文博鹿子木員信，平凡社社長下中彌三郎，法政大學教授、大亞細亞協會常任幹事中谷武世之三氏是也。一月九日三氏在台南公會堂講演，總括其意是謂亞細亞前有優秀文明，後漸廢墜遂至今日，唯日本能維持發揮其真面目，且亞細亞諸民族乃為運命之共同體，除日本以外，悉受歐美帝國主義之侵略，此強壓不久亦將延及日本之身上，故亞細亞諸民族倘再不猛悟其共同運命之密切，而茫然以受歐美之利用，則亞細亞之前途絕對黑暗，無有光明可望。即中國固要先嘗其苦，日本亦料難逃其厄，是誠亞細亞之大不幸也，生於亞細亞者，宜能及早痛感此點，棄小異而就大同。日本之識者於茲蹶起高調之皇國文化為亞細亞眾民族之軌範，如日本之眾庶億兆一心，以皇室為神統、仰捧為中心，強力團結復興亞細亞之光輝。能如是，不但歐美之侵侮可以防止，亦可醇化彼等共建世界之平和也云云。翌十日余要到台中，適與前記三氏同車，乃就如下數點質疑並陳鄙見。余略謂亞細亞諸民族中，日華兩民族之親善尤為緊要，是乃十數年來余等所力為主唱者。當大正四年春，有坂垣老伯來台組織同化會，欲促進內台兩民族之文化的、社會的、政治的之同化。全台本島人有識者一時響應，此會之目標是在乎使內台融和以為日華親善之前驅，會成不一月竟被當局解散。爾來吾等繼續主唱日華親善之基礎，必置在內台權益利害一致之上，是以力求政治教育之開放，於今受過許多迫害。由是觀之，君等如果誠心要提唱大亞細亞主義，亦宜關心提防當局及在台內地人有力者之術策也。余再質疑二點：第一，日本之皇室乃儒教理想之實然，然君等欲加以宗教的之要素，於主義實行上恐非得策。第二，君等既以政黨為利權中心之輩，極力排擊，何以台北之貴會支部專以所謂御用紳士者流充為幹部耶？對此二點，彼等答曰：第一點當以寬大度量對應，不宜偏狹；第二點謂彼等全然不知，但自到台以來亦都見有可疑之處，歸本部後當為參究善後策云。

一月廿六日

茲決定與韓石泉君搭二月二日之船往內地。韓君之目的：第一在乎參觀最近醫術之實際方面，以資此後之所努力；第二是要遊歷以作休養，期間預定二個半月。余之目的：第一是要求在東京內地人士對白話字問題協力，此舉若見無實現之可能時，則想準備在京建設學寮啟導後進。今日乃將舊稿修補作成一文題〈台灣に於ける白話字問題〉凡三章。韓君亦希望在此行上京中解決其受洗宿願，余亦立願作些童謠。

一月卅一日

今早與韓君同發台南，受林攀龍君預先邀請，到霧峰一宿。今日午後三時起於一新會館，為我們二人開懇親茶話會，會者約百名。攀龍君起述歡迎詞，先稱我們二人之信仰及盡力於島事之犧牲，介紹韓君此去所要進行之工作，美台團之理想與將來對台灣之關係，最後敘述彼對余之言動所記憶之懷舊談一節。略謂在彼為中學二年生而我尚在準備入高師之時，曾在其父獻堂滯京寓所與一大學生號雲鶴者大家坐談心懷。雲鶴述其理想曰：學成後在社會勤勞幾年，稍有所積則願告退與閒雲野鶴同遊以娛吾生。斯時余大倡不然，人之理想無限努力亦無限，有創造斯有怡樂、斯有人生。余常大感謝得生在於此時代之台灣，蓋顧我台灣萬事盡落世界文明之後，吾輩倘一念發生，思有所作為在我社會，則有無限數之工程待我著手發揮其所欲為以實現其理想，豈不快哉？峰山先生勞力於今孜孜不息者，蓋自宿昔之懷抱，就與凡庸不同，此點特深銘刻其心所不能忘也云云。次獻堂亦起述感想，略謂今日於此，我一新會幹部總出，男女會員多數出席，揭會旗、唱會歌，以歡迎二位，蓋待二位為台島中最可敬之人物也。自己對二位最感心者有二點，其一乃二位之犧牲的奉公精神，其二乃二位不重感情，順趁理性，不為私情而拒與人協力於公事，此二者是我台人之最難處，而二位之最慣為也云云。韓君起答謝詞，並謂人生處世作事非有堅固之信仰，非能確認耶穌為絕對善之顯現，則所為亦無益也云云。余亦起謝並略謂，對年少在坐弟妹敬請致意韓氏之言，又諸君若肯自致身於社會，萬事皆以社會公眾為出發點，則諸君可免憂慮無力可為無事可作，至微小之我而有今日者，蓋以此生非一己之生，是以至今不敢有所自私。我今四十有六歲，尚無一錢之積蓄，我妻及我子女七人，我信我若能徹底我之所信，一切投入於社會，則自有途徑可行，事無大小，一切都能解決。我過去之遊學非自家之力也，向來所作之事非自己之智力過人所使，然到處都受同志同心之人所支持，故能有今日也。諸君請勿疑，若能置身社會，愛人者人恆愛之，處大作大、處小作小，終生應有無窮之佳景焉。又對於年長先輩，余敬告此回上京目的在謀白話字問題之實現，不幸而不能，時則將擬在京起學寮，以助後進、以待時機、以作準備云云。今日之會感銘實深，會中台中州高等課警部傳言督府石垣警務局長之意，謂明余上北時要獻堂同道往會，局長有要談，獻堂應承之。

二月一日

急行車與獻堂、韓君同到台北，立即與獻堂至警務局長官舍，蓋以局長之意指定在官舍會談。時局長尚在公所，候十餘分局長始回，敘禮後彼謂今日煩二位來舍，所要談者是關於台灣議會請願之件，聞於一月卅日經以郵便發送，對本件當局希望中止，其理由有二：一、本請願與治台根本方針完全相背反，絕對無實現之可能性，若像順地方自治原則之北海道道會之請願固無不可，但若像以往請願者，終屬徒勞，又恐對母國民之心感有惡印象。二、當局現正計劃改革地方自治制，而中央政界多持反對，其理由謂台灣人每年有台灣議會設置之運動，斯舉乃主張獨立之前提，於今施行強力之地方自治制，必能助長台灣議會運動之力強化。督府當局為欲打消此種反對理由，又料地方自治之改革亦諸君等所熱望，故以懇談希望中止請願云。獻堂答曰：台議請願與地方自治改革是別問題，而欲使之混同以作反對是無理也，若云台議請願是叛反之舉，是乃反對者所慣用之詞。台議請願之中心思想是主融和，況且台灣既往無獨立之歷史，人民少數，經濟不能獨立，土地偏小孤立，無獨立之可能，此言前亦經對原首相說過，叛反獨立云云者實譭謗之詞也，又本請願乃多年來之繼續運動，關係人不少，非我二人可以專決其行止也。石垣局長重言無論如何當局總要諸君中止是舉，獻堂答願書已經發送，本回無可如何，次回再作計議。石垣氏謂願書尚在中途，君等二人之態度若先決定，自有中止之法，獻堂答曰我之立場惟望局長理解，自己之立場是要以多數同人之意見作自己之意見者，多數若要請願，我亦當請願，多數若不請願，我亦不反對也。局長依然反覆要我二人決定中止之態度。至是我聲明以一己之責任與獻堂無關係，對石垣氏開陳鄙懷，略謂我雖自覺鄙陋，然亦有自負，願列為政治家之末流，以期改革台灣之政治於今二十載，不要地位不積金錢不為身家計。我是絕對否認暴力，故不以暴力為運動之手段，然若反對者欲加我以暴力之時，我則甘受其暴力以維持我之主張也，我之心性如是，志願如是，望一個人之石垣氏理解。當局要勸請願中止，何不在前，況前我亦曾受中川總督個人之勸告，我亦經明答對個人勸告無用，今我二人若如貴意決定中止態度，則信義節操何存？貴下等為政治家當能體會此中之大義。至於台議請願之舉，我不信為絕對不可能，蓋國家之政策非永遠不變，內台民眾若真實期望雙方之人格的之一致融和，我信必依此法，當國事者倘不能理解而欲強行向來之策者，將來之大局可悲觀。地方自治之改革是現當局自身之政見，自案尚不能行與否，而強他人放棄主張是何謂耶？台議設置請願係純合法合理之運動，不用暴力不用多數，只僅限於一種之政治教育之行動而已，對於國家有何不利？台議請願歷史已久，犧牲已多，誠不可簡單而了事也。我斷不能表明何等態度，但閣下若希望將貴意對請願諸同人商量，我現擔任實務，當負其責，但世間若以閣下之勸告解為一種之壓迫，當局甘受乎？局長答曰：是親切也，斷非壓迫，君等在商量決議以前，願書必著介紹議員之手，將以何法阻其提出？獻堂答應以電報託其暫時相待，遂告別，談約二時間。我二人即歸旅舍高義閣，集萬俥、韓石泉、蔡式穀、呂靈石諸君商議。獻堂引受疏通島內，我上京疏通在京之人，式穀君起草電文交呂靈石君發送與渡邊、清瀨二氏。

夜與韓君會陳逢源，問其本期何不參加請願，彼先答以羅專務之意見，故不參加。我謂斷無是理，君與請願有特別關係，專務斷不能干涉至是。彼乃答自己對台議之見解也有變換，第一，預算審議權有不可能處（彼謂國家預算不可分），第二，現時議會政治已經不合時代要求。我謂第一點不成理由，向來反對者亦有此論，第二點正為君之中止理由也。噫！呈祿本期亦無參加，未知何意！

二月六日

去二日與石泉君搭扶桑丸出基隆。四日在船中韓君接家中凶報，謂母病重要即歸，韓君非常憂悶，五日無船期，乃在福岡市一宿，韓君搭今日之蓬萊丸歸台，余送其出帆，乃自下關搭車上京。噫！此行之預定已半被打碎，萬望韓君母堂康安無事，余之所欲為者，希不再為事故阻擋，預定之事變更，實覺大不自在。

二月十日

今夜與林呈祿、吳三連二君在田川大吉郎先生家會商，對總府警務局長勸告中止請願之件，將定如何態度。呈祿先不明言態度，三連當對他表示不滿，余亦詰其何不提出願書，彼謂因急要上京辦理社務，一時忘記，雖有些曲折，幸得一致決定提出。田川氏謂提出方謂正當，方不失台灣人之政治節操。

二月十四日

與眾議院方面之介紹議員及自前有關係之同人交換意見，又接台灣由獻堂及萬俥君來電，亦皆主張繼續提出。乃最後決定觀看議會政情，一任清瀨、清水二氏介紹議員相繼提出，而貴族院之份因電文不明，渡邊先生經於二月八日提出了。本期請願人林獻堂氏外，一千四百零三名，楊肇嘉氏不參加。於一月卅日余由台南以郵便小包發送渡邊、清瀨二氏。

今早於呈祿之旅舍麴町會館再與會談，知其心境並詢其此去之目標何在，他答「過去卻有多少志望，現在已皆灰心，請勿對我期待何事，我是已經自殺，屬於過往之人」噫！是何言哉?聞他此回上京有帶社務，但為其子益謙就職官途，頗為奔走。

三月七日

劉明哲君由滿州歸台途次，前日來京託吳三連君轉信，希望與余面晤，乃與之在中華第一樓午餐。此人現在賣阿片之事業，余實不取，但彼前欲著手時及此次面晤，皆自坦白陳謝，其乃出於家產已傾，實屬不得已，非賣良心而所樂為者。余殊喜其坦白而能自責，余與彼毫無經濟的關係，但彼對余自有多少敬重之念，余亦甚同情其拋妻子遠出不在，故常過其家探望其妻子，今適彼歸台，余乃將對新民報社此去之經營，欲專任萬俥與其堂弟明電，託其對明電明言且提其自重。

三月十日

過午突接台南黃國棟君來電，報其姪女鶯明日與張海藤舉合婚禮，余心大受擊動，直呼豈有此理！噫！余心誠覺可惜不已，殊感如「兩年來傾心血於琢磨而將完成之美玉，一時失手落地粉碎了！」噫！余深深期望此珠玉能成余所琢磨之最高藝術品，而今歸如是，余痛惜之珠玉，爾其知之乎？林攀龍乃余最信賴之同胞青年也，他現年已卅四，尚未配偶，且此配偶之適否，大有關係將來之活動，且余深痛我台人之家庭紊亂，故向來亦多關心於青年男女友之婚事，余所撮合者於今已有十對，黃鶯女士乃台人所罕見之女中人傑，現將卅歲，當其畢業高等女學校時，其父即強其匹配高商出身之劉某，是乃台南新進土豪之子，鶯拒之，無奈其父決以父權貫徹，鶯遂逃來東京後，得其叔國棟君援助入女醫專，三年前業成歸台。其叔為其婚事焦慮，每有求親者，鶯皆置若罔聞。二年餘前國棟君求余援助，余適為攀龍君物色中，又極感此女之志向，乃居中為他倆介紹。余深知攀之性格，他視結婚是極神聖，是要以極純潔而又是自然發生之愛，方為他希望之結婚，奈何現下台灣之社會狀勢不能應此要求，余為他苦心，實在此點。攀之父母多年來為此用心皆不成立，故已死心，不再為攀之結婚掛心，其父曾對余言攀體弱或者性交不能，他若終身不婚，任其自然可也！余以極苦心之方法介紹三四人與攀君相識，鶯女士亦其一人。攀君始終冷然如水，鶯女士外皆不能久待而他適，獨鶯一見攀後戀慕日深，對余告白未曾見過此等人品，余深驚其達識。鶯常寄信與攀，除一二外皆不答，鶯亦不失所望。無如其叔為鶯計，要求其轉向甚急，鶯因此致生憂鬱，亦曾不告所在他適數日而回。其叔勸其斷念，曾當面告鶯，攀會早死，鶯應日與此人一日之夫婦足矣。余由其叔聞此言大受感動，信此女為攀之最知已者，亦信其必能成立，當余將出發來京數日前，鶯以余所暗示之法果得攀之復函，文雖無涉及何事，然鶯之喜慰莫可言喻。鶯示余彼信再求余之助言，余亦只能以信望愛三字堅其心，並告其所應勞力之事數節而別。噫！余失檢點、失勞力矣。余此回上京於此事誠不忠也，臨發而不對攀君傳告鶯女士「一日為夫婦足矣」之言！余深悔之，余深自責！今雖接鶯女士結婚之報，余不敢為彼女喜，實知自己無能以成其志，余實覺有辜負她，攀在無意識中之辜負亦非淺小。余歸台時當面責之，鶯有此轉心而又如此之急速，必有其悲絕頂之事也。嗚呼！余失了余之大藝術品，余失了余之詩歌矣。植村環姊聞余此歎聲，她極力表示與余同感，告日作前半段亦不失其美也云。

三月十三日

今閱攀龍君來信，始得了解黃女士與張氏結婚之意。攀君最近表明其有意中人，攀君並不提及黃女士之事，彼謂決意以自己作例，破除從來禁止同姓結婚之弊習，經以此意對其父母告明，現正遭其大反對，彼又謂無論如何必期貫徹。噫！我想必有一場之大風波也。

三月十五日

第十四回之台灣議會設置請願書今日以清瀨一郎、清水留三郎兩氏介紹提出眾議院；貴族院之份經於二月八日以渡邊暢氏介紹提出。

三月十六日

受岩波茂雄之周旋，本日中午於神田昌平橋畔之末ハッ與木下信氏、矢內原忠雄氏會食，交換對白話字普及之意見。矢內原氏特作一文朗讀，言言句句皆出其肺腑，余殊感激，岩波氏亦大表贊成，謂要將矢內原氏之文付諸印刷。木下氏問余何不熱心普及國語，余謂國語普及，假以時日，漸次進行固可，專主國語而無視台灣話是杜民眾進步途徑，倘當局能許可白話字之普及，余亦當協力於國語普及也。木下氏謂余必有其他之私心，余曰余有何私心乎？文字之形將採何種方式，請設研究會公決可也，余絕無固執彼此，余初欲採用羅馬式，因伊澤氏絕對反對，故改如現之提案，若必強余使用總督府所使用者，必令後代恥笑。蓋余知某不堪於使用也，若謂余何必苦苦主張此法，非余故意豎異而挑戰於當局者，余倡道白話字普及之議，係自大正三年末對坂垣伯與林獻堂氏所設之同化會建議時起，現有林獻堂、甘得中等生存作證。時余不過廿五、六歲之乳臭青年，余有何私心？余自覺是一種之使命也，當目下之難局，東洋各民族之人心如此離散，似余此種提議。且余向來絕對反對暴力，因此失去無數同志且受無數之謠言中傷，又再卑辭求諒解協力於諸君，不幸而終歸於徒勞而無成就，余將復奚言哉？東洋之將來以此可卜而知也。

三月十七日

自月初就想作一農民歌謠，潛思嚼句，有夜不能眠，殆一週間詞乃成。同時余之胃腸亦漸覺異狀，時覺微痛，體甚疲，想是入京以來以台議請願問題以及白話字問題繁於往來又兼作此歌過於思慮所致，幸得自加攝養，今已恢復元氣，曲亦作成名為「作穡歌」，前日抄寄回家與素卿誦讀，並告以此歌中農人所陳敘之情境，實亦吾等退去半生之情境也。近者大覺體力較前有差，如視力則自昨年夏天以來，漸見遠視之度增大，但尚努力不用眼鏡。

三月廿三日

此回提出之第十四回台灣議會設置請願，本日於眾議院請願委員會被決不採擇。

三月廿五日

今晚淑姈與羅萬俥君之長女秀卿隨林獻堂先生到京，余深痛我島同胞之生活乾燥、趣味低下、精神生活殊乏內容，而外界之惡劣娛樂著漸浸入，且余深歎向來在各國各民族之藝術多為金錢之奴隸，不得輕易與大眾生活關係，遂失藝術本來之面目。余謂藝術乃天真生命之流露、生活之色澤、心神之安在所也，有人生必有藝術，人生方有內容、方有感興、方有高深之活氣。故者番決定使姈兒上京，轉學於英和女學校之第二學年兼學舞踊之基礎，將來女學畢業後專攻舞踊一二年，然後歸台作斯道之新運動，淑慧之音樂亦可合作。余意此子在京所學是基礎，將來必自行創作，能適合台灣及大陸民眾之歷史人情方為合適。且從來家庭婦女子之舉止不甚優美，趣味亦甚低級，體育不良，在各家庭或家庭與家庭之間殊少聚會嬉遊，故將來務宜對此方面特別用心鼓吹，美化家庭生活為最切要。至於公開給多眾觀覽，見機而行，必不可墜於賣藝為生也。藝術乃聖靈喜悅之表現，斷不可時刻違離愛心，倘若以藝術為賺錢之機會，是與妓女無異，是滅亡者之所為，是背余之所期望者也！

四月一日

隨獻堂往訪伊澤多喜男氏，伊澤氏謂今後之滿州經營得否，大有關係日本之將來，詢問獻堂之見解以作參考。獻初甚謙退不敢直言，伊澤氏乃謂蔡君之性若讓三分與林氏誠妙，獻乃答曰：他方面則不知也，若於宗教方面，受蔡君之影響非止三分想有五分以上矣。噫！豈有是事耶？

四月六日

今夜列席國維會所主催之懇談會，是會乃安岡正篤氏所領導之團體，朝鮮人林錫胤君以外十餘名亦在席，余被指名，乃作二三十分鐘之談話。略謂台灣雖偏倚海隅，然其島中山峯高入雲霄，係東洋所罕見者，其島民雖多鄙俗庸凡，然亦非無高深中正之名流，諸君幸勿輕輕看過，以日本帝國之名，從來所行在朝鮮、台灣之政策，若以帝國主義而言實大成功，若以王道主義而言誠大失敗。在台灣雖再翻幾次失敗，亦必無事，然於滿州則雖半次之半亦不可也，朝鮮人諸君因已失其所望，頻以暴力計謀獨立，余敢謂是乃自殺行為，日本若有倒壞之日，朝鮮或有獨立可言，若不然，日鮮是斷不能分離。再者從來日本帝國之為政者皆唱同化主義，以台鮮人之體驗而言，同化實為壓制生活之別名也，受人壓制而又歡心從順，此犬馬亦所不為，況於同有文化之人乎？吾人與歐美人彼此大有所異，但我極東民族同用一種文字，同是食飯，日本人中所謂姓ハヤシ者，其實是中國之姓林者，吾儕同文同種原屬一家，非同歐美之關係，況兼有德者王乃為我東洋先哲之箴言，是故我東洋民族間之大真理不在獨立而亦不在同化，乃在尊重人格自由之德政與王道也。余謂在我台灣受山高海闊之薫育，自十數年來所提倡而不已之高深中正之道，實基於此，是乃台灣議會設置之主張也，除此主張而外，余等以為無有解決鮮台與本國間之方法。惟望大家眼光洞澈勿為目前小利所遮蔽，台灣有識者十數年來捨卻多大犧牲所主張者，實為大家共同之進路，今年台灣當局用私的勸告，思欲阻止請願，吾人已不顧而提出了，明年不知將再作何措置，諸位勿作旁觀是幸。言後有同會之理事起述感言，謂彼於吾言得許多從來所未得之暗示，銘感殊深云。

四月七日

午前九時與岩波茂雄氏同道訪伊澤多喜男氏，交換對白話字普及之意見。彼謂日本國語當為台灣之標準語固勿論，但世有痴想，可將台灣語廢棄盡用國語者，是乃夢想至極，彼絕不贊成是說，為救文盲而裨有進步之路，以台灣語為補助語而普及白話字，此係彼平素所贊同者。我再問表面上可用他之名義發表是言乎，彼明答無妨。余得此言喜慰莫名，與岩波氏歸後即告獻堂，彼謂君之歡喜固當然也，但是白話字之普及，彼是依然悲觀！

四月十日

得矢谷氏介紹與東道，午後率淑姈往日比谷蚕糸會館就露國人パブロ―バア女士學舞踊。

四月十二日

朝會矢內原氏，述已得伊澤氏積極贊成普及白話字之事，且設問萬一當局以余亦作台灣議會請願之故而加阻礙時將何為?彼答曰當以白話字為重。昨日幸亦已得安岡正篤氏積極贊成，許諾余在台灣使用彼之名。此番滯京近三個月，對白話字問題新得伊澤、安岡、岩波等之積極支援，余實加勇躍百倍，歸台後應即開始活動，為最後之努力，不幸而再不如所願，是天命也。

搭夜行車與獻堂出京，預定在神戶三天，然後歸台。

四月十九日

本日午後三時許平安抵台北，羅萬俥君殊慇懃相接，余心甚感謝。余前月在京，經向劉明哲君言明，欲將新民報社余所在地位讓與其堂弟明電君，望他與羅君協力支持今後之新民報。余在京中，羅君經將余之持株百株份之第三期拂選金代行繳納清楚，余殊不欲牽累羅之用力，乃極力推辭余之地位。彼不相聽，余乃再辭每月之手當金五十圓，彼又謂余對報社所盡之力，每月僅受五十元之報酬，眾重役皆以為過少，自以謂報社基礎再加安定時應該增額，豈可連五十元之手當亦要辭退，余之提議皆不被容納。

四月廿九日

官廳欲侵其力量於長老教中學，近來努力最為露骨。適有林茂生與上村該校教頭勢力競爭深刻化，林一派利用後援會及財團理事會之決議迫上村辭職，上村不服，乃藉口謂因他引導學生參拜台南神社故被革職，並肆口宣傳中學作非國民之教育，大激內地人邊之公憤。在中學之內地人教員七名亦連袂辭職，亦有提出改革要求之案，內地人方面甚至提出否認學校之存在，決議並詰責林茂生之專橫，迫其要辭職理事、理事長等職，與中學斷絕關係。林大恐慌，發一聲明書揭出諸新聞紙上，略謂此回之事皆出自學校平素之經營不得宜，學校之經營皆屬二元的辦法，當改為一元的，當加重國民教育而減宗教教育，並提出數節改革要求，否則他亦要斷念而與學校斷絕關係。余對此偽善巧吝之徒，平素以信仰世道多受其蒙蔽已抱十分不滿，今竟敢身居學校主腦地位而大聲指摘學校，有如官邊內地人所指摘者，期求洗清自己立場。於是見其天良喪盡乃不能再忍而作沈默態度，本日在新民報上發表排他之論以警戒之。內表弟侯君全成亦大不滿茂生之假冒信仰大昧良心，且憤慨教會中多不能認出此虛偽者，而欲作其後盾以成其肆志，乃怏怏不樂。先月發信於東京，要余代他購買聖畫聊慰胸懷，余大喜其良心能如是敏銳，殊受其慰！余一面勸中學長バンド氏今後之經營當與日本內地之有力教會連絡，不使權勢侵入學校，保持信仰自由為必要，仝氏表明同意。余再一面對台北日本基督教會牧師上與二郎氏，勸其乘此機會對中學改革問題積極與英人協力，上氏亦甚踴躍。

五月十日

草就白話字普及趣旨書已得韓石泉君贊成，此後兩三個月間預定往島內各地招募贊成者，用作一種輿論之表示。島內完了後，預於八月中上京請求中央人士協力，余料想若中央人士不積極協力，此舉必歸無望，那時余尚有何面目以見江東父老？余決意不歸台灣也！

八月六日

二日上北再次訪問督府當局，敘說白話字普及業經得島內人士一百餘名之署名協力，定本月末上京再請內地人士協力，求當局鑒察輿情，預先考慮，務期本島社會教育及早振興，培養民力向上，為治台之最大急務。文教局長安武氏直言他對此舉絕對反對，國語而外欲期台灣語為社會教化用語者，實大違背統治方針，決不能容納。彼且勸余曰：君實島內之有力人士，欲期島人向上，當以國語教育次代國民，若現在之成人無教育者，他們於數十年後當應死盡，而君偏欲教化他們有何益哉？如此無望無益之事，君宜斷念。余憤然對曰：爾言過於簡單，現佔本島住民之最大多數之無教育者，他們此去久久任死不盡，他們若永與教化無關涉，台灣社會狀勢是永無進步之日，欲故意待彼等死盡而望台灣發達是正絕對不可能之事，欲任此等無教育者於無能無為之中全部死盡斯時，余斷台灣社會亦必同時崩壞，決無次代國民之發達可言，台灣而欲進步，必以現在之無教育者得沾教化之澤為條件。安武氏謂他與余之見解不同，議論無益。余亦謂我必不以局長之言而失所望，我一定繼續努力，待來秋十月歸台時，得再與安武局長面議此事為快。（**余暗識其以政界變動，彼或難留在現在地位，以作威禍**）與安武局長面會後再訪中川總督，告以調印完了不久上京之事，且告先刻會文教局長，他有表示絕對反對，總督貴意若何？彼作微笑謂，君之所信未為全無道理，余不絕對反對，但府內之空氣不甚良好，君亦宜深加考慮云。同時中川總督謂昨年之台灣議會設置請願運動，對君及林獻堂君皆有勸告中止，君等以時期過緩中止不及，答應今年就此勸告斷無過緩，祈亦將此意傳之林氏云。後會石垣警務局長，彼亦以台議中止之言相勸，並重言今年若再不聽相勸，當局亦必加以重大考慮！噫！噫！是何言歟！

霧峰一新會自今日起開夏季講習會，余負擔講義四時，主題「天文常識」。

八月十六日

今日出發台南，定十八日之蓬萊丸上京，努力得實現普及白話字之事。本預定月末上京，蓋以獻堂亦經受中川總督勸告，放棄台灣議會設置請願運動，原定來十九日要開同志者會議以決行止。余自前月就有受當局勸告，爾來暗中詢問各地重要同志之意見，都謂於此非常時，中央議會政治無力、暴力橫行、言論閉息之時，繼續請願無意義也；一面呈祿、肇嘉、逢源三人已從去年就經轉向不參加，即此可知大勢業經去了。余再探問各同志對白話字普及之見解如何，斷言無望可得進行者居多，其中獻堂、萬俥君之斷言最刺激余心。萬俥君且勸余要識時務，將台議及白話字之運動皆且放棄，駐在東京專為新民報社辦事為上，余聽是言不禁絕叫余不能也。台議設置及白話字普及乃余半生為台灣向上計，放棄一切努力主張奔走至今，而今竟以外力壓迫而一併放棄之，是則余之自殺行為也，二者乃台灣進步之兩大要事，若不能兩者並行，余亦當死守一方始得俯仰無愧。蓋余自識人事進入實際運動以來，盡以信仰人格為中心，專願真理反對暴力，於今一貫不敢稍怠。若論外方壓迫，二十年來波浪重疊已經飽受數次；若論同志漸見減少，最初之一念蓋非他人授我者也，余信上主、余愛真理、余欲台灣向上進步，余自擇此兩問題傾注全力以期解決。如是勞力正是余生存於台灣之意義，余若就此兩兩放棄，從前所為之言行可謂悉歸為偽，余豈可為哉？余豈能為哉？余於是乃下最大決心對家族及島中幾位親戚親友宣言，白話字普及與台灣議會設置兩問題，一為島人全體精神向上唯一途徑，一為在國家社會生存保障之必要條件，一是為內面生活之充實，再一是為外面生活之保障也。今已不能兩兩並行，余當以獨力死守白話字普及之解決，故決意急速上京以求中央人士之協力，余信此事實為真理和平建設而努力者，上主必加憐憫，有心人亦必協力愛護之也，萬一不幸若眾同人所料想，白話字問題依然不能解決者，余則斷然萍浪天涯不蹈島土以見我父老也，余志如是天父其垂鑒。

八月十八日

今朝十時出帆基隆，回首遠望故山，隱現天際雲霧裡恍恍若作長夢然。噫！台灣乎爾其知余此刻此日之心境耶？船體巨大乘客多眾，然余實猶天涯之孤鴻焉。

臨行羅君重勸不可執著，當因時制宜方為政治家之本領，余默默不答，余心中則疾乎曰余不願伍於塵俗政客之列也。羅君又託擴張東京及大阪之廣告事務，爾來自發刊夕刊版以後，新民報每月經濟不足二千餘圓，彼自身於九月末亦擬出馬交涉，欲余先為努力，但他自立一案，欲實行包辦制度，余知是屬拙策，不當面反對之也。

八月廿二日

今早抵東京，途中寄足大阪，向中川氏相議新民報之廣告事務，東京之宿所定在吳三連君處，受其夫婦之雅意。午後由上野搭車到羣馬縣之那須溫泉會矢內原兄，叩問其意見以決行方針，夜與同宿。

九月廿四日

抵京以來經一月有餘矣，此間專心致意與元總督伊澤氏及其派下之人接洽，期得其諒解協力。因伊澤氏避暑在輕井澤，余由東京往訪三次與其派下之人木下信、平山泰二氏等接觸不知凡有幾回，但總不得頭緒，余焦燥甚，未作一信回台告明經過。

這回在京活動，幸得林攀龍君亦適在京協力奔走，而又幸得岩波茂雄君十分表示同情，作懇切之援助，受慰無限，得力良多。蓋岩波氏乃木下氏之至友也。

八月廿五日以大速力印成白話字普及趣旨書，與攀龍君同道往輕井澤。先訪田川大吉郎氏，告以上京事情並告以欲訪伊澤氏，彼深有所感者然，乃謂彼亦同行，余殊感意外。三人到伊澤氏別墅會談，余對伊澤氏曰：關於白話字之事，今春幸得先生指示方針，極力支持，歸台後訪問島內各地內台人中之最穩健人士，幸已得百有餘人之贊成，今日特來奉告並請先生再示方針，方可進行東京方面之運動。者番倘不幸不得東京有力人士之援助協力，白話字運動之今後是絕對無望，小生亦斷然放棄，誓不再回台灣，故此回實為小生之最後努力，特來先求先生之署名贊成也。仝氏微笑向田川先生及攀龍君曰：此子疊發如是之言加壓迫於余，但可謂一絕大之熱心家也。余深感心其乃父能名其名！余亦笑答曰：小生先嚴易卜知我命中欠火，故以名加之耳。大家哄笑一番。攀龍君謂由蔡氏聞知先生自前對白話字運動甚然理解，者番務期實現，敢望先生直接賜援。伊澤氏約細讀趣旨書之後乃作考慮，遂辭別。彼後余單身再訪兩次。彼命與木下、平山二氏接洽，二氏之意即彼之意也云。

今日始得木下氏允許實際開始運動，彼等決定支持，但恐因事關重大，萬一不能順意時，余或有失足失望之虞，木下氏謂彼當留作彼時救援隊，故暫不署名，命其派下平山、井上、橫光諸氏先署名參加是也。噫！於斯事始確實望見曙光，喜慰奚似，乃即打電回台對獻堂、韓君告以已見曙光，又因新民報社每月缺損一千圓，上京時羅萬俥君託在東京、大阪交涉增加廣告，幸得中川氏極力同情，亦已獲得方案，故亦發電通告羅君已有曙光！

十月廿二日

永島忠重翁者乃明治維新時之志士新井奧邃氏之高弟，其信主耶穌之心殊篤，因見世態日非，不願與世同流，現隱棲於此，子久木之高士也。余於昭和三年出版《日本本國民に告ふ》之書，翁讀余書乃寄信相慰，嗣後常有批信來往作紙面交流。殆去七月中翁惠贈其著《奧邃先生傳》，余寫信道謝，並告不久將上京甚望面謁。及余到京，朝自七時出門夜及十一時許歸，日日奔波未遑顧及訪翁，而翁不知如何探知余住吳三連君家，寄書約相面會，余甚恐縮，乃約本日在新民報支局聚會。一見大為其高雅風度所感激，並蒙種種教言獲益殊多，翁深表示同情白話字之舉，自為署名亦為作書，代請前首相齊藤子爵援助。余一海島村夫，能以上述經過交接如是之高士，幸奚如哉，是誠全出於天父上帝之恩典也。

十月廿四日

羅萬俥君自十日前到京，今日與他及吳三連君訪中川氏於報社東京支店，商定擴張廣告業務方策。中川氏對羅君問曰：聞足下有辭新民報社專務之意，未知實否如何？倘不幸是真，勸留任繼續經營，余方敢與君商定方針，聊助一臂之力。余與君素不相識，是因蔡氏乃能識君，蔡氏對余極力推重足下，蔡氏且告以君若辭，彼亦必同其去。就余現今及往來有意願效微力於貴社者，實因感激蔡氏那樣為正義奔走，不忍旁視，蔡氏專任足下擔負報社之責，足下若辭職去位，蔡氏亦必取同行動，如是則余雖欲效力亦無意義，君須先表行止，我等方能進行商議。羅君答曰：願聽尊教，請示方針。中川氏乃大喜，遂示改革之策。噫！有是事哉！

十月廿七日

因大阪方面之廣告事務，羅專務希望余寄足大阪交涉然後歸台，故定廿九夜出京，搭卅一日神戶出帆之便船歸台。白話字之贊成者調印以今日為止，伊澤氏前約彼之署名於最後再作計議。今日下午二時訪他於日本俱樂部，先是一週前羅君招待仝氏，等晚餐時席中氏又以台灣話音高吟漢詩，余唱自作之「作稽歌」答之，氏乃命將歌詞抄呈。今日會他先將所抄歌詞呈閱，彼命説明，乃為之説明一番，彼大有所感者，然及余將啟口報告署名經過，彼即截余之言曰：請讓我先為你報告。彼乃述彼會中川總督，關於白話字之件所陳之言謂，台灣島內有四百餘萬之文盲民眾，對此等需要付與一種簡單文字，裨其得表現各自之意志及接觸外界文物者，實為人道上所必要。蔡某關於此事非常熱心，彼自案出一種文字，余不能判別其適合與否，望當局與他協力研究云云。仝氏請問余會過了中川總督乎？余答此回在京尚未，彼即教曰當於彼之進言尚未冷卻時得總督之諒解為切要，促余要即往會總督。余於是又大感銘他之誠意，乃深謝之。於是彼乃笑曰：如是我又要署名乎？余答曰：先生已作署名以上之協力矣，但恐若不署名，無理解者致生懷疑。彼曰：無理解者任其自由可耳。余乃曰：若有問伊澤先生何不可署名時，小生可答之回余亦不署名在內，君何不怪，獨問伊澤先生何？先生乃提倡者之一人，余既不署名在內，伊澤先生不署名有何怪哉？以此答之未審先生能許我乎？彼大笑曰：是乃你之自由。彼又曰：對此問題之進路是我指示你者也。於是彼乃接過贊成者名簿從頭閱覽，嘆曰：蔡君，君亦有如是能力可鼓動這般範圍之人士，誠堪感心。余聽是言不禁感激之情涔現，且告之曰：小生於去兩個月餘：朝夕不息奔走行路時，口吟呈閱之「作稽歌」以自慰也。彼亦表示有所感動者然。

　退出乃即往謁中川總督於其私宅，余問伊澤氏有所進言確否，彼應曰然，且又曰伊澤氏不但云是彼謂欲使台灣人盡用日本話屬不可能之事，又是不可為之事。余又問曰總督之貴意若何，彼應曰若如君所説明，白話字普及無害國語之普及則以為可以也。余乃謝之並曰若如是，小生則可安心歸台矣。

噫！回顧過去二個月餘之活動，實余半生所未曾有者，因此自覺眼力大為減退、頭髮亦加霜白，然余之心境則甚緊張，殊覺充實大有希望，感謝滿滿幸福無限也。此間凡有努力皆有見效。如對岡崎邦輔氏因其轉地療養不在，余前後往訪十回始得達到目的。如對永井柳太郎氏，余自訪他四次，攀龍君訪他一次、寄書一次，植村姊亦訪一次、書一次，終不得其署名參加。但余最後對他表明決心，謂余對台灣有二個奉仕目標，二者不能並行，余必擇其一方願干休，先生亦愛人愛國之士，余之鄙懷必能垂察，余初最抱期待者實先生耳，而今竟然不能如所願，遺憾實多，但余若因不得有力者之支援而遂失敗，亦無退悔，蓋余已盡余之最善、守余之理想，余德不孤必得冥助，基督雖死於十字架之慘，先生亦深知其非失敗也。余言至是，彼乃愴惶慰曰：余之不為參加誠不得已，經於書信告明理由，台灣當局應開路令君試看，彼等若不開路而加無理壓迫之時，請即打電通知，我當設法。至於台灣當局熱心國語普及是誠緊要，但普及國語之事斷不容有無視島民實際生活所必須之台灣語與漢文，此點意見倘有必要，君亦可以僕之名公表云云。彼雖不署名參加，亦決非全無誠意也，如此情況余此番到處皆侃侃直言不諱，得有誠意之助言助力亦屬不少也。余歷一事經一事愈覺明知信望愛為人生一切根源，保羅先生謂愛是最大然，余覺三如一，一如三，三者一體，一大則其餘亦大焉。

十一月十六日

自京歸來即訪當局傳達東京各界之意見，請其諒解，警務局面似有同情理解，文教局尤其是安武文教局長表示絕對反對，因此感覺有再鼓吹輿論之必要。自數日前在南重印趣旨書，今夕七時起以韓石泉、侯全成二君名義招待台南市諸同人及操觚界人士開懇談會，出席者四十餘名。余報告在東京經過及諸名士之意見，就中對伊澤多喜男先生之言即「台灣有四百餘萬之文盲島民，須付與一種簡單文字使其可以表現意志，並指外部文化是乃人道上所必要」云云。對此諸同人決議連署，發一感謝狀與伊澤氏。

十二月六日

東京慧兒寄來一信，我夫婦讀之非常感慰，乃復信表示所感之一端，並勵其要加奮進。至今余等傾注能力之大部份教養此子，而今彼年已二十一，學業再一年餘亦可告終，茲乃又能告白其信仰之內容至此程度。噫！感謝上主大降慈悲垂憐下懷，俾得收此美果，我們于茲聊可解除教養之責，可將此子交還上主，任其直接與上帝。幸奚如哉，喜奚如哉！願天父憐憫使我等再能盡職於他兒焉！阿們！

余憶十年前在獄中作一夢，余立一台上被一群男眾圍住講演，望見慧兒另立在一方台上被一群女眾圍住，亦在講演教導她們，余醒時喜慰無限，而今其情境猶歷歷然可見。嘻！上主其有使命於此子乎？

十二月十四日

今日午前與林攀龍君同行歷訪台北市內對白話字問題表示贊同之各位及各新聞社。午後二時起在城內明治製果喫茶店招待在北新聞雜誌操觚界人士，說明白話字運動之內容並請其批評及贊助。出席者共四十餘名，先由攀龍君致開會辭，次余起述，一、白話字運動之經過，二、內地中央人士對白話字運動之意見。就中舉永井柳太郎、永田秀次郎、齊藤實、伊澤多喜男四氏作例。永井氏謂拓務大臣在任中自己對台灣教育特別留意，見國語普及之遲遲不進，特示方針鞭撻當局，國語普及誠絕對必要，但國語雖要普及，漢文台灣話是不可無視，若無視是必妨害民眾之實生活，故白話字運動若無妨害國語普及，是有必要也。永田氏謂因余熱心世界語之普及，由獨逸有人寄書來詰問余曰：聞君為日本之愛國教育家，而乃熱心於世界語者，何也？若我獨逸之愛國者則不願為也。余答之曰：余因愛國故熱心世界語，我日本之能有今日之強大，蓋以其抱有闊大胸懷能取長補短，日本人學世界語與其愛國心絕無衝突，願君等獨逸愛國者亦學我等，俾獨逸強大是幸，與此同其意義，在台灣教育必欲排漢文及台灣話者是像此獨逸愛國者之偏狹也。齊藤子爵謂：君（指培火）之白話字普及之趣旨書經已閱過，此誠美舉，但當局官人多屬保守，非有十二萬分之確信斷不施設新事業，君當諄諄說明，孜孜努力不斷，必有實行之一日也。伊澤氏對中川總督曰台灣有四百萬餘之文盲島民，對此等教授或種之簡易文字，使其得表示意志接觸外界文物，誠人道上所必要者云云。第三說明新式白話字與國語普及關係。後由同志中有二三贊成演說並一二質問，迨午後四時半散會。

十二月廿四日

自前與攀龍君就有相議創設一新會在台南，這番仝君由東京歸來，大有決心進出全島的文化運動，其中心目標是置在白話字之普及，其實行機關是主意擴張一新會之組織於各地，我二人立意先由台南著手。攀龍君自去廿二日來南，而一面侯全成君及施焜鵬君等亦正在思念基督徒須感對社會民眾之責任，另有所作為方可，余乃提議將青年會與一新會合作，二君大表贊成，故囑余招請林攀龍君來招集有志會談。今夜在吳秋微君宅三樓開一歡迎懇談會，先以「基督徒對社會之使命」為題，請攀龍君講演，請其說明一新會的辦法。林君講演中有一句最刺激會眾之言曰：「至今尚未見基督教誕生在台灣」，聽眾大受感動，余固勿言，余乃追加鄙見亦有一言曰：「余素來常謂台灣有舊約的之基督教而無新約的之基督教，今竟由林君得聞至今尚未見基督教誕生在台灣之語感慨無限，悲憤無限。」王受祿君亦起陳感想：「余素自以為說話者唯蔡某（**指余**）一人而已，而今由林氏亦聞如是激烈勇斷之言，我等需要大為反省。」會眾男女共五十左右名，皆本市一流人物，基督徒居多，非基督徒如沈榮、黃國棟、劉清井等諸氏約七八名亦在席。至午後十一時半始散會，余以為今夜之會當有美果可收。

十二月廿五日

昨夜懇談會將散會時，台南州高等課員來傳言曰：現在台視察中之貴族院議員次田大三郎、大塚維精、松村義一及前長崎縣知事有言實四氏希望明朝九時在當市東屋旅舍會談。此乃空前之事，況四氏又是民政黨系之中堅鬥將，余及訊口應承約與攀龍君同席會談。今早如所約時刻相會，彼等問余對統治上之觀感，余乃率直開陳鄙見一時間，簡約言之是謂四十年來僅有制治而無政治，台灣乃世界中最易治者，於此若不能行善政使民眾心服，今後對東亞融和實不無深憂，余乃舉嘉南大圳為例，指摘從來之缺陷。攀龍君言開拓民心為當面急務，以及白話字普及之問題。四氏謂希望閱讀余前所著《日本本國民に告ふ》，百方查求不得入手，欲余購求，余乃將所有殘本贈之。會談約一時四十分乃出，如是熱心誠意之視察者，可謂空前者乎！

中午侯全成君請攀龍君在其宅與七、八位同志會食談心，對一新會之組織具體進行似乎有加一進境，午後三時林君歸中。

十二月廿六日

東京在住之內地友人石河光哉氏乃肖像畫家，本日到南余留之在家，約帶在二週間，並為之介紹諸友俾其得些工作。氏乃故內村鑑之先生之門弟子，以矢內原兄之介紹而與相識。此番之渡台是專靠余之紹介而來者也。

十二月卅日

羅萬俥君以電相招約在台北，再與來台中之貴族院議員次田氏等四氏會談，今朝搭急行上北赴之。本日下午六時五十分於新民報社會齊。同行共七名，羅萬俥、蔡式榖、林呈祿、陳逢源、楊肇嘉、劉明電及余，因次田氏等宿在總督官邸，故於總督官邸內之日本館會見，約談及三時間乃告退。

一九三五年

一月一日

家族現存者九人，余四十七歲、妻四十、長女淑慧二十二、淑文十八、淑姈十六、淑珵十二、淑姳十、敬仁七、淑皜四歲。亡兒維昷若在即十四歲也。淑慧、淑姈在東京勉學，餘皆在家平順起居，淑文長老教女學第三學年在學，淑珵末廣公學第四學年，淑姳仝，第二學年。

岳母七十一歲，與其孫進益自二年前就來同居。內妹水源新逝，其遺子炯明亦寄養在家，現末廣公學第一學年也。傭人二，養、環亦皆乖順勤勉。妻病，幸得漸見恢復，現經與常時無甚差異。所介懷者乃胞弟培士之品性，尚未十分悔改，然亦不無進步，現使其幫助高再得兄整頓崁腳農園。

今早往諸知人處拜正。中午與韓石泉君之家族兩家大少十餘人往高雄登壽山，末女淑皜生後僅二個年八個月而已，能獨自由山頂步行至西仔灣故楊振福君家，全無疲乏之色，余在途中幾次欲抱之，皆被其所拒，實今年第一之奇事焉。元旦壽山登高，今年是第二回。

懇求　上主垂憐俾白話字運動今年得順事進行，又於台南得新創設一新會努力於民眾生活之改善。余於本年務多讀些漢籍，但視力自去年春上京時就覺有減退，至去夏再次上京奔走，以後遠視之度激進，無掛鏡連新聞幾讀不來。至去年眼力未減退以前，余之心境毫與從來無少差，及知眼力減退，遂自不得無梧桐一葉之感矣。噫！余於不知不覺之間春秋已閱四十七矣!!前程萬不能如來程之遙也!!宜加鞭努力！宜加鞭努力!!

一月十二日

兩日前由台中上北對總督府各要人作最後陳情，務新白話字普遍能於近日實現。對中川總督、石垣警務局長、坂口保安課長及文教局內務局方面各關係當局所陳如左。

督府治台方針，謂基於一視同仁之聖旨而期內台融和之實現，余信此方針是出自誠意，斷非門面話。由此方針，余信國家要求台灣民眾有三要事：第一要求台灣人須緊習熟國語，完成統制關係；第二要求台灣人抱有愛國觀念；第三要求台灣人不可與母國人分食競生。余信此三事是國家繁榮上必然之要求也。白話字普及對此三事如有齟齬，當然不得進行，余應自撤回提議。倘若無有齟齬，反有助成國家之要求者，則白話字普及之舉，政府亦當積極援助也。今試略為檢辯。第一，習熟國語之事，余信係台灣人所樂為者。蓋國語乃國家之標準用語，不識國語則無以參加國家之公生活，無以保持社會之地位，若稍有能力者，誰甘自居於落伍地位哉？

習熟國語乃一切上進門徑，台灣人必如此之就下，以求習熟國語。無奈向來殊缺學習機會且無簡易文字可綴寫台灣語作各種學習之媒介，今所欲普及之白話字，正為應此缺陷而設者。有白話字之媒介，學習上當得絕大便宜，不但可以補充教育途徑之不足，即國語普及比之從來應加數倍之速度也。第二、要求台灣人抱有愛國觀念亦係國家當然之要求，然何謂愛國耶？習熟國語便即可謂愛國乎？文教當局力唱國民精神，必由國語普及方可，余則大以為不然也。國語之須要不必重複，若以習熟國語為唯一門徑，則最大多數之島民如現時之教育組織絕對無有就學之希望。即有之，識國語與愛國家實別個問題，如以識國語為獨一愛國途徑，何以在本國有共黨事件，投無數之有為人物於牢獄乎？以愚見愛國觀念是由生存意識發現出來者也。國家能以其權力保護人民，俾其生活得以安定，得以向上，人民能與國家同其禍福憂樂，對國家抱有一體觀念，是即愛國觀念也。以今日之日本國家能力，撥起滿州問題，聳動全世界之耳目，造成一九三五、六年之危機，係此非常時局，正要萬民一心之憂國愛國觀念。而我台灣於過去四十年間，置民眾於不顧，如滿清朝廷放任全島四百餘萬之最大多數之島民墜落於不學無知之境遇，因之道念日低、生活日窮。見此頹勢不忍坐視，民間有志奮起自圖解救，提唱白話字普及，期助長成人教育之振興，說明時局，俾各能自認立場，自知責任，共赴國家之憂患。政府不能自出於此，而反二十年來如一日壓制白話字普及，俾民眾教育無路伸張，如是以往，民智民力日低一日，人心離散不知底止，何愛國觀念之可言哉？第三、台灣人不可以內地人分食競生是亦勢所必然，但若依當局從來之教育政策，務使台人不通漢文、不習台語、專用國語，如是，台灣人則雖不欲與內地人分食競生，不可得也。余敢斷向來之台灣當局之統治政策與國家百年之要求，大有矛盾背馳之處。日本本國地狹人眾，勢必移住台灣、滿州，今後固難得圓滿解決，然滿州之風土絕非台灣之比也，而日本之家風是以長子相續，次子以下必自向外尋覓生路，余謂此原則當然適用於內台人之間，於是乎台灣人此後宜向島外進出，是誠日本國家絕對之要求，能循此要求，台灣人方得謂愛國人民。督府文教局謂白話字若普及，則台灣語一定保存，余謂白話字雖不普及，台灣話亦一定保存焉，何況台灣話之保存如上述關係國家百年大計，實最必要，白話字之普及於國策上誅有至大貢獻，督府文教局作積極反對，誠令人費解。然此是以一視同仁為真正之統治基礎而立論者，統治目標若不是基於一視同仁共存共榮之上，一視同仁云者不過是一種門面話而已。若然，則文教局之反對，余則能理解為有充分理由，余應拋棄廿年來之主張退而為一村野之草莽，何敢再吁吁哉？

石垣警務局長答曰彼整理會，余言當深重考慮，總督亦答於來二月初必予最後的之裁斷云。

一月十八日

王受祿君以胃出血已痦床數日。聞此回出血是第二回，病狀大有可憂，韓石泉君為其主治醫。王君於是決心要停刊《信仰之友》，因病固不得已也。然自半個月前王君尚未病痦，就對韓君有談及廢刊之意，因韓君表示反對，故尚不敢公然表示，而今不幸加有此病，廢刊之事其不可改易也歟。噫！作事不以使命為重，徒以一時一己之興致舉動者，如瓶中之花，如葉上之露，雖日抱有信仰，實靠不得住焉。《信仰之友》發刊只一個年，即此中斷未免太無責任，當商之同信之友，以謀繼續方不貽笑於識者。乃與韓石泉君、候全成君、施焜鵬君等計議，諸君皆約協力，但以王君之家族反對，故王君亦遂不表贊意，決定廢刊。噫！由信仰出發之行動豈可如是之朝令暮改耶?!

二月一日

一月廿九日於新民報本社開取締役會議，定關於第六回株主總會之事件。一月卅日午前十時於本社開第六回總會重役改選取締後，羅萬俥、林獻堂、林柏壽、林資彬、李瑞雲、林呈祿、楊肇嘉及余八名重任，新選劉明電為取締役；監查役韓石泉、黃朝清、楊子培三名重任，新選陳啟川為監查役，另選羅萬俥為會社代表者。午後二時起開新重役會，全員一致推舉羅萬俥為專務取締役，羅聲明絕對拒絕，蓋以其心身疲乏家事不容為理由也。

李瑞雲、劉明電絕對主張羅之重任，謂羅若承諾就任第三期之未拂株千餘口，彼二人應負責設法，不然，彼二人決意脫離關係。肇嘉、呈祿勸羅留任至痛哭流涕。余乃起曰：本社初請發行日刊時，獻堂先生幾次寄信警告余及萬俥君，明言彼斷不能在中心地位，然此事業無適當之中心人物是絕對不可進行。萬俥與汝二人若果欲積局運動日刊實現，羅必先覺悟居在中心努力，羅若無是覺悟而竟茫然運動日刊實現者，污辱台灣人之體面正汝二人也。且又去年羅君曾對余述懷曰：日刊新民報社之成立諸同人協力之功固不能忽卻，但若非汝我二人積極努力，誅無成立之可望也。以上所舉二點是屬至今尚未發表之祕史，余於是何故在諸君面前剖明此事，是蓋欲求得羅君之反省，前述兩層事蹟是可明證羅君設立日刊新民報是出自明瞭之自由意識而作為者，而今諸同人苦苦相勸，而且萬事皆表絕對支持者，是信非君別無適當人物可當任，君若徹底拒絕，不僅有背大丈夫之初志，實乃辜負同胞滿腔之信任，污辱我台人體面之咎其能辭哉？結局以羅之提議互相再考慮良策以圖解決，是日無有結論而散會。

李瑞雲君見羅堅執不下，乃決意破裂，擬於卅日夜行歸屏東，一面羅命文書課長黃洪炎君發任林呈祿君兼任營業局長之辭令。獻堂先生本亦定卅一日早急行歸霧，余觀形勢險惡，乃與明電君分頭攀留大家再留北一日計議。卅一日早羅君閉門在家不出社執務，余乃勸瑞雲君、明電君、資彬君往羅君家繼行交涉。過午歸來報告曰：羅仍然推舉肇嘉及余二人中一人就任，懇請諸取締役一任彼與我二人交涉，李及劉問余決心如何？余即答絕對支持重役會決議專期羅出負面。肇嘉君以米統制問題被選為上京委員，二日將上京，故卅日取締役會後即歸台中，李、劉於是打電話與肇嘉告以羅意且問其決心，肇嘉亦絕對不應羅之推薦在北。諸取締役見余及肇嘉如此堅決取締役會決議，乃定暫如羅所請，一任其物色後任，倘無人可出引受時，羅當就任，不得再為推委。

當呈祿不在座，資彬對眾謂此番令羅堅執必辭職之動機，皆由呈祿處事絕無責任，我已於先刻當面責他，希望他要自清算，但呈祿致辯謂他之失職或者有之，無奈羅性好干涉，上自局長之權限，下至給士之工作皆要干涉，如不一任其干涉，必常生衝突云。明電聞是大憤慨曰：呈祿胡説！呈祿之無責任實全社皆知，彼之無責任是出自其無能所致，斷非干羅事，我前經對羅提議欲改革社內、整頓一切，必先去呈祿方可云云。眾聽是言，互相窺面而笑！噫！呈祿真幸運寵兒，彼之真價於是方露耳，然亦宜敬謝　上主善惡終有分，不令糊混焉。

二月二日

中川總督大昨託獻堂傳余可往面會，但以新民報取締役會不能分身，故今朝於督府公室拜訪。總督十分懇懃，有十名之面會人待與面會而竟先與余懇談約一時間。蓋彼前經約余於二月初答復白話字普及可否之決裁，總督告白：彼自身是以教或種之簡易文字給島內多數之文旨者為適當，無奈府內意見多歧，非再付以時日深為考究，不能即甫實現，余乃極力希望其准設一官民合力之調查研究機關方能表示誠意於民眾，但彼以為非其時機，不准所請。退出即訪石垣警務局長，彼以多忙不能久談，乃約午后退廳後於其官舍續談。午后三時往訪談約一時，乃極力託其盡力主張設置研究機關，彼告以余之主張彼皆能理解同情，不幸事非屬其主管，故難於強硬積極提案云。噫！將奈何乎？

二月三日（舊曆除夕夜）

因獻堂先生娘及攀龍君懇意相邀，故今夜特由台北來霧過舊曆之年。與林府大家圍爐後，先詢攀龍君對余今後之行動，希望我採如何方針。余自以為白話字既不能即便進行，欲取別途當有三方面，第一、對新民報直接參加協力；第二、上京開設學寮兼自為研究；第三、區限在台南市創設社會教化生活改善之團體，以效微勞於細民階級。攀龍君答謂新民報倘有要協力之處，參加合作亦可以，不然，則當在台南開始生活改善運動為切要。乃再與攀龍君同席請獻堂先生指教，先生所言亦與攀龍君略同。余自考慮祈禱至深夜，終得同一見解，乃決心在台南創立一新會，鳩集同信之人為中心，一面傳佈信仰發行雜誌，一面講究生活改善之法，普及衛生思想，鼓吹高尚趣味，對貧而無藥資者，特發施療券救濟之。又另作機會與攀龍君及其他有志到島內各地刺激有心人奮起，為地方民生效勞。余決意如是，願　上主鑒察扶持。阿孟！

二月四日

獻堂自月餘以前身常欠安，日前在台北亦有發熱，醫師診斷肝臟稍見脹大，余殊為不安，乃特約韓石泉同志利用今日舊元旦較有餘暇來霧，為獻堂作一番健康診斷。韓君竟欣然來赴，獻堂亦甚喜，韓君斷定別無重大異狀，量是胃腸不良，飲酒所致云。

午後伴韓君歸南車中，將昨夜之決心告之，彼亦大表贊成。

二月六日

同信之友內地人毛利元一氏，現為佳里明治製糖之總務課長，自東京來台於今一個年半有餘，夫婦為人甚善，不幸數日前夫婦同時染惡性マラリヤ，熱至四十度以上，兩人陷於幾近不省人事，會社派人來請吳秋微醫師往診，由吳君報知，乃與同赴佳里。症狀殊屬險惡，其夫人精神散亂，治療倘再不得宜，恐有生命之關。與吳君商定斷然帶二人來吳君醫院治療，會社之人亦甚同意感激。

二月十五日

自數日前來霧峰，覺林攀龍君之心境似有一陽來復，今夜因月明風清，乃邀之步月。田間話漸投機，年來殊恐有傷其心志隱而不敢與言者，今夜竟直決意勸其轉向結婚，彼亦大有所感。乃問對手何在，告以同庄曾珠如女士，彼答前經有人幾次推薦，一概拒之，今深感我對其終身事大為關心，乃約當深為考慮，至午後十時半始歸宅分手安息。歸時適獻堂尚在外廳獨坐，即告而為之賀曰：攀龍君心境已見一陽來復矣！獻堂之喜固不容言也。今夜之事實余自一年來熱切所祈求者，然不敢期望如此早速好轉。噫！余之感謝大焉，余對攀龍君曰：余於此望見我島前途多添光明矣!!

攀龍君謂一新會三週年紀念大會將近，希望余準備或種作品提出展覽會，鼓舞會員之向上心，余迅口應之，彼問一週年紀念時曾蒙提出對聯之書，此回亦書乎？余答且暫容祕密，時到必令大家吃驚，此時不發表，彼答極妙，當提膽以待！

二月十六日

今日由霧峰歸南，適台南長老教中學關係者有志歡迎新學長加藤長太郎氏，於新寶美樓開宴，出席者三十餘名，余亦出席。加藤氏乃退役海軍大佐，前與余並為富士見町教會會員，受故植村恩師指導之舊知，誠一溫厚深信之君子人也，茲受日本基督教會大會推薦來任於長中，將來實大有可賀。席中眾望余致辭，余乃起述加藤氏與余係同師之舊友先輩，吾師植村先生在世中最熱心台灣傳道，而今得迎其愛弟子當長中經營之任，實台灣教育及宗教兩界之大幸，余懇望新學長善體本機關之設立精神，是本於基督教之信念以行教育者，且本學專為教導本島人子弟而設者，請新學長鑑察本島特殊狀勢，尊重前陳二點。加藤氏起答：長中若不本於基督之精神而行教育，即是加藤之信仰的滅亡也；又長中乃為本島子弟而設，係歷史所證明，此點亦勢必尊重，此回之來台引受責任者，全在得以致力於島人子弟，若為內地人子弟，則不必專意到此云云。會眾大表滿足感謝。

二月二十六日

本夜為長老教中學校友會會員（**台南市內在住者**）對加藤新學長開歡迎之宴，出席者近四十名陪賓，バンド前學長、武田神學校教授施焜鵬傳道師，余亦蒙招之一人。校友會長吳秋微氏致歡迎辭，加藤學長答辭，並希望聽取會員之意見，因此有三、四人起述意見，希望有謂要行新陳代謝，採用有為之士；亦有希望要充實內容，造成一有權威之教育機關；亦有攻擊教員中有假冒信仰欲行野心，抱民族的優越感情而從事者；亦有表示對前途抱悲觀，同情新學長必遭難局者。余本不欲發言，因受眾論所刺激，乃亦起陳幾句。余先表敬服前論者之率直敢言且言皆中實，但余對中學前途不抱悲觀，反是比前更加樂觀、更加感謝。所樂觀者中學之經營前只賴英國母教會及台灣本部教會之力，今又再加日本內地最有實力之日本基督教會參加經營，蓋新學長非以個人的私的關係來就任，乃以日本基督教會大會之推舉信任而來者也。又余所感謝者是自數年來見中學之經營行將墜於假冒信仰者之手與幾位有心同信之友暗中憂慮，余雖非長中出身，但於信仰上對台灣進步上不得作壁上觀焉。恰逢去年春間發生事件，從中野心家及無責任之徒幾乎欲墜學校於不可收拾之地，就是要令學校陷入政治及宗教衝突之苦境，幸得バンド前學長之賢明及台北日本基督徒教會牧師上與二郎氏之協力，乃能新得日本基督教會之援助，派此篤信真誠之新學長來主持全局，俾此學校能添一層鞏固，根據信仰經營引導後學青年，不令假信野心之輩肆其所欲，以污中學之歷史，以蔽　上主正義之存在，實余近者之最大感謝。余一浪人耳，今夜得列此席非以余為學校之出身者故也，亦非以余為地方有力之紳士故也，然余竟克在此，余之感謝奚似、光榮奚似。至於前論者謂前關係者中有假藉信仰抱優越差別觀念以行私心者，余敢證此誠事實，但此事實斷非只僅區於內地人間，即本島人間亦有之，此點務必看真以防將來為要云。

又前數夜加藤新學長設席，答禮時余亦在席。侯全成君起述感想之中有道及余對此番聘新學長並對學校改革之基礎工作有所效勞云云，眾又希望講話唱歌，余乃作一懷舊談。係大正十二年春，余自東京將歸台擴張《台灣青年》雜誌之事業時，出發前夜植村恩師招余到其家共一夜之寢食。翌日早期臨別，恩師告曰：自前就要告明尚未啟口，今特告之君之心志事業家資等等。吾所深知今後每月可給壹百元為君諸費之助，君所欲為者可盡為之，無論政治社會各方面之運動，但倘得餘暇，傳道之事亦重要，望時有盡力甚善。余聞是言大受感激，乃敬答曰：先生之經濟非有十分餘裕，而中央各種事業亦非簡單，生何敢領受貴重之補助以減中央之工作哉？況生既對　上主立志為台灣同胞工作效勞，生若真心不怠，台灣同胞豈得自飽而置生一家於饑餓乎？生既為台灣貢獻，台灣同胞於義要先供我所需之用方合　上主聖意，不幸而將來台灣同胞不供生以費用時，斯時生應對恩師請助，此時別則敢拜領也。言至此我師徒皆含淚。恩師又再勉強，余乃奉告曰：先生如必要用此於台灣，請以此項派一能操台灣語之內地人傳道者與生協力啟導台灣，至於生專心於傳道者，請待十年之後諸事略告一段落，自當遵命盡人力。以上是當年之回顧，本年適故植村恩師滿十年之忌，余正在感懷無量，而竟能迎接加藤教兄來任教導台灣青年後輩，余憶當年故人之志倍加數層感懷云云。講話了即唱願主無放息之拙作聖歌助興。

二月廿七日

林攀龍君決定來三月一日對曾珠如女士舉行定婚之禮，而獻堂以下林府各位皆希望余當冰人之責，故今日由南來霧，獻堂先生娘特設宴席相待。席中余謂對此番之婚約居中玉成者不乏其人，而余獨居冰人之位誠不敢當。攀龍君接口直言曰：先生之外為僕用心者固亦有之，然若非先生時常在僕身邊盡心排解，僕心難得如是早速轉回，僕有今日實全出先生之熱誠愛護使然也。言畢，彼之眼孔潮紅矣，席中皆受感激，而余受其感激最深！為計轉移大家之心境，余乃告曰：近者有三大喜事使余幾乎日日手舞足躍，時時感謝　上帝。其一係數年來所祈禱之長老教中學其經營不入假信野心家之手，於幾日前竟能迎一篤信之新學長，是其一也；攀龍君久年來所未解決婚姻問題今得良緣，且彼能自實行其平生對民眾極力鼓吹之創造力，余以此發見台灣之將來增加至大光明，是其二也；因攀龍君之喜且欲出品於一新會三週年紀念展覽會，故余自日前歸家就執筆，作余生平所未做過之油畫，モデル乃拙內之面孔，余謂我內人曰：結婚以來將二十五年未敢真切視卿之面，茲以攀龍君之喜，余欲作一盡量之注視以誌歡喜，拙內大笑，郎既那樣客氣，茲請盡意看看罷!!!而今既畫就一半，注視五、六天矣，此其三也。獻堂並其家族滿座大笑，攀龍君曰：非先生無能有此樂焉。

三月十一日

羅萬俥君今日由屏東來南，搭夜行快車赴台中，此回是專為欲辭新民報社專務特意到各地疏通。余本定不取積極表示態度，因鑑趨勢恐有致誤大局，乃取積極表示謂羅曰：君與余二人係創業之責任者，眾重役既不放君自由，君當再繼續支持，余愛大局起見，亦以君為最適任，是以排呈祿而擁君至今。客年君流淚告余謂君心神困乏已極，而社中無人可靠，求余代掌所務。余不由感慨至極而心諾之，是亦出自愛大局及愛君起見，不幸而有出為毀謗惡解。余之心思君所深知也，余私謂倘得君為我致辯一句，自能釋然，恨竟未能，諸同人及余仍然對君信任不減，大家全信請君勿全誤之焉。余於茲積極明言，君當再繼任，若事務工作上有需用余力者，如此數年來君委一余則辦一，委二辦二，余信未嘗有負君所委囑者，不過余不欲作君所不欲余作者也，有需余力者，君其熟慮而明言可也，余獻身同胞斷不作無責任之事，余不明哲持身，只要君繼任而自避於無風地帶，余不為也。又告之曰旬日後韓石泉君將遠行遊學，林攀龍君結婚將擬半個年寫作，新婚休息不在島內，君如無所欲余協力者，余當於二君未出島內以前計謀別種事業，以求俾益我島，貴意如何？羅默然無所答辯。

余前對獻堂、攀龍君、石泉君表明決心在台南創一新運動，直接助長民眾之生舌，而今竟又表明可以助羅工作。噫！余難無自覺有背始志，但於大局，余實有所不能忍者。奈何奈何?!

三月十六日

自去年夏間，台南市內在住之內台人各派基督徒之特志者近三十名，約每二星期聚集一回，互相交換意見堅固信仰，名曰宗教懇談會。每回會場變更且各定一講演者發表意見，然後自由質問，討論成績頗佳。初一二回因余往東京不能參加，前回三月四日余被推為講演者，就「信仰與生活」為題，在韓石泉君處聚會。余極力高調之點是在信仰絕非人力所造成，是乃上帝直接之啟示，是以上主之愛而付與者，斷不是由生活所發生之思想現象者也。信仰是靈的存在精神，思想等是由血性而來，其根源絕與信仰不同，世多有將此二者玉石混同，致令信仰頹廢、無力信仰，務以榮光聖名為使命，一發足則勇往直前。精神思想者乃為擁護生活、保持生活、美化生活，是專為生活而有者也，故生活變則精神思想亦因之而變矣。就中余舉王受祿君決定廢刊《信仰之友》為例，謂王君當客年春發刊《信仰之友》，明言是以天父之恩典、信仰之熱情所使然，何今只一年就決罷刊耶？況有同信之友提議繼續物質勞力皆可分擔，而王君亦竟拒絕不許，因此余敢斷客年之創刊乃非由信仰出發，是由王君之思想感情而來者也云云。今夜在余宅開會，是特以韓石泉君旬日後將赴熊本醫大研究兼含送別之意，請韓君以「余之信仰」為題講演，王君病後亦來出席，且為質問並詰問余前回以何根據斷他之發刊《信仰之友》是出自感情，不顧同信之友在病中而發是言，是合愛心乎？余起答曰：余前夜之言今亦以為於信仰誅忠實之言也，毫無退悔，全非失言，若論在王君病中發是言有害愛心，余則又大以為不然也，主曾教訓愛骨肉過於愛主，不配為其門徒，余之骨肉倘為信仰故，余尚不能顧及，況王君哉？聞此王君大為憤慨，告訴會眾曰彼甚懼怕與余來往，余答曰於人情余亦同然，但以必求信仰一致，余覺有使命，余則不能自決不與王君來往也。

此後之懇談會繼續與否，商議結果因會中重要分子韓石泉君、侯全成君往東京不在，王受祿君病，余亦常不在，故定暫作休止。

三月十九日

本日為霧峰一新會三週年紀念祝賀式日。午后貳時半在霧峰劇場舉式，余亦列席陳述祝辭，略曰本會過去三個年間不像普通所有之團體有名無實，會中各員各自盡分活動，各部事業工作著著展動進行，誅我島中所稀有者，然考其活動之方向，不過是限於內部訓練之範圍，如所謂普及文化改革民眾之生活者，余敢斷尚未有著手，會員互相之切磋、訓練，慰安等固屬緊要，固屬基礎工作，然只如是，則以大眾生活無所關涉。會之目標是欲廣布清新之氣再造台灣，僅如是而已則恐將歸為空文，先刻攀龍委員長引前人之言，謂欲窮千里望更上一層樓，余敢請本年度之第四層樓起，須著漸起在民眾之間，如庄中風俗改良、衛生普及、住宅改善、入浴獎勵、育英施設之充實等等，請先從其急要而易辦者著次進行，不僅講演，須對實質訓練進行。余幸得委員長以外本會各關係者愛顧，忝列顧問，雖時有所晉言，不過亦徒以口舌而已。十餘年前所設之台灣文化協會乃廣義的之啟蒙的文化運動，實為本會工作之前奏曲。本會之工作可謂是地方的文化自治，凡屬我島有志人士，各宜對其所屬地方當及早唱設如是趣旨之工作，然余至今對自己所屬地方尚未著手，誅自愧不可言，今後若所關諸事容我分身，余定必與同志協力，設立一個台南一新會，聊効微勞貢獻地方，期全台發達，列座遠來眾賓朋敢請互相鞭策，以圖向上焉。

約攀龍君出席紀念展覽會之拙作亦不爽約帶來，攀龍君大喜，特粘一紙條書曰「峰山蔡培火先生一生一代之傑作」，又將旬日間傾心作成之結婚祝歌示之，彼極口讚嘆稱喜。其實此二事對余自身而言，亦可為一生中最快意之工作也！

三月廿四日

韓石泉以自前所抱宿望，決定搭明廿五日基隆出帆之高千穗丸赴熊本醫大，研究內科臨床醫學。去廿二日發台南同在霧峰一宿，昨日又同到台北。余本以去廿二日為先家母滿三年忌辰，心念歸南探墓，又一心以韓君乃最知交之一人，惜別之情甚切，故委家中大小代行探墓，於途中與韓君聚首兩天，昨日送之到北，今日握別殊覺依依，情切有逾骨肉。噫！誠哉人之相知貴相知心！韓君此行與先前之動機純然不同。七、八年前彼亦曾計劃研究，不過是出自攫得學位之見地，余因感其知交，純由信仰立場阻止其實行，彼亦竟能虛心相聽。現他既入於純真信仰，其動機已一變矣，係全出自對患者之責任感，務要更深其實力以盡使命，余於離別之情實有所難忍者，然於將來之使命誅不得不積極贊成之也。彼預定在熊本一個年餘，倘有必要亦擬往獨逸一行。彼經對余明言，此行是彼為醫者之新發點，歸屬後之開業斷不像從前以利己為本位，必使其為守信行愛之手段焉。

在霧峰翌宿之夜與攀龍君三人談心，亦有互相道及將來大有必要設立醫術教育機構於南中國，貢獻大陸之衛生施設也。

四月三日

昨四月二日為攀龍君成婚之佳辰也，余有幸克為此對新夫婦之介紹人實一生快事。新郎今年卅五歲，新婦曾珠如女士芳紀廿一，誠堪稱為一對理想之配偶。林府全家之喜大矣！余自出社會於今所關係之事業固有多種，就中略可謂幾分成功得意者，即言論機關之攫得、建設理想家庭之結婚介紹、及寫成幾首之歌謠，此三者於余種種失意之事業中，聊可以自慰者也。噫！余今四十有七歲矣！頭髮殆將半白，眼力自客年夏為白話字之事奔波以來大見減退，體力精神亦見有差，日斜路遠，雖無為事在人成事在天之歎焉。關於林君此番結婚，別有所感三點：

一、攀龍君時常主張愛不可強賣，一方若不能受納對手，雖如何熱切不能受納者，儘管置之不問，作我不關焉。余大以為不然，余以為如是者是極端之個人主義，帶有自己主張之弊害，甚有違反愛之本性，受與不受固屬自由，但愛之本性實含有自己放棄絕對奉仕之真情，絕不可因不合而儘可冷然放置於不顧，如是者蹂躪天真其責大矣。余此後待有適當時機，應與林君辯明，務求得同此見解方可。

二、攀龍君極力主張在教會堂聘牧師舉行基督教式之結婚禮，乃以其父之名發函聘請劉忠堅英人牧師，蓋因平素交誼甚密故也。豈知劉牧師竟以新婦非基督徒未曾受洗，南部教會憲法有禁牧師不得正式為之合婚為理由而拒其請。余居中說明免用正式之定例，僅率新夫婦在上帝前成婚就可以，彼仍然不許，不得已乃作罷論，別請他人。余素以為迂遠不通者只僅本島人牧師而已，今乃又見英人牧師如此之不通焉。主耶穌曾教訓曰：禮拜日是因人而設者，非以人為禮拜日設也，教會所定之禮式不得隨便破例固無不可，但新郎是熱心教徒，為教會長老之職，新婦雖尚未深信受洗亦頗接近耶穌，何可拘於教會成例而拒絕細子之接近哉？

三、獻堂雖不奉何等宗教，但對祖先尊崇之心殊切，今早新郎新婦出廳對其父母請安，余亦被招同坐飲茶。獻堂對攀龍君曰：汝等今已成人，得有今日者受祖先之恩蔭非淺少，汝倆今到祖先位牌之前敬禮表謝如何？攀龍君對曰：兒對祖先之高恩時常感謝，此刻亦大感謝，到位牌前敬禮是形式耳，願父親見諒。獻堂曰：心既有感謝之意，當有所作為以表示之，往位牌之前非僅一片空形式也。攀龍君竟明然不納乃父之意，獻堂轉問余之所見若何？余對曰：若由宗教之見地，對祖先禮拜是誠基督徒所不得是認者，若由紀念追憶祖先遺澤表示敬謝之意，在位牌前作禮，余以為是乃幼稚之方法，但若周圍之人必欲取此形式始得安心，為之亦何妨哉？若不以形式害心，所取形式之立意發點，明瞭時禮可由時而制宜也。攀龍君曰：我對祖先非無尊敬之念，我日日之生活未敢有污辱祖先之行為，但世上多數子孫荒淫亂行，毀壞先人基業名譽，如是即日日在位牌前三跪九叩，有何意義？世上多有藉托形式掩飾其惡心行者，此風不可長，我不能尊命，惟望見諒。獻堂憤怒形於色，突然而出，余亦痛感攀君硬心固執，乃加一言告之曰：君之主張非不是也，但令尊一片恩愛之情，能體諒宜極力勉強體諒，實不可獨執己見，一筆抹消之也，令尊所希望者非有宗教的意味，不過是由人情出發主張如是而已，君稍為之尊重，豈有傷心害理之可言耶？攀君對余言亦明示不服。噫!!是余之不明歟？是攀君之固執歟？

四月十六日

李山火君乃彰化近附花壇庄人，年卅二。當十餘年前台灣文化協會盛為活躍時，彼僅一白面少年就極熱心，不惜私財勞力好義急公，大有所協力為其地方貢獻，對余深抱同情及敬意。迨文化協會分裂後，彼似有所感，整理其先人遺業，攜數萬金往大陸漳州方面著手耕農，不多時就被該地土匪綁去數個月，幸有人為之設法，只損數千元了事。爾後彼在該地交遊漸廣，適中國國民黨中之左翼分子得勢飛躍，而舊文化協會中之所謂過激分子亦漸渡廈門漳州，李山火君多受其所用，遂發刊雜誌，論旨激昂，亦有揭出對余之攻擊文章。余自以謂彼對余之觀感全變，遂亦不為之致意，但亦一兩次耳聞他在蔣介石派下之張貞幕下當差，築造漳州一帶之道路大有成績。數日前突接其來信，約要到南相會，余甚覺意外，昨十五日竟然來訪，余實感慨無限，乃掃塌歡待之。談盡十年來之經過，始知其被中國共產軍驅逐，財產一空，脫身在廈門適台灣共產事件發作，一年半前就被日本領事送回台灣，拘禁至二個月前方被釋放，當局禁止他三年間不得出國，諮問此去再一年半期間如何生活，余乃勸其修養學力為第一。此子年雖尚輕，經歷無多，然其存心氣慨實有可取，余愛之之心油然有加昔日。彼告舊日相知者之中多有作若路人者，路遙知馬力，事久見人心，此子當有所獲得也。

四月二十日

日前由李山火君聞得中國社會實情，昨又晤新民報社廈門支局長王友芬君，詳細聽其對南方中國社會之實地見聞，因此使余重生無限感慨，實覺坐寤不安，難無為彼茫茫大陸蒼蒼眾生前途之興衰存亡而憂心焉。況兼目下之世界狀勢，尤其是日本與中國間之趨勢漸現惡化，似乎將不能免再見十五年前歐洲之大戰禍。噫！爾民眾乎何其愚蠢乃爾耶？噫！愚蠢乎爾誠萬惡之根源也，余念及此恨不得一刻早入民眾啟蒙之實際運動，眾愚如此之多，一切當歸腐敗世界各國各民族無一不供實證，中國、台灣尤為顯著。伊尹曰：余天民之先覺者也，非余覺之而誰也？嗚呼！時勢不同，然余今之所感一也。

大昨日韓君對余告白謂因遇其母喪，自覺留學之事犧牲實大，所以而今對繼行留學與實際貢獻二案之間又生疑義。余固已表明希望其對實際貢獻為第一，今更以前記感慨殊深且切，故本夜不顧時刻已晚，往扣其門再告以心中之鬱積，熱切申明，衷誠勸其變換方針，於短期見學後早歸為下層細民實行　主耶穌之愛，以啟大眾之黑暗引就光明。如斯之工作實為根本，非具真正之信仰者必無人肯走此途徑，大眾永在頑迷罪惡之中而受權勢利用，重疊殘害之慘。學理之研究固屬有益，但研究者自身自居高明地位，乃為一部上層工作，世人多要就此途徑，不待深信高潔之士始克實行者也，然不忍舉世沈淪而自犧牲伍於暗愚大眾之間，代其擔負重擔，引就光明之道。此固屬下層工作，但係一切進步之基源必自感覺使命，自居為天民之先覺者始能為之。韓君既有感覺，因令堂逝世而悟留學之舉多有犧牲，余以為是乃　上主之默示也，願君深深考慮熱熱祈禱，倘克遠去多眾所欲爭就之上層工作，而入於少數受召之人始能踐行之下層工作，則是心正所願！韓君約必熱禱考慮。

四月二十二日

昨四月二十一日（日曜）恰為復活節之當日，午前六時二分余在家尚未起床，有地震竟比普通所感覺者稍大激動，全不為意。及至午後突接新聞號外，始驚知新竹州、台中州兩州下之一部即北自新竹市南至豐原清水一帶有非常之大地震，全滅之街庄殊多且交通通信機關各有障害，情狀未能明白，因之而過恐慌之一夜。今日早朝心殊不安，急到台中霧峰探問，蓋以為豐原既滅，台中霧峰一帶亦當不能免，然意外發見台中、霧峰、彰化等地無多損害，但是屯仔腳、內埔、神岡、清水、苗栗、銅鑼等處被害最為激烈，死傷必出數萬，人心慌慌。余到實地探問，無如交通機關不克如意，各被害地自本日過午又全部禁止，交通特別被允准之人而外，不得自由出入，不得已乃即旋踵歸南，講究救濟之策。

五月十九日

中部震災死者參千餘人，負傷者壹萬貳參千，悲慘可謂至矣。島內外各方面當仁不讓，皆肯向前出力救濟，亦屬一可喜現象。我台灣新民報社亦發探其全力勸募捐款達拾萬元，依總督府之發表由內外全體所集之義捐有壹百餘萬元。余另計劃開催一全島義捐音樂會，決喚淑慧停學歸台參加，以新民報社主催、總督府文教局社會課後援，聘請島內各方面之樂師出演，經已略略就緒，余定於本月末開始。

但是新民報社已自前月就發表派遣社員往對岸考察，本定獻堂為引率者，實以震災延期，今獻堂以微恙不克參加，羅專務熱心希望余引率一行代表一遭，不得已乃將音樂會之事漸撥一邊，搭本日之定期船鳳山丸由基隆出發向廈門出航，一行共十五名，日程按十日間。

韓石泉君亦以昨日之便船單身再往熊本醫大繼續研究。第一是以該校醫長明石氏待彼甚厚，不忍即變研究之方針；第二是以新樓醫館之交涉未克就速進行，故定暫往研究，以觀此後形勢，其妻子故留在家不與同行。

新樓醫館之經營，余自多年前就計謀以島人信者代英人當其經營之任，故不憚煩，一面向英人每次提議，一面向同信之島山兄弟鼓舞。英人方面雖未肯允諾，然島人方面幸得暫次發現有心有志之人，先是王受祿君及韓石泉君宣誓共事努力，後王君變志但韓君依然徹底持續所志，務祈踐行救主耶穌之愛，豈料又得侯全成君確立其信仰，誓願參口協力。余乃於三月韓君未決往熊本之前，重與英人滿雄才（モンドゴメリ）懇談交涉，彼回答英人方面定要暫時繼續經營，無有讓與之意，不得已余乃決贊成韓君往熊本研究。不幸而韓君之母於四月初逝世，於韓君居喪在家中，新樓醫館長英人李醫生（リツツル）來求與余面會，余與相見，彼告以台灣政府當局近者非常干涉醫館之經營，宣教士會是以有意放棄新樓之經營，因余自前每每有話商量，故先將此意對告白，問余有無把握。余一時喜出夢外，感謝　上主恩賜韓君在家，余乃立與韓、侯二君計議，二君亦大踴躍，三人同道數次與李醫生比接，終內約提供六萬元，其中參萬元先納，餘參萬元作六年間分納。李醫生約以此為一案在宣教士會商議，但彼之實意是在希望以一時金清納且全額希望七萬元。

五月二十八

台灣新民報社記者對岸考察團本日全員無事歸台，扣除往還海上兩天，在彼陸上計八天。在此八天余之多忙可謂極矣，日間以應接訪問、講演、遊覽等，無片刻可以休息固勿論述，夜間之睡眠亦都不能稍有餘裕。每夜熟睡時間大約四個鐘頭而已，以致心身之困乏亦未嘗有如是之甚焉。但在此番旅行所得感興殊深，誠畢生之好記念也。

先在廈門三宿，此間遊覽漳州費一天，中在泉州二宿，終在福州二宿，時日之短促正如走馬看花一樣。就此數日之觀感而言，南方中國山川雄偉、地廣人稀，因為政不善民力殆無，萬般皆欠經營，所有前人創建之偉業亦都荒廢不堪。但一見其地厚物博，且處處尚存先人宏業之跡，如虎跑橋、東西塔、洛陽橋等，余深信由此地此民將來必有偉大文明之發現以饗人類，以造其和平焉。登陸之夜即受廈門台灣公會招待，赴其歡迎之宴，塚本總領事亦來會同席，因公會員固請雅辭，余乃起為一席講話。略言日華親善之必要及其真實作法並在廈台僑之使命如何，約談一時間，會眾頗有共鳴，塚本領事特為握手表其贊同之意。翌日又受旅台歸國華僑協濟會招待，開一茶話會與在廈智識階級十幾氏會談，就中最有意義之談話乃有一中學教師問余如下三點：㈠台人對中日親善作如何觀感；㈡台人對中國政治作如何觀感；㈢台人對中國文化之將來作如何觀感。余答曰：㈠中日不親善，雙方必有巨大之災禍，此災禍必先苦中國然後及於日本，中國亡日本亦亡，是以能為中日親善謀者是愛中國亦愛日本者也。㈡中國最缺乏者是組織，尤其是缺中心，中國政治之最苦者上乏賢哲當權，下多愚昧遍在，天苦中國久矣，意應有聖雄間起秉公盡瘁，但一般國民抱有愛秩序保公安之心為最切要，人各有其長短得失，若能就大同而去小異，何患中心不現、組織不成哉？㈢中國固有之文化余信為儒教，即孔孟之倫理道德政治哲學也。孔孟之政治哲學實為千古不磨之大真理，人類繁榮之大鐵則也，余以謂中華之意非指中國之地理的存在為世界之中樞，實指中國之精神文化、孔孟之政治社會哲學為世界各民族之中庸正道之精華也。是以余敢言中國民族宜能自覺能自愛其古文化，能作尊古運動，復興其固有文化以嚮導世界人類之社會群眾生活，方不愧為最古最大之民族焉，但是不可唯此，須再有別方面之努力。中國之文化特色是在精神的人之生哲學，物質的之自然科學則大有缺陷，是以中國人長於思想的空想的之理論而乏經驗的科學的之實證，將來若能改革文字、普及教育，一面尊古復興其固有文化，他面維新獎勵向來所缺乏之科學文明，則中國民族之前程正不可逆睹也。夜受旅廈舊台灣文化協會及民眾黨之舊友五、六十名之寵招，其代表者之歡迎辭中有曰：我們舊同志敬我蔡培火先生，故大家不辭遠涉，有遠自漳州方面而來赴會者，我們與蔡先生或者於思想上曾相反對，但蔡氏於今未嘗為私己努力蓄財造就地位，此點實為萬人所共欽佩，吾儕最為敬限者也，今夜之會亦是專為此而設者云云。余乃起答略謂不意今夜克與如是多數之舊同事一重相會，余誅感慨無限，既往不咎，惟願大家向前面目標，善用過去閱歷，急往直追最為切要。列位離台來此必為期有所補益於祖國，事實如何姑置勿論，余平膽敢告一言，諸君若能補益祖國，應先有一事，此事云何？曰諸君必先實行相互扶助，諸君皆屬舊來同志，現在又是共進於同一目標者，但諸君之中有先進後進，有運不運及能不能者，諸君既能痛愛祖國，何得無視後進不運無能之同人，置之困窮迷途之中而不顧哉？如是諸君委謂何等關心祖國將為之如何犧牲努力，余不信也，此言惟諸君鑒察。

在廈第三日往漳州，見沿途望樓（**銃樓**）林立，鄉村荒廢，不覺心酸。見虎跑橋（**江東橋**）之雄偉構造，又覺我民非悉賤種之屬也。由漳洲歸時已午後五時半，立往鼓浪嶼教會講演約一時間，題「誰救世界」。夜應中華中學招宴，新會有力官紳各界人士廿餘名。

滯廈三天於將來最有意義者，以張錫鈴君為中心，克與民間志士及官邊有力者相識談心，如廈門妥請公署辦事處主任朱平之少將等甚望余到廈地提攜文化事業之創設，然後及於經濟產業之開拓，張君尤為熱心於新聞事業之開辦。

廿三日團員多數希望由陸晉省，因領事館及台僑以中國官員亦曾被搶，悉表反對，是以團員亦有二、三主張依預定由海。余本自心念，一見內地實情兼中國朋友力說地方經已安定，又此行大有影響台胞人心，彼等必計萬全之策保護一方；朱主任亦表示充分好意，答應發公文出護兵。中國友人有曰：蔡先生之為人在南中國稍有關心大局者，無論朝野皆聞名已久，設若途中緣林好漢不知而有犯駕者，只以大名蔡培火三字告之，料不但要設筵相待且要遺贐而相送焉，先生勿疑，往焉可矣。同行者團員聞者感激踴躍，乃決由陸，惟陳啟川君一人由海。本社通信部長黃洪炎君對余感嘆曰：於是乃深知先生前半生之孜孜努力非無意義也。余之感激固亦不少，民間方面亦有派人相隨護送至洛陽橋畔始別。

　泉州市街荒廢之狀及沿途文化程度，除幾處古建築而外，實難發見具四千年歷史之光輝，及見開光禪寺之東西塔，又生如見虎跑橋之感懷，幸有台僑林寶藏醫師為我等介紹，得與泉城宿儒蘇大山、曾振仲諸老六七位會談，慰藉殊深。余前年伴獻堂遊澎湖謁見林梅芳先生，以為始得瞻仰儒者風度，而今更能深其印象，不禁為儒家稱快，若台島之儒者，則盡屬懦夫俗腐不可言宣!!廈門至泉州之途徑無甚危險可言，但農耕則甚幼稚，自泉至閩之間險要之處不少，時有盜賊出沒，勢必然也；但涵江地面一帶之農耕則甚發達，余以為有過台灣而無遜色也。因途中乘車故障，午後七時過始著福州，對岸黑龍江口兼有細雨霏霏江水汪洋無際，聞最後渡船已發，而對岸離福州尚有四五十中國里，並無乘車可雇，於是進退維谷，頗覺狼狽。乃與護衛軍官提示公文並述我等一行使命，於該處汽車公司（市營）之驛長託其特別設法，幸該驛長甚親切，特發小船往對岸調度兩小汽船挾一大型木船，是專為載自動東渡江之官用船。至將九時連人帶車一齊被運上岸，因暗黑之間不甚清楚，為此一舉所動水手人員約二十名以上，當船到江心時，雖無明月，余忽念及曹家七十二萬下江南之勢，為之感慨繫焉。迨九時半方入福州，宿於基督教青年會館。

福州之風景甚佳，雖日本內地亦少可與匹敵者，閩江之浩大及四圍環山之雄偉，鼓山之秀麗實足駭目。我台平地固勿論，雖淺山亦殆不見松樹，然福州鼓山之松林則蒼萃欲滴，與其岩石之古色相映，余不禁呼妙稱快，尤其是鼓山之石造棧道，其築造之精緻與運步之快適，令余讚嘆不置。鼓山之僧院為南中國之一大名剎，余聞其名已久，今克親臨其境，實覺一種滿足平日景慕之情，但既進寺內，見其施設且聽僧侶之談說，始令余大減興致、大失所望，竟令余只覺為一山上俗界已耳。

省長陳儀氏在邸相待半日，因余等及案內人之失錯，遂不克與之會議，最為缺憾，但幸特得薩鎮冰上將老先生之許，於夜間能謁其溫容，請教數刻，實三生之大幸亦一行最感愉悦者也。蓋薩老乃中國名士中之真名士，世人不稱他為薩上將，只稱之曰薩菩薩，蓋因其自處對人恬淡慈善故也，聞彼出門絕不帶護衛，係中國要人所不能追隨者，可見其信望之重。余乃求其書作紀念，彼老人家竟迅口俯允，誠為銘感之至焉也。

六月一日

昨日由北歸家即聞新樓醫館之事，彼後有所變卦，有人出為周旋於本市開業醫學博士戴神庇與新樓醫館長英人李醫生之間，兩者經有具體的之內約成立，其內容大略是新樓醫館之將來無關經營者之信仰如何，可以脱離基督教之關係，賣價商定為九萬五千元，並要一時交納。此密約被島人教會員聞知，反對聲浪大起，由太平境禮拜堂亦經派遣代表者對李醫生詰質，侯全成君之憤慨固勿論，太平境信者中高再得、顏振聲、劉瑞山等及牧師施焜鵬氏奔走最力。余歸一聞此信，為之大駭於電光石火間，決意嚴然向戴神庇氏加以警告，促其反省，乃間接的使吳秋微氏傳余之意於戴氏。仝氏今日愴惶親到余家，述其行動之經過，且問余之見解如何。余乃率直告曰：新樓醫館之經營是以基督教之信仰為中心繼續於茲七十年，今英人既不能支持島人之信者，尤其是南部教會應先覺其職責承續經營方為合宜，而今教會之態度未明，且君又是抱有信心之有識人士，竟不留餘地使教會盡其職責而私自與李醫生計謀買賣之事，夫此新樓事業乃純由信心而生之機關，亦當以信心而承繼之，今君自己雖為篤實信者，然君之行動絕未曾與教會連絡，何況君之財源又是營利機關之生命保險會社所欲提供者，一營利會社肯以無利息白白提供十萬大金，其存意如何，當能想及。以愚見，君既為忠實之信者，第一須助新樓之歷史的存在繼續；第二以營利會社為背景之足下之立場將來恐有誤君之處，君宜慎重。戴氏平素與余頗善，今聞余言，迅口答曰：余誓取消預定行動，一任教會與英人交涉。余聞言大喜，乃與握手，戴君乃歎曰：靡先生言，僕定今夜往台北與保險會社作最後之契約而進於實行矣。噫！險哉危哉!!余何於此時歸家歟!?豈非　上主之聖意乎!?

七月三日

去四月廿一日早晨在新竹台中兩處交界之地為中心突發大地震，死者三千餘名，重輕傷者一萬有餘，家屋倒壞無數，慘不可言。島內各方面皆致力於救濟全民之募集，新民報社展動其全機關之活力，募捐約拾萬元。余本定於五月末或六月初在全島各地開催義捐音樂會，奈因出演者之都合及新民報社貳員往南大陸考察，余率一行往焉，遂致遷延至今日午後七時半，始在屏東市禮拜堂開始演奏。不幸自開會三、四時間前就大雨傾盆，直至開會時刻方稍息，因經對一般發賣入場券，併有今後之預定關係不得移易，乃決行演奏。至午後八時ピアノ方才運到會場安置好勢，來會者貳百餘名，幸得李瑞雲君等及台灣製糖會社之特別寄附，得收入貳百拾餘元。出演者：ピアノ——高錦花、高慈美，ソナラノ——林秋錦，バリトン——盛福俊，ヴァイオリン——淑慧，ハーモニカ——高約拿，余亦出為番外獨唱，諸出演者皆熱心發揮其所能，聽眾大表滿足而散。

此回計劃於約五十日之間，在卅五個所開演，出演音樂家英國人ミス・ゴールト（ソプラノ）、ミス・マッキンドシユ（ピアノ）、ミス・マクラウド（ピアノ）；內地人三浦とみ子夫人（ソプラノ）、渡邊喜代子孃（ピアノ）、武谷富美子孃（ピアノ）、原忠雄牧師（バリトン）、盛福俊氏（バリトン）；本島人陳高錦花夫人（ピアノ）、陳信貞女史（ピアノ）、林秋錦孃（ソプラノ）、高慈美孃（ピアノ）、黃林蕊花夫人（ピアノ）、蔡淑慧（ヴァイオリン）、李金土氏（ヴァイオリン）、林進生氏（ピアノ）、林澄藻氏（テノール）、林澄沐氏（テノール）、高約拿氏（ハーモニカ），余自己則以番外參加唱震災慰問歌。其他一切宣傳及設備則盡委囑新民報社之中央及地方各機關盡力，始終悉以台灣新民報社主催、總督府文教局社會課後援，此外於各地以該地之有力團體為後援。諸友人皆謂如是巨大之計畫，可謂空

前之舉，但恐中途必生障礙，不如自始縮小規模為賢明。余意則不以為然，際此大天災，諸關係者幸得一指不傷而安然過日，故應當盡其所能協力於救濟，方不虧各自所抱愛心。只恨島內現在僅卅五個所有ピアノ而已，不然雖開會壹百回亦不得謂過多焉，若論體力之可堪與否，同事者之能和協徹底與否，亦須做到「不可則止」之處方為合宜，萬不可自初私下萎心而生惰氣也。

八月十四日

新竹、台中兩州下震災義捐音樂會幸於昨十三日夜在霧峰劇場，為最後之演奏完滿告終，余之歡喜感謝無過於是！初預定於五十天之間在卅五個所開會，後因英人ミス・ゴールト及ミス・マッキンドシュ兩位發病不克參加，且又天氣不佳，風雨疊至，因是台東花蓮港之行遂不得不作中止；此外田中、蘇澳兩處主事者以恐成績不佳，辭退開演。此外幸皆克依預定進行，結局開會之處共卅一個所，所費時日共四十二天，因東部之行中止，內地人原忠雄牧師並林進生氏亦遂失機會參加演奏，所得實益幾多，尚未合共計算，不得明瞭，大約當在二千至三千元之間。余初志望開會五十回，收入壹萬元，實益六、七千元，而今已知不能達其半數，原因則在乎開演回數減少，又加以在全演奏期間中，在高雄州下六所皆逢大風雨，於台中、彰化之附近亦逢風雨，在台北、宜蘭地方亦屬稀有之風雨，天氣清朗者只在台南州下七、八所及最後之兩三天而已耳。風雨作弊大矣！由全體觀之，都市之成績反較不良，於鄉村余最感謝者，蓋在演員全體能保其健康、能始終和氣不變，且又多年余不巡迴地方，今克重逢舊來知交，談敘胸積，於各地皆得熱心之有志協力，一面於高尚之音樂演奏之間純化公眾性情，各人各得其喜慰，一面又可將其喜捨，雖曰無幾，亦不失堪為貧者之一燈，以供奉仕救難之用。余自覺此一兩個月間生活大被聖化深悟，人生真義喜悅不可勝言。噫嘻!!上主天父懇求若合聖旨，賜我人群同胞早有如是之生活!!!噫！可愛可羨慕之生活啊!!!由喜樂而喜樂之生活!!!

九月十一日

余本定本月初就要上京，蓋聞獻堂之令先尊文欽翁之紀念銅像將於本九月十三日舉除幕式，獻堂令長次公子攀、猶二群皆在東都，獻堂寄信要其歸列其式，二人皆不之致意且猶龍君亦以要辭庄長之職與獻堂稍有忤氣。余見其略有悶悶不悅之色，故決延期列席其式，然後上京。獻堂甚喜，囑余為之司式，余應命相與議定式儀順序，因其不信何等宗教，故定除卻一切宗教之施設，只僅以人情孝道為本、盡夫慎終追遠之意而已。

又猶龍君既定辭庄長之職，對後任一事，獻堂頗欲其三男雲龍歸繼其任，託余善與雲君交涉且謂彼本無何等宗教，唯以鞏固家族觀念為素願，然今已見攀、猶二子意中絕無家族念頭，所望者唯此第三子雲龍，希其能承己志則願亦足，故特囑余善為說辭，事成則感念不忘。余深體其心，約盡所能且勸其必漸將家事讓與三子掌管，一可訓練理家之才，二可免受逸居之弊，彼亦口約必欲踐行。余往復台北兩次，對在新民報奉職中之雲龍君盡力勸說彼須體諒親心，恢復家人和氣為急務，彼竟亦大有所感，答應歸鄉。余將此意告於獻堂，乃大喜，余亦自覺有些得意。

嗚呼!!豈期事竟有幸有不幸者哉？何期余之苦心未酬而惱我之事又發矣？余今朝自家歡躍到霧峰，是專為踐約協力準備來十三日銅像除幕式所要諸設置而來也，嗚呼痛哉！豈知事已變矣!!!前約不加宗教色彩，而今已決定招請台中神社之神官主式矣!!!余責其何不信乃耳，答曰為彼之從兄二哥列堂式所主張，恐兄弟失和，故屈從。余詰之曰：先生乃島人所共瞻仰者，況銅像係欲紀念令尊，與列堂氏無直接關係，先生如真心信仰神道，招請神官有何不可？今不然也，先生既以慎終追遠為重，應以真誠鄭重出自本心之禮方為合宜，方符眾望，為此大禮而以兒戲從事，辜負與望，滅却平生主張，良心何在？主義何在？彼只求諒解且謂攀、猶二人忤逆，使其心亂不知所從，且又業經約定不能辭退，勿再相勸使之心苦。余尚作最後惡鬥，問其夫人取如何態度？答曰：事已至此，無可如何，經已表白贊同。余厲聲叫曰：十幾年前林呈祿與人合謀揭一諷刺小說題曰「犬羊禍」於《台灣》雜誌，犬是指余，羊是指夫人及故令從兄楊吉臣氏，譏刺我萬事阿從奉承，而夫人與令兄乃受官邊利用，兩兩致誤獻堂陷於失節，斯誠小人妄測君子之心。余自與林氏結交共事，斷未有阿從奉承陷於不義之事，夫人今若贊同是舉，恐夫人雅不承領羊禍之譏焉!!余再聲言不列十三日之席，告辭而歸。余萬感交加痛心不可言，嗚呼傷哉！

九月十七日

去日自霧峰歸來，心凝氣結，終日鬱鬱，夜不能寐，雖前遭吾兒及吾母之逝，未嘗有如是之傷心也。因覺頭痛倦怠，心悶不樂，過午步往高再得兄家，適彼夫婦中食後相與談話，無幾余忽覺喉底異樣，咳嗽一聲咯下一口鮮血!!再一咳嗽又一小口，但余心神鎮靜與素無異，胸部別無何種感覺。高先生甚覺駭異，問幾日來有發熱乎?余答無，亦無咳嗽，但只頭痛夜不能熟睡，乃促余歸家安息。噫!此血由何而來乎?余信絕非肺患或為余近日來之心患所致乎!余前一日亦曾對獻堂夫人明言曰：余敢私謂肉體上之結婚夫人與獻堂是夫婦，但若由精神主義上及社會工作上言，敢斷是余與獻堂結婚。余自來以為凡一家庭一社會一邦國之興衰存亡，大有關係其有中心與否，余欲台灣同胞進步發達必先有其中心領導之人，此人之人格精神又必鞏固確立，余二十餘年來是認獻堂能當此任，故對彼公私之工作，余無不披誠輔助，尤是對其人格精神上之問題，余特用心。余如是竭力，是皆為愛我同胞起見，而今奔勞二十餘年，余家一物無有，唯望此志克達。嗚呼哀哉!除新民報日刊成立而外，一切工作概歸失敗，設若獻堂之精神人格鞏固，余尚有所受慰、有所期望，彼今竟如此無主見無操守。嗚呼!余尚何言?余之痛心，　天父其必知之，禱望　天父憐慰，余心實痛，余情實苦，懇請　天父為余補救。嗚呼傷哉!!!

九月二十三日

數日來專心在家休息，幸蒙　天父恩護，心神鎮靜，體無發熱，食慾亦普通，但稍覺疲倦，至去二十日血啖亦不見，乃決意搭本日之船上京。第一是欲與在京之林攀龍君商定今後之工作，新民報專務羅萬俥君自夏初決定留任，即對余希望就任東京支局長之職，並監督大阪支局廣告事務，獻堂亦大表贊成。余亦以為既是羅真心希望，余素全以大局為重，不論地位如何，今當以應羅之請為合宜，故經與之內諾。不幸茲見獻堂精神散亂，殊有不能如前之機構作事，余宜別自確立步駐，是以決意直接詢問攀龍君之心境，以作最後之決定。上京第二理由是在欲探明時局之趨向。第三為新民報處理廣告事務。

本擬途中順便往熊本訪韓君石泉，因三女淑姈自月初患猩紅熱，尚未晉京就學，今與余同行，故定直接往京。

九月三十日

兩三日來訪攀龍君於高円寺之寓，彼此披誠談心，商議今後之事。余先表爾所信曰：新民報固屬重要事業，東京駐在於余自己及眾家族之生活卻實快適安穩，無如余之處世目標非在快適而在使命，新民報之事雖屬余傾盡半生心力與諸同人所造成者，而今社基已漸鞏固，況羅君亦已決心繼續當事，日刊發刊後四年以來，余雖不居營業局長之地位，但對廣告之根本佈置

（大阪、東京）敢謂全出自余之作為，幸而已見成績日隆，此事雖不現諸表面，然余卻自於暗中喜躍。於今由新民報分心計謀他事，自問無不安也，況見世情日非，自私自利者比比皆然，萬一東洋戰場一發，雖懷些少愛心恐無施為之餘地矣。俗謂好事緩辦，但余絕不為然，願向所志急往直追，寧有誤己，不可有誤世間之進步，只是孤掌難鳴，故專欲聽足下之所志，以定余之工作。攀龍君答曰不願余在東京任新民報社之事，願與余在台灣島內共作教化運動，但將如何著手？余即曰：第一案宜新設一實際之農民學校，養成農村之中堅；第二案應深化一新會工作，三個年來之一新會只區在結束會內之工作，尚未踏出領導地方民之實際生活，故今後務須向共働生活之社會建設努力為要務，例如創設建築組合以改良住宅市區，設衛生組合滅除細民疾苦，購買組合節省費用，廣造浴場獎勵清潔，增設細民信用組合，務使不為一少部分之人利用，其他如開講習會以廣民眾之智能或改革一切陋習等。能如是則一新會之前途洋洋，不能如是恐一新會亦將絕步無解為也。足下若能徹底決心，則余願捨一切移住於霧峰，共建設一理想模範村為全島各地之嚮導。攀龍君大喜絕表同意，誓約努力踐行，於是余意亦決，喜悅感謝不可言!!對羅專務之關係樊龍君約彼自與之交涉。

十月二日

自與攀龍君議定方針以來，心神極其清爽，不料昨夜興一幻想，使余今日終天不快。此幻想之大體是在追求東京生活之繁華快適而厭忌在島內今後工作之質素無味，徒自苦心為明哲者，笑民眾頑愚何所補益。噫！是誠惡魔之聲，余何於夢中為之傾耳？醒後慚悔莫極，因是終日鬱鬱！

十月十三日

昨晚本日基督教會大會在青山會館聘賀川豐彥氏開佈道講演會。自來余聽賀川氏講演數次，未嘗如昨夜所受感激之深，彼賀川氏雖係當今一偉大人物，然余見其受過群眾歡迎，有一種自高自大之概，故余微抱一種反感，不甚期與親近。昨夜見其通身至誠指摘時敝，對於當面之平和問題直言不避，大聲警告其國人，言言如火如血，句句刺人心胸，辭簡而意極澈，余竟全為傾倒。及會終在堂外即聞聽眾中有人謂賀川氏不久將再往米國去了，余甚駭異，睹想如是之平和愛好者，為何不在本國及東洋鼓吹，而欲往米國奚為？余自會場歸，即詢植村環姊，果有其事否？答曰：不錯。余大叫豈有此理，今夜賀川氏吐露如斯真誠，絕叫平和，何故又欲飄然渡米，豈是為貪戀彼方之山水耶？余明天定往質問之，植村姊謂要給名片為我介紹。余今早七時出門，八時到賀川氏所住田間之陋屋，余一見其狀即生一種極不自然之感覺。通片後其夫人答於今日禮拜，說教後相會，乃往教會聽其說教。彼細敘羅馬興亡之前，故略有相信日本之現在以作警告國民之辭，余依然受一深刻印象。十一時半說教畢，余近之求割片刻談敘，彼告有西洋之來訪者，余答再俟無礙，彼乃勸余參加該教會有志者之午餐會（**每月第二週禮拜後必有此會**），余應諾。食後彼尚不至，適司會者要余自己介紹，於是余順機略曰：余今日來此，非為對賀川氏表敬意而來，亦非為欲聆其教言而來，蓋為昨夜賀川氏在青山會館呼叫平和，後又即聞其將往米國，豈氏謂往米方能建設平和乎？余信如真珠期望平和者，應在本國或在中國群眾之間鼓吹方為有理，日本若生事端必發自日華之間隙，東洋無事米國豈能平地生波自來挑戰乎？先生將往米國奚為？余特來質問而已，幸君等信友二十餘人、賀川氏夫人亦在座，今賀川先生有遠方客無暇顧我，願為我轉言幸甚。余言畢，賀川氏已在背後笑而撫余之背曰：此人余自前已熟知之，此人乃台灣之最熱心家，至今尚未被害猶存，奇怪至極。余出在電車中，有一人隨余後同坐，彼開口向余曰：先刻在會堂之貴說，余大受感激，賀川氏乃余等之師，余等因鑑時局，恐吾師身邊有萬一之虞，故暫設法令其避於米國也。余迅口答曰：於是余之疑團消矣，但君等之努力實非保全君等之師，是誤其使命而害之也。

十一月六日

到京後所欲為者具經辦完。關於新民報之廣告事務，在東京方面是全賴中川秀吉氏支持，近以中川氏所推舉之主任者祖上氏與本社之間意志有些疏隔，本社對祖上之處置亦有過火，故中川氏對余表明欲辭退關係，余甚驚駭，乃極力懇請繼續支援。余略曰：新民報社之廣告基礎能得迅速鞏固，皆出自東京及大阪兩中川先生之力，兩先生與新民報諸同人實未曾有直接交情，不過是兩位因對培火有絕大同情憐愛，故遂愛及培火所愛之台灣與培火所愛之新民報社，培火現雖不在何等實務之地位，但由培火之愛社心情而言，其與新民報之關係誠絕不遜於任何人，現當事者雖因其無知，不深感謝先生，但培火既在，台灣人應不得忘記先生等之高誼也，培火一日與報社不斷關係，先生亦請勿棄報社於不顧，則感謝無已矣。中川氏遂應承如舊。噫！余有如是苦心明鑑者，其唯天父歟。

本想往東京溫泉地休養體力，但見日華關係日趨不好，痛感有鞭撻基督信徒蹶起之必要，乃日日奔波訪問教界諸名士。就中田川大吉郎先生殊表同感，提議有組織鼓吹親善融和之團體之必要，今日以日本神學校長村田氏、日本組合教會書記長小崎氏，並日本基督教會婦人聯合會長植村氏，發起集合各派基督徒代表人物十五、六人，在神田青年會館開對中國親善之座談會。余在席上提議三點：第一、在京基督徒宜開放其家接待中國留學生，務以一家庭優待一人為目標；第二、信徒間宜速鼓吹學習中國語，盛派人員往中國考察交際，疏通雙方真情真相；第三、宜看重台灣教會，須加速與台灣教會合體，然後相攜往中國盛行宗教的文化的之助長事業。諸列席者皆大表贊成，約祈實現而散。噫！上帝若在我，我雖微小亦令我有大力，上帝宜贊美!!上帝宜感謝!!

十二月五日

台北羅專務來電相招，是以昨日由南到北。今天在新民報本社先詢專務見招理由，彼答對吳三連君交涉由東京支局歸社事，吳意似不引受，故請來勸說。余曰：君若以賢明之法對之，何有不受之理？專務乃以交涉條件相告：一、吳回社就副編輯局長之職，二、月給加昇二、三十元，余曰：果若是，吳無不從之理。後刻三人鼎座請，再以上述兩條件明告一回，羅果如所請，吳竟以不能與局長林呈祿君共事為理由而辭退。余乃加一言，為羅釋明曰：專務此回之計劃，意在看破呈祿無能，欲賴君力共行改善，君莫誤會專務之意是幸。重勸其深切考慮，但彼終無所答覆。後羅君與余私談時，彼責余曰：前約君切不可以將與吳交代之內意事先洩聞於吳君，何前上京中竟對吳言乎？余答曰：此點對專務實有失信，實大不住，但余非無意識而洩露者也。蓋吳與余之交情非如普通，吳前曾對余言明不欲迅速歸台，余內諾駐京實承專務之委任，義不容辭，誠非出自余有奢望，設若余不預先對吳告明，恐將來難免有暗窺親友地位之譏，是以不得不對專務失信，惟祈原諒。專務曰：吳既不歸，君以顧問名目暫時駐京若何？余曰：恐吳越生誤解，變佚之事請暫作罷。論事遂息。

十二月二十日

關於新設農民學校一事，今與獻堂、攀龍君作最後談商，然獻堂終以當局不准、絕無希望為辭，余曰准不准是另一事，欲設不欲設此屬我等之意志，宜先決定主意，然後向外交涉，獻堂答今非時機，於是農民學校之議歸於烏有，攀龍君俟後多少不滿之色，余固更甚。余問對一新會工作將定如何，獻堂謂此點請緩與攀龍商議。余見其冷然，乃即南歸。

十二月三十一日

瞬息之間，今年又將往矣。光陰流水，誠屬驚人。志欲動而情勢不相容，徒抱感慨無限。但時覺天父不我棄，主耶穌為我報勇，故我望在前，我氣不怯。今年來眼力體力雖大減退，倘我使命尚在，我之活力當受補給，　上主天父，余在此願爾宥我今年努力不足，賜我明年工作!!

讀後記（主后一九六三年民國五十二年五月三十一日）

主后一九三七年民國二十六年即日本昭和十二年七月二日，先妻素卿病逝台南。同月七日蘆溝橋事變發生後，余即自知若繼續居住台灣，只有兩條路留在余前，一條是死心改換作風，任由日人驅使，再一條就是坐牢待死，此兩途都走不得，乃決意將七個子女帶往東京，得親友之協助，在東京新宿營業中國菜館，名曰：「味仙」，作一對聯謂「味中別有味，仙外豈無仙」。在東京混了五年多，迨珍珠港突擊後，日本內部一日緊張一日，余在民國三十二年一日（昭和十八年）獲得日本官僚中比較緩和分子伊澤多喜男、後藤文夫等之說項，以余平生是日華親善論者，要余參加找尋日華可以親善的途徑，使東京警視廳擦消了「甲種要視察人」戴在余頭上的帽子，准余離開日本，由長崎乘船單身到達上海，子女都是放置在日本，無法顧及。余到上海以後，日本的敗象一直顯著，幸得在上海台胞中，認識余之平素者大有其人，因之余所需生活一切，都有人供給，從中最熱心而真誠相待者，即為吳三連君之同鄉王麗明醫生。至民國三十三、四年之交，日本的敗象更是顯著，有福建廈門的青年吳旭初者（年近三十）在上海與余相遇，斯特亦有日本眾議院的老輩議員田川大吉郎亦逃難在上海，彼為多年來日本憲政之父尾崎行雄之同志，極力反對日本侵略中國而受日本軍閥所嫌忌者。吳旭初一日對余告白，渠受重慶中央派命，期能迎接田川到重慶計議處理在大陸之日軍問題。余自早在日本東京與田川是同屬富士見町教會之基督徒，同是植村正久牧師之門下，渠甚同情我台灣人之政治立場，台灣議會設置運動一開始，他就答應承擔為向議會請願之介紹議員，他長我十七、八歲，彼此交誼甚篤，乃將吳旭初之祕密轉告，渠即應承願意冒險行動。余等三人即田川、旭初及余，於民國三十四年六月底離開上海到杭州，在六和塔之附近錢塘江畔搭上拖船，向錢塘江上流進行，途中自杭州要越過日軍警備線時最感危險，幸當時在杭州日本總領事是田川的親戚，大概是田川將實情坦白講明，得了該總領事的諒解，余等坐上總領事館的汽車，說是要往六和塔方面參觀芝江大學，瞞過警備兵在江邊就上船。七月末到達錢塘江中流地方的淳安鎮，在這鎮裡住了一個多月，知道日本投降，余乃作台灣光復曲，在淳安會晤戴笠將軍，由該將軍面示余等，本擬送我等到福建的建歐乘飛機轉重慶，現因戰事結束，飛機不來建歐，叫余等轉回上海、南京，聽候何應欽陸軍總司令指示行動。我等九月三日在淳安慶祝勝利後，即返上海、南京，這次順流行舟，到處不需驚心祕密，很快就回到南京，拜見何總司令請示行程。在南京又等候約一個半月，到十一月下旬才決定，田川不需要前往重慶，余本人自以為台灣光復，余自已需往重慶報告台灣情形，乃向何總司令請求使余個人可晉到重慶，幸獲許可給予飛機坐位。三十四年十一月末，余單獨到達重慶，有謝南光（即謝春木）在機場相候，余一點都沒有生疏不方便之困難，當時謝南光是日本問題研究所之主任祕書，其主管是王芃生主任，余住王主任公館近四月之久，迨三十五年三月與王主任同機回到上海。先是余於三十五年一月在重慶加入中國國民黨，有福建監察委員秦望山熟悉台灣情形，亦知余名，雖素未謀面竟自發介紹余晉見于右任監察院長，後由于院長推舉余任台灣省黨部執行委員。余於三十五年四月回台一次，未幾又返上海，因南京中央黨部促余就任執行委員，至七月始正式返台就任台灣省黨部之職。自素卿死後，余不願失節捨卻家園一切，赤手攜子女七人遠渡日本，只靠　上主引導，不計前程如何，竟蒙　主恩滿被余之生活。通第二次世界大戰中，余之所到地方所處境遇，莫不是恩典滿滿，除在東京因小著《東亞之子如是想》受日軍閥嫌疑，謂余是代中國國民黨作反戰宣傳，被刑求四十天稍苦一點而外，可謂一生最美的享受，最安樂的時期就在這段時光。

余從重慶將返台時即想，最值得做的事是什麼，想來想去就想到兩件事。第一件是關於信仰的，在民國卅五年一月元旦寫成一編「第二次世界大戰後基督徒應取之步驟」；第二件是關於失學大眾的教養問題，就是我在戰前一直想做而沒有做成的白話字運動，乃做成一首「新白話字歌」，詞曰：「文明開化誰不愛，原子時代已到來，四強之一大中華，落後百姓處處在，白話字像天使，要將學問金鎖開，化我家庭成學界，你長進，這天使，帶你跑上文化天台。」卅五年二月做成。余之思想發點，是看出中國社會之亂，多年來政治生活、經濟生活之落後，皆由於民眾之暗愚所致，愚蠢為萬惡根源，是非不明，善惡不分，唯勢利為歸趨，唯權術為嚮導，世界無比之錦繡江山變成百鬼夜行之巢窟，古是今亦是也。補救之路，惟有用白話普及教育，化家庭成為學校，使真理之光遍照國家社會各角落，眾志眾力方發揮得出來，強盛的國家，高明的文化方有機會可以肇建起來，國家民族才有光明前程。因此白話字普及運動遂成余終生之使命。台灣光復於茲十八年矣，在此十八年中，余未曾一日一刻忘記了實現此使命，余十八年之久從政至今，蓋深知此使命之達成脫不了政治也。過去十八年可謂準備時期，一般空氣之醞釀必須稿件之編製，協力同志之發現，千頭萬緒棄無一不需時日。余自以為這些都已有其端緒，本年內擬將六、七年來編就之「常用閩南語國語對照辭典」稿及「閩南語國語對照會話」稿能得付印刊行，以為白話字運動再出發之第一步。

為欲起草前記辭典之序文，想到余對白話字運動所取行動之經過，應在此機會報告一下，以作大家之參考，於是乎又想到查閱所存的日記，現在先來說明幾句。前面已經陳述余在民國廿六年七月底將子女七人全部帶離台灣，家裡所有除應用衣服而外，全部遺留沒有帶走，一部重要的東西寄存於親戚家裡，台灣光復回到台南只剩三件器具，餘皆沒有了。一件是先代留下來的朱砂花瓶；另一件是外國印製的達以理披投獅穴圖，往年余懸掛在正廳中堂的；再一件是皮製黑漆的枕頭箱子，這箱子是余先母存放珍貴首飾等東西者，一打開看裝滿了重要的信件文稿，也有三冊日記，是一九二九至一九三五年七年間連續的大事記，是余最寶貴的東西了。這七年間正是台灣社會政治運動分又裂又分裂，內部紛爭最多的時期，而亦是余對白話字運動最用心思的時期，寶貴的史實很多，余應該從早閱讀這些記述，而竟到兩個月前為欲起草辭典的序文才抽出時間詳細閱讀，實在感慨無量。余在較年青時甚愛寫日記，因在民國十二年為台灣議會設置運動被日政府搜查家宅幾次，而他們最注目的就是日記，因此，以後就決心不寫日記了。現竟能有此七年的記述，是對內部的事多，又是關於白話字的資料都很齊全，真是求之不得呀！

余細讀了這七年的記述，很明顯地感覺有我自己以外的力量在領導我，使我不失望，使我不息而向前跑，使我在困苦之中有感謝、有光明喜悅、有幫助，不至孤單無靠。嘻！這是何等奇妙！感謝　主！讚美　主！這是　上主聖靈的恩惠呀!!!阿孟！願榮光歸　主上帝！阿孟！阿孟！

主后一九三六年一月一日

午前到各親戚朋友家拜正，午後與內人率眾兒女上墳掃墓，近晚始歸，過了清和一日。余今已四十八歲，內人四十一、慧二十三、文十九、妗十七、維昷若在是十五、珵十三、妭十一、敬仁八、皜五歲矣，舉家現頗粗安。慧、文、妗三人在東京亦皆順適，今春四月慧將畢業音樂學校，仁將新就公學。余自客秋以來，不得不用眼鏡，若無遠視眼鏡便不能書讀，於是不得不謂體力有變，內人之健康雖不如昔，但亦可喜已略近健康。從來所關所謀諸事茲可當作段落暫置之。此去余決意專心與林攀龍君協力踐行去秋在京所約之事，但非得乃父獻堂之許莫能為也。客臘經有商議數次新設農民學校之舉已屬絕望，對第二案充實一新會之運動，約於本新正早早決定最後態度，然余業經看破獻堂之心理為消極之消極，倘非攀龍君大有覺悟快心，亦必歸於絕望而無疑也。噫！時勢於茲已進入在最大非常時之圈內，而余之前途渺渺不定適從，今者家中雖略順意，天氣亦甚清和，但余之感懷殊覺無量寂寞!!嗚呼！慈愛天父余之衷誠實爾所鑒，余今年四十八，除妻子外一物無有，如是者余悉對之如蔽履不一顧也，余所關重者惟天父之聖意耳，即我人類同胞間之真理、正義、生命、和平、純潔、怡樂是也。天父爾將用我乎？棄我乎？

一月十四日

去五日自台南到霧峰，意欲與林攀龍君作最後之商議以定今後之工作。彼告以客秋所計畫之兩種工作，第一案創設農民學校已屬絕望，而第二案充實霧峰一新會運動進入對地方民眾施行改善實際生活，表現共同社會之精神，對此因時勢之影響，所有協力者不甚充分熱心在霧進行，林君是以希望我在台南新創台南一新會活動，斯一個亦一有意義之案也。

然忽另一心念如閃電浮現腦中，殊覺躍然有力。憶係客歲十月十三日余曾於東京訪賀川豐彥氏，勸其勿往米國提唱平和，宜在東洋日華之間努力為最關要，而今彼竟視亞洲之危局如不見，欣然渡米作獅子吼，今日我腦中之心念躍然以告曰：爾所計畫者已皆歸於不能實行，爾前勸告賀川當以東洋平和為重，直接努力於日華兩民族之間，彼不受爾勸告，爾若果以東亞和平為重，爾何不自己踐行？爾勿自卑自小是舉也，蓋非學力地位所能為之，惟具至誠願犧牲者始克企及，為之者在人，成之者在天，成敗如何，爾勿計焉，爾最感必要，故爾最宜自為，台灣為內現無所要求於爾，設或有之，東亞亂台灣豈能獨安哉？欲台灣之進步於斯，當先致力於日華平和，爾再躊躇不前，是偽君子！此聲於余心內轟然，故余猛然大有覺悟，乃對林君坦白直告以新生之志向，彼勸再細思，因目標過於遠大，余對曰：國家興亡，匹夫有責，前賢教我非過分也。答曰：君欲如是自苦固大美事，千萬自重云。

三日前別林君到台北訪羅萬俥君，亦直以所志告之，詢其意見並求協力。略曰：今於島內無甚大事要我用力，故決意往返日華間，期有所補救於將來，余過去四個年間，專為我台灣支持足下到此，願足下亦以愛台灣之故支持培火兩三年若何？彼頗承認此舉之意義，但只約供給一部分之力而已。余昨自台北再到霧峰，又將此舉告之林階堂氏，氏即曰：大有意義，君肯如此任勞，以兩個年之活動為限，余願月助壹百元云。余喜不勝言，余之所志以此可謂路徑已開轉，而將經過報告於獻堂，彼意原不積極贊成，今見余之所志者堅而周圍之狀勢又頗良好，故約肯依從來之程度相助。余旬日來之新志向新計劃於茲遂成，此後則全視余之實行力如何而已。噫!!我主耶穌基督所尊奉之天父乎，願爾允准余為爾之順良兒子，能奉爾心而為爾事也。心所願!!

本日歸南，寄足台中時所欲決行之事告之莊遂性君，仝君甚喜，乃約另籌多少補用。又告之陳炘君，彼熱心諫止，謂係徒勞無益且極力相勸參加東亞共榮協會之運動。余答曰：不先得中國及日本內地之具有真誠者協力，無能為也，約緩圖之。

今日午後歸家，晚整裝搭夜行車上北，因約台北日本基督教會牧師上與二郎氏同到東部花蓮港地方調查教徒被迫害事件並講緩和策。

一月廿五日

今日午後七時於日本料理店「鶯」受台南市內之親朋近三十名之餞別，宴長老教中學學長加藤長太郎氏及神學校教授武田公平氏二位，而外餘皆本島人之親友也。眾推加藤學長述送別詞，以外數位述感想，從中同信友王受祿君之言說最為感激余心，略曰：蔡兄為余之大畏友也，蔡兄、韓石泉君及余我三人本為最親愛之同志同信友，後因余薄信而蔡兄又似不能理解、不能同情薄信之人，以其責備過於嚴厲，遂使我們二人之間不得如前之親蜜。但今一聞蔡兄為其所信，為其遠大目的擬以兩三個年間作長途之旅行奔走，往來於中國及日本本國之間用謀雙方和平，如此宏圖固非蔡兄莫能企及者也，誅屬可敬可喜之快舉。然余際此陽關特別長亭握手之時，胸中不禁絕大悲惜之情油然而生，蓋余數年來為病痛所侵，再能幾年此世實難期料，倘一旦不幸，若我蔡兄在此鄉梓，余信余不專意囑託，彼必能為我籌設一極妥當極整齊之葬儀。噫嘻！而今蔡兄將離我遠行，余殊感寂寞無聊。王君於是言斷，滿座為之寂然，余亦不禁為此心酸，且喜我二人之友誼無所變易也，真誠信　主者結局是融合一體，無可容疑焉矣。感謝!!

一月卅一日

去廿七日與素卿率敬仁、淑皜到霧峰告別。對此回之計劃在友人間多有相勸中止，蓋以為恐無效果而且危險，余亦非不自知，只因信心相迫，不得不坦直斷行，全靠　上主指導。雖約素卿年末在東京聚會，一面又覺前途渺濛，難免依依情切，乃定相攜到基隆埠頭作別，故率二幼兒同行，實空前所未有之舉也。廿八日泊台中陳炘君家，廿九日到台北宿羅萬俥君家。卅日赴台灣新民報社重役會及總會，不幸以紙面之編輯殊不整齊，記事之選擇取捨又多失宜，略就於地方實地所獲聞者，在重役會報告以供編輯局長林呈祿君之參考。豈意林君不但不採納，反就余及上與二郎牧師共擬之東部基督徒迫害事件之經過報告文加以侮辱之辭。余殊憤慨，乃明責其不應擅自將該文改易，且揭載上之操置亦有失宜，遂成一場激論。而彼總以強辯相對應，不得已當眾重役之前警告之曰：重役中多數余知其對林局長之局務處理上大生懷疑，貴局長倘不深以社基為重，再有輕率糊塗之操置者，諸同人即皆以久年同志同事之理為念，然恐難終以私情而廢公事。前曾有數人連名提出勸告狀於羅專務矣，以後難保再無，君宜慎重於是。彼面現土色，言遂塞。噫！余不得已也，余為愛社起見，余將遠行，非有他意也！本日午後四時半於基隆埠頭與素卿母子分別，船離岸時遠見素卿以手巾拭淚，二兒則疊呼「請請」、「サヨウナラ！サヨウナラ！」，噫！余至今來往內台間不知凡幾，每回心境未嘗有如今日之留戀不捨焉。

余擬先到東京，二個月間練習中國普通語，四月初方要往大陸尋友考察，秋末或冬初再回東京。但見東亞天地陰雲遙佈、風潮著著緊迫，豈非於余未踏大陸以前而狂風暴雨已先掃遍華北一帶，然後將及於全東洋乎？

二月八日

去二月五日早安抵東京。四日午後由大阪發時已有風雪，及至名古屋，汽車線路漸生故障，余於名古屋探問親戚之子，等候至五日午前一時，汽車始獲開進東京，到著時因積雪太多（約尺五寸），市街電車及バス皆不能運行，只有タクシー、自動車稍可濟用，但車資比常要加倍。聞四日午後六時頃起東京始雨雪，以其量太多，咫尺不能辨，交通全部杜絕，故在劇場觀戲者皆不得回家，悉在戲團過夜，人人呼叫白禍！白禍！實堪謂非常時之一象徵也。

此回因擬專心學習中國語，恐出入頻繁難免要多打擾，故不敢定宿於植村環姊家而下宿其附近之「柏木ホーム」。本意欲託中國基督教青年會之馬伯援氏代尋一中國語教師，豈知該會於客年末已遭火災燒盡，找不見馬氏住跡，乃轉問數處皆不得。後詢岩波茂雄兄，乃將其介紹新識一位北京清華大學教授，係來東京現正在研究日本古代文學者，稱謂錢稻孫先生，年近五十二、三，為人極其忠厚純樸。由此老先生再代尋覓得一位清華大學之畢業生，三個月前始到東京，現正潛心於日本語之學習，說是要與余作交換教授，年紀廿七、八，尊名孫毓棠，實為俊秀篤實之青年。余大喜，乃依其希望，每日互相來往作交換教授。此位家在天津，母家北京，其外曾祖父嘗任過前清禮部尚書。我等之課習自今日始。

二月廿六日

自開始學習中國語以來，對交友之來往具皆遠慮減少，即每日之新聞亦不細閱。今日自早晨未起以前就雨雪甚多，午前九時頃正欲往孫君寓處學課，於高田馬場驛突見賣新聞者所貼出之緊急告白曰：「渡邊教育總監本日午前五時半被青年將校十餘名襲擊斃命」，一時殊覺驚訝但亦直往孫寓學習。中午在食堂亦聽無線電話報告證券取引所停止取引，各銀行如常開店云云，於是乃一發感覺事態重大，直至新民報支局查問始知事實之大略。步至宮城及日比谷一帶，見有兵士嚴重圍守，宮城觀眾如蟻，面示非常氣色往來堵看。活動寫真館、戲園具皆閉門不開，東京朝日新聞社亦被兵士封禁不准發刊，但市面一般之秩序則與常無異。聞陸軍省參謀本部、新國會議事堂首相官邸、內務省、警視廳一帶各重要官衙，皆為亂軍一千四、五百名所占據，亂軍領袖野中大尉等有發布宣言書，痛陳國政及民情之弊害困苦，故作是舉專在肅清君側，掃除誤國害民之古老勢力，且明記要求四大要件：一、施行經濟統制；二、金權奉上；三、施布軍政；四、內閣總理要推真崎大將或荒木大將。

第一、第二之兩件可謂是國家社會主義之實現，第三、第四之兩件可謂是武人政治之復活也。噫！所謂非常時，日本之真相於是具露矣。然余於乘合自動車中適與一六十歲前後之老紳士比連而坐，車過宮城之側見有兵士守衛而群眾處處堵立，乃厲聲對余言曰：此等青年輕舉之徒，自以謂如此蠹動即能搧激民眾、動搖盲從，彼等實大錯而特錯也，日本帝國自明治維新以來，上下一致，舉國努力於今已能昂立世界中，毫無遜色他邦，其根底由來蓋深遠也，豈二三小子所能搗亂哉?噫!此老氣炎萬丈然亦斷非架空之說也。市面一般實況秩序整然，誠有大國之氣象，者番之事變，設若生南京，其混亂離散之狀當不能設想也。

三月九日

數日來接到家書及醫師候、吳二君之電，告以內子宿疾再發，殊有惡化之虞，勸我不可即往中國旅行，務要就速回家以慰病人。不得已乃決於近日回台，內子病稍癒時即由台灣出發直接向中國，不再來京，因此本擬欲相會交換意見之人須於此數日間探訪清楚。自數日以來已罷學習中國語之課，專工面會各界有識人士，蓋以余力所能及者惟平和工作而已，故特用心對宗教界、學界、言論界奔走。今日作一最有意義之會見，即與日本神學校長村田四郎氏面談，於其私邸約二時間，互相徹底披誠懇談補救時局之策，結局互相一致，認定平和工作乃基督徒之一大使命，際此時機，應由教會內部刺激教友踐行愛人愛世之心，特別對中國在京學生表現好意，給與種種便宜，俾其學業克獲順利，一面余若到中國幸而得彼方之人士理解，得行雙方親善之路徑時，村田君約必鞭撻日本基督教界各方面之人士向前協力。對此會合余殊覺有重大意義，大受　上主祝福!

三月十三日

近者每日會人不下四、五人，此間最有關重者即民政黨之幹事長永井柳太郎氏、最近脫離國民同盟獨樹一幟之中野正剛氏、新任拓務大臣之永田秀次郎氏。及今夜於日比谷山水樓之會合為最有意義，永井氏自素較有理解余輩作事，且彼現在日本政界重要地位，故不客氣求其許以長時間之會談。余先告之近有中國之行而問其對日華關係之見解如何，彼直指中國人之頑迷輕視日本勢力，對日本全無信義，就中蔣介石氏為最，所以目下日本已忍無可忍，誓取強硬手段以啟中國人之蒙，打倒蔣政權然後可望日華親善，然後可救東亞億兆民眾脫離英米之侵略。余答曰：中國民眾之頑愚固為事實，若謂中國要人之輕視日本、不守信義，余亦可以表一部之同感，但亦恐有原因而使然也。余敢斷為我國人缺遠大努力及過去對華國策不一定，此其原因之大者也。使我國人若俱遠大眼光，放棄英語而習中國話，放棄洋行而疊往中國與中國人頻繁接觸作種種文化的之進出，余信雙方之感情必不至如今之惡化。且我國策自早一貫徹底援助民國之建設若助今日之滿州建國者然，余信其舉國必負載於道路，而現狀竟如今日，雙方皆有其責也。至於必打倒蔣氏然後日華始得親善此點，余尚欠明瞭實情，不敢述其鄙見，然應牢記一點，中國所有勢力之大部分若依附蔣氏國民黨之大勢，如不欲蔣氏失腳之時，打倒蔣氏即與打倒國民黨同，然若如是，不但共產黨要飛躍起來，中國必起大亂，必成日本之憂也。余又曰以先生之理想雄辯，過去日本舉國民眾悉為先生所風靡，際當今東亞之危局，先生欲於國內爭雄，不若以先生之才之力諤諤於大陸要人之間，開其胸塞以濟時難為貴也，先生之意以為若何？彼僅笑而點首耳。

去十一日晚九時半與吳三連君同道訪中野正剛氏於其私宅。此氏最近脫離國民同盟且由中國之旅行歸來未久，余於日本評論紙面閱過彼對中國問題所抱見解之一端，知其對該問題懷抱幾分正當之見解，欲更深知其意見，故與約束時間會談，因彼忙甚，余又急欲回鄉，遂約於此時刻相會，可謂彼此皆無客氣之甚矣。余乃直扣其對日華問題之根本意見及實現方法若何，彼答曰：對日華問題之解決須有一個定見及兩個工作，這個定見務必徹底了解日華關係是絕對相依存之關係，政治上之統治主權各自獨立是可以，但是雙方之民眾生活是要結成一體互相形成唇亡齒寒的關係，此點係現在東亞之實情所要求之大趨勢，雙方識者須要認清當以助成此大勢為目標，大家努力才是至於實現此方針之工作。由日本而言，一面要勇敢革新日本之政治，如從來之政權悉握在無誠意、無理想、無氣力之既成階級舊式政治家之手中，此等既成階級舊式政治家是絕無擔當現局勢之能力，所以務必先逐此班人於政權圈外。去二月廿六日之悲慘事件，方法固不足取，但其努力之發點亦可謂是在希望日本政治之革新而無疑也。數日前所成立之廣田內閣與前岡田內閣所差不過五十步、百步，若不用心做事，或恐難無第二次之二二六事變之發生也。再一方面之工作是在啟蒙中國要人之頭腦，彼等尚頑迷看日本不起，事事都期依存於英米，此為日本絕對所不能容認者。由日本萬般說明啟導，中國要人總是頑迷不稍聽從，因遂發生滿州建國之事，爾來又有華北問題之展開，皆由於中國要人之頑迷所致。日本之國家總意對中國並無領土之慾望，一切努力僅僅是在要善導中國官民決心信賴日本之力，彼此相依存以禦英米勢力之東漸而已。不幸而中國不醒悟，故先以滿州事變教之，不悟再以華北問題鞭撻之，不幸而中國又終不悟時，日本則惟有余及汝偕亡之覺悟已耳，英米則終坐得漁夫之利也。東洋民族總體之不幸莫大於此，滿州、華北問題自身豈有意義哉？余最後以嚴肅之態度告之曰：先生之高見，先生之熱誠，余已徹底承矣，以余之謬見，現在之先生似乎是與極右分子之政見略同，對我東亞大局之見解方針余與先生可謂完全相同，但就工作之點尤其是對中國之努力，余敢直謂殊有不足之處。我東亞文明之精華是在古代，我古代先哲所教者是以德服人，而今日本對中國專要用力，故余敢謂有不足之處焉。就現下之情勢而觀，一面用力或者是出諸不得已，若先生者宜再加德化之工作才為賢明。古聖賢喝破曰：民心無常，惟惠是懷，中國至今少有施惠之忠誠大政治家，故人心不能歸附，故常亂而不能安，日本倘必專以力服之，余敢斷中國人心必永遠排日，此為彼等幾百千年來對強者所慣用之技，無可容疑。試想看，先生，歐米人向來所作之惡孽固不少，但彼等僅在中國所設之學校、醫院，所送之人物如何？所花費之金錢幾多？彼等對中國民眾豈不是有施了多大之恩惠？而且在其本國對中國學生豈不是有特別之用意招呼他們，使他們載德回國耶？中國本土久年之禍根是在乎有壓制之霸者而乏布德施惠之王者，東亞現今之病源存乎此，先生不以為然乎？先生若一轉眼於本國國內情勢，亦可推想中國人之對日態度當如何。二二六之不祥事禍非發自皇恩不能普遍於下民者乎？台灣乃一小島嶼當有別論，若朝鮮誰敢謂今日之無事非在軍隊及警察鎮壓之力而在心服喜順哉哉？用威臨之他族者，日本帝國已不乏其人任其所為可也，若先生者應代國人深謝中國民眾向來之不德，一面鼓勵國人積極犧牲往中國布惠，援助其民眾向上作種種文化事建設，對來學之留學生設法保護。余經自前勸告在京基督督徒開放其家庭接待中國留學生，莫論彼之樂受與否，我當不斷如是努力，余信不久誠意自能感動人心，日華關係、東亞民族之融和自有解決之一日也，今速著手尚未以為遲，先生以為然否？中野氏大表贊同，告以彼有組織東方會專為研究此等問題，招余時常晤談。至是已十一時，乃匆匆告別。

十二日午後二時來到日比谷拓務省請見永田新拓務大臣，先通刺於祕書官，告以現正會議中，非再三、四十分後不能引見，問余待不待？余乃於應接室待之。余約待十分後，有松本台灣電力會社長亦入室待見，再約數分後又一人入待，其後，又有兩人若似新聞記者入室。約至三時頃，祕書入邀松本會見，乃對余曰：君雖先到，然此位以官廳要事先請會見，君請稍待。余乃殷懃答曰：無妨礙請便！松本去後約二分間，即又來招後松本到者接見而不招余，余亦不介意。彼後約二十分又來招一人，及四時過，祕乃來對余及再一位曰：今天已無時間，大臣將要退廳，君等請明日來會。斯時余已不能忍了，乃作色詰之曰：足下若自早說無時間，我已就早回去了，叫我直待至今，將後我來者一盡引見，然後向最先到之客要擅意命回，豈有此理？足下業將鄙人名片呈上大臣否？大臣若說不見我，則鄙人不敢多言，祕書問大臣識君否？余曰或者可蒙記憶。彼去一、二分後即回日大臣引見，另一位之客亦與我同行入大臣室。永田新大臣見余即破顏大笑，問余亦在京乎？余乃敬禮謂今日特來奉祝榮任，且以近日將歸台，專請大臣賜新就任之辭，可於新民報紙面傳佈於台灣全島民。大臣田次官所言者即余之言，可向次官處取。余再曰：現際國家非常時實不得有內爭小生，若依向來之方針在台做事，恐唯徒台灣當局增加神經衰弱，無所補益，又見日華關係漸趨惡化，日華若有事於台灣，雖幹得如何，事業終屬無意義也。故余已決意今後兩個年間來往日華兩國之間，期望克助增進多少親善，萬一幸見日華得以無事而親善時，余那時即再回台與當局計較也。大臣笑曰甚善，問余對他有甚希望。余即對曰：承蒙下問，不敢不言，鄙人為我台灣要懇請於閣下者殊多，但其中心點即在人事一點，請閣下須選至公無私之人到台當事為最切要，台人對政府若有不平，悉由當局者之差別待遇使然，如今我特意來謁見閣下，我最先到不但接待者不令我先有接謁機會，竟欲令我回去，拓務大臣豈非專為殖民地而有之耶？鄙人雖不敏亦可代表一方之台灣民眾，而竟於本省最高明之大臣室亦不免受此差別，誠屬遺憾至極。余為此言時，另一客及祕書官等數皆侍立在側，大臣曰：有此事乎？誠對不住，當特加注意才是。問余尚滯京幾日，倘有時間，再約機會詳談。余深謝之即辭退出。

本十三日午後六時起於日比谷中國料理山水樓設席介紹中國北平之清華大學教授錢稻孫氏與在京日本親友數氏相識，來會者即社會大眾黨黨首安部磯雄先生及代議士片山哲氏、日本神學校長村田四郎氏、日本基督教會婦人聯合會長植村環女史、岩波書店主岩波茂雄氏，以外余之中國語指導者孫毓棠氏、新民報東京支局長吳三連君，互相歡談至將十時始散。諸位皆屬日華親善之熱心主唱者，俱有深憂日華將來之辭，余信日華之識者倘能如是時常作開誠佈公之會合，其補益雙方之親善必不少也。於開會之挨拶辭中，余略謂日華兩國兩民族正所謂兄弟手足之邦，不幸中國於茲老暮，氣運漸衰，日本新興氣勢方隆，但回顧過去日本於數千年間受中國文化之灌沃，殷深不可測量。而今一陽來復，中國民族已自覺奮起於自新工作，雖然，若非得日本民族之協力援助，勢誠難獲成功。豈料滿州新情勢發生，兩方之感情愈見惡化，現下似已進至一觸即不可收拾之狀態，有心人實深痛心疾首，幸而雙方之有心者能起而振臂呼號，使兩方之民眾與當局能顧及同文同種之大義，艱難兄弟克自相親，不命我東方再生一獨逸及法蘭西之世讎關係，則我東方民族應有重作雄飛宇內之一日，以貢獻世界之和平也。余之鄙見為我東方民族之興衰當在此兩三年內便能判定大勢，余不自顧菲薄，已決意休止我台灣島內之工作，專力奔走日華之間以期識者相互之接近，有所補益於大局，此事或者歸屬癡人之夢，雖然，余經決意努力聊盡此心，惟諸先輩鞭而撻之幸甚。席間諸氏各有致辭，從中安部先生略謂：日本與中國斷不可不相親善，蔡君能重視此點，肯獻身奔勞，務祈不使再有佛、獨之世仇關係，現於我東方此誠神聖至高之工作，如微力之所及亦誓協力。蔡君與余之交誼已久，余深知其為人，對余之眾議院議員選舉戰，蔡君亦曾運糧相助，余信蔡君今後之努力定有貢獻於日華之親善也云云。此老將余以前對他所盡微勞，亦在此席上提起，實令我感激。

三月二十日

去十四日發東京，十五日到熊本會韓君石泉，詢問對拙內養病之法當以如何為最善，聚首談心三天。由門司搭船歸台，" 今朝著家覺室內一種陰鬱之氣充塞，素卿含涙於病榻相見，形容甚然枯瘦，諸顏色不好者居多"。敬仁之健康最不良，余亦一時不禁心酸，問其故，素卿答曰：自送余到基隆歸家以後，氣偽不順，敬仁先病約二週間，夜夜熱高，皆親自碎冰看護，遂致體力不支，舊症再燃，於茲已四十餘日不見恢復。余乃曰：我家無產，爾素檢樸固善，但舉家以我在外皆須爾支持之，日日費用雖曰皆出自諸友人之力，敬仁病時以爾身弱即多雇一看護人，多費些金有何不可耶？爾何過於自苦乃爾？素卿雖受余之責，亦見大有喜悅之色焉。

四月廿五日

素卿之疾自余歸日見輕減，余乃以言戲之曰：蓋不欲余之在外，故假病相召也。彼答曰：何出是言，不聞俗謂「見君好三分」耶？

淑慧在帝國高等音樂學院之課程已畢，本擬使之研究マンドリン至暑天方面，今因內人病，余又急欲出外踐行所志，家事須淑慧代理，乃令歸來。彼於去廿一日安著家園，今夜令其在太平境禮拜堂演奏，余發簡招待親戚知友約四百人臨會，蓋欲諸親朋為余指導此女，俾其克貢獻些少力量於我台音樂趣味之向上也。余常戒此女曰：藝術者乃天賜之悅樂，藝術家者乃先享此悅樂者也，藝術家能在此悅樂之中而樂，然後得以以樂人，真正之藝術是樂樂相繼，由天之悅樂而使藝術家悅樂，由藝術家之悅樂而令近之者悅樂，至於無窮，是乃最高之人生也。當今之所謂藝術者，無論其為音樂、繪畫、戲劇，皆先論錢，皆為金錢奴隸，何藝術云哉？如是之藝術家是與娼妓賣笑之人無異也，差之毫厘，謬以千里，宜戒慎哉。藝術應如空氣，無處不在，多需者儘可多得之，空氣者是為養人，藝術者是為樂人，愈憂傷而乏怡樂者則愈有接近藝術之必要，何可以金錢造成牆壁哉？淑慧初以藝未精不敢見眾，余痛責其不可有此邪念，藝之精拙無窮限也，惟以具有天真之樂藝與悅人之真誠為體要，不在樂藝悅人而只拘於藝之精劣者，是蓋未得藝術之正心，不外為一種虛榮俗物而已，孔子曰：「遊於藝」，聖哉！

四月廿八日

去廿六日率淑慧到霧峰，對林家之共榮會各關係者拜謝玉成之恩，並聊表報告成績之意。昨廿七日午後七時半起，於林陸龍君宅開音樂小集，出演者提琴淑慧而外，鋼琴陳高錦花女士、獨唱林攀龍夫人。參會者林家族中人及庄內重要人士素與余親交之友共五、六十人，九時半告終，頗覺高興而散。獻堂先生過午始由台北歸，亦臨會同樂，會後乃告以羅萬俥君有事欲與我面商，希望余上北。今日乃令淑慧自先歸南，余分途上北，即於新民報社會萬俥君。彼曰：聞君不久擬渡華旅行，無如世上略有風聲謂君是受要路所賣收，故作是舉，同志間因深知君之素，常皆付之一笑。但以目下形勢，欲期望日華雙方之人傾聽親善之話，是屬絕對無望，況前月我等渡華旅行，受人誤解已生問題，是以諸同人商量之結果，希望君將渡華之舉作罷論，而以東京、大阪兩支局顧問之資格駐在東京，如何？余迅口答曰：無知之人讒謗相加，十數年來時有所聞，非今日始，有士之所志豈能為路言所移哉？若謂日華雙方無人要傾聽於親善之言，余亦知有相當之事實，但日華不親善，我東洋此去必無寧日，不幸必無底止，我曹生於此間更有何所希望而生存耶？余置病妻於不顧，決意遠出，蓋為此耳。愈知日華親善之困難，有志於是者豈非愈有努力工作之必要哉？何況日華不親善，我台灣民眾最要吃虧，吾人期願日華親善，不但為東洋全島而然，實亦為台灣之將來，不得不如是而努力也。至於謂前月諸同人渡華受人誤解，以是欲余罷行，余此回無何計劃作積極的行動，不過巡遊各地見聞些少實際情狀，倘能多識幾位中國人士，亦可將來親善之基礎，所期如是，有何相干哉？羅君答：君若必斷行，同人等必感受累，余沈思片時乃答之曰：君等若感受累，余當中止，但余必往東京，在東京亦有多數中國人士滯在，余應於彼努力，新民報支局之顧問余不敢拜受，羅曰：是為君之自由。

五月十日

自本日掛出「美台團音樂普及會」之門牌並印成規約，使淑慧開始活動。倘能貢獻些少於我島眾趣味生活之進步，則誠本望之至，淑慧雖愚鈍，量不致有背余之期待也。教導室亦已改修完成，敬仁為第一個之就教者焉。

余私以謂趣味生活之涵養，宜由家庭之範圍先下手，由父母兄弟姊妹之間而及於近鄰朋友，以致於社會公眾和然同樂，可惜向來殆悉限在演台上之演作，幾乎盡歸為金錢物質之所屬，失墜真正藝術之真趣，淪亡人生之本色。仁愛者與人共甘旨，至德者與眾同清樂。

五月廿六日

素卿之病至本月初旬甚然順調，約半個月間皆歸平熱，余戲之曰：本無甚病，乃故作驚人之態，使余遠歸，余薄志竟上當矣。卿笑答曰：何出此無天良話，病得如此枯槁，豈能任意裝作，俗言「見君好三分」，大量有些影響！余正喜近近得再上京，豈意十一日以後熱又漸高，日高一日，十八、九日以後超過卅九度以上，愈入危險狀態，夜間最苦，又熱又嗽，一睡不能，恨不得稍代其苦，每深夜唯起坐禱告而已。吳先生斷為併發肋膜炎，試之果現淡黃色清液積在肋膜間，先生又告熱度此後量能漸降，二、三日來竟如其言降至卅七度餘，危險期已脫。噫！此半個月來悶極矣。

六月九日

中國興化人宋尚節氏，年約卅七、八，數年來於中國盛為基督教傳道，前曾遊學米國專工化學得博士號，故世人稱彼宋博士，因去年春在廈門傳道大見成功，日數千人聽講。傳聞彼能以祈禱醫病，台灣之教會中人亦有不遠千里渡廈赴會，旗山一婦人歸島聲言受宋之祈禱已癒其十數年來所不能癒之婦人病；台南亦有一婦人亦聲言她之啞子受祈禱後能開口説單言隻語。教會中之職業牧師黃某、陳某亦往赴會，亦盛言宋之説教有靈感，教會內遂大嘩，計劃聘其來台傳道奮興。宋自去月廿出到著由台北説起，而後台中、台南各各開會一週間。在北之第一夜適往北，乃撥忙參會，宋之講演內容皆依聖經說話，無甚奇異，亦不見有背謬之處，但其態度、聲音、形容等則若優伶，其有若狂人之所為者，鄙俗殊不可堪。最後彼大聲呼曰：如有聽講知罪者可起立，彼欲代之祈禱　天父，俾罪得赦。余聽此言遂懦不住而出，是夜會眾約五百人。宋經台中自數日前到南設講座於神學校之廣庭，日開會三次，每次皆二、三千人出席，可謂空前未有，但稍具批判能力之信徒無不歎氣搖首。余思其能投此人氣之理由有三，第一是風聞宋能行神跡醫病；第二是教會失信無能力，自覺空虛，欲求打開門路而行教會之總動員；第三是宋之態度熱切如狂，所用方法又極鄙俗，易動無知者之感情，且宋於講話間多挾歌唱，使會眾易為興奮，因此有大群之愚男女為欲求宋之神跡圍宋之宿所至深夜不歸，因宋與官有約不敢隨便。以第二之理由，會眾皆屬各地各鄉村之教會中人，多有置家庭於不顧而遠路來會者，講台上面宋而外悉以教會中之職業宗教家，充滿盛況至極。然宋之左右二人，一為宋司會，又一專為宋讀聖經，此二領袖正是素來之冤家對敵，以爭奪一教會之牧師地位而令信徒爭較不息者，今彼二人亦堂堂立於台上極表示其教虔之信心焉。以第三之理由，單純淺薄之信徒被宋之感動，遂有幾欲發狂者，如高再得兄夫婦在教會中素稱為篤信有識之人，而今悉為宋所心醉而傾倒，逢人疊謂過去之信皆非，今乃始得真信，適其長媳婦將產大孫，決以此意命名為紀念。又宋發表今夏約一個月間定在廈門講新舊聖經，全部已有數百人志望往赴，高家夫婦及子女亦定赴會見，此情勢余遂不能置之若罔聞，乃與表內弟候全成君協力表示反對，高等執迷不悟反以余為出自嫉妒使然，余遂不顧平素之情誼，乃徹底指摘其非曰：爾家三代信　主耶穌為本島教會中之名家，爾自身現為教會之長老，爾妻為主日學之校長又是初代之女長老，爾自己有信無信，於日日對　主禱告時應自明白，爾若自知無信何冒瀆聖職許久？既敢當職是即有信也，何謂過去所信皆非耶？豈不虧滅　上主素來灌渥之恩乎？爾等非初信者，爾等讀聖經呼　主之聖名久矣，今接宋之講演因之由淺入深斯可矣，乃謂覺今是而昨非，斯則不可也。余所見宋之熱切心情誅堪敬服，但其盛言神跡與其鄙俗之動作，大有毒害人心，況敢大言以一個月欲說盡新舊約全部，惑人太甚矣！爾們為教會長者，若必往廈門是作俑者也，余必與爾等絕交！後又聞吳秋微嫂亦志願欲往，乃種種婉言說之，彼遂不往。近日因關於宋之言動，余與教會中人衝突數次，如再得兄夫婦平素對余情意甚篤，余本不應對他們如是嚴厲，無奈誤人害道之輩過多，余遂不顧私情，然終難免心中鬱鬱焉。余自前每思我台灣島內尚無真正之基督教，我島人間尚乏正開心門奉迎聖靈臨在真誠純正之信徒，於茲益自信其非妄斷也。悲哉！

六月廿二日

因素卿所之病已見稍安，漸有恢復之勢，惟此症非緩緩調養誠難復完，對中日間之和平問題，余心又切又忽，殊不忍專為內子之病靜坐家室而置之不聞也，乃得素卿及醫師之同意，去十三日由基隆出帆上京，適台北日本基督教會牧師上與二郎兄先入京為台南長老教女學校之校長聘請及淡水中學善後問題，奔走求中央要人援助，余乃與之暫時同宿協力。

民報專務羅萬俥君風聞中川總督必定辭任更迭，大昨亦已到京宿帝國ホテル。今日忽在羅處讀本社之急信，謂去六月十七日近午，林獻堂氏因出席台中市所主催之四十一回始政紀念祝賀會式後將入園遊會時，為一內地人暴漢所毆打。其人姓賣間，年卅餘，營遊技場為業，係小池四郎所設之愛國同盟員，初尋見林氏即由其懷中提出勸告狀，略謂林氏在上海之言動是非國民的，大不應該，如有悔悟當即辭去公職，誓言今後不參加一切之社會政治運動。林氏答上海之言動是屬新聞誤報，至於對貴下之勸告歸後當熟慮善處之，賣間即曰：事屬至明，無再熟慮必要。言畢拳頭並至，幸楊肇嘉君在旁阻住，只受兩下而得脫。警察當局是晚有召暴漢訊問一旦放釋，翌日再召問，拘留台中。在位之內地人間以台灣日日新報台中支局長渡邊某為中心，盛行飛躍聲援賣間，台日紙之紀事最露骨，只聞林攀龍君來廿四日便能入京，事態當能更詳。

六月廿七日

去廿五日面會攀龍君夫婦乃得詳知獻堂遭難當時之情狀及以後經過。攀君謂乃父對此回之事，意外極其冷靜，受傷甚微，對手又屬無之徒，決定置之不問。余安心以為事當就此解消，豈料在京之朝日新聞有揭記事，台灣亦有飛信來到，謂林氏鑑於渡華以來之情勢，殊覺自己不德被人誤會，聲明辭去一切公職即督府評議員、台灣地方自治聯盟顧問、東亞共榮協會顧問、台灣新民報社取締役。余問羅專務於其旅舍對林氏辭取締役之處置若何，彼應曰中川總督之意許允林氏辭評議員，是以取締役之辭退難免不隨大勢。因此余感事勢大非，即萌歸台探望之念，羅謂歸亦無益，但事至此不能論其有益無益，余決在京奔走幾日搭卅一日之船南返。

羅萬俥君謂有要話相警告，中食後乃重與到其旅舍。彼曰：君性頑固，不用人言，今鑑之周圍情勢，特加一言勸告，即前雖應承二個年間援助中國之行以期日華親善，但觀最近傾向，實覺徒勞無益，來年第二年年度之補助經與同人商定，概難踐約。至於君一身之事，則以為實現前年所計畫之東京支局長就任為妥，但此事亦宜暫守祕密，待新春重役會時決定。余大感意外對口應曰：中國之行係余一己之志，與余共鳴者始敢受助，不共鳴者自由可焉。至於東京駐在之事，余既傾全力推君為報社中心，於社務處理上如必要余力者，君有要求而余作得到者，未嘗不應命，若社務處理上非必有要余之處而僅在余以安身之所，則余不敢承領。廿餘年來，余只流浪一野人，不願造產居住，以至今日不過亦為自負有些所志，余雖頑固於此志，量必不致為台灣污，周圍各位之對余如何，悉任各位自由，助我者我固感謝，不助我者我亦無所含怨，士有所志，能合則合，不合各行，其是可焉。

補記

昨廿六日午前八時與上與二郎兄及植村環姊同道訪問永井柳太郎氏於其千馱谷私宅。先由上氏陳述台灣教育事情並淡水中學移管之事，求其協力指導。後余乃接口陳述鄙見曰：台灣乃一海隅之小島嶼，於對外之軍事、經濟方面而言固屬重要而且複雜，正所謂帝國南方之第一線，然於對內之政治、經濟而言則甚簡易單純，為政之要在使民之心服，不幸帝國四十年來之台灣統治威則有餘，德實不足，中央政界賢能之士倘終不能洞明此點而施有以救濟之策，山野之人則敢斷日本之大陸進出必無可望，而東洋全局之禍害必巨大也。以愚見帝國如必欲行夫王道政策者，何必於台灣極端制限教育門戶且又絕對禁廢漢文耶？本國土狹人眾，勢將殖本國民於台灣乃屬自然，而台灣人當自知其分不可拮踞與本國人爭者亦屬瞭然，於茲台灣人宜別尋置身之所亦自不待言諭。今政府不為之積極教養且欲奪其向來所有能力，俾台人進無路退無步，如斯在內豈非必激成烈烈之民族鬥爭，在外豈非足示帝國之不德乎哉？台人若對內激爭，終將自滅固無疑議，然帝國之不德亦益以照明日本現下於東洋非患於無力實患於無德焉。耳向中國大陸若必加以武力以赫之，吾則不知其底止如何，若以文化的之雄飛以臨之，吾則敢謂日本之將來又如旭日之昇天也。此論幸若不錯，當及早大開教育門戶於台人以作第一步之試驗，使台人為本國人之先驅；向大陸悉用其文化的之能力以作大陸文化普及之曙光，能如是不但內台可得兩全，一舉而成三美矣。今適台灣當局對台灣南北教會英人所經營之學校大行干涉，主唱移管，日本基督教會深引以為憂，倘中央具眼國士能致意於此，肯借大力善修局面，則國家幸甚，生民幸甚。永井氏深以為然，約助上氏等之努力。

六月廿八日

聞大陸夏季酷熱，論要人亦多遠遊不在，故定今夏滯住東京練習英語會話，乃於去廿二日移住赤坂區溜池之富士アパート，蓋以張永澤君住在近鄰可授其指導也。移住後三日始發見余之懷金六百七、八十元中被人抽去壹百一、二十元，乃憶余於移住之翌日，使女於余往浴室之間所為者，立即究問之。她謂拒言不知且指余往浴時無開窗戶，余應賊若自外入必不抽去一部，當全部取去，她聞此面失色。再喚其夫查問，彼主張必報官。無奈往赤坂警察署申報，警官亦言必為使女之所為，促余正式提出告訴。余一時心生不忍，蓋余目見使女等之生活窮困，錢既入手必無再挪出之理，若正式出訴使女必受定罪，彼一家四人當苦更甚。乃將此意陳之警官，請其以勸戒方法裨使女悔悟，不再為害他人，則余心甘損失，警官聞言略現感動。余今夕自外歸寓，見機上瓶中插有極美之生花，問使女此花何來，她答日前受託之錢尚有餘額，故買置之。噫！料是警吏對她有言所改也是，由她之真情發現而來者，余豈有餘錢在她處哉！

七月八日

初日一由神戶搭船歸，台上牧師亦同船。四日夜在北一泊，將羅所委囑對東亞共榮協會轉取消極態度之意達之在北柏氏，且由在北同志聽取關於獻堂事件之情勢，特由呈祿知悉獻堂辭退新民報重役之經緯。五日過午到霧峰，獻堂由烘爐別墅歸宅相見，頗見無神氣自如，然余不禁一時淚下。在霧三日悠悠談心言志，互相頗覺喜慰，間偶言及世態炎涼人情冷暖之處，獻堂謂事件以後，有一日與李崑玉氏閑談中提及耶穌遭害被捉時，平日相親愛之門徒具皆遠避，敬重耶穌最切之彼得臨危亦竟否認，棄絕耶穌，從來未嘗不聞此事跡者，番自處其境合現實情而重聞及，殊更了徹世情而感無量慰安。余答曰：人情之輕薄固誅如是，然彼得之終不能如其所願而追隨耶穌者，蓋以耶穌之出處極其高遠所使然，如我等凡俗之界限內，人心未必盡如是也，先生亦應有可實見焉，言畢兩相微笑。對新民報辭重役之事乃出自呈祿之計謀，余決意主張反對，獻堂阻止不必。

本日回家探望內人之健康，與余前月上京時無大差異，但見其氣色筋肉之狀，直覺其病症殊非輕淺，余表面雖故作安然，內心實憂痛切之烏嗚呼。傷哉！斯人也如有斯疾耶！

七月廿二日

去十一日由南重到霧峰，期有所安慰獻堂之心境。聞台北白成枝者原係故蔣渭水君之心腹股肱近者，出為呼召將組織打倒林獻堂一派同盟會，與賣間等連絡，又洩言有軍部某要人為其背景，前日曾派其黨人到霧傳達彼等之決議於林氏，謂林前有非國民的之言動，而今若果抱謹慎之意，勸其將前受當局拂下之山地貳百甲提獻為國防之費，要其務於一週間內回答有誠意之答覆。獻堂以此事諮詢何以對待之，余答無論其背後勢力如何，日本帝國尚不變其國憲之間，自然是要尊重國民之所有權，彼輩之言說，以聽若不聞之態度對之可也，至於受當局拂下貳百甲土地之點，宜於報紙上對島眾釋明事實有無及內容之委曲，方為光明作法。十六日由霧歸南，余雖僅一孤島野人，對日華兩國關係之惡傾向實不無憂心，期盡一分子之力以圖補救，乃得內子同意定十八日夜行車上京。十八日午後三時止，忙於出發準備，因受王君受祿懇請，往赴其息生淼君十六成年之感謝式，會者近三十人，席上特請黃履鰲君講述無教會主義之中心精神，余講基督教之社會性，約述三、四十分，言雖簡，聽者皆表明滿足，余不過就自己所信及體驗而言而已。十九早到台北，本擬搭廿日之便船上京到北，始知羅萬俥君廿一日由京歸北，乃改本日之船解纜也。

八月四日

前月廿五日夜抵京，在植村環姊處與文、姈同住四天。台灣同人雖不贊成余急即渡華，然余見日華間之空氣甚險，渡華實蹈其事勢之真相之念殊切，乃決意先於神戶採訪中國居留者之空氣若何。廿九日由京到神，以盧屾嵓君之薦投宿於元町ホテル。余之第一目標是在面會在神中國巨商陳清機氏，氏為一老國民黨員，前曾任過福建某縣知事，不幸他往南洋旅行不在。次會閩省商會首領詹廷英氏，再會國民黨神戶特別支部之常務委員李壽鵬氏，二人皆冷淡，不肯熱心講話。因余直以大義責之，略謂中國應知自己國力，且宜代最大多數無知無力之中國民眾謀其生存為識者之天職，倘互相不努力覓出解救之法，只放任其自然，則日華之開戰必矣。一開戰先大亂者，中國東洋當徒為歐米人之所乘，余一派島田舍人耳見此局勢，不能生視尚傾囊到此，君等為中國人之代表，多年作國際交易，最明大勢之利害，何可無所作為？彼二人所答略同，謂今日之事悉由日本一面所做來，主動之力全在日本，中國因無力可戰，但亦無力可制日本之所欲為，中國人之現在只可靜觀其要做到何種程度，到斯時自有斯時之對應法，要和要戰盡依日本所計劃，中國人無論其官邊或民間，萬不能進前作乞哀求憐之舉也，倘有不謹慎而出為者，勢必為國人所不容。余不得已，轉訪在神內地人名士日華登山會會長今井嘉幸法學博士，氏自前曾助民國第一次革命，現為社會大眾黨之顧問，談一時半，氏之結論亦謂現實無法可使日華趨於親善，不過於登山時疊與中國人聚首動問而已。噫！將如之何哉？

余於日華問題將欲失望，回京之時適有台南人盧屾崙君，現在神戶營海產輸出商，一年前乃為新民報本社之記者，今亦在神兼任新民報之滯在記者，對余慫恿謂：台灣本島人在神經營台灣帽仲賣業者約四千家組織，台灣帽子聯盟會自來多年會員間分派相爭，致使業界不利，幾至各皆不可維持，況在台灣總督府方面疊有統制計劃，萬一實行，民業全歸烏有，故皆自覺非自相和協圖謀打開不可，無奈居中無人可為周旋排解，先生於此方面之業者間德高望重，今適來神，出為奔走調停定能可效，未知貴意若何？余答曰：此事余自十數年來以台議請願及其他公務上京，途次每經此地，當受在住同胞歡迎且又聞知同業間不睦情形致使因無謂競爭互相虧利，余曾幾次於歡迎席上力勸其須和睦一致，不幸尚未見效。且余竊思我島人於工業方面可謂全無能力，唯此帽子製造乃以世界為對手，且屬家庭手工，台中、台南、新竹各地略有十萬之女工用此助其家計，由我島人之生活基礎而言，實非輕小事業，實有重大意義。倘在神各業者有意相託者，余當不惜微勞喜為排解，聊資斯業之發達，亦係素來之心願也。遂即受帽子聯盟會各派要人之歡迎晚餐，會後乃作個人訪問，查詢其所不能和睦之報原並講善後對應策。帽子聯盟雖有團體，但每要開會時皆不皆成數而歸流會，余既略明病原，乃先求開一總會，幸皆全員出席，作一場講話指摘宜速改革之要點，請問全員肯全員一致信任余之調停否？眾皆表示信任，爾後究明勢力之分野並代表人物之所在。八月初二午後又召總會商定，前役員陳貴心氏等以善意社會之一新辭職，次余提出役員改選法先得三票以上者為被選有資格者，再從有資格者中選出較高點者為委員，而委員長、副委員會長、會計役以委員之互選定之。眾贊成於乃預告定八月四日午後四時開總會，選定役員並議定業界振興之根本方針。

本四日聯盟會會員全部出席，任余為選舉長，秩序極其整齊。結果委員長蔡幽香氏、副委員會長王昭德氏、會計役陳瑞麟氏。蔡、王二氏之委員僅有一票之差而已。

振興之策則議定組織商業組合，力行自己統制，至於具體策案待後議定，當分之間乃作個人間之研究。散會余受全役員之見送，搭夜行由三宮驛歸京。初見會員間之空氣險惡，終竟能得全員和靄大同團結起來，誅為余不期之所得，欣慰奚似！

八月十一日

八月五日早朝由神戶歸至東京，以吳三連君之雅意宿其家（在大森區馬込町）。本日自近午到攀龍君寓（在杉並區馬橋町），在彼共用中中午乃別。至植村環姊家（在淀橋區柏木町），因天氣熱甚，告罪脫上衣置在應接室口之箱上目能睹及之處，與環姊談及日華關係之時事互相表示深為痛心，余且告來廿日前將特出京渡華踐行所志，談約四十分將別。時憶前日曾約矢內原氏夫人於來十三日伴她到富士山下之山中湖會矢內原兄，因念旅費不大豐富，不宜在內地多開，故請環姊賜借電話辭行。此間因一面打話中不通，約費十分鐘。話畢乃欣然提上衣辭環姊，出至其門口即檢衣袋，摸不見錢包大驚，飛入告環姊，姊亦失色問幾多，告五百七、八十元（百票五張、十票七、八張，外有小錢包在緊身衣袋不失）。余問打電話時環姊在座耶？她答不在，余頓足痛叫曰：失在此時!!環姊曰：不失於途中乎？余曰：若有墜失，在上衣外袋之手指薄物小質重且甚滑，應先墜失，然尚安在，必為盜竊非遺失也，余由林君寓來先往同寓，一查即回，願姊亦為查查室內，言後飛往林處。君曰：余書高天成君之住址，君收起時確見君有銀包在懷，而余食飯之時將上衣由應接室拿入內室確無遺失。在此林君知係失去旅費之全部亦大驚愕。乃又歸植村姊處，答以不見，互相再於家中檢索一番，竟屬杳然。植村姊家有使女及書生二人在，余疑為此二人之一者所竊，植村叫我告官，余曰：報官則事煩矣，連姊恐亦要受虧。余歸吳寓越思越覺消然，吳見余精神懊惱，晚飯後代余再往植村家查詢，十一時過方歸，謂對植村大感不滿，吳告招使女及書生究問，而植村不准許也。吳君主張報官為合宜，但念余對植村姊多年友誼，余不能出是舉也，然又殘念填胸，終夜不能一睡，非念所失之多，惟恐籌謀不及致誤預定之方針焉。

八月廿六日

自身中所帶旅費紛失，後因對諸友經發表八月廿三、四日出京渡華恐赴不及，極力設法籌備，且旅券期限至九月二日須到上海，否則無效，幸得友人同情，略備兩個月間之資。於八月十七、八日向船會社定買船票，告以非九月十日以後無船，室皆已滿員，不得已乃定買八月廿八日長崎乘船之三等票，自謂此回必可踐行春初以來之計劃。豈料至本月廿三日接中國友人回信，勸宜延期勿發，因現情勢日見惡化，欲戰者多，希和者少。一時難於判斷乃探詢在京內地人方面對於外交深有造詣者之見解，亦謂現實非其時，最近情勢逆轉，殊堪憂慮，於此遂決暫取觀望再定行止，即與船會社解約取消定案。今日突閱新聞號外報，於四川成都因民眾作反對日本領事館開設運動，竟化暴動殺戮日本人旅行者四名，嗚呼休矣!!復奚言哉!!矢內原兄見余鬱悶不樂慰勸曰：旅費之紛失於是可知為上主之意不欲君行也。噫！是耶？否耶？果如是當感謝焉矣。

九月一日

因見時局漸趨紛亂無從下手以行和平工作，兼以植村姊有世界女子青年會幹部會議將開於印度，仝姊為日本之代表，約三個月間不在，希望余將二女淑文、淑姈轉寄他處；又有林攀龍之內弟曾申甫、威甫二人希望余為之指導，於是乃決意自租一家在杉並區高円寺二丁目四三〇番地，自今天搬入居住以作待機之計。於未得往中國之前亦可在京與內地人有志連絡對中國留學生盡些好意。

九月廿三日

去十五日間接神戶台灣帽子聯盟之招電，欲余往赴十六日夜之總會議定革新具體案，因有前約急不能赴，乃請其先開會或延於廿日。迨十七日以在霧之事辦完，乃搭特別快車到神宿委員長蔡幽香氏家，十八日自早晨歷訪各委員，作個人間之意見交換，十九日夜受委員會之歡迎宴會，廿日得盧屾嵓君之協力，作一台灣帽子業振興策試案。廿一日午後四時起開委員會，以試案作中心討論振興之策，余先就試案説明，只再添加二項目而已，全員贊成以試案作委員會案提出。總會定廿三日就委員會案對會員説明，俾以當相期間慎重研究於十月中乃開，總會決定本日午前十時起開會員懇談會，余起為説明立案精神，並明告將來倘以此案結束以後斷不可惡用此團結力榨取島內女工之生活，不幸諸君有不尊此精神者，余誓必保護女工利益而與諸君為敵。會後搭車歸京，甚覺疲困。噫！十八以來六日間之工作可謂繁極，然亦可謂有趣之極矣！

九月廿六日

近午突接電報，見表書乃為台南所發，殊覺心動不安，啟視本文曰：「レイフジンキユウニアクカシタハヤクゴキタイラコフ　ゴシウビ　ハハぜヒキタクシタノム　シクケイ」，是吳秋微先生及淑慧之連名電也。嗚呼！內子之病何乃急變以至於是耶？即刻回家告曰：「搭二十八日神戶出帆之便船歸家。」

九月廿七日

今為日曜日，余急須歸鄉，而植村環姊於近日亦將有印度之遠行，大有惜別之情，特往其教會共作禮拜。乃由環姊偶聞夏初上與二郎兄來京聘定光女史為台南長老教女學校之校長一事，形勢變成不能實現，余愕然問其由，謂光女史現任之女子青年會聯盟會幹部以難得適當後任不准。余不禁憤慨曰：如此人物儕儕之大東京不能得一光女史之後任誠屬費解，況中央乃屬光明世界地方，尤其是台灣萬事暗黑，特以時代險惡教界為然，幸得光女史肯逞身就此苦境，中央竟生阻礙，弟恐有害信心，乃向植村環姊、東京基督教女子青年會主事加藤高子女史、女子青年會聯盟會理事ミス・ロ——作強硬交涉，皆約數日後上氏自台灣當能入京宣講善後之處置。

余因種種感慨填胸，植村姊受教會員送別茶果會之席上，余亦被推講話起述幾句，其中言及：日本之今日已達到領導東洋之地位，但實力雖足，德行似乎有虧，有力無德亂之源也，同信兄姊不感責任之重乎？日本今日之所缺者，倘非我輩同信兄姊自覺責任努力補救，實無別途可望也！其實行方法，第一要先厚遇中國留學生；第二要使民間有力有識之人盛往中國施恩佈德，且常歡迎中國人士到本國觀覽，俾其理解日本真相，欲如是故又宜從速獎勵研究中國語，余本定親到中國一行，不幸妻病重須歸。會眾似皆有感激。

十月二日

九月廿九日由門司搭船回台，適王受祿君與其令愛旅行完畢，亦就此乘船同歸，而新任台灣總督小林躋造海軍大將亦乘此船（高千穗丸）赴任。

今年七時過所乘夜行車著南，回家入室主治醫吳秋微先生亦在病妻之側，妻眼淚滂沱，嗽激每咯啖皆尚附鮮血，熱卅九度許。咯血以來經五天矣，今已稍止，素卿色蒼白瘦，甚無多氣力，余亦流淚，但言：生死　上主所定，無須介懷，病痛則宜設法使之輕減，惟最重要者信主之心應堅固徹底，我們相愛之心亦應益深益切，能如是生固可以，死亦無憾，卿倘先行，余不久亦當即至，永遠於　上主恩寵之下聚會，夫復奚差？斷不可因病苦而失所望也。吳先生大有所感，妻亦現平安之色，余自己亦殊覺有聖靈所賜的喜悅！阿孟!!

十月二十日

自京歸來看病經閱半月有餘，此間素卿之病熱皆不能退減，連續用冰，幸至昨日來略見有輕減之勢，病者之神氣亦見較佳。但所傭之看護婦量是以年紀較多氣力不足之故，似有生病之虞，自三日前已告假回去。本共淑慧三人輪流看護，淑慧主日間，余與看護婦輔之，余主上半夜自午後九時至午前二時或三時，看護婦主下半夜至午前八時，余向來未嘗代人料理行便之事，此番始得機會亦可謂不幸中之幸。余對病妻戲言曰：余本自負應有立相當國之一日，奈可如今幹這樣事，運氣壞了，卿之一品夫人終歸無望，豈不惜哉？彼此不覺好笑。

十一月十一日

本日午後一時起於太平境禮拜堂為故高再祝氏舉行葬式之禮，式場之舖設及會眾之多可謂空前盛儀，余於式上為之宣讀略歷。故人乃余在阿公店（現岡山）始執教鞭時，彼亦始在仝處開業行醫，彼此頗相得且為余結婚之第一介紹人。君於信仰可謂熱心，於私行亦可謂無虧，但於政治社會方面之公的生活余後漸對之抱有不滿，彼對余禮雖厚，余總罕到其家。彼三年前因盲腸遂致受開腹手術六回，病痛二年有餘，余深為同情，一日訪其病榻，彼告倘　上主憐恤再賜健康，決將殘生盡為　上主工作。余與握手誓約密接提攜，互相含淚稱謝　上帝。豈期彼病稍癒自東京歸，於次日第一次之往診，即應一病家之請，因問神指定須高氏方克癒，彼家人皆喜人氣尚存，業務必可重興。余殊不悦，寄語責之曰：君於健康恢復開始活動之第一步，即利人之迷信得利，且聞君久年腸疾，今又未全癒，而君肆食生魚，如是舉動皆為人慾猖狂之明證。君前誓殘生決為主用，余於是疑之，請勿再犯罪。本年夏初彼重往東京靜養，適由中國所謂宋尚節博士者來台傳道，彼妻許氏被其熱狂的之説教所感激，兼以宋能行神跡醫病，即打電促高氏回，斯時余大表反感，夏中彼夫婦又相攜渡廈赴宋之查經會，竟於該地病大燃急，回台北入院，幾絕望乃歸台南醫治，再延命四十餘天。此間彼自要求輸血三次，第二次用須田清基氏之血，余親見抽五筒共二百五十瓦，大覺悲壯之極，又見病者眼光至鋭凝視注射管，表現一種拼命求生之狀。噫！如高君者受病苦可謂備矣，彼自為醫爾久，大量亦可自知其餘生無多可期待，何故彼乃對生之執著一至於是？余私念設若　主之聖靈真實在，彼斷不致若此之貪生而不顧天命也。余憶大正十年即一九二一年五月末，高再得兄之次女翠華在東京患腸窒扶斯繼發腦膜炎逝世時，余眼見其臨終前幾日之痛苦難以目睹之狀，余頓覺人類對生過於執著以致人之臨終如斯不雅、如斯之痛苦。余覺是非出自萬能慈愛　天父之聖意，無論好歹人若皆應如是，終局則矛盾至極，豈有真理?余以為人有如是之不善終者，蓋因人不能以使命而自節制壽數所致，倘人不為私慾貪生，專以使命之有無而定生死存歿，一旦功成使命達到，自能發生歸天之念，不願久戀人世為後進者之累。所謂視死如歸，必有或種巧妙作為制服病苦死滅之懼，悠悠然如駕雲鶴以飄遊於樂園焉。余以為　上主賑救之恩充滿人心之時，善人信士之在世末局應有如是光景方為合理、方可謂真理，使信者得絕對自由也。今再祝君之終局使我更深十數年來之覺悟，倘為使命而喪命於生存途上者，固心所願，不然幸而使我有感達到使命之一時彼時也，即為余欣然具現此覺悟之良機也。阿孟!!今日在式場最感不安而傷心者，見會眾皆屬信徒而皆不以真實立言，徒依人情舖張，噫!難矣哉，真理之到來也哀哉!世之將亂也，非無理也!!

十一月廿七日

去廿一日接神戶台灣帽子聯盟會公文，因對該會將設立之商業組合，台中州當局出為阻止，並清水方面之同業者間亦有反對之聲，因此囑余到台中及清水代為疏通。乃於廿五日先到清水以蔡年亨氏為中心，說其宜協力提攜始獲振興業界，氏答曰余若肯出為周旋且將來有擴張組織之存意，而商組成立勿徒增負擔則無不贊成。余本日再到台中州勸業課會佐工?課長並產業主事森忠平氏，乃知森主事與業界諸人感情不美。扣其真意，答曰:當局絕無惡意，聯盟會之欲設商組，倘用意僅在業者之利益，不顧生產者十四萬全島女工之利益，不顧業界全般之向上，若然當局自不得不反對，若為製品之改良向上及全業界之利益起見，將來能更一層自力統制，創立更大機關，則當局定必贊成援助。余重質之曰：創立更大機關者是何意耶？若以芭蕉之青果會社、鳳梨之合同會社則恐有猛烈之反對，若不然，是由業者自身造成之機關者，聯盟會本來正是此意。森氏曰：聯盟會之人僅看目前利益，無有定見，君敢斷定必有是意乎？余答曰：余敢保證必無虛辭。於是清水方面及台中州當局皆已諒解，誠屬可喜之至。

十二月十三日

植村環姊於去十月初發日本，赴印度錫蘭島之世界基督教女子青年會之幹部會議，歸途順便於去本月八日來台。蓋以台南長老教女學校之校長問題因當局推迫要用內地人，英國宣教師團乃轉囑日本基督教會物色，上與二郎兄及植村姊為中心推薦日本基督教女子青年會同盟之幹事光靜枝女史就任，經已決定，後以青年會同盟不肯放手，遂不得如約於昭和十二年一月就任。諸關係者大起恐慌，植村姊此回來台是專為此事，欲與學校關係者差商並見實狀。八日由基隆上陸，先到屏東、高雄。十一日到南定宿高再得兄家，午餐受侯全成兄弟招待，午後二時到余家視拙內之病，到醫館參觀，二時半到女學校對中學女學之生徒講演，後赴英國宣教師團之歡迎懇談會。晚六時於鐵道ホテル，赴英、內、台三方面之合同歡迎晚餐會，會者四十餘名，余當司會，神學校長モンドゴメリ氏述歡迎詞。環姊答辭中言及其父故植村先生與余之情誼如父子，故她與余兄妹二十年來因得漸與台灣各方面交誼日深，此回雖日初次到台，全不感覺生疏云云，余聞是言不禁感懷之至。余述閉會詞之時略曰故植村先生來台傳道八次，不僅於宗教方面大有啟發台灣，於政治方面賴故先生之援力亦不少；故植村先生娘於石塚總督時代對禁斷阿片一事大有所出力，蓋因總督及總督夫人與之有深交也，更生院之開設賴先生娘之力實多，因不禁追憶之至，故將此事於此機會公表云。會後環姊再赴日本基督教之佈道會。十二日早朝市內見物，近午往神學校講演，中午赴楊雲龍氏之宴，下午休息後訪問加藤學長王受祿君等數處，然後赴吳秋微君之晚餐，八時起往太平境教會赴各派座談會，題「祈禱生活與實際生活」。本十三日即主日，環姊在太平境教會說教，題「三種信仰」，劉子祥君司會，劉子安君通譯，余見施焜鵬牧師於接待甚然冷淡，乃面責之何不自出司會以表珍重之意，彼答有人推劉司會故許之，余曰珍客特為會友說教，本堂牧師不自出司會殊缺主人之禮。植村姊昨夜宿顏春安君家，本日過午往台中赴佈道會，余約十六日與之同船上京，明日於霧峰會齊同車上北焉。

十二月十六日

去十四日早朝由台南到霧峰與植村姊會齊，然後同車上北共宿上與二郎兄家。植村姊告明萬一光女史不能赴任時，她決意自己出馬代當其衝，余與上兄大受感激，余不覺淚下，蓋感其勇於赴義且不禁追慕其父故正久先生之遺德也。

十五日夜羅萬俥君欲我與之商議新民報之要事，乃轉宿其家。羅君告曰依現下情勢，漢文記事廢止之聲甚盛，且聞督府當局經已暗中著手制定律令案以期實現，而右翼分子亦有陰謀打倒新民報者，不如在此時期實現聘請有力之內地人為社長，問我意如何。余答曰：漢文必不可廢，漢文之存廢大有關於日華大局並本島人之進路，與其欲贊成漢文廢止，不若解散民報以殉節。至於聘請內地人為社長之可否，余則以為應就人物之如何而論，倘有真實與我等同志同行動者，請為社長有何不可哉？故於人選務要十分慎重，余自始至今將一切主裁悉委任於君，故當以君之見解作中心而議定也。羅表感謝之意且告彼之內意擬薦前任警務局長石垣倉治氏。

今日午後四時半與植村環姊同船出帆基隆上京。

憶事懷人

關於〈林獻堂自放東瀛〉一文致新聞天地社長卜少夫函（一九五五年十二月）

少夫社長大鑒：

敬啟者，培火本月初因公到本省東南部，承親友等出示　貴刊《新聞天地》第四〇四期（四四年十一月十二日出版）內有〈林獻堂自放東瀛〉大文，作者署名許今野，文中末段有關培火之記述一節，「行政院唯一的台籍閣員蔡培火，日前赴日公幹，亦傳與勸止此一運動有關，但這位蔡老先生，雖貴為政務委員，與林獻堂也有舊交，他在日本皇宮廣場高呼日皇萬歲的那一幕，台灣同胞卻永不會健忘的，因此預料蔡氏此行不致有所收穫」云云，親友等並告此節記述不唯有關個人聲譽，亦大有損政府用人之明，要求培火不可置之不問。培火數月來無暇閱讀國內各種雜誌，如貴刊所載許今野之指責，亦受親友轉示始得獲悉，因鑒時局之艱險，未便默爾，用特函請　貴社長，明示許今野君究為何人，俾培火可向其領教底細，如　貴社不能明示，則培火願請問　貴社長，此君是否別有立場或培火之政敵，果爾，則無庸追究，立場不同，敵我分明，過去在日據時代光復當初，亦有共黨份子為破壞我民族運動陣綫，用盡各種虛構惡言辱罵培火，但台胞絕不受其宣傳漫罵所影響，而培火亦依然如故。但此君若非別有立場，仍為自由中國人士，則培火不能不領教清楚，蓋今非昔比，現在多數新自大陸來台之同胞，因到台未久，對培火認識恐尚不深，貴刊又廣銷海內外，易生誤會，果如許今野君所指責，培火竟在日宮廣場做那無恥行為，則培火有何資格充為反共抗俄之尖兵？台籍人士數百萬，而政府何竟欠明，乃起用此無恥冒牌之民族運動者，以自污辱其名位。反是若許今野君之指責，只是虛構事實、任情譭謗，則其用心又何在，不可不加審實。素仰　貴社長主張主義，際此國家多事之秋，反共復國任務艱鉅，是非不能不辨，忠奸不可不分，敢乞明示，以便領教於許君，並請將此函公請　貴刊《新聞天地》明顯地位，以正視聽，無任感禱，專此。並頌

文安

蔡培火　拜啟

四十四年十二月十日

（載民國四十四年十二月廿四日出版新聞天地第十一年第五十二號第二十五面）

附：徐復觀先生致卜少夫函

少夫我兄：

弟與蔡培火先生相交八年，對於其愛國愛民族之熱情，及其個人耿介自持、刻苦奮鬥之經

過，知之最深。數年前，曾讀其在日治時代以日文寫成，在東京出版之著作兩種：一為傾訴日本對台灣之殘暴統治，一為悲慟日本對中國之侵略。字裏行間，充滿慷慨激昂之氣。非豪傑之士、血性之人，斷不能、亦不敢有此種文字。此兩書，湯恩伯先生亦曾看過，蔡先生自己尚保有二冊。台灣光復後，蔡先生對中央之忠誠、對內地人士之友誼，迥出尋常，每以此引起舊日同志之不滿。然蔡先生為人深識大體、性情亢直，從未以此介意。頃承寄示擬奉兄函函稿，弟讀後為之惘然。政府來台後，早不清查台籍人士在日治時代之歷史，吾輩豈宜輕易抹煞此有光榮歷史之老志士乎。蔡先生所以將函稿見示之意，當因知弟與兄之友誼，且知弟數次在朋友前對吾兄之推服。兄若以弟為不妄語之人，則除望將蔡先生之函刊出外，並望亦將弟此函賜予刊出。不怕壞人、更不埋沒好人，此乃吾輩之共同志願，諒兄可允許弟之要請，而私人間，斷亦不致因此而有所芥蒂也。敬頌

撰祺

弟徐復觀上　十二月十一日

灌園先生與我之間（一九五六年冬）

我和灌園先生相識，是在民國二年冬、三年春之間，先生及彰化甘得中兄等，為日本元老坂垣退助伯爵到台灣組織同化會事，專程至台南與台南市人士磋商勸募會員，其時我在台南第二公學校當教員，亦被邀參加，記得為宣傳該會趣旨，在台南大舞台戲院開民眾講演會，我也參加講演，情形頗為熱鬧。同化與自治這兩個觀念，在當時台灣智識份子中間，就已經有相當的議論。所謂御用派就是對自己的民族文化與力量失了信心，而死心塌地順服異族日本政府的台灣人，無庸說就是與日本政府一樣，主張同化於日本。但是有一批對自己的民族文化與力量還抱著自信心的人，雖表面上不敢公然主張自治，採取行動而反對同化，但是在心理上卻是已經相當清楚，這批人後來也可以分為兩派，一派是對於民族文化有信心，但是在力量上，以為在台灣絕對不能與日本相抗衡，而將其希望放在祖國的力量上面，主張放棄台灣，歸回祖國，祖國有辦法，台灣即有辦法，是謂祖國派，亦謂大陸派。另外一派，可稱為死硬派或台灣派，這派的台灣人絕對多數，當時台灣的人口號稱三百五十萬，這許多人，必須生於斯死於斯，無論如何，台灣人就是中國人，對自己的民族文化是有絕大的信心，對台灣的一切都熱烈地愛著，只要在台灣能得維持固有文化與生活，他們無論如何困難，如何犧牲，都是悉力以赴，絕不退縮。另外還有一點需要說明，坂垣雖然到台提倡同化而欲組織同化會，表面上可以說是和台灣的日本政府（即台灣總督府）同一標榜，但只是標頭相同而已，內然迥然相異。在坂垣，是以日本與中國本為兄弟之邦，其文化文字同一根源，欲東亞民族能與歐美民族相媲美，必須中國民族與日本民族互相融和一致，結成整個力量，其第一著手須由台灣做起，在台灣所謂內地人（即日本人）與本島人（即台灣中國人）必先取消民族感情而不互相差別，在政治經濟上，必須站在同一線上；在文化生活上，亦必須融和一致，方能達到目的，這可謂有真誠有遠見之同化論。但是不幸台灣總督府，其本質是百分之百的帝國主義軍國主義，他們是絕對主張差別歧視台灣人而不願實現同化，他們與坂垣之間，在思想的實質上，可以說是同床而異夢，因此坂垣雖說是奉日皇明治之命，到台組織同化會，然其所組織之同化會，成立未達幾個月，即被台灣總督命令解散，其部屬之日本人，或被總督驅逐出境，或以莫須有之罪名被捕入獄，坂垣之台灣同化會，終成了悲慘的下場，而台灣總督府的同化政策，亦即失去其假面具，露現其猙獰面目。當時教育不普及，民智未開，無所謂輿論之存在，所有報紙雜誌悉為御用之刊物，更無所謂代表民意之言論，政治社會情形，實屬一片漆黑而無力量，前述祖國派之志士，主張歸回大陸，實有其正確之根據，無如死硬派台灣派之志士，以其成性頑固，不顧形勢黑暗，輿論無力，只知需要以其一片精誠及大無畏之毅力，零零星星在作孤軍奮鬥，及聞坂垣高呼同化會之組織，乃以為有機可乘，故一呼百應，踴躍參加組織者，全島各地大有其人，我灌園先生即是最初響應之第一人。大家須知灌園先生是台灣中部之鉅富望族，倘渠能守己安份，順服日政府治台方針，相信比一般御用派更能獲日政府之寵遇，而享其更安樂之生活，先生竟不出此，而在四面楚歌之中，勇往直前，為人所不敢為亦不屑為之同化運動，期能集結同胞之意見與力量，而作將來政治形勢開展之始基，其用心之良苦，其魄力之偉大，我彼時由衷欽服先生之號召，亦不守於吃官飯之份內而參加同化會，以故台灣同化會被解散之日，亦即我被解除教員職務之時也。於此想要插進一段與虎謀皮的笑話，即是本人在參加同化會之初，曾對灌園先生及坂垣之日人幹部建議，同化之要諦，在思想之一致，與智識能力之同等，如現在台灣一般民眾之思想能力水準，似無從以論同化，鄙見以為擴大社會成人教育，凡一切民眾生活所需要之思想智識，儘量開放普及，乃為先決要著，故建議同化會，需採用白話字（即羅馬白話字）發刊報紙雜誌，俾台灣民眾容易獲得教育機會，而提高其智識能力，始可期得效果。灌園先生甚表同意，但坂垣之日人幹部，含笑表示原則同意，要我先行入會，俟該會組織完成，從長計議實現，自今回憶當時之天真想法，不覺自憐亦堪自笑。

我被免職是在民國三年（即日本大正三年）之十二月，彼時我二十六歲剛生一女未久，家貧如洗，在此境遇之中，自覺非再充實力量，不足以服務同胞對付日人，竟然發生不量力之留學心志，先獲同志又屬親戚高再得醫師之贊助，乃又向初交未久之灌園先生求援，先生竟慨然助我一半學資，我之預算，每月學費將需十八至二十日圓之譜。我在民國四年二月買棹渡日，即在東京入補習學校，準備英語代數等在台未學習之學課，以期考進專科大學。我離台，灌園先生繼同化會失敗之後，與其兄烈堂先生等糾合同志，圖謀設立一所私立中學於台中，聽說各方響應踴躍，就是一派御用紳士也不敢旁觀坐視，而參加捐款者大有其人，捐款數額竟達三十萬圓，可見其熱烈氣象。我同胞最企求者是教育水準之提高，而日人最忌我同族之進步者亦為教育一事，因此灌園先生又與日政府作第二回合之交戰，無如日政府之帝國主義十分兇狠，灌園先生雖熱心與同志各方奔走陳情，並因此親到日本與日中央政府作懇切之交涉，最後亦難如願以償，私立之計劃變為公立，錢是由民間捐獻，而教員及一切學校管理，悉由台灣總督府支配，是即現台中一中之前身也。灌園先生第二回合之作戰，不能不說又歸於失敗。當時我留學東京，我母親切望我學習醫學，我之同志朋友，多數希望我學習政治社會方面之學問，灌園先生與我在東京商量結果，竟然違背我母親及諸友好之希望，不學醫不學政治，而決心投考東京高等師範學習教育，其目的是準備將來回台灣與灌園先生等協力經營所計劃中之私立中學，我投考東京高等師範雖然成功，但灌園先生努力要設立之私立中學終未能實現，先生之失敗，亦即我之失敗也。

我在東京補習一年，於民國五年四月，考入東京高等師範理科二部（物理化學科），灌園先生長我八歲，斯時先生之宿疾胃病漸趨劇烈，因此租屋於東京醫病甚久，此時我與先生相處甚密，在思想行動相契如一，甚至引起少數旁人無謂之疾視，灌園先生設有不如人意之處，幾乎說是由我從中作崇，我在一部份東京留學生間，因此吃了不少的虧。我所瞭解灌園先生之為人，其中心精神，堪稱為一忠誠之民族主義者，在我眼中，灌園先生乃一標準之中國人，先生酷愛固有民族之文化，其生活之方式及平時之嗜好，毫不時髦，不追求洋化與和化，在家即盡孝祖母，友愛兄弟，樂善好施。所謂敦親睦鄰，先生是充分做到的。先生之舉止行動，自始我即覺其雍容大度，殊有長者之風，實際台灣智識份子亦皆翕然景仰，先生早就成為台灣人之領袖人物。灌園先生雖然未曾受過新式學校教育，但其自修研究相當用功，中國之經史固不必提，即歐美大思想家之著作，通過漢譯書本亦廣闊涉獵，本人所知他在政治社會思想方面，受影響最深者，莫如中國近代文豪梁任公先生，先生對梁任公敬仰備至。辛亥年，即民國前一年二月，曾與一批台灣文人迎接任公來台，住在他家中萊園旬餘，對台灣政治思想界大有貢獻，這可以證明灌園先生民族精神之突出，與對學問思想之愛好。灌園先生之趣味生活亦頗豐富，自早對吟詠一事，鼓勵備至，台中之櫟社，為全台詩社之中柱，又如全台之象棋比賽，亦為先生所創始，先生頗好音樂，能彈三絃，善對談，幽默笑話時常脱口而出，使四座捧腹大笑，其言詞又甚溫文風雅，使聽者神往，如在春風駘蕩中。灌園先生雖為鉅富世家子弟，但其賦性甚為儉樸，我記得他為醫治胃疾，在日本東京同住時，因為季節變換需要冬季衣服，普通人原可隨便新添，但灌園先生天性使然，僅寫信回台叫家人將其舊有衣服郵寄應用，有一次在穿衣時，我發見其皮褲帶已陳舊不堪，勸其買新者更換，彼笑著説，成物不毀，不要緊，看不見還可以用，使我這窮書生對其自奉之薄，感佩萬分。

以上所述，都是灌園先生令人欽佩之一面，但是人無十全十美，他也有他的問題，甚至在公的關係上，要發生重大問題，譬如自奉之薄，儉樸成性，這個碰到對他有過份要求的人，先生有時候就不能使人滿意，以致發生枝節。譬如同志間有一個最早而又維持最久最大的事業，就是代表台灣人之民意言論機關，是自民國九年春間籌備於夏季發行，最初是由月刊而半月刊之雜誌，稱為《台灣青年》，後來改為《台灣》和《民報》，在此時期，變為旬刊和週刊，最後改為《新民報》，終成為日刊報紙，是在民國二十年前後。在此長期間，作政治思想鬥爭之言論機關，所需費用之浩繁可想而知，我灌園先生實為支持該刊巨柱之一，他始終盡其自己以為應盡之份，但是若期望他更進一步，擔負更鉅之責任，便就發生問題了。他常說：論能力，獻堂沒有受過正式學校教育，更沒有往外國留過學，不懂英文不説日語，啞吧又兼耳聾；論財產，在同志間，我也不是最富之人，我應擔之份，在我力量之內，我一定擔負起，請不要希望過大，使我難堪。情形約略如此，枝節也就由此發生，自《台灣青年》時代直至日刊《新民報》止，這個台灣人唯一之民意言論機關，始終沒有社長、董事長，其故在此。又如實際政治運動，前面已經提過，灌園先生參加了坂垣之同化運動，實為台灣智識階層作表面政治運動之嚆矢，自從同化會及私立中學失敗以後，台灣人之政治活動中心移在日本東京，以東京留學生為主體，灌園先生則時常往返台灣東京間參與其事。所謂六三法律案（**即台灣總督之特別立法權**）之廢止，進而發展到自治問題之討論，斯時正受第一次歐洲大戰後民族自決思想之影響，在東京台灣留學生間，亦有主張台灣自治之説，灌園先生與我最感頭痛而最費苦心者即為此事，我們兩人固非反對自治思想，但以台灣人之實力與客觀環境情勢，絕不容許此種思想成為實際政治運動（**民十二年十二月全台之台灣議會設置請願參加者，竟被日警逮捕投獄是為一**

證），乃不顧幼稚病者之反對，盡力說服，終獲蔡惠如、林呈祿、蔡式穀等，在東京最大部份台灣人之贊同，並受台島內有力同志之支持，造成台灣議會設置請願之運動，於民國十年一月，向日本國會提出第一次之請願書，繼續十二、三年之久。此運動雖不主張完全自治，但其主要目的，是在剝奪台灣總督之特別立法權與特別預算之編制權，其立論之根據，在於日本乃行憲法治國家，而台灣絕大多數之人民，係言語風俗習慣特殊之台灣人，為尊重民意適合輿情，且與日本政體相符合，故台灣議會之設立在所必須。於整個運動上，雖沒有打出台灣自治的旗號，但自治之精神與基礎，確實包涵在台灣議會運動之中，不幸此適應實情需要之努力，兼以經費之負擔關係，未克應付部份之要求，以致不獲部份反對者之諒解，此輩在背後隱約之間，毀謗灌園先生與我為同化主義者，因而不贊成完全自治之主張。為正當時之視聽起見，不得已我乃在《台灣青年》雜誌（日文載在第一卷第二號，漢文載在第一卷第三號），發表拙作〈吾人之同化觀〉一文。嗣後反對者尋機打擊我們。在民國十二年春，我由東京返台，擬將自始以自由捐獻經營之台灣雜誌社，改組為股份公司（即株式會社）時，即有〈犬羊禍〉諷刺小說發表在《台灣》雜誌上，曾幾何時，人言不恤，此輩毀謗份子，嗣後竟有投靠滿州國者，有患惡疾而死者，亦有改頭換面而下台者，真是令人不無滄桑之感。

灌園先生與我同心戮力所做還有一事，是為台灣文化協會。台灣文化協會於民國十年秋間，在台北以醫學校、國語學校等學生有志為主體而創立，故人蔣渭水君，乃醫學出身前輩，被推為該會首任專務理事，灌園先生被推為總理。至民國十二年，適我為組織前述股份公司返台，蔣君以行醫不能兼顧該會業務，大家推我為該會之第二任專務理事。因得灌園先生之全力支持，我在斯職竟有五年之久，迨民國十六年遭台灣人左派份子之搗亂，台灣文化協會終歸解體，我們對該會的任務遂告結束。我們在台灣全島活動最起勁，全島民氣亦最旺盛，莫若此一時期，我與灌園先生協力最密切者，亦莫若在此一時期，真所謂如膠似漆如魚之得水也。在此恕我提起一事，以證我們相得之情況，先生久年患胃疾，有人勸其試吸阿片可見奇效，其吸量雖微，但先生在一段期間竟成為阿片癮者，夫人水心女士為此十分焦慮，與我共圖解救之法，夫人在內悉心調節其阿片吸量，我則在外見機規勸，終獲其悅納，斷然戒絕吸食，夫人於今定可想出當年之用心良苦。

灌園先生與我之間，也有意見不合，甚至發生齟齬，不但大家不愉快，而且亦互相採取反對行動，我想提出一些作為參考。我與灌園先生在精神上，最不能一致而彼此議論最多者，蓋為宗教問題思想問題。以我之看法，先生之思想性格大約可以說，儒教的成份佔七成，佛教的成份佔二成，耶教的成份佔一成，有時候也可以說佛教耶教之成份，都被儒教所佔有。若是說儒教不是宗教，那麼先生就成為沒有宗教的人，若是說儒教是宗教，那麼先生是在儒教之程度內與宗教有些關係。我說先生之思想成份七成是儒教，因為他對倫常道德頗能重視，對於廉節的人，他則甚然敬愛，而他亦自以能實踐體現為理想，這是對其生活所表現之情形而言，但是在思想上理論上，儒教所重視之「天」「道」這類基本原理，先生之看法就比較馬虎，有時候甚至要予否認天道之存在，常作主張只有相對之是非，斷無絕對之真理，人世僅有剎那間之存在，斷無永遠不變之天道，所以我說他有二分佛教之思想。先生與我之間，在思想上對此點之議論最多，不幸竟不能獲得一致或相接近。另一面先生對耶穌教不是絕無同情，其鄉里之耶穌教堂是他出資興建的，先生曾對我告曰，他往歐美遊歷時，在羅馬參觀耶穌教徒受迫害之地下墓地，他感觸萬分，一時發生信奉耶教的心念。他又時常肯為弱者打不平，正義觀念相當熾烈，因此我說他有一分之耶教成分。總而言之，先生之長短得失，正是他思想信念之實際表現，我常對密友們批評先生說，他思想信念不徹底，以致他所做的事功也就大受影響了。台灣光復當初，灌園先生與某些人，親到上海迎接我政府大員時，曾替在台三十幾萬日人所提之建議，遭上海之台灣人反對，而我不但不能為之解圍，甚至不得不採取反對行動，這是我在私情上，對先生最感歉疚之一大憾事。

前年（**民國四十四年**）九月中旬以後，我渡日住在東京二個月，俾我獲得重與灌園先生密切談心之機會，這是十多年來所未有的快事，我們兩人都恢復到往年和諧的情緒，我們談到心境完全一致之時，彼此皆熱淚盈眶，他說：「老蔡，我們仍可一起做事，我尚可活三五年，你先回去，依照你所信的計劃先試試看，果能實現幾分你的所信，明年你再來，我一定跟你回去一起幹」。這話以後我們分手未經一年，去年九月八日，先生終於沒有回返台灣，沒有再活三五年，而與我幽明相別矣，豈不令人搥胸而痛哭哉。灌園先生，竟不返台而客死於東京，其反共之毅力與愛國愛民族之精誠，具見於致張岳軍先生之親函，絕不容不純份子之渲染。不過我要在這裡宣告先生之真實心情，特別在先生已去世之今日，我感覺我有義務將其實情公開地宣告出來，這些在有特殊關係之人之間雖然已經明白，我總感覺需要在此宣告清楚。灌園先生雖然愛護國家，與支持政府而反共，但是先生並非無條件而支持政府者，先生對我政府，確實有其誠懇之批評與主張，只因無人能使他信任而共謀改革，遂令其對政治灰心，而甘久年漂泊異國，不踏故土。前年秋，我們各傾胸懷，意見翕然一致，希望重生，我依約返國，盡我應盡之努力，經獲部份人士之同情，正期能有幾分之成果，以奉告於先生，我事未成，而先生竟先期而長逝矣，悲哉。雖然當先生噩耗傳來，我自由中國朝野震驚，舉國哀悼，是先生之精誠已為國人所欽佩，靈兮歸來，後死者必不負先生之期望，必以精誠，繼續努力，以促其實現，是誠國家民族之需要，亦為先生衷心所希望者也。

中國民國四十五年十月十二日，灌園先生遺骨安葬之時，培火萬分悲痛，作弔聯曰：

識公逾卅載，憶平生少合時宜，民族至上多遠想。

離鄉將八年，無一日忘懷祖國，蓋棺定評弔貞魂。

四十五年冬於台北寓居

獻堂先生年譜校閱後誌

（一九六〇年四月）

林獻堂先生年譜執筆者葉榮鐘君以其原稿見示，並希表白讀後感想。葉君乃先生最忠實之追隨者，且常服侍左右，渠來擔當此執筆任務，實再適當沒有。本人複閱之下，覺此年譜堪供將來編纂台灣政治社會運動史之資料。尤其按語最為精彩，苟非深諳先生心情者，恐難剖析到如斯透澈，特別是在敘述台灣文化協會分裂前後之情形，本人以為堪稱切實而生動。其所記述範圍，在個人年譜之格式而言，編者已盡其最大之能事，但以史眼論，似尚另有應斟酌之處。本人在〈灌園先生與我之間〉一文已略有言及，獻堂先生最後在日本一段生活，殊不可僅以醫病為由而了之，此點公私關係重大，願略予以補充。

先生赴日醫病乃其一面之理由，其離台之真實動機，實更深沉而複雜，從大處說，實因當時台灣之政治、社會、經濟關係之激變而使然。先生多年為台灣社會之中心人物，其舉動足以影響全台，光復後政治社會之形勢驟變，先生因之不無寂寞之感，況當時政治作風不如先生所期望，且經濟制度改革，驟然大受打擊，而大陸陷匪，人心惶惶，為檢討公私處境，需要離開漩渦，此乃其赴日之最大動機也。先生在日六年，初期有關其在日言動，頗多不確之謠傳，而使各方友好深為擔心。民國四十四年九月，本人赴日勸其返國澄清謠諑，談論旬日，意見完全一致，始已允許同機返國。三天後未審真否，又以血壓過高為由，取消返國初衷，僅託本人帶回復張祕書長岳軍之親函，坦率表明其反共愛國立場，此函旋在新生報紙上公表，因此羣疑咸釋，而我政府亦積極表示尊重先生之為人。九月八日先生之噩耗傳來，全台震悼，政府特准本人帶其在台全部血屬赴日奔喪。先生骨灰到著松山機場之日，朝野各界出迎者空前盛況，其在台北舉行公祭時，　總統、副總統以下官民各界或賜橫軸輓聯，或親臨式場弔祭，白馬素車，誠極一時之哀榮。不僅如此，嗣後教育部主辦，在台北植物園經建獻堂館，表彰其自日據時代所表現民族主義之一貫精神，以垂永遠。本人竊以此事關係重大，爰特誌之以供參攷。

中華民國四十九年四月

上帝忠孝的兒子矢內原忠雄先生（一九六二年四月）

矢內原忠雄先生是日本國愛媛縣的人，很可惜地去年（一九六一）十二月二十五日患了胃癌的病症，在他的很多親友門生四個月間盡心護侍之中，離開了人世歸回天家，享年六十九。因「雙連」的編者知道本人與矢內原先生有特殊交誼，要我來寫追思文章，我現在因公私的事情頗為忙碌，但是總覺得義不容辭。

矢內原先生少我四歲，一九一七年三月畢業東京帝國大學經濟系，他畢業後在民間機構服務三年，一九二〇年秋天就任東京帝大助教授之職，即被派往歐美留學三年，歸國後不久就升任教授，主持殖民政策講座。那時正是我們台灣同志，由留學東京的台灣青年們發起，而全台灣省島內民族意識最熾烈的同胞數百人參加，自一九二一年一月起每年一次向日本帝國議會建議開設台灣議會的當中，矢內原教授那個時候著作一本殖民政策講義案，另一本殖民及殖民政策的書，從學理上提出他對日本殖民政策的主張，因此我們知道他的見解甚為公正。記得有一天我與林呈祿同志同行，拜訪矢內原教授於大森八景坂上之私邸，他雖是一個官立學校教授，但是對我們的實際政治行動，很坦白地表示他的同情與關切。他與我同是基督教徒，諒必是在這信仰上，我們之間有很接近的生活傾向，教授與我遂成為在日最好的親友，時常過往不輟，直至台灣光復以後以及他已經去世的今日，我與他並他的遺族彼此情感之融洽至為深厚。我一接到他病逝的消息，不覺淚水汪汪不能自抑，我有信給他的夫人惠子女士訴說，我如能分身前往，我真地願意馬上飛往東京共同痛哭。

公曆一九二六年即是我民國十五年四月至五月五十日間，矢內原教授親到台灣，調查考察台灣全島的政治社會實際情形，他竟不避日本政府及日本民間之慊忌，在此五十日調查考察之間，時常公開與我來往，甚至十多天之久接受我們全島各地同志之要請，與我同行赴各地訪問並舉行公開演講會，我為他翻譯，他的日人朋友有的以書信勸阻，有的當面詰責阻止他的行動，他一概置諸不顧，做到最後方才離開台灣。他回到東京就整理研究他的考察資料，在他的東京帝國大學殖民政策講座開講他的研究結果，題為「帝國主義下之台灣」，毫不畏懼地批評日本政府殖民政策之不當。一九二八年（民國十七年）竟將此講義全部印成單行本，標題仍為「帝國主義下之台灣」。日本的國家社會情形，自這時期就開始革新運動，少壯軍人以及一批對外主張侵略之強勁政客，一直採取直接行動，壓制和平合理之思想與政策，甚至最後大開殺戒整肅內部，所謂元老重臣屬於持重漸進者亦不例外，皆被殺傷殆盡。矢內原教授處此境地，仍然言其欲言毫無畏縮，主張和平合理、主張公平友愛，甚至在公開演講會上大聲疾呼竟有「設若日本准許不義橫行，那麼日本應歸滅亡」之語。矢內原教授之言論終於發生問題，連同所著《帝國主義下之台灣》一書被人檢舉，遂於一九三七年末被日政府革職離開教授崗位。

矢內原教授一面是日本著名的經濟學者，重視科學重視理智，他的治學態度非常認真，著書不少，另一方面對宗教信仰亦甚熱心，他對基督教之理論研究，有精湛獨到之處，關於聖經研究的著作，恐怕不會少於他的專門著作，對於實踐宗教尤其是個人之宗教生活，乃至實際傳道之旅行開會，亦極其認真忙碌，我想他的得病是由於他的工作過忙，少有輕鬆休息的時間所致。他被革職下野以後，最多的時間是用於傳教工作，他自早就發刊個人雜誌名為《嘉信》，在他下野八年間經過甚多困難，他總不放棄刊行此個人雜誌，這雜誌《嘉信》是他的信仰表現，也是他的生活記錄，更是他與他全國同信同道者的聯繫據點，到最後臨終幾天前，聽說還在關切《嘉信》的稿件與刊行。矢內原先生是日本的學界權威，他在日本終戰後不只恢復了他的教授地位，尚且當過二任六年的日本國立東京大學總長，可見他在學問上的地位如何崇高，但是他在宗教上的地位，我認為是更加崇高的。當日本武斷侵略派的軍人政客學者，瘋狂地發動各種行動之時，日本的宗教界神道佛教固不必說，連基督教各派都是趨向於奉迎擁護其國策，最好的亦都是緘默不敢有所言動，只有矢內原先生及幾位極少數人作了我行吾素，積極發揚其信仰本質，以期對其國家民族能有救贖作用。我記得我為台灣同胞作政治運動，而遭艱難困苦的時候，他曾經當面安慰我勉勵我說「勇士一人獨前之時為最勇」，這句話他是引用西方詩人的一句說的，我以為在日本全國瘋狂的時候，他不緘默而表現了他行他素的行為，他依然做出了他素時所做愛神愛人愛國愛民的言動，這正是他曾經用以安慰我的那句話「勇士一人獨前之時最勇」的表現者，實在使人欽佩至極。

矢內原先生的基督教信仰，就我個人看其生活讀其著作，以及向他當面請教討論所知，他的信仰我以為是很正派正統的，他對他的老師內村鑑三氏崇敬備至，很多人認為他是他老師信仰的正統承繼人。所謂內村鑑三的基督教信仰，就是無教會主義，而此無教會主義之信仰，是我本人的老師植村正久牧師所最反對的，在日本的基督教界反對無教會主義的人，也是很多很多。但是我與矢內原教授是最好的弟兄一樣相親相愛，將近四十年的交情一直不變。這理由一面是在台灣受日本統治的時候，我被日本政府視為危險人物，他不顧他的地位很自然而積極地對我表示了同情與支持，前面已經提過，他甚至毫無忌憚地出版了《帝國主義下的台灣》的著作，批評日本政府之治台政策。另一面是在蘆溝橋事變以後，日本對外武力侵略對內軍部獨裁的作風，愈來愈加厲害，矢內原教授的艱難困苦，也就一天一天加深，我就是看到他真像「歲寒然後知松柏之後凋」的氣節風度，使我越知真實信仰的寶貴，而越發愛敬他。就我與他接觸談論所得了解；他對一般教會政治，尤其對天主教作風是有批評的，而他對「無教會主義」一語，也是認為有語弊的，對洗禮聖餐的儀式，他也沒有說不要，不過他說可有可無，就是說信徒的成聖，唯有信仰是絕對條件，不是受洗禮守聖餐才能成聖，若是信仰了耶穌是他的救主，那個信者就不需要再有別的條件，便就馬上得救而成聖了，至於受洗禮守聖餐都不是信者得救成聖的絕對條件，有可以無亦可以。矢內原先生的無教會主義，並不是主張不需要教會的存在，而是主張教會制度的某些部份有毛病，那些部份的教會制度，會影響信仰的真實性，這點我本人是一個有教會主義者，我並不認為他有什麼不對，而與我有什麼兩樣的地方，只是這

「無教會主義」五個字不太順眼就是了，我對他曾經說過這樣話，而他亦略略點頭笑笑了。

第二次世界大戰終結後九年即是一九五四年秋天，我初次再到日本東京與矢內原先生相見，那時他已經是尊貴的日本國立東京大學總長了，可以說是他最得意的時候，他可以安閒地享受過日，事實不然，他對基督教的研究及傳教工作，仍然繼續努力不輟，我尚且聽說，他對大學教授會議選他當任總長時，是附有一個絕對條件，就是需要承認他可以抽空傳教，他才答應接受就任，這是何等地奇特而不尋常的事呀。還有一件不尋常的事，就是他身任大學總長，從一般說是可以不多管校外的問題，以求順利盡他的職責，事實不然，他是很明顯而強力地反對日本國家再軍備，有人批評他不應該這樣做，有人譏笑他多管閒事，但他卻是很認真地堅持他的主張，這豈不是很不尋常的作為嗎?我本人以中華民國國民的立場，是不能同意亦不能了解他的主張，我對他也曾經提到此點表示反對他，他卻是諒解我的立場與看法，但是他還是從他做日本國民的立場，而認真地對我說明，世界在相當時間內，是不會有戰爭的，因為共產黨倘若像以往日本軍閥的不智，而蠻橫發動戰爭，則世界共黨將繼續日本軍閥而敗亡，他推想共產主義終將修正，而避免戰爭，共產主義倘不被修正，上帝應不會准其得力而來毀滅上帝自己，因此若日本現在就再軍備，這不啻是日本人自討麻煩，而令舊日的日本軍閥再來施威於日本全國民嗎?至於日本人多數會被赤化的危險，他說是沒有的，也是不會的，這點因為他與我的立場各異，我不能說服他，而他亦不能說服我，我只有尊重他的自由而已。他而今已經離開人世，他自己不承認此點的想法不對，日本與共產主義的將來，是否照他的推想實現，這是需要今後的事實來證明，但是我作為中華民國的國民，我是完全與他不合。日本的事是日本人才有實權處理，我雖無權過問，但是做一個他們的鄰邦的人，我總以為日本必須再軍備才是日本的安全，我這樣與他不合，想在信仰上可以沒有什麼不合吧。但是在實際政治的看法，雖然是不能不尊重他的自由，只是在八年前我初見到他的時候，他緊緊地握住我的手說：蔡先生你對日本的預言，日本很不幸地都被說中了，他這句話於今尚在我的耳際响喨，我說日本需要再軍備才是安全，而他終於說是不必要沒有關係，到底是不是我的話又說中了呢？

矢內原先生逝世後不久，在台北他的門生及嘉信讀者以及他的本省舊友三、四十人，聚集於台灣大學法學院教室舉行追思會，本人與舊同志林呈祿兄躬親與會，此會雖不盛大，卻是出自敬愛他的真誠來舉行的，矢內原先生的一生遺德，可謂不僅普及在日本國人之間，亦可以證明遠及於台灣的呀!!

民國五十一年四月十日稿

悼念韓老弟石泉逝世三週年（一九六六年四月）

嗚呼！韓君石泉去世倏忽三週年矣。余與韓君固非總角之交，因余生長北港非本來之台南市人，余與韓君相識在其服務台南醫院，而余尚在東京高師留學暑假返台之時。余在民國九年（日本大正九年）春畢業高師，十二年春歸台接辦台灣文化協會，以後，與韓君之過往漸趨密接，無論於社會文化運動，或台灣議會設置運動，彼此認為志同道合，遂成為最親最密之同志而情有逾骨肉。

韓君為人賦性忠誠勤謹、耐勞苦幹、公而忘私，在余眾多之同志中，實不可多得之人物。君之家庭本屬書香世家，君之父叔係同科秀才，而外祖父是舉人，其母又是深默詩書，君受其父母薰陶聰明好學，不幸日本據台以後家道中落，想因營養關係，君自少年時代健康即差，直到君之中年體軀頗為枯瘦，但以其克苦耐勞本性，小學畢業後曾在當時市政府做工友，奮勉自修，十七歲春考進台北醫學校，此校是五年制為當時台灣之最高學府。君在學中考績優異，民國七年春，竟以前茅畢業，雖知家境清苦，奈好學之心迫切，得其母同意，留在母校附屬醫院實習深造。斯時君之收入每月僅十五圓，須撥部分供作家費，又要助其令弟趕快進入醫學校，兄弟在台北自炊勵學，因圖節省費用連電燈亦不敢用，只點蠟燭讀書，是知其勤苦情況。民國八年因家境之困難不能不顧及乃轉進台南醫院就職，研究內科小兒科，迨民國十一年冬與外科醫師黃君合作開業共和醫院，約五年後即民國十七年三月始行獨立經營韓內科醫院。君性忠誠勤謹，對待病人親切週到，時予貧困病家減費免費治療，因此醫業興盛廣得一般信用，遂成為台灣南部之名醫。

嗣後君之醫業成鞏固基礎，但以君所參加之政治文化運動，發生全面挫折，又以心愛之初生長男意外夭折，使君在精神上轉入信仰境界，君曾著有〈由死滅入新生〉之小冊，乃決心停止開業，攜眷赴日本九州熊東醫科大學留學深造，時為民國二十四年春天。此後五年間，君雖成功學成獲得博士學位，然實際上君所受磨折甚多。其一君到達熊東半個月，君之老母突然在台南棄養；其二同年年末君之岳父去世，一年之中兩次來往奔喪；其三蘆溝橋事變以及日本侵略祖國，君在異鄉熊東，因君是吾台對政治、社會改革具有行動歷史之錚錚者，在異鄉、異族之間時聽祖國戰況不利，難免君之言動表現與同輩日人常有齟齬發生不愉快情事；其四因君對研究過分勤勉，在民國二十八年初即感體力不支，然猶孜孜不息，至是年冬天胃大出血，一時危險萬分，幸其夫人血型屬O得其繼續補給，乃得脱險，二個月後始獲痊癒，真是苦難重重，而君意氣不餒，竟然突破一切困難，於民國二十九年夏安返台南，在其先前地址繼續韓內科醫院之業務。因君平素為人立即博得廣泛社會信用，醫業又即興盛發達，對於醫院之設施大具規模，君之生活大可進入順境之際，奈何日本軍閥於民國三十年冬偷襲美國珍珠港，成大東亞戰爭，以日本之國力有限不能持久，到民國卅二年日本之敗象畢露，卅三年十月起台灣全島即受美機空襲，最後日本快要投降之前卅四年三月一日，韓君受最嚴重打擊，韓內科醫院直接中彈，房屋傢俬全毀，君之掌愛長女淑英身亡，年已十八歲，君之創痛莫此為甚。雖然不久日本投降，台灣光復祖國，在精神上以君素愛國家民族，實然與全省同胞歡欣慶祝，無如君之物質生活連棲身之所都無有，此時君之困苦可謂至極，君一家之物質生活可謂在台灣光復之時重出發者。

民國卅四年八月十五日日本天皇宣告無條件投降，台灣以祖國八年抗戰之賜光復，成為中華民國之一行省，南京中央政府派員接收，有韓聯和者任台南市接收主任委員，韓君即被邀為接管委員之一，不久中國國民黨台南市黨部成立，韓君即被命為市黨部之指導員，其後不久臨時台灣省參議會成立，韓君被選為臨時省參議會參議員，此間韓君公私極為忙碌，大概是因為精神關係，其健康一直增加氣力一直充沛，可謂是韓君之最得意時期。不幸一波未平一波又起，因台灣省長官公署局措施失策，激成卅六年二月二十八日事變，即台灣二二八事件。斯時台灣全省人心浮動，不肖之徒受共黨分子之煽惑，自台北開始迅速波及中南部全省發生騷動，甚至喪失人命不少。騷動期間雖短，終致國軍出兵鎮壓，乃得平靜下去，各地死傷最少之處，以台南市為首屈，究其原因，應歸功於平時全市官民各界密接連繫，但其間有我韓君不顧自身危險，任勞任怨奔走其間，得以融通感情掃除誤解實有賴之。事後韓君幾次告余，二二八事件發生之時，儼若一陣暴風雨突襲全台，人心慌慌不知所措，渠置身其間，直覺若放其自然，僅台南一市則將天翻地覆，是時只覺唯有一死配之，乃不顧一切奔走於黨政軍民之間，力主四大原則，一致遵守。第一，不擴大，第二，不流血，第三，不否認現有行政機構，第四，政治問題用政治方法解決。幸獲各界領導人物共同確守原則，台南市乃得渡過風險，事件之後僅有一人被付槍斃而已。韓君說斯時之決心不知從何而來，事後反顧殊覺滿身冷汗，斯正所謂「人存政舉」者乎！韓君只謂，因彼時過分負責工作，在事件中與事後渠之所受犧牲與誤解亦實不少，茲可不必詳提。

關於韓君之結婚生活頗值一提，君生性嚴謹實一正派紳士，況其所學是醫大有前途，當其畢業醫學前後，即從各方推荐配偶甚眾，韓君素抱「讀書不患無良媒，書中自有顏如玉」之信念，故不輕意應承。韓君對其配偶有四個標準，一不娶窗家女，二不娶聞名之摩登女，三願娶幽嫻貞靜之淑女，四願娶受過相當教育之女士。當時要求得適合此四標準者誠不容易，韓君乃取其次，得親友設法窺得一年青幽嫻貞靜之淑女，一見鍾情如得璞玉，千方懇求其女之雙親許婚，終以年長學成為條件，於民國十年六月廿六日以漢文教師吳鏡秋先生為媒，與生性幽嫻貞靜之淑女莊綉鸞女士訂婚。訂婚後兩人皆不急急於結婚，韓君固不必說，綉鸞女士之向學心殊切，當時綉鸞女士只是公學校畢業而已，上級學校入學試驗之競爭者正多，乃得女家雙親允准，韓君每夜抽出公餘時間，不分風雨寒暑按時必到女家指導綉鸞女士補習，經過半年以上，翌年春莊女士幸得考進台南私立第二高等女學校，入學之日恐怕手續麻煩，亦由韓君親陪到校入學，真可謂不尋常之舉措也。彼後在四年長期歲月之間，他們兩人有機必圖見面固不必特書。此間於民國十二年十二月十六日，因韓君參加台灣議會設置運動，發生違反治安警察法事件，韓君與余及其他眾多同志被檢舉入獄數月，莊女士與其雙親不但沒有動搖互信之心，反而送信到獄中或親訪韓母表示安慰之意，實屬難能可貴。特別需要一提者，在此四、五年間密接交往，雙方竟能盡分各做其應做之事，各守其應守之界線，各以其清白之身，在民國十五年三月三十一日亦就是莊女士畢業台南第二高女之四天後，在台南市公會堂舉行閃電結婚典禮，余作其證婚人為之證婚，在此典禮中更有一突出表現，即是新郎新婦兩人並排於數百親屬來賓之前，齊口同聲宣讀左記結婚誓書，真可謂舉世罕有之美滿結合。

我們兩個人，自從大正十年（民國十年）六月廿六日以來，到今日約有四年十個月，此間自由交際，經過許多的試驗，沒有改變初衷。今天在這裡神聖的場合，同意結婚，願自今天以後，各肩其責，相親相愛，至於無窮，力行夫婦最善的坦道，來建設美滿的家庭，進一步努力改革不合理的社會，盡了做人的責任，這是我們的誓約，謹此宣佈於諸位先生之前。

大正十五年三月三十一日

韓石泉

莊綉鸞

在此追念韓君，更有一事需要由余提出報告，前面業經說明在民國十九年三月韓君之初生長男良哲夭折，韓君因此靈性大有進展而信仰基督為救主。適在此時以後不久，台南市有名外科醫師又是韓君前輩親友王受祿君，亦不幸遇渠長男去世傷感而先韓君信仰耶穌基督，余比王韓二君更早民國九年時候在日本東京已受過洗禮的基督徒，我們三人在信仰未歸一致以前，即是政治社會運動上之同志，余乃一不願就業而奔走台灣全島或日台間放浪之徒，王、韓二君則是極負聲譽之醫師，而為台灣南部政治社會運動之領導者，到此時我三人即完全志同道合，其交往之親密大家可想而知。記得韓君失子之時，余與王君同情痛哭，韓君甚至請求王君准其愛子遺骸埋在王君亡兒墓側。又憶韓君亡兒埋葬數日後，王君表示決心不作營業性之開業，今後願其殘生與醫術供獻於社會以榮光所信之上帝，而韓君亦隨之決心願意參加是舉，只因其現有資力需要留作家屬之用，故兩人斯時欲重新出發作社會服務之活動，需要另有運用資金約在當時日幣三四萬圓，此資金兩位甚盼余能有力調動。余對此舉大感興奮決心一肩挑起，以免二君擔心，乃先向林獻堂先生說明此事之經過，獻堂先生非基督教信者，渠聞吾語幾乎懷疑有此事實，而興奮地說基督教信仰竟有如此之實踐力耶，渠因一時感激約願盡力設法協助以促成其事。民國十九年三月九日王韓二君與余在台南一同熱心祈禱之後，決定創立財團實踐盟約，其財團名稱為新生堂財團，議定約六條記在余之殘存日記中如左：

新生堂財團約章

一、本財團名謂新生堂財團以實現救主耶穌之鴻愛，光耀上主天父之聖名為目的。

二、本財團以躬行前條目的之基督徒組織之，欲新加入者須得全團員之同意方可。

三、本財團之事業及一切議事須得全團員三分之二同意方可進行。

四、本財團之事業及其純益金之用途如左：

甲、經營醫院　乙、宣傳聖教　丙、普及教育　丁、援助政治及社會運動

純益金之十分四充為宣教費

純益金之十分之二充為醫院擴張費

純益金之十分二充為教育費

純益金之十分二充為政治及社會運動之援助費

五、本財團團員須尊重多數之意見，不得有利己行為，違背者以團員四分三之決議，剝奪其一切權利逐出團外。

六、本財團團員可以其遺囑推荐他人代行其對本財團之權利義務。

先在民國十六年（即日本昭和二年）一月初台灣文化協會分裂，余則專心於雜誌《台灣民報》之發刊權由東京移入台灣之運動，該報移入台灣發行成功後，余即決心專作白話字運動，開始教育全台失學民眾為己任，向同志聲明對一切政治運動除台灣議會設置運動外，悉站在協助地位而不參與主動，因此當時民眾黨運動，余則站在協助地位而已。嗣後林獻堂先生與羅萬俥君等則不讓我自由苦苦相勸，乃由民國十八年八月起復歸舊態與大家合作，先是共策地方自治聯盟之成立，繼於民國十九年三月被派駐在東京，專為日刊新聞發行權之獲得而活動，仝月十九日攜眷離台前往東京居住。對於新生堂財團資金之調度，雖未曾忘懷，但因時勢關係，在

台灣同志間金融奇艱無望調度，余乃奇想天開，冀在東京基督徒朋友間，能有調動途徑可尋，究竟亦是失望落空，迨民國二十年九月廿一日余返台機會向王韓二君報告經過，乃榮感交加，最後決定將新生堂財團設立事作罷論矣。推其原因：

一、資金之調度無望。

二、王韓二君家屬特別是韓君老母不斷表示反對。

三、王韓二君之想法有變動。王君則對傳教之心加強，在其住宅內新建禮拜堂，渠之全家自其老父母起全部信教，因此對新生堂之計畫放鬆。

韓君則對醫學研究意志加強，發生留學日本之念，因此新生堂財團之資金既然無望調度，渠便決心往熊東醫科大學研究，民國二十四年三月竟然攜眷赴日實踐其夙志，已如前述。

韓君為人忠厚克苦耐勞篤實力行，於前述數端已可窺見其一班，爰將關信仰方面，就余所知重陳一點。記得民國二十三年春韓君與余同行赴日，此行雖是遊覽性質，但在韓君衷心是決意請由矢內原忠雄氏為渠施行洗禮，以完成其信仰上一般以為必須之手續。韓君之入信動機與經過，前面經有陳述，普通基督徒之入信，是由牧師傳道之說教勸導者居多，韓君則不然，渠是以其體驗為主，參照平時之讀書與考察基督信徒前輩之告白與行誼為副。君對基督教中之一派所謂「無教會主義」，特別是對矢內原氏之信仰與其行誼最為欽仰，但君亦不以「無教會主義者」為已屬，因此在此次旅行中對余表白，願請矢內原氏為渠施洗，余深感其認真乃爾，經答應代其向矢內原氏請求。無如矢內原氏所屬「無教會主義」一派，不以洗禮為信仰之必須條件，氏面告韓君，以渠所知君之信仰已立，洗禮一事可有可無，倘君自以為必須受洗信仰方能確立，接受洗禮亦可，但請由別人接受，氏謂已往未曾作過給人施洗，請兄諒之，因而韓君亦就未再向別人請求施洗。

最後還有一點須要提及，就是有關余之白話字運動，韓君是眾多同志之中最熱心支持協力者。台灣總督府以及一般日本人對余多年所提倡普及白話字，全部表示熱烈頑固反對，而多數台灣人之同志中，在台灣議會運動、文化協會運動或言論出版權獲得之運動等，雖然熱心與余合作，但一提到白話字運動就都表示冷淡，不大感覺興趣。在余以為此白話字運動，是要提高失學男女大眾之教育水準，是廣闊之社會教育運動，余以為此乃政治經濟文化自由之根本基礎，比較任何運動應先努力推行者。余之日本人老師植村正久牧師曾激勵余曰：君能熱心於白話字運動，是汝愛汝同胞之最好方法；又有日本人摯友矢內原忠雄教授慰勉余曰：白話字運動是君一生作不完之重大運動，請君不須因協力者少而失志。余自己則深知此一運動實具根本的重大意義，故絕不以阻力大、同志少而灰心，且有韓君對此運動與眾不同，熱心支持參與計劃，余因不滿其他同志對此運動或表冷淡，或雖不敢表示冷淡亦只是敷衍敷衍，唯有韓君處處表示誠意支持。余素不願求屋問田，亦不願就為三斗米而折腰，所有生活資力悉為同志間之特志所提供者，在此運動工作上余常固執余之見解，對白話字運動我行我素，不大聽從別人主張，因之余之生活資力有時也就發生匱乏。韓君對此深表關心，在余舉家離台移居東京之前，就是日據時期余在台灣居住最後七、八年間，韓君便將其所有在台南市孔子廟前之房屋，不取租金，撥供余全家居住，而全家之醫藥亦悉由韓君白白貢獻服務，實際工作上如有需要資金，韓君亦都率先提供。余之同志在台灣全省到處皆有，但能志同道合無論精神物質都能完全一致始終不變者，屈算起來不滿五指，而韓君則是應首先屈算之一人。日本投降後余從大陸歸台，由台南同志聞及當我中央政府在南京接受日軍投降舉行典禮時，中央曾電召台灣同胞代表五、六人參加典禮，林獻堂先生以外亦有余名在內而四找不見。當時有部份風聲，謂余已在大陸被共產黨扣押，因此不知去向。韓君聞此曾對台南同志申說，渠甚想親赴大陸尋找余之蹤跡，此事是余從台南之同志聽到，使余銘感五內，至今不敢或忘，現在草此追思便不能不想及而寫出來。

最後還有一點想須在此記述，就是韓君生活末期對公生活之態度，無論在日據時期或台灣光復當初，韓君對公生活就是對民族對國家社會之服務活動，悉是盡力以赴而不落人後，但是韓君在其人生末期很不幸地表示相當冷淡，僅僅忠實於執行醫藥服務病家，此外，協助余所主管之紅十字會台灣省分會，擔任台南市支會會長而已，其他一切公職不祇無意爭取，即有人勸其出任公職亦皆辭謝而不求聞達。此事由韓君為人之本性而言，可謂反常亦可謂一百八十度之轉變，究其原因，余雖與渠親密為手足，君亦未告白其隱情。余自憶惻是否民國卅六年秋行憲第一屆國民大會代表選舉，韓君拍馬陣頭而在台南市競選，不但是多數友人即韓君自己亦頗有自信獲得當選，但是事實竟不然而落選，又是落得非常慘烈，其所得票數雖為第二位僅是當選者所得票數十分之一，大違眾人所料。其所以致此惡果之原因可以說不是單純，在一般同志間最不能了解者，就是在競選最重要時期，韓君之助選中心人物突然受莫須有之嫌疑被拘，當其被釋能自由活動時，已經是投票前數日無可為力，另有一點無奇有偶，在競選最熾烈時期，為二二八事件被扣押之人適由獄中役滿出來，協助與韓君競選之對方活動，利用對二二八處理抱有不滿情緒之不正常羣眾心理，向韓君大肆攻擊。其次是韓君太過認真，不肯因競選需要而疏忽醫院之職務，以致競選活動過於大意而為對方所乘。韓君為人一面是極忠誠厚道負責，另一面是自尊廉恥之心甚強所致，國大代表競選後其活動態度漸趨消極，余以為對公對私都是莫大損失，至堪痛惜。

際茲回憶三年前夏初，韓君為渠幼女畢業台灣大學，與夫人綉鸞女士並駕北上參列典禮，會後渠倆率幼女來寓訪問共用午餐，神態極其愉快誇言其健康如何如何良好，牙齒齊全不用眼鏡，聽力十足食量正常，無論醫務繁忙，夜間出診隨喚隨起隨臥隨眠，余亦信以為真大予祝福。豈料握別僅過十天，突然青天霹靂七月一日接獲噩耗，嗚呼哀哉石泉老弟，在不自覺中結束其六十七年生活，無有一言交代而永別人世，豈不哀哉！豈不痛哉！當其告別式之日，余哭輓石泉老弟靈前曰：

志同敵愾誼如手足生平擘畫悉予匡扶為國族披肝瀝膽，

時際赤災世遇維艱復國大業方期共贊哭斯人遽爾殞亡。

環球旅行出發前五日即民國五五年四月廿五日稿

與葉榮鐘書存稿（一九六八年八月）

少奇仁弟如面，日前晤敘，未盡欲言，茲特重申鄙懷如下。余對君所欲言者，是有關老同仁慈舟去逝，吾輩表現的態度，應有其分寸的問題。在發表治喪會之時，余即有預感，可能弄出烏煙瘴氣混亂人心，乃以隱約言辭向吳君暗示，不幸未邀採納，反以余為量狹氣小。繼而仁弟之如椽大文〈紀念這位抗日運動的理論家〉揭出在自立晚報，該報又加附緒文謂「林△△先生為本省耆宿，早年奔走革命，為謀求台灣自治、推翻日人苛政而努力。晚年淡薄名利，以撰述自娛，其一生作為，殊有足多者，直可付諸史乘。值茲林△△先生入窆前夕，省籍人士悼念方殷之時，爰將其一生事蹟付之鉛槧，以示悼念之忱。」其作用在濃縮大文隱微之意，請問！若真將此君之晚年事蹟付諸史乘，豈不遺臭萬年焉歟？雖有　仁弟大文公表擁護，雖有本省應有儘有之人士大名，悉被列入治喪會名單之內，而又有國家副元首之輓額亦確實領到，懸掛在大廳堂上，雖然這些都已明顯排在大庭廣眾之前，雖則如此，余還是期期以為不可。林某之遺臭林某個人當之，余有何言？倘其因　仁弟等之自撓，即可粉飾掩蓋於一時，無奈正義之神永遠明鑑，台灣多年來所表現之民族正氣，將何往而尋得耶?!　仁弟素具疾時慨世風度，應以民族正氣為出發，而今對高倡完全自治出盡風頭者，其實際生活則又完全同化於敵族，其家庭常用日語，致其獨子不得在國內立足，雖曰強權所迫，同志多年血汗創造之事業，轉手為其出賣，何苦又率先換名貞六，徹底靠攏而奴化，嗚呼！ 仁弟對此竟亦秉同一疾時慨世之仁心而予以袒護乎？余素自許 仁弟與吳為最知心者，今乃自覺過份，君等既能寬弘大度，而余年已八十，垂死之人，何其頑執迷狹乃爾，百思不得自解，七日以來，搥胸獨悶無法寧靜，乃於祈禱中終蒙憐慰曰：非爾狹小，是民族正氣在今日台灣不可失落，爾之苦悶為此而已耳。阿孟！余心已豁然而開朗矣!!不是余之狹小，而是不甘為私德致虧公義之鉗（箝）默苦鬥也，阿孟！惟 仁弟賜諒，即候撰安

峯山手啟民國五七年七月十二日

神の忠僕矢内原忠雄先生を憶う

（一九六八年八月）

前東京大学総長矢内原忠雄先生は、公暦一九六一年十二月廿五日、胃癌なる絶症により、遂にその地上六十九年の生涯を終えて、彼を敬愛する多くの遺族・門下友人等から別れて、天に登られました。矢内原先生は多くの皆様に深く敬愛せられており、私は彼を日本での神の忠僕だと信じていますが、多年矢内原様とお呼び申していた習慣があり、年来の親しさを現わすため、ここでも何卒かくお呼び申すことを許して頂きたい。矢内原様と私は日本の国籍において当時同じでありましたが、其時の社会的法律的現実の生活においては、我々両人の間に越すべからざる大いなる差別がありました。それにも拘わらず私たち両人は、一九二四年則ち大正十三年の春頃でしたかと記憶しますが、始あて東京大森八景坂上のお宅をお訪ね申したその時から、あたかも二人の血管に同じ血が流れている様な同胞兄弟の如き実感を持ち合った間柄となりました。現実において当時矢内原様は堂々たる東京帝国大学の教授であって、私は日本帝国の殖民地人であり、多くの台湾在住の日本人から「土人」として見下げられ、而も東京警視庁から私に対して尾行をつけられていたにも拘らず、矢内原様は私と手を握り合った時から私を兄弟とし遇し、私の境遇に同情し、私を慰め、私の訴えに応じて心からの真実を以て私たちの政治運動、日刊新聞創刊許可の運動及び社会的文化運動等の計画行動に対し、出来るだけの支持を与えられました。事実上、私は矢内原様より年齢において四つ年上の一点以外、学問や信仰や経歴地位等において、何一つ矢内原様に敵う所はありませんでした。それなのに矢内原様は極く自然な表現で私に対し親密さを示され、私もどう言う訳か自然と増長して彼を兄弟と思い込み、矢内原様矢内原様と申して三十余年間変りなく交誼を続けました。一昨年末矢内原様が神に召し返えされた便りに接し　私は直ぐ未亡人惠子女史に悔みの手紙を差し上げ「事情が許すならば直ぐにも東京に飛んで往って共に泣きたい」と書きました。今年春未亡人惠子女史が親しく台湾を訪問せられ、私は台北松山飛行場にお迎えして、矢内原様が御一緒かの如く、我々は相変らずの親しさを覚えました。中国と日本の間にあれ位大変化があり、矢内原様の肉体が我々から離れてこの地上に在しないでも、我々の間に曽って存在したその親密さに少しの変化もありません。何んと有難い感謝すべき事ではありませんか。若し更に進んで申すならば、矢内原様及び其の御家族に対する親密を持つが故に、私は日本を忘れません。同様に矢内原様及びその御家族の皆様も我々との友情においてこの中国台湾をお忘れになりません。この事は不思議の様で、信仰により結ばれた友誼は、かようなものだと確かな事実で示されます。

私が矢内原様にお接し申したきっかけは台湾議会設置運動の為めでありました。日本の大正十年春から、我々台湾人が当時東京に留学の台湾青年を中心として、日本帝国議会に台湾議会設置の請願運動を開始し、毎帝国議会の開会の時必ず請願書の提出を続けました。その間、当時東京帝国大学の教授であっ矢内原様の大著『「殖民及び殖民政策』を読んだ事から矢内原様の政治思想の一般を知り、同志の林呈禄君と同道で東京大森八景坂上のお宅に矢内原様をお訪ねしたのであります。私と矢内原様の交誼の出発点はこの時からであって、それ以来日の立つに従ってお互の友情が益々親密になりました。その訳を考えて見ると、神に対する信仰即ち神の霊の導きが我々の間の友情の基本であったからと思います。神を信ずる真実な信仰によって、矢内原様は台湾の人々に同情を寄せられ、日本の殖民政策をより文明的ならしめようとして批判されたのであります。それで台湾人の為め、日本と台湾との間の関係を改善せんとして努力する私と私の同志多くの者と接触する機会が与えられました。その機会毎に矢内原様は神の愛を現わし、私も恩師植村正久牧師の熱切なお導きにより神とその愛を信じ、それから出発して台湾問題の解決に微力を献げて苦んでいた。このように矢内原様と私とは同じく神の霊、神の愛に導かれていたので、我々二人の交誼が特別に長く続いたのだと思います。

一九二七年則ち昭和二年四月から五月にかけて、矢内原様は台湾総督政治の実情を調査する為め、台湾全島を旅行せられました。その調査を終えた後と思うが、矢内原様は特に十日間程大切な時間を割き、私が案内して島内各地に散在する私たち同志の重なる人々に直接意見交換をなされ、その上一般民衆の為めにも数個所で公開講演をなされました。矢内原様は忌憚なくその学問上の公正な意見を述べられたので、台湾の民衆から非常な感謝と歓呼を浴せかけられたが、総督府の官僚共から嫌われて、矢内原様の東大同期生の者で部長級の地位にあった官吏から「矢内原！　君は早く日本に帰れ、台湾は我々が苦心して国の為め働いて居るから我々に委して置け、余計なことを言わないで早く帰れ」と物凄い追放状の様な手紙を受取られ、それを私にも見せて苦笑されました。東京に帰られてから、その調査研究を大学の殖民政策講座で講義せられ、更にそれを括めて『帝国主義下の台湾』と題して単行本を出版したことは皆様の御存じの通りであります。この『帝国主義下の台湾』なる著書によって今日に至っても台湾人は尚お矢内原様を敬愛して已みません。矢内原様におかれては同著書を通して台湾を愛し、同じく日本を愛したのですけれども、当時の日本権力者はそれを理解せず、却って矢内原様を圧迫したのでありました。

ついで蘆溝橋事件以後、日本軍閥帝国主義者達が中国大陸に対し武力侵略を敢行した時、日本の宗教界では神道仏教は言うに及ばず、基督教各派迄もこの所謂国策を擁護する態度に出で、最もよい所でもせいぜい沈黙して言動する所がなかったのであるが、この中にあって、ひとり我が矢内原様と極く少数の者だけが畏る所なく言うべきことを言い、平素の所信を貫き国家民族のため贖う所あらんと期したのであります。私が台湾の民族運動の中にあって、左右両派から圧せられ非常な困難に苦しむ時、矢内原様はよく「勇士は独り立つ時、最も勇まし」

という西方詩人の名句を引いて励まして下さいましたが、中日戦争中における矢内原様の言動こそは、この勇士の勇ましい姿でありました。この戦争中私も『東亜の子かく思ふ』という一書を岩波書店から出し、及ばずながら日本の対中国政策を批判し、将来の見透についても鄙見を披瀝する所がありました。その後大東亜戦争を経て日本は無条件で終戦を告げた次第ですが、矢内原様の御心情は如何に苦しかったであろう。今から八年前戦後始めて私が日本東京を訪問し、当時既に東京大学総長の地位にあられた矢内原様は感無量に私の手を握って「蔡さん、『東亜の子かく思ふ』の中に書かれた多くの点が不幸にも日本の上に実現したね。」と申され、お互に昔を偲び友情の新しい感激に満されました。

八年前に旧交を温めた我々両人の間に、親切にして厳粛であった問題の一つに就き意見の交換がありました。それは日本の再軍備という大問題であり、私は遠慮なく矢内原様に対してその再軍備反対の御意見に同意を肯じませんでした。私は戦後何回か矢内原様を台湾に迎えて台湾の同胞と共に矢内原様に感謝し、お慰めを致したかったのであったけれども、その日本再軍備反対の御意見が余りにも強かったので、周囲の事情が許さず、その為め私の心願が果されませんでした。矢内原様の再軍備反対論を私はその時直接詳しく承わり、その論点は大約二つに括められまして、その一つは純真理に立脚し、戦争を謀るは罪悪であって、再軍備を奨励すべきではないというのでありました。日本人は幸か不幸か大東亜戦争で徹底的に戦争の非人道であることを教えられた。此の際、再軍備とは何か、全く考えられない事である。況や共産国家は軽々しく戦争をしかける筈はなく、現在の共産国家は当時の日本軍閥と違い、その思想見識において日本の軍閥に比べて、数段も上手でありますから安心しなさい。当分の間戦争はありませんよ。我々の信ずる神様は必ずや何かの方法で、共産国家が意識するとしないとに拘わらず、政策の修正を促がし戦争忌避の途を教えられるであろう。若し頑迷にも共産国家が日本軍閥の二の舞をする様でしたら、日本軍閥以上に滅茶々々にやっつけられますよ。この点は共産党自身誰よりも判っている筈で、我々の心配は無用ですよと極自然に少しの躊躇もなく私に教えられました。その後八年を経過し、世界の方々で共産党との間に小さな局部戦争があっても、全面的両陣営の大戦争は今尚その形勢あるを認められず、却って共産陣営における莫斯科と北京の分裂が現れて、遂に本七月二十五日蘇京莫斯科で米英蘇三外長が核試禁止条約の初稿に署名したと特号の新聞が発表されて、世界人類を驚かしたのだが、我が矢内原様は既に八年前に極安心した気持で、この事の予言をなされたかの様に今更乍らその御大胆な御見識に敬意を表します。再軍備反対の第二の御論拠は戦後の日本国民は困苦の深淵に落ち込んだのであって、再軍備の為めその生活恢復の力を割いて実用の効なき日本軍備に使う事は為政者のなすべき事でなく、我々識者の同ずべきことではない。自分は及ばずながら現在の地位を与えられ、特別にその責任を感ずる。若し自分が日本再軍備に対して何らかの意見を申さずば、蔡さん、考えて下さい、路傍の石が叫び出すではありませんか。特に自分の心配することは、日本旧軍閥の復活で、若しや罪なき日本民衆を再び苦しめることがあってはと恐れます。

大まかの御論旨は以上の如く、私は感深く承わりましたが、現実の立場上、私は矢内原様の御説に同意することが出来ませんでした。勿論私からも反対論を遠慮なく申述べましたが、茲にはそれを申述べる必要がありません。只我々両人がこの大問題に就き見解を異にしても、お互が夫々の立場境遇を理解して各々の心構えに不純な点が毛頭存在しないのを信じ合っているから、我々の友誼は依然としてその美わしさを損いませんでした。

記念の為めもう一点申述べてこの文を終りましょう。私の家族も矢内原様の御家族と親しいお交わりがありました。その訳は私の東京在住の時間が前後数回合せて二十年程もあり、私の先妻と子供達が東京に居住すること三回程ありましたので、私の家族が惠子夫人始め、伊作さん光雄さん勝さんの方々からいたわられ、度々一緒にお遊びをし御飯を共に致しました。そこへ張漢裕君が前から矢内原様の愛弟子でありまして、矢内原様により私の三女と良縁が結ばれました。それは蘆溝橋事変の後、私が台湾に居られず、先妻もその時死にまして、私が子女七人をつれて、東京新宿京王電車前で中国料理味仙という店を張リました頃のことでした。矢内原様は私の後援の意味で、頻繁にその聖書講義の御弟子等を引連れて味仙で餐会を催され、店を賑わして下さいました。或日矢内原様が熱心に言われるに「蔡さんの御三女淑姈様はいい子ですね。私の研究室に張某という台湾青年が居り仲々よい青年ですよ。若し事情が許すならば将来自分の帝大での講座の後取りに推薦したい程、いわば自分に似た様な人です。蔡さんの御三女をやってはくれませんか」と申されました。私は矢内原様の熱心なお顔を見つめて

「矢内原様、あなたにそれ程見こまれる青年でありますから、私としては別に考えべき事がありません。お言葉通り三女をやります。きっと三女の幸福になる事でしょう。然し三女（当時女子青年会の体育師範部に在学中）に私から一言告げた上で確定の所を御返事致します」と縁談は極く簡単に私も三女も別に調べることなく、全く矢内原様の御言葉を信じて承諾を致しました。矢内原様の御提議で訂婚は一九四一年五月二十二日、翌年四月六日矢内原様の御証婚の下で結婚式の礼拝を致し、味仙で結婚披露の宴を張りました。斯様にして私と矢内原様が公的生活においてばかりでなく、私的生活においても、極く懇意親密な間柄でありました。甚だ自惚れがましい考えか知りませんが、中国人と日本人の間において、若し早くから矢内原様と私の如きものの交際がもっと広く、もっと多くの人々の間に結ばれましたら、恐らく中日戦争が起らず、大東亜戦争も避けられまして、両国民お互いが斯くも艱難困苦の歴吏を遺さないですんだことであろうと熟々考えさせられます。矢内原様はその学問的地位が高かったが、私をして敬愛してやましめないのは、その耶穌基督に対する純真な信仰、その人種民族を超越した愛の実行者、自己犠牲の奉仕生活をなす真理実現の勇敢な闘士たる所にあります。それ故矢内原様の如き神の忠実な僕が沢山出現しますよう、世界平和の為め切に切に祈って已まない次第であり、益々我が敬愛する矢内原様を追慕する次第であります。

（昭和43年8月岩波書店）

慶祝金陵教會創設十年感想（一九七八年）

本人信主耶穌基督是在日本東京留學的時候，受植村正久牧師四五年間親切引導，而認罪得救的。那時雙連教會牧師陳溪圳，適在植村牧師經營的神學校留學，同為植村牧師的門生，因此，光復後本人返台就在其教會做禮拜。後來發生某件問題，陳牧師的意見與對立，本人就不到雙連教會參加禮拜。

當時黃主義弟兄是台灣神學院的教授，兼主持金陵教會的禮拜。黃弟兄在東京留學時，常在本人寓所出入，是主內的好弟兄，本人不往雙連教會禮拜，而金陵教會離敝舍又較近，本人就決定參加金陵教會為會員，那時金陵教會已經開設而約有半年之久。台南的舊友金進安弟兄也是此教會的會員，教會是租普通民房使用，地點是在現今教會的前面一條巷內，參加禮拜的人數約二十左右位。

以上是本人參加金陵教會的經過，就是說我不是金陵教會最初的會員，而我一向都對會友聲明，因本人在社會上服務，殊難分出時間再在教會任職，請會友原諒，不然本人就要脫離教會。

我們的金陵教會於本（主後一九七八）年七月九日，就是創設滿十年，也就是教會滿十歲的生日，我們會友要來大大感恩慶祝。我們基督徒得救做重生的人，是從世俗被救出歸主的人，也就是為敬神愛人而活的人，絕對不能單獨一個存在，必需與主內弟兄姊妹幾個一起祈禱禮拜，主耶穌才與我們同在，領導我們在地面上榮光上帝，實現聖國臨到地面上，這是我們基督徒基本的使命，最大無限的快樂。主內的弟兄姐妹幾個一起禱告禮拜與主同在，這就是教會，這就是上帝國的雛型，是我們基督徒永遠的本家，所以基督徒是不能沒有教會的。然而有一部份「無教會主義」的基督徒存在，這怎麼可能的呀?!查明他們的作風，他們不是沒有集會，不是沒有共同禮拜與禱告，他們對集會禮拜也是很熱心的，不過他們是著重在防止聖職的職業化!!本人有一位主內的日本朋友，就是有名的《帝國主義下之台灣》一書的著者矢內原忠雄教授，他是忠誠的基督徒又是無教會主義的一員。我曾問過他，你們無教會主義的基督徒，對集會禮拜佈道亦都很熱心，怎麼可以主張「無教會」的呢。他卻對我承認主張無教會實在有失妥當，原意是在否認聖職的職業化，若然，他們是有其一面的理由。

現今金陵教會的在籍會友，約有一百二十人共六十左右戶，每禮拜日出席者平均近八九十名，可以說是相當受祝福的教會。本人在此想陳述幾點鄙見，敬請弟兄姐妹指教。第一點是教友的人數，本人以為金陵教會的教友數目，是已經超過理想程度，或者可以減少一些，最好到七八十名程度。因為大教會會友過多，彼此的姓名都記不得，無法彼此常交往相照顧，在教會徒具禮拜的形式，實質難得做到彼此相愛相助。尚且會友過多就要計劃建築大教堂，以致教會內開費多，減少施行博愛社會人羣的力量，辜負主的教訓「上帝喜歡憐憫而不喜歡獻祭」。教友若是限在七八十名為度，則不需另建教堂，可租用普通民房，容易接觸一般民眾宣揚聖道。至於各小教會時常聯合做禮拜，是很要緊的，這可臨時借用大的公共場所，殊不必有如寺廟般的禮拜堂存在，我們目標是要實現每個家庭為禮拜堂，整個社會國家都成為禮拜堂!!因此本人主張，金陵教會現存的建堂預備金約二十萬元，在此慶祝教會創設十年的時候，用這筆款項從新創設子教會，來作感恩慶祝是比較更有意義!!

第二點的感想，是以為我教會過去只僅熱心做禮拜，而殊少向一般社會的貧窮施行仁愛的援手。主耶穌不是嚴嚴地教訓了嗎，叫我主啊主啊的人不一定進入天國，唯獨實行天父旨意的人才可以。本人覺得在這點上，我們弟兄姐妹大家都要痛加認罪，改變從前的作風。

第三點本人感覺我們信徒證道佈道的精神行動不夠。所謂平信徒的多數，都以為證道佈道的事，是屬牧師傳道師的專業，平信徒大家只參加禮拜禱告就可以。這個想法是不夠的，主耶穌復活將被接上天最後，不是很嚴肅地吩咐我們作門徒的說，你們要去普天下傳福音給萬民聽，叫他們遵行吾所吩咐了你們的話嗎！我們凡是作祂門徒的每一個人，都有宣傳福音叫萬民歸主的責任，絕對不能推卸逃避的。不過牧師傳道師是專門從神學上作係統性的宣道，我們平信徒，沒有特別研究神學，只可以作發自信仰與生活的實際證道，這樣廣泛而自然地，由實踐生活而發出一種基督香味的宣道，亦是很有力量引導人家入信，主一定同在做工不可輕視這樣工作。因為是根據實際生活的宣道，常要涉及社會思想政治主張的批評，這個只要是在合情合理合法的範圍內執言，是可以的不要忌避。本人過去不在台灣本地入信，而在東京他鄉才悔罪歸主，其主要理由就在這一點。那時日本人依靠他們政治上的特權，橫行霸道欺壓我們台灣同胞，使美麗台灣變成薰天黑地的地獄，而基督教界的人士沒有敢出面說一句公道話，只有教會外台灣人沉不住氣，做各種反抗運動。其中有創辦一個言論機關，替台灣人講不平，有一次有人向一個基督徒勸買該報刊物，那個基督徒竟不敢接受，謂彼若購讀該報，必受日本警察注目不好過活，懇求原諒，但彼自願暗捐多少金錢為助云爾。這樣只顧敷衍不顧正義的信仰，有何價值有何可貴?!基督徒應該是切求聖國臨到，聖意達成在地面如同在天上的才是。本人在日本東京才入信，是真實看到植村牧師的正義感與愛心，植村牧師不但沒有阻止我們對日本的不義而反抗，反轉勸我要信仰主耶穌，才能增加無限的力量以反抗日本的暴政，因此本人大受感激，乃接受主耶穌基督的救恩而重生了。

上面這段話是本人過去對信仰與社會道德國家正義所持心思的告白，在今日時代變了，本人仍然如此確信無疑。就是說基督徒每個人因為有真切的信仰，其日常生活一定會關切社會道德與國家正義，因此其日常生活不僅在個人間有愛心的發露，特別是有關社會國家的政治道德問題，應該是比一般更加敏感而採取更積極的行動才對。如此就必有是非之見，發生磨擦衝突，結果就要負起十字架之苦，是信已經勝過了世界，世界有基督徒每個人，將信仰的救恩傳佈實現到普天下，這個世界才能有活命！

真情真愛最令人懷念（一九八〇年）

本人今年已經是九十二歲的老人，我祖父春來公自大陸福建省晉江縣移居現在的本省雲林縣北港鎮，我是在北港出生的。不幸我七歲的時候，即因滿清政府被日本打敗，台灣就歸屬日本帝國管轄，為其殖民地五十年之久。所以我所受的學校教育，都跟帝國主義的日本殖民政策有關，我的小學、中學的老師，都是該殖民政策下的日本人，那有使我懷念不忘的老師呢？我的高等教育是在日本東京接受的，對所有老師都是普普通通無所謂懷念不懷念的親切感。可以說通過我一生所受的學校教育中，很不幸地，我是沒有可懷念的老師呀!!

但是在社會生活中，在我的宗教生活中，就大有使我終身難忘——我最懷念的老師——這人亦是日本人，他是日本基督教界的領導者植村正久老牧師!!日本帝國統治台灣，是完全以台灣為其殖民地，極端差別我們台灣人——稱我台胞為土人，在社會生活上不准我們與日人有同等待遇，在經濟生產上儘量施行剝削，使我台胞變成納稅的苦勞的奴隸。而我植村正久牧師雖是日本人，他對此帝國主義政策是絕對否認、絕不贊成。

本人認識植村牧師時，還不是基督徒，因為當時台灣的基督徒，對日本國家所施行的不義殘暴的政策，無人敢出面反對抗議，本人對此現象非常不滿，基督教的中心信仰，是要信徒的生活，先求上帝的義及祂的國實現在地面上的。本人雖然不是基督徒，對日本帝國在台灣所施行的不仁不義政策，衷心深惡痛絕，乃不量己力夙夜追隨同志前輩奔走抗議，不顧暴力壓迫及有坐獄之苦，總是盡力以赴。在植村牧師認識了本人在東京的生活態度，一直不放鬆與本人的接觸，當時他已是六十多歲的老人，又是日本最大教派的領導者，其日常生活的繁忙可想而知。因我不是信徒，對他不想親近、亦不到他的教會參加禮拜，但是他卻對我非常熱情，親身到我下宿探訪，疊次要我與他共午餐，有時還要我在他府上過夜談話，他對我表示深惡其政府對台灣施行的惡政，甚至亦敢對我明言，他的國民若是繼續以天皇為神的話，日本帝國將會滅亡！他不僅在思想上是如此，在行動上亦極認真支持我們，我們有記者招待會，他都撥忙參加，多次介紹林獻堂先生與我訪問中央政要，亦曾親自帶獻堂先生與我晉見原敬總理大臣。甚至，我們在東京要舉行政治講演會，苦無會場，他竟將他的教會堂叫我們使用。他這樣地愛護弱者，痛惡不義，不怕強權而力行徹底，使我五體投地、順伏耶穌基督的真愛，終生懷念這位植村正久牧師是我重生之父，而接受耶穌基督的救恩，成為軟弱的基督徒至今。

田川大吉郎其人與思想

田川大吉郎略歷

一、早稻田畢業後即入報界曾為萬朝報都新聞之主筆。
二、明治四十二年至大正三年任東京市高級助役（副市長）。
三、大正四、五年間任大隈內閣之司法省政務次官。
四、大正六年因發表一文指責公爵山縣有門不守臣節改被罪下獄，自茲與軍閥正面衝突遂離開官場。
五、迄昭和十年為止曾當選眾議院議員八次。
六、曾任基督教主義學校之明治學院院長及日本基督教教育聯盟理事長達十數年，昭和十二年始被軍閥壓迫離職。
七、昭和十五年以贊頌我委座及指責南京虐殺事件，被軍閥告發定罪後即來華住滬。
八、自大正九年起即同情台灣自治運動，在日本眾議院極力主張開設台灣議會准許台灣自治。

田川之思想與其交友關係

田川乃日本著名之自由主義者，自青年時代即信仰基督教，政治上主張倣法英國建立君主立憲政治，當國際聯盟成立時即為日本支部之重要人物，對於裁軍運動及日本普選運動與尾崎行雄提倡甚力，且自早即為中日親善論者，太平洋戰事發生以後，深信日本必敗，致與軍閥處不能相容，日本投降以來，田川更堅信今後日本應隨中國繁榮而繁榮，利害禍福與共，並以建立中國日本朝鮮聯邦為其理想，至其當前工作則以防止日本赤化，建立民主主義政體為目標，在未能積極推進政治工作之期間，特別希望能在上海設一辦事處，用為中日政界思想溝通之媒介。

田川與尾崎行雄關切最密，宇垣一城、安部磯雄、鳩山一郎、齋藤隆夫、蘆田均等皆其同志，留滬期間與顏惠慶來往正頻，並與偽組織謬逆斌亦頗相熟。

我對其志兄的幾點回憶

我與其志兄初次見面於上海，記得是在民國三十五年春末夏初的時候，我從重慶回到上海不久，一日故鄉台灣的舊同志，林木土兄請客的席上，同座皆措閩南話，其志兄自此與我定交。迨民國三十八年末大陸變色後，其志兄拋棄滬、閩之業產隨政府來台，時我已與廖溫音女士結婚，而溫音又是其志嫂蘇懿慈女士之同學老友，因此我們之間過從甚密，彼此把握談心彌覺親熱，所謂朋同類也歟?!

其志兄經商，而我的工作全在政治社會，論年齡我長其志兄一紀年以上，表面上殊無同類之可言，然我事實則常為其志兄之座上賓，兄有宴會我則未嘗被忽略過，特別是下班順途造訪閒談之時，彼此覺得興趣相洽不感倦怠，尤其所談未曾涉及經商謀利之事，而談論源源不竭使我忘返，屢被留飯始歸。似此交誼直至於今幽明相隔，使我綿綿不能忘懷，乃呵禿筆敬記幾點追念故人。

其志兄使我認識最深者，是其強烈之正義感，其志兄在商界可謂成功之人，然而我每接近他，絕不覺其有商人氣味，而被其正義感所吸引。或者是因我不是商人之故，我們的話題都屬政治經濟社會文化方面，我們彼此隨便提出問題，所謂知無不言言無不盡，絕無保留而甚少唐突，最後結論偶有未能完全一致，但亦大體可以互相容納，原故無他，蓋以其富有客觀之正義感使然。其志兄真非一介普通之商人也，對國家社會具有熱情，彼雖不在其位，然對內外時事都甚關懷加以研究，每次造訪，輒見其在書齋閱讀，其志兄藏書之整齊豐富，恐非個人學者所能企及也。

其志兄對公益事業，頗能盡力以赴，如對華僑投資為國家社會之經濟建設服務，多年辛勞為朝野所公許。又如福建泉州有一培元中學，擬在台復校，其志兄則率先效勞，出錢出力犧牲不少。其志兄之故鄉南安縣有縣誌孤本，因恐其遺失致故鄉文獻蕩然，竟以獨資影印並印續編，遍送內外圖書館保存，其急公好義乃爾。

再舉一點，其志兄對人厚道待友情深，真是忠厚持己，未見其有刻薄對人之處，所見其對友好服務者多，未聞其有利用朋友以自利者。本人所知，朋友間有急需時，雖無直接求告，其志兄如有耳聞，則未嘗不伸援手，亦未嘗有所希報，過後澹忘若無其事者然。無怪其志兄之事成業就妻賢子肖，後繼有人，含笑九泉矣。

詩作、題詞與輓聯

詩作

灌園先生在信州輕井沢千ヶ瀧避暑見招往遊／林獻堂（昭和十三年八月十三日）

聞道將相訪，何時得此行，
飛泉堪煮茗，共聽曉鶯鳴。

敬步瑤韻道謝／峰山

早日思登訪，遲遲尚未行，
蟬聯客踵至，恐累聽鶯鳴。

庚辰三月折足痊癒諸親友為開祝賀會賦此道謝／林獻堂（昭和十五年五月）

九旬仰臥養殘生，慰藉殷勤感盛情，
幸得杖鄉人已老，又蒙祝宴酒同傾，
滿樓哄笑春宵好，一曲高歌俗慮清，
他日名山來避暑，堪隨鞭鐙遠行行。

敬步瑤韻並述鄙懷／峰山

塵世浮生豈為生，生靈潦倒最關情，
時艱纍歲資糧缺，戰禍連年城廓傾，
燕雀構巢無地置，鵬雕搏翮待天清，
只因物腐蟲滋發，遡本還原附驥行。

卜居感懷／陳炘（昭和十五年六月）

覓得蝸廬暫寄身，閑談喜有舊知人，

十間斗室堪容榻，半畝池園足養神，
架上詩書何日整，庭前風月幾時親，
崎嶇世路如今慣，自適悠然養性真。

步韻寄懷／於東京　峰山

頂天立地丈夫身，勇往奉公德有鄰，
四處鏖兵人泣血，中州新墅學怡神，
狐悲兔死原其性，唇去齒寒覺自親，
三顧而今成故事，惟君昂首本天真。

中秋吟懷／峰山　昭和十五年九月十六日（舊八月十五日）

金風拂地野蕭條，遊子他鄉霜鬢昭，
五二生涯塵與土，寸心耿耿月中宵。

別留東詩友會諸友／林獻堂

鷗盟仲夏忽深秋，把酒談詩意氣投，
聚散如萍多不定，光陰似水去難留，
漸看四海風雲急，長恐三山米麥憂，
勿忘故人遙企望，新篇珍重寄瀛洲。

敬步瑤韻／峰山（昭和十五年十月十日）

戰雲闇澹秋，詩稿疊相投，
漫笑緣無病，中腸熱炭留，
蜀山道未闢，小子心憂憂，
兄弟鬩墻日，法風遍米洲。

哀歌（昭和十五年十一月十八日即舊曆十月十九日家先母生日忌辰）

天昏地闇，喊救無方，往者逝矣，留者斷腸，嗚呼哀哉，斯人已亡，嗚呼哀哉，我心悲傷。
死生定命，世事無常，先人遺德，後代之光，
嗚呼哀哉，斯人已亡，嗚呼哀哉，我心悲傷。

航海中懷留東詩友會諸友／林獻堂

秋風萬里送歸舟，片葉微萍逐浪流，
身世浮沉雙雪鬢，海天俯仰一沙鷗，
定知別後遙相憶，他日重來訪舊遊，
船上夜深猶獨酌，傾壺聊以解離愁。

敬步瑤韻並述近懷／峰山（一九四〇昭和十五年十二月十日）

既云吳越可同舟，清濁奚須別異流，
金樹枝頭聚翠鳥，茫天波上翻孤鷗，
三千世界都如是，五大部洲或免遊，
祇為童心猶勃勃，天鄉渺渺使人愁。

若泉寄懷／陳炘（昭和十七年二月十八日，書德姪有疾，乃與之往伊豆溫泉地靜養，將出發時接到吾友陳炘君來函寄五言絕一首）

應已知天命，回頭五十齡，
一生多少慮，憂道不憂名。

伊豆途上寄答若泉／峰山

渺茫天地間，悠久青史齡，正氣所鍾處，樂道不樂生，
世衰道式微，順情為絕頂，幾多偽君子，冒道擅虛名，
體道名實著，洪荒歲月更，草木以欣茂，眾庶以向榮，
吾友若泉者，托詩寄心聲，一生多少慮，憂道不憂名，
偉哉君是言，道光透滄溟，同類低迷久，共策望飛昇。

題詞

賀吳三連　為三連老弟新居題賀

一念慈祥肇和氣
寸心潔白懷清芬

題柯蔡宗祠　台南濟陽柯蔡宗祠題（濟陽冠首）

濟世經綸人類共沾　為環球造福
陽光煥發子孫繁衍　將萬代流芳

代題蔡芳本　承旅菲蔡芳本（號德源）**囑題**（德源冠首）

德譽遠仰　非真人莫屬
源泉長流　裨沃野常豐

賀韓石泉華甲大慶著作六十回憶錄誌慶

石泉老弟華甲大慶著作六十回憶錄
謹書拙吟壽晨祝歌之一節于卷首誌慶
壽命天賜　珍貴無比
鶴算龜齡　萬福之基

民國四十五年十月
蔡培火

輓聯

輓少武先生

少武先生安息

畢生為黨國兩袖清風矢志光復故土歎失責

處世重然諾一絲不苟存心協和台胞竟全功

蔡培火淚輓

輓韓石泉（民五二年夏初哭弔韓老弟石泉）

石泉老弟　靈右

志同敵愾誼如手足生平擘畫悉予匡扶

為國族披肝瀝膽

時際赤災世遇維艱復國大業方期共贊

哭斯人遽爾殞亡

愚兄蔡培火哭輓

輓莊老弟垂勝（遂性）又號負人

垂勝老弟　靈右

淡薄自守篤信上帝存心遂性
期無負人為三台儒者保一場地
忠誠為公熱愛國族克己扶朋
澈底抗日今吾輩同志痛失斯仁

愚蔡培火哭輓

輓杜夫人雙隨女士

負笈東瀛著先鞭閨秀名媛君子好
教子成名留佳譽良母賢妻世人尊

輓獻長灌園先生

獻堂先生　靈右

識公逾卅載憶平生少合時宜民族至上多遠想
離鄉將八年無一日忘懷祖國蓋棺定論弔貞魂

晚蔡培火淚輓

國家圖書館出版品預行編目資料

蔡培火全集／張炎憲總編輯. --第一版. --
臺北市：吳三連臺灣史料基金會, 2000
[民 89]
冊；　公分
第 1 冊：家世生平與交友；第 2-3 冊：政治關係一日本時代；第 4 冊：政治關係一戰後；第 5-6 冊：臺灣語言相關資料；第 7 冊：雜文及其他
ISBN 957-97656-2-6（一套：精裝）
848.6　　89017952

本書承蒙
至友文教基金會
思源文教基金會
財團法人國家文化藝術基金會
中央投資公司等贊助
特此致謝

【蔡培火全集　一】

家世生平與交友

主　　編／張漢裕
發 行 人／吳樹民
總 編 輯／張炎憲
執行編輯／楊雅慧
編　　輯／高淑媛、陳俐甫
美術編輯／任翠芬
中文校對／陳鳳華、莊紫蓉、許芳庭
日文校對／許進發、張炎梧、山下昭洋
出　　版／財團法人吳三連臺灣史料基金會
地址：臺北市南京東路三段二一五號十樓
郵撥：1671855-1 財團法人吳三連臺灣史料基金會
電話・傳真：（02）27122836・27174593
總 經 銷／吳氏圖書有限公司
地址：臺北縣中和市中正路 788-1 號 5 樓
電話：（02）32340036
出版登記／局版臺業字第五五九七號
法律顧問／周燦雄律師
排　　版／龍虎電腦排版公司
印　　刷／松霖彩印有限公司

定　價：全集七冊不分售・新台幣二六〇〇元
第一版一刷：二〇〇〇年十二月

ISBN　957-97656-2-6（一套：精裝）

蔡培火全集○家世生平與交友○政治關係—日本時代○政治關係—戰
後○台灣語言相關資料○雜文及其他○蔡培火全集○家世生平與交友
○政治關係—日本時代○政治關係—戰後○台灣語言相關資料○雜文
及其他○蔡培火全集○家世生平與交友○政治關係—日本時代○政治
關係—戰後○台灣語言相關資料○雜文及其他○蔡培火全集○家世生
平與交友○政治關係—日本時代○政治關係—戰後○台灣語言相關資
料○雜文及其他○蔡培火全集○家世生平與交友○政治關係—日本時
代○政治關係—戰後○台灣語言相關資料○雜文及其他○蔡培火全集
○家世生平與交友○政治關係—日本時代○政治關係—戰後○台灣語
言相關資料○雜文及其他○蔡培火全集○家世生平與交友○政治關係
—日本時代○政治關係—戰後○台灣語言相關資料○雜文及其他○蔡
培火全集○家世生平與交友○政治關係—日本時代○政治關係—戰後
○台灣語言相關資料○雜文及其他○蔡培火全集○家世生平與交友○
政治關係—日本時代○政治關係—戰後○台灣語言相關資料○雜文